늙은 노동자의 노래

| 여는 시 |

살아올라라, 노동운동이여!

이택주

역사는 진실이다.
역사는 답이다.

엉터리법으로 노동권을 유린했던 유신정권이
YH노동자들의 투쟁으로 몰락한 것이
역사이고 진실이다.

모든 것을 짓밟아 뭉갤 것 같던 5공군화발도
우리 노동자들의 불꽃투쟁에 무릎을 꿇었다.

이제 또다시 시작이다.
노동운동을 죽이려 광분하고 있는
저들의 탐욕에 맞서
오늘 15만 노동자들의 함성이 여의도를 점령했다.
또다른 역사가 타오르고 있다.

100만 조합원 총력투쟁 전임자임금 쟁취하자!
노동조합 말살음모 투쟁으로 분쇄하자!

나무와 꽃들도 저보다 아름다운,
사람다운 사람들의 함성에 취해 너울대며 춤을 춘다.

13년 전, 야음을 틈타 날치기로 강탈한
악법 중의 악법을 내세워
그 야음의 후예들이 노동운동을 죽이고자 허겁대는 모습에
여의도의 나무와 꽃들도 웃는다.

보위법정권과 군화발정권에 뒤지지 않을 막무가내로
재벌정권이 노동운동의 싹을 쳐내려 칼춤을 추는데,
역사의 진실과 답을 수없이 보아온 한강의 물결이
꽃보다 아름다운 사람들의 함성과 어우러져
바다로 바다로 흘러가고 있다.

이제 또다시 시작이다.
억압을 먹고 사는 노동운동이 다시 살아나고 있다.

15만의 함성이 100만을 깨우고
100만의 노래가 1500만의 춤사위가 되어
이 강산에 덩실덩실 넘쳐 흐르도록

떨쳐일어나라, 노동형제여!
살아올라라, 노동운동이여!

2009년 11월 7일
여의도 노동자대회장에서
- 매일노동뉴스, 2009년 11월 10일 게재

| 여는 시2 |

하나로 떨쳐일어남을 위하여

이택주

1

우리에게 필요한 건
역시 행동이었다.

40여년 기나긴 날을
정중한 말과 사리에 맞는 글과
깍듯한 차림으로 우리를 보이고 알려왔지만
올바로 돌아온 것은 무엇하나 없었다.

왼쪽과 오른쪽의 색깔을 고르는 일.
국가재건과 새마을운동.
복지국가 건설을 위한 그 어마어마한 일에
우리의 시간과 땀과
목숨을 저당 잡힌 사이에
사방 곳곳에서는
송곳같은 무서운 힘들이 자라나고 있었다.

그것을 우리는 알고도 몰랐다.

2

찰떡의 궁합으로 하나로 섞인 그 무서운 힘들은

우리를 모래알의 모습으로 가르고 또 속았다.

고삐 매인 망아지처럼
당기면 당기는대로 끌려가고
풀어주면 준만큼만 허우적거리면서
생존만을 위한 일벌레로
눈도 귀도 입도 없이
우리는 시들고 병들고 죽어갔다.

우리가 병들고 쓰러지는 주검보다
몇 배의 크기로 자라나는 그 힘들의 짓누름에
더 이상 참지 못한 뜨거운 가슴들이 일어나고
사랑도 명예도 이름도 남김없이
한 평생 투쟁해 나가자는 뜨거운 외침들이
우리의 앞과 뒤에서 일어나는 것을 보면서
우리는 부시시 잠을 깨기 시작했다.

3
백성들의 함성이 거리를 메우고
고문과 파편에 죽어간 젊은 영혼들이
구만리 하늘에서도 눈을 부릅 뜬
여름이 성큼 다가서는 저녁나절에서야
우리는 비로소
마구 헝클어져 쏟아져나오는
스파르타카스와 같은 성난 모습으로
난생 처음의 행동을 시작했다.

40여년의 기나긴 억압을 뚫어내는
앗기었던 권리를 되찾아오는
당당하고 힘찬 투쟁은 들불로 번져나가
차갑게 죽어있던 이 땅의 민주주의를
뜨겁게 뜨겁게 용솟음치게 했다.

아, 그러나
사방 곳곳에
예리하고 무섭게 자리잡고 있던 그 여럿의 힘들은
자로 잰 듯한 정확한 솜씨로
시간을 잠시 거꾸로 돌리면서
탱크같은 완력으로
우리의 투쟁을 여러 조각으로 쪼개고 꿰어
투명한 틀 속에 앉혀 놓았다.

그때 우리는 잘 알면서도 또 몰랐다.

4

요욕의 날들을 청산하자는 소리들이
정중함과 논설과
깍듯한 차림을 벗어버리자는 외침들이
복지국가 건설에 저당 잡힌 피땀을
우리 땅 우리 삶으로 찾아오자는 각성들이
죽어서 다시 태어나는 결의로
그 굴종의 날을 떼어내자는 소리들이
하나가 아닌 갈래의 모습으로 솟구쳐 나왔다.

흩어지면 죽는다 흔들려도 우린 죽는다…
박수와 함성을 나누면서도
흩어지고 흔들리는 우리를 향해
여럿의 힘들이 조여오고 있는데
40여년 굴종의 그 날로
우리를 다시 처박으려 하는데

아, 이 땅의 노동형제여!
이제는 정말 하나로 떨쳐 일어나자.

지금 우리는 확실히 알고 있지 않은가.
역시 우리에게 필요한 건
행동 뿐이라는 진실을.
노동자는 하나가 되어야 한다는 사실을.
무수한 탄압 속에서 깨우친
노동자는 하나다 흩어지면 죽는다를
이 차디찬 새아침에 다시 깨달아
뜨겁게 힘차게 떨쳐 일어나자.

사랑 영원한 사랑
변치않을 동지들이여!
하나된 투쟁으로
우리땅 우리삶을 일궈나가자.

– 한국노총 신문 1991년 신년호 게재

| 작가의 말 |

이름 없는 노동투사들께 드리는 반성문
(개정판 발간에 부쳐)

1986년도에 발간한 소설집을 36년이나 지난 시기에 개정판을 낸다는 것이 내심 개운치는 않았으나, 70~80년대의 치열했던 노동현장을 상기하는 것도 나름 의미가 있는 일이라는 생각으로 개정판을 준비하게 되었다.
  군부독재 시절의 참담하고도 무자비했던 노동탄압과 노동대중의 항거를 실록이 아닌 소설로 정리하면서 부끄러운 죄의식이 느껴졌음을 솔직히 고백하지 않을 수 없다.

  46년 동안 노동밥을 먹으면서 노동의 주역이 아닌 주변의 역할만 하였고, 4차례의 해고를 당하면서도 본보기를 보이는 투쟁 한 번 제대로 해내지 못한 것이 평생의 후회로 남아 있다. 46년간 노동의 인연으로 만났던 수많은 노조 대표자들과 간부들, 그리고 이름 없이 스러져간 노동투사들을 그리워하며 끙끙 앓으면서 원고 수정 작업을 했다.

  노동운동에 대한 갖가지 폭압과 회유에 맞서 당당히 싸운 그 시절의 이름 없는 노동투사들께 반성문을 쓴다는 송구스러운 마음으로 겨우 수정 작업을 마쳤다.

  파업가와 동지가, 단결투쟁가, 임을 위한 행진곡 등 노동가가 없었던 그 시절에도 가슴을 절절하게 울렸던 투쟁가들이 불리워졌음을 되살려 넣었고, 기억하기에도 께름칙한 노동통제의 법률과 제약 등을 그대로 실었다.

이 책에 등장하는 인물이나 사건 등은 거의 실재이다. 70년대 봉제사업장의 폐결핵 문제와 대우자동차 파업·농성의 주변 이야기, 87년 노동자대투쟁 때의 언론 문제 등은 단편으로 묶었으며, 그 시절의 여러 투쟁 중에서 몇가지 사례를 정리하여 장편 '타오르는 현장'으로 소설화했다.

나의 미력함으로 그 시대의 가열찬 투쟁정신과 투쟁주역들의 명예에 조금이라도 누가 되었다면 진심어린 용서를 구한다.

46년이라는 세월 동안 노동조합 일을 하면서 매 시기마다 뼈저리게 느껴지는 것은 노동운동에 대한 열망과 치열성, 진정성, 동지애 등이 점점 엷어지고 있다는 것이다. 날로 이기주의가 두터워지는 오늘날의 현장을 지켜보며 어느 때는 가슴이 너무 답답하고 공허하여 옛농지들을 만나 밤새도록 술을 마시기도 하지만, 허기짐과 삭막함은 쉽게 가셔지지가 않는다.

'탄압도 강했지만 투쟁력과 동지애는 더욱 강했다'는 말로 70~80년대를 회고하는 한 선배의 씁쓰레한 미소가 던지는 의미는 무엇일까….

두 손을 모아 후배들의 술잔에 물음표 같은 숙제를 부으며, 이 책을 낼 수 있도록 많은 용기와 격려를 주신 소중한 분들과 '참여와혁신' 편집진께 깊은 감사를 드린다.

2022년 5월
여의도 한국노총 사무실에서 이택주

늙은 노동자의 노래

- 여는 시1 · 4
- 여는 시2 · 6
- 작가의 말 · 10

■ 장편소설
타오르는 현장

대책회의 · 17
덫을 넘어서 · 29
타오르는 현장 · 87
숨 쉬는 역사 · 117
구사대(求社隊) · 137
회유와 매수를 뚫고 · 171
'위장취업자'와 함께 · 209
파업! 그 아침의 바다로 · 231

■ 단편소설

늙은 노동자의 노래 · 249
탕녀와 폭도 · 281
그림자 사람들 · 311
기름쟁이 노랫소리 · 337
生死의 지붕밑 · 361

장편소설

타오르는 현장

대책회의 17

덫을 넘어서 29

타오르는 현장 87

숨 쉬는 역사 117

구사대(求社隊) 137

회유와 매수를 뚫고 171

'위장취업자'와 함께 209

파업! 그 아침의 바다로 231

일한전기노동조합(日韓電器勞動組合)의 간부확대회의가 소집되었다. 그 회의는 위원장인 연주에게 사전 의논도 없이 사무국장이 긴급히 소집한 회의였다.

평소에도 목소리가 유별스레 큰 사무국장 경애는, 흥분으로 얼굴이 달아올라 사무실이 떠나가게 목청을 돋우며 경과보고를 하기 시작했다.

"동지 여러분들께 오늘 회의를 소집하게 된 배경과 경과보고를 말씀드리겠습니다. 우리 조직의 대표자인 위원장께서 고발을 당한 것에 대하여 몇몇 동지들은 알고 계시리라 믿습니다만, 문제는 다른 회사의 사상이라는 작자가 우리 노동조합의 대표자를 고발했다는 점이 실로 경악스럽고, 도저히 용납할 수 없는 가증스러운 도전임을 우리는 확실히, 명백히 짚고 넘어가야 할 것이며, 이에 대한 우리 조직의 즉각적이고도 강력한 대책이 세워져야 할 것이므로…"

한마디 한마디를 딱딱 잘라서 말하는 그녀의 짜랑짜랑한 목소리는 영문을 모르고 회의에 참석한 노조간부들을 긴장시키기에 충분했다.

경애는 냉수를 벌컥벌컥 들이키고 나서 보고를 계속했다.

"…도대체 우리 노동조합을 어떻게 보고 그 같은 작태를 부리느냐 이겁니다. 이건 틀림없이 수상한 흉계가 도사리고 있는 겁니다.

이 사건은 위원장님 개인의 문제가 아니에요. 우리 조직 전체의 비상사태이며 최대의 쟁점이라는 점을 동지 여러분께서는…"

연주는 경애를 자제시켜야 되겠다는 생각이 들어 천천히 몸을 일으켰다. 긴장하여 굳어 있는 간부들의 시선이 일제히 그녀에게 쏠렸다. 연주는 자세를 가다듬었다.

"아무래도 고발을 당한 입장에 있는 제가 말씀을 드려야 할 것 같습니다. 지금부터 한 한 달 쯤 전에 대성전자주식회사에 근무하는 노동자 몇 명이 저를 찾아와, 노동조합을 결성하고 싶은데 그 절차와 서류 작성 등의 요령을 알려주면 자신들 스스로가 뜻있는 사람들을 규합하여 노조를 만들 수 있다고 해서, 상세한 절차를 가르쳐 준 적이 있습니다. 그 후 보름 쯤 후에 다시 저를 찾아와서는 모든 설립 준비가 완료되었으니, 결성 멤버들을 한번 만나서 노동조합에 대한 강의를 해주고, 연맹 사무실에서 결성대회를 할 수 있도록 주선해 달라고 하여 기꺼이 승낙하였습니다. 그 다음날이 일요일이었는데, 포도밭에 같이 가서 제가 알고 있는 범위 내에서 노동조합 교육을 두 시간 정도 하고 함께 연맹 사무실로 갔습니다. 물론 그 전에 연맹과 얘기가 되어 있었고, 제가 또 연맹의 여성부장이기도 하여 일은 별 어려움 없이 잘 되어 갔습니다. 노동자 오십팔 명이 모여 규약을 제정하고 임원을 선출하는 등, 법에 정한 서류를 빠짐 없이 작성하여 구청에 설립신고를 하였습니다. 헌데 이 때부터 문제가 생기기 시작했습니다. 주무관청에서 대성전자노조 규약이 위법하게 제정되었다고 설립신고를 반려하였고, 회사는 사규를 위반했다는 이유로 노조 임원과 간부 여섯 명을 전격적으로 해고하였습니다. 그리고 그 회사 사장이 저를 제삼자 개입금지 위반을 걸어 관청에 고발을 하여 요즘 제가 조사를 받고 있습니다. 참으로 어처구니없게 당한 일이라서 여러분께 일찍 보고도 드리지 못하고 사무국장과 둘이서 대책을 모색하고 있었습니다. 죄송합니다."

다른 회의 때 같았으면 어떠한 안건이 제시되었든 간에 한바탕의 잡담이 벌어지기 마련이었는데, 노조간부들의 눈과 입은 석고처럼 굳어 있었다.

"아까 사무국장의 말대로 이 문제는 저 개인의 사정이 아닌 노동운동 탄압 차원의 중차대한 사건이라 판단되었기에 대책을 숙의하고자 회의를 소집하였으니 의견을 말씀해 주시기 바랍니다."

연주는 딱딱한 분위기를 풀어줄 것을 부탁하는 눈빛으로 조직부장 화순을 쳐다보며 자리에 앉았다. 좀 과격하고 수다스러운 성격이긴 하지만 화순의 재치와 언변은 회의를 부드럽고 활기차게 이끌어 나가는 촉진제 역할을 그간 충분히 해오고 있었다.

화순은 엉거주춤한 자세로 자리에서 일어났다.

"그놈의 대성전잔지 하는 회사 앞에 가서 영치기를 한 번 하든가, 의쌰를 하든가, 에어로빅 댄스 경연대회를 하든가 해야지, 이거 원 존심 상해서 견딜 수가 있나. 명색이 사장이란 놈이 을마나 못났으면 공순이 파출부를 상대로 고빌을 해쌓나 해쌓긴. 돌출부위가 부끄럽지도 않은감? 하기사 그런 육목단 껍데기 같은 사장님들 때문에 현장의 영웅이 탄생하는 거니까. 떡고물 받아 처먹는 똥개들도 생기는 거구."

이렇게 한마디 하여 좌중을 웃겨 놓고는

"금년은 별 탈 없이 잘 넘어가나 했더니 이 조직부장 또 바쁘게 생기셨습니다. 저의 의견은 이렇습니다. 먼저 우리 간부들과 전체 조합원들이 고발을 당한 위원장님이 흔들리지 않도록 찰떡같이 단결해야 합니다. 위원장님도 사람인지라 우리 조직이 강력히 단결해 주지 않으면 약해질 수도 있을 것입니다. 무릎을 꿇고 사느니보다 서서 죽는다는 각오로 힘과 용기를 하나로 합쳐 모든 행동을 통일하는 겁니다. 우리를 잘못 건드렸다간 공단 전체가 시끄러워질 거라는 인식을 각계에 심어 주어야만 이 문제는 매듭이 풀려나갈 것이라고 봅니다."

하고 위원장인 연주에게 경각심을 주며 조직의 의지를 명확히 심는 것이었다.

희극배우 같으면서도 냉철한 비판력을 갖고 있는 화순은 일한전기노동조합의 명물로 알려진 인물이었다. 가끔 위원장인 연주를 곤혹스럽도록 비판하고 나서기도 하지만, 노조의 일이라면 열성적으로 덤벼들어 현장에서의 인기 또한 한 몸에 받고 있는 유능한 간부였다.

회의는 그녀의 발언을 신호탄으로 하여 진행되는 것이 예사였다. 오늘도 그녀를 따라 발언의 봇물이 터지기 시작했다.

총무부장 : 그 회사가 위원장님이 관련된 것을 어떻게 알고 고발을 한 것입니까?

의장 : 노조 결성 멤버 중에서 배신자가 생겨 제가 노조 결성에 개입을 했다는 진술서를 썼다고 합니다.

대의원(1) : 법대로 처리하게 되면 어떻게 되는 건가요?

의장 : 사건이 검찰로 넘어가게 되고, 저는 구속 아니면 불구속 수사를 받게 될 것입니다.

쟁의부장 : 실형을 선고 받은 사례가 있는 겁니까?

의장 : 있습니다. 단위노조의 신문 편집을 도와 줬던 재야인사가 삼자 개입으로 고발되어 실형을 선고 받은 적이 있습니다.

조직부장 : 관련 법조항 좀 읽어주십시오.

사무국장 : 노동조합법 제12조의 2항을 읽어드리겠습니다. 제3자 개입금지, 이렇게 제목이 되어 있고, 직접 근로관계를 맺고 있는 근로자나 당해 노동조합 또는 법령에 의하여 정당한 권한을 가진 자를 제외하고는 누구든지 노동조합의 설립과 해산, 노동조합에의 가입·탈퇴 및 사용자와의 단체교섭에 관하여 관계

당사자를 조종·선동·방해하거나, 기타 이에 영향을 미칠 목적으로 개입하는 행위를 하여서는 아니된다, 이렇게 돼 있구요, 제45조의 2항의 벌칙을 볼 것 같으면, 제 12조 또는 제12조 2의 규정에 위반한 자는 3년 이하의 징역 또는 5백만 원 이하의 벌금에 처한다고 되어 있습니다. 이는 노사협의회법에도 똑같은 벌칙이 나와 있고, 노동쟁의조정법에는 3자 개입금지를 위반했을 경우에 3년 이하의 징역이나 1천만 원 이하의 벌금에 처하는 걸로 되어 있습니다. 이상입니다.

조직부장 : 이건 아주 죽여 주는구만 죽여 줘. 노동자들끼리 돕는 일이 강도질이나 도둑질하는 것보다 더 나쁜 일로 법에 되어 있으니. 쯧쯧쯧…

교육선전부장 : 위원장님의 소신이 무엇인지 궁금합니다.

의장 : 기관하고 회사가 결탁이 되어 있는 고발 사건이라 불안한 마음이 없지 않지만 각오는 서 있습니다. 동지 여러분께서 결의하는 대로 저는 따르겠습니다.

대의원(2) : 저는 그따위 법은 잘 모르지만 악덕기업주한테 우리 노조가 굴복해서는 안 된다고 생각합니다.

대의원(3) : 아니, 그럼 위원장님한테 감옥에 가란 얘기에요? 그건 너무한 것 같아요.

여성부장 : 모두 함께 감옥 갈 각오가 되어 있어야만 해요.

부위원장 : 이건 운동적인 차원에서 판단해야 할 거에요. 운동은 법을 초월하는 정신이 필요합니다. 따라서 조금도 흔들리지 않고 한 덩어리로 똘똘 뭉쳐 맞서나가야 합니다. 우리 노조는 그간 온갖 탄압에 정면으로 싸워온 전통이 있습니다. 비록 선배님들이 희생이 되긴 했지만, 우린 그 전통을 지켜나갈 막중한 의무가 있는 것입니다.

회계감사위원 : 그렇습니다. 우리 조직을 깨려고 몇 군데서 머리를 짜서 고발한 것이 틀림없으니 거기에 몸 사리고 말려들어서는 안 된다고 봅니다.

대의원(3) : 우선 우리 조합원들에게 사실을 알려야 될 것 같아요.

조사통계부장 : 내일 아침부터 조합원들을 삼십 분 일찍 나오게 하여 아침운동을 하는 것처럼 꾸며가지구선 그 회사 앞까지 떼를 지어 달리기를 합시다. 아

니면 빗자루를 하나씩 들고 청소하는 것처럼 공단을 누비고 다니든가. 우선 우리 조직의 동원력을 보여주는 것도 나쁘진 않을 거 같은데…

조직부장 : 여러분께서 좋은 의견을 많이 제시하는데, 이러한 우리의 의지가 있는 한 우린 기필코 이겨낼 것이라고 확신합니다.

대의원(4) : 이런 기회를 이용해서 우리 회사에서도 필경 어떤 흉계를 꾸미고 있을 겁니다. 그 점도 철저히 경계해야 할 거예요.

쟁의부장 : 당연하죠. 고발을 하기까지엔 우리 사장도 거들었을 거에요. 건수가 없어서 우리를 건들지 못해 안달하는 사람들이니까. 지금쯤 얼씨구나 좋다, 하고 있을 게 뻔해요.

여성부장 : 고발을 해 놓고 위원장님을 겁 주면서 신규 조직을 깨려고 하는 그 방법이 너무 치졸하고 유치해요. 이건 있는 사람들이 없는 사람들에게 가하는 연대탄압이에요.

연주는 간부들의 발언 내용을 빠짐없이 기록했다.

굴복하지 않고 정면으로 맞서야 한다는 의견이 지배적이었다. 두 시간이 넘도록 진행된 회의는 결론에 이르지 못하고 분노와 성토의 목소리만으로 끝이 날 것 같았지만 연주는 꽤나 흡족했다.

공단지역에서 극성맞기로 소문난 일한전기노조지만, 연주는 그 극성이 조직력과 투쟁력 그 자체라는 판단에 가슴이 뿌듯해져 용기를 갖게 되는 것이었다. 조직의 힘을 키우는 방법으로 교육을 가장 중요시 여겨 노조간부는 물론 조합원의 교육을 쉼 없이 실시해 온 결실이 '극성스런 노동조합'이라는 생각을 하니 피식, 웃음이 새어나왔다.

사무국장 경애가 가시 걸린 목소리로 발언 내용을 종합하여 발표하고 있었다.

"…여러분 전체의 의견이 비굴한 협상보다는 강력한 조직적 대응으로 모아진 것 같습니다. 그러면 어떠한 방법으로 싸워나갈 것인가에 대해 좋은 의견이 있으면 말씀해 주십시오."

"제가 말씀 드리겠습니다."

조직부장 화순이 진지한 표정으로 자리에서 일어섰다.

"전체 간부들이 매일 모여 대책을 세우는 것도 장점이 있겠지만, 그보다는 한 육 칠 명 정도로 대책위원회를 구성하여 밤이건 새벽이건 기동성 있게 모여서 상황 변화에 대처하는 것이 효과적일 거라고 생각됩니다. 사무국장을 대책위원장으로 하고, 김 부위원장님, 쟁의부장, 여성부장, 그리고 대의원 중에서 두 분 추천하시고, 그리고 한약방의 감초 같은 본인도 좀 포함하여 럭키 쎄븐 일곱 명으로 비상대책위원회를 구성할 것을 정식 동의합니다."

"찬동합니다."

"위원장님은 대책위원회에서 빠지시는 겁니까?"

"사건의 성격상 빠지는 것이 좋을 듯합니다. 공순이 파출부는 대책위원회에서 결의하는 대로 따르면 됩니다."

"회의 때는 별명 부르는 것을 좀 삼가해 주시기 바랍니다."

"이크! 알았습니다. 요놈의 조동아리 땜에. 쇠송합니다."

웃음이 터지면서 비상대책위원회 구성은 그대로 의결되었다.

간부들은 대책위원회에 사건 대처의 방향 설정을 위임한다는 결의문에 서명을 하고 현장으로 돌아갔다.

"파출부 모가지는 이제 대책위원회의 결의에 달렸구만. 뚝깨 위원장, 당신의 짐이 무겁소이다."

화순이 경애에게 농을 걸며 능청을 떨었다.

"넌 그 별명 좀 그만 써먹어라. 너 때문에 별명 없는 간부들이 이젠 한 명도 없을 정도라니깐."

경애가 화순의 코를 잡아 비틀며 싫지 않게 웃었다. 경애의 별명인 '뚝깨'도 '뚝배기 깨지는 소리'의 준말로서 화순이 지어준 것이었다. 퇴근 후 대책위원들은 사무국장 경애의 집에 모여 뚝배기 깨지는 목청들을 교환하며 다음과 같은 사항을 의결하였다.

대책위원들은 비장한 각오를 확인하며 제1차 비상대책위원회의 회의록에 서명을 하였다.

회의록을 몇 번이고 되읽어보던 연주는 야릇한 흥분이 신경을 조여옴을 느끼면서 마른침을 삼켰다.

"아, 가을밤은 깊어만 가는데 우리들은 임 생각 대신 투쟁 생각을 하고 있다우, 우린 이렇게 산다우."

그들은 화순의 우스갯소리에 굳어진 마음을 풀면서 경애의 작은 방에 포개 누워 부스럭부스럭 잠을 청했다.

제1차 비상대책위원회 의결사항

1. 사건의 경위 및 앞으로의 사건 진행 사항들을 빠짐없이 전체 조합원에게 유인물로 알린다. 회사가 사내 유인물 배포를 문제 삼을 경우에는 정문 앞에서 배포한다.
2. 노총 및 연맹, 시협의회 등의 상급단체에 정식 공문서로 사건의 내용을 알리고 적극적인 관심과 지원을 요청토록 한다. 위원장이 연맹의 여성부장이라는 점을 강조하여, 이 사건이 단위노조 차원이 아닌 상급단체의 신규 조직 활동이라는 것을 이론적으로 주장하고, 상급단체가 제3자의 범위에 해당하는가를 집중적으로 문제 삼아 나가도록 한다.
3. 위원장의 신상에 문제가 생길 경우, 현장 공청회 등을 개최, 투쟁 의견을 집약, 이탈자 없는 투쟁을 전개해 나가도록 한다.
4. 위원장이 구속될 경우, 새로운 위원장을 선출하지 않고 조합원총회를 소집, '비상대책위원회'를 노동조합의 집행기구로 인준 받아 모든 사항을 관장하도록 한다.
5. 조합원 교육을 한층 더 강화하고 대책위원 및 전체 간부들은 사건의 해결을 위해 필요한 기간 동안 합숙생활을 계획하며, 일체의 개인적 행동을 용납치 않을 수 있다.
6. 대성전자노동조합과는 긴밀한 협조관계를 유지하며, 연대투쟁의 모색은 위원장에게 위임키로 한다.
7. 비상대책위원회의 결의사항 중 보안을 필요로 하는 사항은 발표하지 않는다.

덫을 넘어서

1

 사건의 진상을 알리는 유인물이 비상대책위원회의 명의로 현장에 배포되자 조합원들의 반응은 기대했던 것 이상으로 뜨겁고 강력했다.
 현장으로 연결되어 있는 노조 사무실의 전화벨이 쉴 새 없이 울리고, 오전의 휴식시간과 점심시간 때는 조합원들이 떼를 지어 찾아와 연주와 경애를 격려하며 기업주들의 본성을 성토하는 왁자지껄한 난리가 벌어지기도 했다.
 오후에는 비밀리에 대책위원회의 활동자금을 마련하는 '모금 서명장'이 현장에 돌고 있다는 화순의 연락이 왔다. 인근의 노조에서도 용기를 잃지 말라는 전화가 자주 걸려와 일한전기노조 사무실의 분위기는 어느 때보다도 고조되고 있었다.
 "와하하하 감사합니다. 와하하하 덕분에 잘되겠죠."
 사내 같은 웃음과 가시 걸린 목소리로 전화를 받는 사무국장 경애는, 겉으로는 태연한 것처럼 보였지만 눈에서는 긴장의 빛이 역력히 감돌았다.
 연주는 이 정도의 상황인데도 회사나 기관의 반응이 없는 것이 의아스러우면서도, 그들과 마주치게 될 때의 태도 표명을 어떻게 해야 할 것인가에 대해 신경을 쏟고 있었다.
 노동문제의 전문가들과 구체적인 사전 의논도 없이 성급하게 일을 밀고 나가는 것 같아 아무래도 마음이 걸렸지만, 고발을 당했다는 것에 발이 묶여 비굴하게 불리한 협상에 응하는 것보다는 전체 조합원의 지지를 기반으로 당당하게 대처해 나가는 것이 최선의 방법이라는 판단이 섰다. 또한 현직 노조 위원장으로서는 최초로 제3자 개입금지 위반으로 입건되어, 이 사건은 노동계 전반에 매우 중대한 의미를 던지며 '시범 케이스'가 될 것이 자명하므로 연주는 더욱 막중한 책임감마저 느껴졌다.

그녀가 앉은 자리에서 힘없이 당하게 된다면, 사용자들은 더욱 기고만장해서 제3자 개입금지 조항을 이용하여 노조 파괴에 한층 더 열을 올리게 될 것이므로…

"네에? 위원장님요? 어디시라구요? 아하, 조 과장님. 와하하하. 별 것 아니니까 안심하세요."

경애가 수화기를 연주에게 넘기며 혀를 쏙 내밀어 보였다.

"여기 전무실인데 이리로 좀 오시지 그래요. 지금."

사뭇 강압조의 목소리가 흘러나왔다.

경애가 수화기를 향해 주먹으로 쥐어박는 시늉을 해 보였다.

연주는 아무 대답 없이 전화를 끊고

"혹시 기습 감사를 나올 지 모르니 서류를 철저하게 점검해 놓으셔."

하고 경애에게 지시하고는 전무실로 갔다.

"어허, 위원장. 나중에 일을 어떻게 처리하려고 이렇게 확산시키는 거요? 이거 다 당신이 책임질 수 있는 문제들요?"

연주가 자리에 앉기도 전에 지방사무소의 조 근로감독과장이 웃음 섞인 엄포를 던져왔다.

"위원장은 단체협약 내용을 다 잊으신 모양이시네. 노조에서 유인물을 배포할 때는, 사전에 회사의 동의를 구하기로 되어 있는 것 말이요. 이거 딴 데서 당하고 와서는 우리 회사에 화풀이 하는 거 아니요?"

'전무 최원석'이라고 씌어 있는 명패 앞에 유인물 한 장을 꺼내놓으며 풍채 좋은 사내가 곤란하다는 듯 고개를 갸우뚱갸우뚱 저었다.

"내 모가지에 칼이 들어와 있는데 조합원들에게 알리기나 하고 죽어야 인사가 될 것 같아서요."

연주는 좀 딱딱하게 말을 받았다.

"아니 누가 감히 위원장 모가지에 칼을 대나? 서면으로 고발이 들어왔으니까 조사하는 시늉을 하는 거지."

"시늉을 그렇게 노골적으로 하실 수 있는 건가요? 조 과장님, 이번에 저한테 너무 심하게 하셨어요."

"심했다구? 아이구 그건 오해요. 내 본심은 그게 아니라니까. 그나저나 위원장, 이리로 좀 앉으쇼."

조 과장은 호주머니에서 길게 접은 종이를 꺼내 연주에게 보였다.

"대성전자에서도 유인물이 돌았는데, 해고자들이 만든 거요. 알고 있었소?"

"아니, 그렇지 않아요."

"내용이 너무 강해. 그리고 외곽지대의 냄새가 너무 짙어요. 그러니 위원장은 괜히 크게 다치기 전에 이쯤에서 빠져 주는 게 좋겠어. 해고자들이 회사 앞에서 무슨 짓들을 하고 있는지 알고나 있는 거에요? 물론 알고 있겠지만. 구루마를 갖다 놓고 과일 장사를 하면서 애들을 접촉하고 선동을 하고 있단 말야. 구루마에는 빨간 글씨로 '우리는 복직을 원한다. 불법 해고 철회하라' 이렇게 써 붙이고 말야. 이건 보통 사건이 아니라구. 배후에 조종세력이 틀림없이 있는 거야. 위원장은 어떻게 보는 거요?"

조 과장은 반말을 섞어 지껄이면서 연주에게 바짝 얼굴을 들이대고는 속삭이듯 물었다.

연주는 불쾌했다. 조롱당하는 기분이 들었다.

"그래서 제가 고발당한 거 아니에요? 배후 조종자로."

"아냐. 더 큰 세력이 있다니까."

"조 과장님, 편견을 좀 버릴 수 없으세요? 노동자는 똑똑하지 말라는 법이라도 있는 건가요? 노동자이기 이전에 그들은 이 나라의 국민이에요. 국민이 똑똑해지는 것이 그렇게 이상하고 나쁜 건가요? 그들도 호소문을 쓸 수 있는 능력은 다 있는 거예요. 그걸 누가 써줬다고 생각하는 오해가 사고의 발단이라고 봐요. 그리고 말예요, 그들은 분명히 희생자예요. 집단적으로 불법 해고를 당한 거잖아요? 그런데 왜 피해자인 그들만 문제가 있다고 보고, 가해자인 회사 측엔 문제가 없는 걸로 보는 것인지 이해할 수 없는 일예요. 그 회사 근로실태를 한번 조사해 보세요. 근로기준법 위반사항들이 한 눈에 보이잖아요? 그런데 법대로 해달라는 사람들은 해고 당하고, 법을 지키지 않는 회사는 묵인되고. 내가 고발의 대상이 아니라 불법을 행사하는 그 회사 사장이 당연히 고발 대상이라고 봐요."

연주는 딱 부러지게 얘기하고 나서 조 과장 앞에 놓여 있는 유인물에 시선을 담았다. 조 과장은 당황하는 기색이 역력했다.

"그 회사도 조사를 하고 있는 중이잖소? 그런데 그 쪽이 끝나기도 전에 여기서 일을 벌이면 어쩌자는 건가? 연대투쟁을 하겠다는 건가? 이렇게 되면 위원장을 봐줄 수가 없게 되어 간다는 걸 모르는 거요? 낸들 무슨 용빼는 재주로 서면 고발을 무마시킬 수 있겠나? 알 만한 사람들이 답답하게 말야."

"조 과장님. 난 조직인예요. 내가 안 한다고 해서 안 되고 그러는 게 아니에요. 조직의 대표자는 그 조직의 결의를 따를 수밖에 없는 거예요. 또한 조직의 대표자가 그 조직의 구성원들도 모르는 사이에 소리 없이 죽어간다는 건 있을 수 없는 일이에요."

"그까짓 고발 하나로 죽는 건 아니잖소!"

"노조의 대표자가 자기 회사 사장도 아닌 다른 회사 사장의 고발에 의해 입건되고 구속되고 하는 건 죽기보다 더 부끄러운 거예요. 조직인은 조직의 뜻에 의해서 행동을 정하는 것이 정도라고 봐요."

"그 정도가 이런 강경 일변도의 유인물을 뿌리는 거요? 이게 죽지 않기 위해서 하는 일인가 이 말야?"

"죽고 사는 문제를 떠나, 나는 노조의 대표자로써 조합원들에게 대표자의 신상 위협에 대해 알릴 의무가 있고, 조합원들은 알아야 할 권리가 있는 거예요."

"이건 아주 위험한 선동이야, 선동!"

조 과장의 언성이 커지면서 얼굴이 붉게 달아올랐다.

"어허, 왜들 이러시나. 좋게 좋게들 하시지 않구선."

최 전무가 손을 내저으며 끼어들었다. 순간 연주는 회사 측에도 못을 박아놓아야 한다는 판단이 들었다. 그간 기회 있을 때마다 노조를 와해시키려고 때로는 노골적으로, 때로는 지능적으로 탄압을 해 왔던 회사인 만큼 그녀가 고발되어 있는 이 불리한 상황을 헤집고 들어오리라는 것은 불 보듯 뻔한 일이었다.

"전무님, 우리 회사는 이 일에서 빠져야 되는 겁니다. 우리 사장님하고 대성전자 사장하고 아주 절친한 사이로 알고 있는데, 음모하기 없기예요? 전 지금 골목으로 몰리고 있는 쥐와 같다는 걸 잘 아시겠죠?"

"고양이를 물 수도 있다는 얘기시구먼. 거 무서운 경고인데?"

최 전무가 멋쩍게 웃었다.

"이거야 원. 마치 임전태세를 갖추는 것 같군. 위원장, 나도 정부 입장에서 경고하겠는데, 대성전자 해고자들한테 그러지 말라고 설득 좀 해 주소. 위원장 입장을 봐서 위원장 얘기는 들을 거 아닌가? 법이 정하는 절차를 밟아 순리대로 해결하라고 잘 좀 지도해 줬으면 좋겠어."

조 과장이 성냥개비로 손톱 사이를 파내면서 한 말이었다.

"조 과장님의 진의를 잘 알겠어요. 삼자 개입으로 고발되어 있는 나에게 다시 삼자로 개입하라니 어처구니가 없군요. 그 쪽 사람들을 조용히 설득시켜 노조 결성이 무산되어 버리면, 그리고 해고자들이 제 입장을 생각하여 그냥 물러서 주면 고발이 취하될 수 있는 것이고, 그 쪽이 더 시끄러워지면 나를 조치하겠다는 말씀이시군요. 그들은 지금 저까지도 한 패로 보고 있어요. 현직에 앉아 있는 사람은 누구를 막론하고 불신하고 있는 거예요. 상식을 외면당한 그들이, 생존의 터전인 일터에서 불법으로 쫓겨난 그들이 나 같은 사람의 설득을 따라 주리라고 기대하는 자체가 잘못이라고 봐요. 난 그들을 설득할 용기도, 자신도 없다는 것을 분명히 밝히겠어요. 나를 이용하여 불을 끄겠다는 생각은 버리시는 게 좋을 거예요."

"음, 대단하시군. 단단히 각오가 서 있군 그래. 노동계의 영웅이 또 한 사람 탄생하게 되겠군. 얘기가 될 줄 알았는데. 음~ 어디 한 번 해보시지."

조 과장은 신음 같은 한숨을 토하더니 이내 전무실을 나가버렸다.

"아니, 위원장, 꼭 그렇게 까놓고 얘기해야 하는 건가? 지금 그런 상황이 아니잖소? 이거, 이거 심각해지겠어."

최 전무가 허둥대며 연주에게 다가섰다.

그녀는 태연한 걸음으로 그곳을 나왔다.

연주가 노조 사무실에 돌아오니 담당 형사가 그녀를 기다리고 있었다. 그는 언젠가 경애에게 노골적으로 추석 떡값을 달라고 했다가, 그녀가 공무원의 자질 운운하며 비난을 하여 크게 말다툼을 벌인 적이 있는데, 그 후 일한전기노조를 그냥 두지 않겠다는 말을 서슴없이 하고 다니는 정보형사였다.

연주는 여러 사람의 입을 통하여 그가 담당 지역의 노조와 회사에서 용돈을 잘 얻어 쓰고, 규모가 큰 사업장의 남자 위원장들을 불러내어 기생집에서 술을 잘 얻어먹는다는 이야기를 늘 듣고 있던 터라 그를 대수롭지 않은 존재로 여기고 있었다.

"쥐꼬리만한 봉급 받아 사는 공무원 좀 바쁘게 하지 말라구여. 누가 차비 보상해 주는 것도 아니구 말여. 나 우리 과장한테 얼마나 깨졌는지 아쇼? 사전에 좀 알리고 일을 터칠 순 없는감? 내 체면도 좀 생각해 줘야지 말여."

그는 연주를 보자마자 몸에 밴 엄살과 흉물을 떨며 맹꽁이처럼 튀어나온 배를 손바닥으로 어루만졌다. 화순이 그의 별명을 '맹포교'라고 지어 주어 노조간부들은 그를 그렇게 불렀다.

"위원장 고발당했다면서요? 나한테만 잘 보여 보라구. 포도대장한테 이쁘게만 보이면 그런 것쯤 척척 넘겨주는 방법이 있어여. 유인물 뿌리고 하는 건 곤란한 일이지. 지금이 어느 땐데 현장에다 불을 지르나 불을 지르긴?"

연주와 경애는 약속이나 한 듯 그의 말을 들은 척도 하지 않았다.

"사무실 분위기가 어수선하군 그래? 사람이 너무 빨리 크게 되면 위험 부담도 그만큼 커지는 거여. 그간 위원장은 너무 급히 컸어여. 안 끼는 데가 없을 정도로 컸잖수? 거 굿판 벌이는 무당패 같은 모임엔 왜 또 껴서 사람 바쁘게 만들고 말야. 밥이 익기도 전에 솥이 식어 버리면 쌀만 버리게 된다는 점을 명심해야 한다구여."

경애는 아예 그를 무시한 채 콧노래까지 부르며 회계장부를 정리하고 있었다.

"뚝깨 씨. 거 그렇게 딴청 피우지 말고 유인물 몇 장하고 대책위원들 명단 좀 달라구. 그리고 어떤 회의에서 대책위원회를 구성한 것인가, 날짜와 시간, 그 회의 명칭도 좀 가르쳐주구. 으잉?"

그의 이 말에 경애는 일부러 눈을 치켜뜨더니 익살스러운 음성으로

"매앵포고니임, 공식적으로 조사를 나오셨나요, 아니면 지나는 길에 잠깐 들르신 건가요? 또 아니면 쐬주 생각이 나서 오셨능가요? 저희들이 그런 거 척척 내드릴 의무가 과연 있능 건가요? 확실치 않은 건 거부할 수도 있능 거 아니갔시오? 안그라요? 흐흐흥."

하면서 능글맞게 웃었다.

"허이구. 도와주겠다고 찾아온 사람한테 까시를 콕콕 찌르네. 아주 인제는 코를 뭉갤려 드는구만. 협조구 뭐구 다 싫다 이거지? 멋대로 하겠다 이거지? 이거 겁이 펄펄 나네. 허 참."

그는 꽤나 떫은 눈치였지만 태연한 척하면서 경애 옆을 빙빙 돌며 흉물을 떨었다. 경애는

"오해 마세요. 소첩이 어찌 맹포교님을 뭉갤 수 있갔어요? 여깄어요, 유인물. 다른 건 몽땅 곤란해요. 이해하세요잉?"

하고 여전히 능청을 떨며 유인물 한 장을 그의 호주머니에 찔러넣었다. 그리고는

"우리 간부들 요즘 잔뜩 독 올라 있어요. 이제 일 끝나면 우루루 몰려올 거란 말예요. 다음에 밖에서 한잔 멋지게 살께요. 미안해요."

하면서 그의 손을 잡아끌고 밖으로 나간다. 그는

"어~어, 이거 왜 이래? 어~어."

하면서 그대로 끌려 나갔다.

잠시 후 돌아온 경애는

"슬슬 하나 둘 나타나는 폼들이 심상치가 않아요. 조 과장은 대체 뭐래요?"

하며 화가 잔뜩 난 표정을 지었다.

"나한테 대성전자 해고자들을 설득시켜 달라길래 딱 잘라서 거절했어. 그쪽도 유인물이 나돌고 굉장한 모양이야. 해고자들이 회사 앞에서 과일 장사를 하면서 복직투쟁을 시도하는 것 같애."

연주는 조 과장과 있었던 얘기의 전부를 들려주었다.

"잘하셨어요. 분명한 우리의 태도가 필요해요. 오후에 화순이 시간 뺐는데, 한 바퀴 돌면서 동태를 볼까 하구요. 노총과 연맹에도 정책적으로 다루어 달라고 얘기나 해두려구요. 아까 김 의원한테도 전화를 해서 이 사건 국회에서 다루지 않으면 다음 선거 때 안 찍는다 그러니까 큰소리를 뻥뻥 치던데, 그 사람도 말만 앞세우는 사람이라서. 근데 얘는 왜 안 나오지?"

경애는 혼잣말처럼 얘기하고 나서는 힘없이 웃었다.

"둘이 다니면서 너무 심한 얘기들은 하지 마. 우리 간부들 입 거칠다고 안 좋게 보는 사람들도 있으니까."

"거칠게 한 땐 해야 돼요. 거친 세상에 얌전 빼는 것도 일종의 허구란 말예요. 이 뚝깨의 노동운동 철학은 거칠고 스무스하게, 당돌하고 진실되게, 때로는 초연하고 유치하게. 세 번은 짧게 세 번은 길게. 에그 망측해라."

"철학 같은 소리 작작하고 나갈 준비나 해."

경애는 옷을 갈아입고 쪽 소리가 나도록 연주의 뺨에 입을 맞추고는 화순의 근무처 쪽으로 뛰어갔다. 연주는 조직적으로는 물론 인간적인 관계로까지 깊이 맺어져 있는 경애가 자랑스러워 가슴이 뿌듯함을 느꼈다.

경애와 화순은 수시로 연락을 해왔다. 퇴근 무렵에 화순이 전화

를 걸어와

"연맹과 노총에 단단히 얘기해 놨어요. 실무자들의 관심이 대단해요. 삼자개입금지법이 생긴 후 단위노조 위원장이 고발 당한 첫 케이스니만큼 적극 지원하겠대요."

하고 몹시 흥분하여 떠들다가는 연주의 말은 듣지도 않고 전화를 끊어버렸다.

연주는 쓸쓸하게 웃었다. 고발을 당했다는 분노에 앞서 오늘의 노동현실이 실로 기가 막히고 허망하게 여겨질 따름이었다. 양순하게 일하는 노동자들은 착취와 혹사에 시달리고, 권리에 눈을 뜬 노동자들은 여지없이 공장 밖으로 쫓겨나가 다른 직장의 취업 길마저 봉쇄 당하는 현실의 한복판에서 사방의 공격 표적이 된 채 살고 있다는 생각이 미칠 때면, 두려움보다 더 견디기 어려운 외로움에 잠 못 이루는 밤을 그녀는 많이 경험했다.

구조적인 통제권에 갇혀 노조 지도자들은 할 수 있는 일조차 지레 포기하고, 스스로 주눅 든 모습으로 이것저것 살피다가는 어느 사이에 탄압자들의 충실한 측근이 되어 오히려 노동자들을 기만하고 회유하는, 또 다른 장애물로 둔갑해 가는 추한 과정을 연주는 많이 보아왔다. 자신만은 그렇게 되지 않으리라는 모진 각오를 하루에도 수없이 다지고 굳히며 매사를 처리해 온 그녀지만, 요즘 들어 견뎌내지 못할 수도 있다는 두려움이 자꾸 생겨나 멀거니 앉아 있는 시간이 많아졌다.

잡념에 빠져 있던 연주는 퇴근 벨소리를 듣고 자리에서 일어나 사무실 밖으로 나왔다. 퇴근하는 조합원들이 우루루, 노조 사무실 쪽으로 뛰어오는 것이 보였다. 그들은 연주를 에워싸고 유인물 내용에 대해 물으며 격려와 분노의 소리를 정신없이 쏟아놓았다.

노조 사무실 안에 들어간 조합원들도 왁자지껄 성토대회를 벌이고 있었다. 한 무리가 돌아가면 또 한 무리가 몰려와 똑같은 분위기를 자아냈지만, 연주는 그들에게 일일이 묻는 말에 대한 답변과 함께 고맙다는 말도 해주었다.

"…여러분의 이와 같은 단결력이면 아무것도 두려울 게 없습니다. 계속 노조 일에 관심을 갖고 참여해 주십시오. 노조가 믿는 것은 여러분의 이와 같은 뜨거운 관심과 단결뿐입니다. 이렇게 성원해 주셔서 감사합니다. 노조간부들만 남으시고 돌아가 주십시오. 모든 게 다 잘 될 것입니다."

외출에서 돌아온 경애와 화순도 조합원들에게 둘러싸여 열변을 토하고 있었다.

조합원들이 모두 돌아간 후에 열린 노조간부 간담회에서 연주는 낮에 있었던 조 과장과 맹포교와의 대화 내용 등을 보고하고, 경애와 화순은 연맹과 노총을 찾아가 협조를 요청한 내용 등을 보고하였다. 짤막한 질의 응답식의 토론을 마치고 노조간부 일행은 어두워진 후에야 회사를 나왔다.

"옥남아. 너 그 마늘 팔아서 양복 맞춰 입고 올라왔다는 고향 놈팽이 지금도 편지 오냐?"

"미친다니까. 이틀에 한 통씩 온다구."

"노조 여성부장 일을 하고 있다니까 아이구 부장님, 하고 부동자세를 취했다는 그 친구?"

"그래. 편지마다 존경하는 부장님이라는 말이 꼭 들어 간대니깐."

"이 조직부장님이신 화순이도 요즘 목하 번뇌중이니라. 꿈에 그리던 이상적인 남자가 정력팬티 입고 나타나지 않았겠느냐. 내 요즘 여자가 몽정까지 다 하고, 말이 아니니라."

"쟤는 입만 열었다 하면 그저 저런 얘기뿐이니. 쯧쯧쯧. 우리 조직이 색으로 오염될까봐 염려스럽다 얘."

"웃기지 말거라. 너의 원적은 정액이고 본적은 자궁인 사실을 망각했다가는, 너의 인간된 자체를 부정하는 대죄를 짓는 것임을 명심하렷다."

"어머머. 어휴 질렸다 질렸어. 너무 찐하다 얘."

"숫처녀 같은 년 아직 모를 거니라. 찐한 게 얼마나 찐득찐득허니 진짜로 좋다는 것을. 천하의 영웅호걸이나 정치가라는 사람들도 보거라. 그 찐한 것 땜에 신세 망하는 것을."

"등 따시고 배부르면 다 그런다면서?"

"옳거니. 잘 알고 있구먼 그려. 없는 놈들 거 다 긁어다 찐한 짓 하는 거니라. 보약 처먹으면서 손녀 같은 애들 데리고 앞치기 뒤치기 서기 벽치기 하는 거니라."

"어머, 어머머머. 그건 너무 했다 얘. 에그 망측해라."

"난 가난해서 결혼도 못하고 입으로 양기가 올라 그러느니라. 가난 앞엔 본능도 없는 거니라."

"가난 앞엔 본능도 없다? 야, 그건 멋진 말이다 얘. 말 된다 얘."

"자, 오늘은 일찍들 가서 본능 찾는 투쟁에 대해 연구들 많이 해오거라. 본능 속엔 찐한 것 외에 인간다움도 포함돼 있다는 걸 잊지 말도록…"

버스 정류장에 와서야 그들의 농담은 그쳤다. 늘 들어서 아무렇지도 않게 들리는 얘기들이지만, 가난과 본능에 관한 화순의 말 속에는 퍽 깊은 의미가 담겼다는 생각을 하면서 연주는 버스에 올랐다.

집 앞에서 연주는 아버지가 좋아하는 군밤을 한 봉지 샀다. 오늘따라 왠지 식구들과 군밤을 까먹으며 친척들의 소식이나, 점점 건강이 나빠지고 있는 아버지의 살아온 얘기들을 나누고 싶었다.

그녀는 되도록 밝은 표정을 지으면서 초인종을 눌렀다. 대문을 열어주는 어머니의 표정이 여느 때처럼 어둡게 굳어 있음을 마음 아파하면서, 연주는 철 안 난 소녀처럼 어리광을 부릴 마음으로 안방으로 뛰어갔다. 그러나 안방 문을 연 순간 그녀의 몸은 돌처럼 굳어버렸다.

창백한 얼굴의 아버지가 팔에 주사를 꽂은 채 누워 있었고, 그 옆에는 간호사가 앉아 있었다. 물끄러미 연주를 올려다보는 아버지의 움푹 팬 두 눈에서 쉴 새 없이 눈물이 흘러내리고 있었다. 연주는 가슴이 철렁 내려앉았다.

"허약하신 몸에 상당한 충격을 받으셨어요. 경과를 봐서 입원하셔야 할 것 같아요."

간호사가 가방을 챙기며 한 말이었다.

"어떤 놈이 하루종일 전화를 걸어왔다는 거야. 누나가 빨갱이 같은 일을 해서 형무소 가게 될 거라면서, 회사를 그만두게 하면 괜찮아질 거라구 말야. 그 놈이 가르쳐준 전화번호로 아버지가 확인 전화를 걸어 보시고는 정신을 잃으셨대."

고등학교에 다니는 남동생이 전화번호를 적은 쪽지를 연주에게 건네주며 씩씩거렸다. 거기엔 대성전자의 전화번호가 적혀 있었다. 도대체 이 땅에서 이러한 일이 있을 수 있는 것인가. 연주는 입이 얼어붙어 아무 말도 할 수가 없었다.

아버지는 그녀가 노조 활동을 하고 있는 것을 전혀 모르고, 그저 착실하게 직장생활을 하며 혼기를 넘기면서까지 집안 가계를 떠맡고 있다고 대견해 하면서도, 한편으론 고생하는 딸이 안쓰러워 한 잔 술에도 눈물을 흘리는 터인데, 그런 딸이 빨갱이 같은 일을 하다가 형무소 가게 되었다는 전화에 얼마나 큰 충격을 받았으면 정신까지 잃었을까 생각하니, 연주는 너무 큰 슬픔에 숨이 막혀왔다.

6·25를 겪고, 자유당 시절의 일부 깡패 정치집단으로서의 노동조합만 알고 있던 그녀의 아버지는, 평소에도 신문이나 방송에서 빨갱이 얘기가 나오거나, 기업을 망하게 했다는 노조 문제가 대두되면 마

치 당신이 화를 입은 것처럼 버럭 화를 내며 주먹 쥔 양손을 떨던 사람이었다.

교통사고로 큰 아들을 잃고 난 후부터는 연주를 제일 믿었고, 연주가 여동생 둘을 출가시키고 나서도 가계를 떠맡자 모든 것을 그녀에게 의지하며 만화가게를 하여 생활비를 충당하는 환갑을 넘긴 아버지였다.

연주는 어느 날 밤인가, 딸의 결혼 걱정을 하면서도 막상 출가해 버리면 무슨 수로 살아갈 것이냐고 상심하는 부모의 얘기를 엿듣고, 남동생이 사회인이 될 때까지 가엾은 부모님을 모시기로 눈물의 결심을 굳힌 적이 있었다. 그 결심을 확인하며 연주는 조용히 아버지 옆에 다가앉아 손을 잡았다. 그녀의 손을 맞잡으며 아버지는 아무 말 없이 눈물만 흘렸다.

그녀는 무슨 말로 아버지를 안심시킬 것인지 도저히 자신이 서지 않았다. 도대체 어떤 자가 이렇듯 악랄하고 잔인한 방법으로 자신을 몰락시키려는 것인지 선뜻 짐작 가는 데가 없었다.

대성전자 사장, 조 과장, 맹포교, 사장을 위하는 일이라면 목숨까지 아끼지 않을 최 전무….

대성전자의 노조 결성과 제3자 개입 고발, 그리고 자신의 조직적인 강경 대처와 이 전화와는 떼려야 뗄 수 없는 관계가 있을 것이라고 그녀는 판단했다. 또한 성질이나 사람 됨됨이로 봐서 맹포교가 가장 유력한 혐의자라는데 까지 생각이 미쳤다.

연주는 아버지가 잠드는 것을 보고 살며시 자기 방으로 건너와 어머니와 동생에게 모든 것을 상세히 설명했다. 동생은 곧 이해하는 눈치였지만 어머니는 연주가 어떻게 되는 것보다도 당장 아버지의 건강이 걱정이라며 손수건으로 눈물을 훔쳤다.

"너무 걱정 마세요, 충격이 좀 회복되시면 제가 안심하시도록 잘 말씀드릴께요."

"그래, 난 너만 믿는다. 지금까지 잘해 왔으니까. 설마… 설마 뭔 일이야 있을라구…."

코를 훌쩍거리는 어머니의 손을 잡고 연주는 끓어오르는 비분을 꾹꾹 눌러 삼켰다. 그녀는 자꾸만 헛소리를 하는 아버지 곁에 앉아 흔들리는 마음을 가누며 뜬 눈으로 밤을 새웠다.

앞으로 전개될 예측불허의 상황과 아버지의 건강 문제가 떨칠 수 없는 고통과 갈등으로 그녀를 짓눌렀다. 기름진 얼굴들의 비웃음 소리가 그녀의 비분에 찬 가슴을 후비고 또 후볐다.

(아버지… 아버지… 이 일로 돌아가시지만 마십시오. 저는 용감하게 불의와 폭력에 맞서 투쟁한 흔적만이라도 남겨야 합니다. 아버지… 떳떳하게 살려고 하는 이 딸을 위해서 돌아가시지만 말아 주십시오. 저는 결코 물러나선 안 되는 벼랑에 서 있습니다. 아버지… 우린 싸워야 합니다)

연주는 먼동이 트는 새벽에 진한 눈물을 쏟으며 대문을 나섰다.

2

여느 때처럼 현장을 돌며 조합원들과 아침 인사를 나누고 사무실에 돌아온 연주에게 새로운 문제가 기다리고 있었다. 회사가 보낸 '긴급노사협의회 개최 요청' 문서를 놓고 경애가 분개를 터뜨리고 있었다.

"너무 정직해서 너무 징그러운 놈들 같으니라구. 이럴 때 가만 있으면 사타구니에 부스럼이라도 생기는 모양이지, 쫌팽이 같은 것들."

경애는 '가명 입사자 처리에 관한 건'으로 되어 있는 협의 안건을 손가락으로 가리키며 눈에 쌍불을 켰다.

전에도 가끔 회사가 이 문제를 들고 나오긴 했으나 그 때마다 큰 쟁점이 되지 않고 양해를 하는 방향으로 넘어가곤 했었다. 그러나 이번에는 상황과 성격이 다르다고 연주는 생각했다. 그녀가 고발 당해 있는 불리한 상황을 이용하여 정식 문서로 문제를 던져온 것이다.

연주는 노조를 파괴하겠다는 저의를 노골적으로 선언하고 나선 선전포고문 같은 문서를 되풀이 읽으며 쓰게 웃었다. 그 문서를 구겨 들고 즉시 사장실로 갔다.

사장은 마치 기다리고 있었던 것처럼 태연하게 연주를 맞았다.

"어떤 식으로 처리하실 겁니까?"

그녀는 구겨진 문서를 사장의 책상 위에 펴놓고 단도직입적으로 물었다.

"급하게 뛰어온 모양인데 거기 앉아서 숨 좀 돌리고 천천히 얘기 합시다."

사장은 거드름을 피우며 담배를 꺼내 물었다. 그러더니

"유감스럽게 사무국장도 언니의 서류를 갖고 입사했드구만?"

하고 싱글싱글 웃음을 흘렸다.

연주는 그런 사장에게 마구 해대고 싶은 심정이었지만 태연스럽게 말을 받았다.

"사장님은 사장님답게 좀 더 큰 문제에 신경을 쓰셨으면 해요. 늘 말로만 하시지 말고, 진짜로 우리 회사를 업계에서 제일 좋은 회사로 만드는 큰 일 말예요. 밤낮 이런 일만 들추는 게 최고 경영주의 할 일인가요?"

"큰 일을 하려면 께끄름한 부분부터 정리해야지. 나는 완전한 것을 좋아하는 성격이거든."

"그래야 하겠죠. 우선 여비서들을 데리고 노는 회사 간부들부터 정리하는 것이 좋지 않을까요?"

"증거 없는 얘길 했다가는 큰 코 다쳐요. 위원장이 가지고 노는 걸 봤단 말요? 사진이라도 찍어 놨는감?"

사장의 이맛살이 찌푸려졌다.

"증거요? 회사 돈을 도박판에 뿌리는 증거는 잡지 못했어도 불륜 관계 증거는 얼마든지 있죠."

"그건 어디까지나 사생활이잖소!"

그는 짧게 소리를 지르며 자리에서 일어났다. 그러더니 금세 표정을 바꾸어

"위원장, 가명 입사자들을 다 정리하자는 게 아니오. 이제는 다 나이들을 먹었으니까 자기 서류로 충분히 입사할 수가 있는 거잖소? 그러니까 일부는 재입사 형식을 취해 주고, 일부는 내가 책임져서 다른 회사에 집어 넣어 주도록 합시다. 그 선별 작업은 노사가 함께 하구 말요."

달래는 듯한 말투를 지껄이며 연주를 빤히 쳐다보았다.

"그건 집단감원이나 마찬가지예요. 가명으로 입사했다 해도 인사관리나 생산에 아무런 지장을 주지 않잖아요? 그리고 애초에 나이가 어리다는 걸 알면서도 회사가 그 사람들을 찾아다녀 서류 내는 방법까지 가르쳐주며 채용을 했던 거구요. 그 때는 일은 많고 사람을 채용하기가 어려웠으니까요. 나이가 어려 다른 사람의 서류를 갖고 들어온 그들은 임금을 형편없이 주어도 아무 불만 없이 감수해 왔구요. 회사가 이 정도 성장한 것은 그들의 공로가 크다는 것을 인정해야죠. 지금에 와서 마치 모르고 있었던 사실을 발견한 것처럼 문제를 만들고, 그냥 두어도 될 일을 건드려서 부스럼 만들려는 이유가 뭔지 모르겠어요. 근속년수를 승계하는 것을 원칙으로 하여 전원 재입사 형식을 갖추는 것이 가장 좋은 방법이라고 봐요. 이 문제는 노조의

간판을 떼느냐 마느냐가 달린 중대사라는 것을 강조하고 싶군요."

"어허, 그건 너무 큰 욕심이오. 그들은 서류를 위조해 입사한 회사규정 위반자들이란 말이요. 법으로도 충분히 해고사유가 되는 것이고. 그러나 법을 들추기 이전에 노사 간에 대화로 풀고 싶은 게 내 기본 생각이라는 걸 좀 깊이 이해해 줘야 되겠소. 아무튼, 노사협의회에서 정식으로 거론합시다. 나는 다른 데에 회의가 있어서…."

그는 연주를 자기 방에 남겨둔 채 먼저 나가버렸다. 연주는 뻔뻔스러운 사장의 뒤통수를 노려보았다.

집단감원이라는 위협감으로 현장을 긴장시켜 하나로 뭉쳐 있는 조합원들을 분열시키고, 노조가 감원에 대한 협의에 응하려 한다는 인식을 갖게 하여 불만의 화살을 노조 쪽으로 돌리려고 하는 사장의 의도가 너무 조잡스러워 연주는 헛웃음이 다 나왔다.

회사가 요청한 노사협의회에 응하는 것은 가명 입사자들의 처리를 일단 긍정적으로 보고 있다는 오해를 살 소지가 있으므로 연주는 노사협의회를 거부키로 결심했다. 노조간부들의 생각도 그녀와 같았다.

"너를 죽이고 싶으니 몇 월 몇 일 몇 시에 어디로 나와라, 나와서 어떤 식으로 죽을 것인가 협의하자, 기가 막힐 일여. 도대체 노사관계를 어디로 끌고 가자는 거야, 이거."

"나는 몇 개 빼앗고 싶은데 너는 몇 개 빼앗겨 줄래? 이런 회의 하자는 거 아냐, 이거."

점심시간 때 몰려온 노조간부들과 조합원들은 분노와 근심의 표정을 나누며 회사를 성토했다. 연주는 그들에게 비열한 회사의 책동에 조직력으로 맞설 각오를 밝히고, 회사의 획책을 물리치기 위한 일치단결을 강조하고 호소했다. 그녀는 사무실 밖에서 조합원들 틈에 끼어 동태를 살피는 노무과장에게 똑바로 들으라는 듯이 회사 측의 비열하고 치졸한 소인배적 작태를 통렬히 비판했다.

"동지 여러분! 지난날을 한 번 생각해 봅시다. 스레트 건물에서 시작한 우리 회사가 수출 붐을 타고 엄청나게 발전하여 지금의 이 건물로 이전을 할 때, 회사는 임금을 아끼려고 나이 어린 사람만을 상대로 인원을 채웠습니다. 회사간부들이 차를 끌고 시골로 돌아다니면서, 서류상의 나이가 너무 어리니 언니나 친척들의 서류를 떼어 내라고 친절히 가르쳐 주면서, 나이 어린 사람만을 골라서 입사 시켰습니다. 처음에는 잠만 겨우 잘 수 있는 기숙사를 운영하다가 그것마저 없애려 하여 노조와 심한 충돌이 있었으나 결국 없애버렸습니다. 동지 여러분! 이제는 회사가 그때 그렇게 모시고 오듯 했던 가명 입사자들을 집단해고 시키려고 합니다. 마치 모르고 있었던 사실을 처음 안 것처럼, 사장이 직접 나서서 그 짓을 획책하고 있는 것입니다. 그러나 여러분! 여기에는 우리가 분명히 알고 넘어가야 할 회사의 더 큰 음모가 도사리고 있다는 것을 명심해야 합니다. 회사의 진짜 목적은 가명 입사자의 해고가 아니라 노조의 파괴입니다. 지금껏 회사는 기회 있을 때마다 얼마나 많은 노조 파괴 행위를 일삼았는지 여러분은 잘 아실 것입니다. 지금의 강철 같은 우리 노조가 있기까지 얼마나 많은 고통을 당했고, 선배들이 해고 당하고 옥살이까지 했습니까! 이 회사의 발전은 누구의 희생 위에서 이루어진 것입니까! 바로 우리들의 피땀입니다. 그런데, 회사는 아직도 노조를 없애야만 회사가 더 잘될 것으로 착각하고 있습니다. 회사는 지금 우리끼리 싸움을 하도록 이간질을 시키고 있습니다. 이런 문서를 보낸 회사와 노조가 협의에 응하면 여러분은 어떻게 생각할 겁니까! 노조가 조합원의 해고 문제를 갖고 협의한다고 불신하고 불안해 하며 노조간부들을 공격할 것입니다. 회사는 그것을 노리는 것입니다. 어떻게 해서든지 우리 조직을 분열시켜 힘을 빼 놓고는 나중에 하고 싶은대로 다 하겠다는 뻔한 수작입니다. 그때 가서 해고를 막을 힘이 우리에겐 없어질 것입니다. 동지 여러분! 본인은 여러분의 신상을 책임져야 할 노조의 대표자로서 회사가 요청해 온 노사협의회를 거부할 것을 선언합니다. 노조의 첫째 과제는 조합원의 해고 방지입니다. 인간적으로 우리를 배신하는 회사의 그 간교한 술책에 말려 협의에 응했다가는 또 다른 음모에 다시 휘말리게 될 것입니다. 여러분! 우리는 회사의 치졸한 술책을 모두가 함께 거부해야 할 것입니다. 자기 문제가 아니라고 단결에서 이탈하면 그 다음에는 바로 자기가 희생될 것입니다. 우리들의 피땀에 대해 무자비한 해고로 보답하려는 회사의 이기적이고 몰염치한 작태를 절대로 용납해서는 안 될 것입니다. 가명 입사자들의 해고를 막고 노조를 지키는 일에 여러분! 하나로 단결하여 응징해 나갑시다! 흩어지지 말고 뭉쳐서 회사의 탄압 음모를 사전에 저지합시다!"

노조 사무실을 꽉 메우고 복도에까지 줄을 선 조합원들은 박수를 치며 노동조합 만세를 외쳤다. 그리고 조합원들은 그간 스스로 모금한 대책위원회 활동자금의 전달식을 갖는다며 연주를 노조 사무실 밖으로 데리고 나가 앞에 세웠다. 뜻밖의 조합원 집회가 열린 상황에 연주는 큰 용기를 얻어 조합원들의 앞에 섰다.

모금운동을 주도한 독서회 회장이 팔백여 조합원의 단결이 담긴 '위원장님께 드리는 글'을 낭독했다.

"위원장님, 용기를 잃지 마시고 힘내세요. 우리 조합원 일동은 위원장님의 신변에 이상이 생기면 모두가 함께 희생할 각오가 되어 있습니다. 영광되게 불의와 싸우는 우리들의 대표자가 되어 주시길 바랍니다."

우레와 같은 박수와 환호가 울려 퍼졌다.

연주는 92만7천4백 원의 활동자금과 조합원의 연대서명부를 건네받으면서 북받치는 감동을 어쩌지 못하고 독서회장을 힘껏 끌어안았다.

"자, 여기 참석 못한 조합원들께 이 사실을 알려 주시길 바랍니다. 우리 힘차게 노래를 부르며 해산합시다!"

화순의 선창에 의해 '큰 힘 주는 조합' 노래가 우렁차고 힘차게 회사 앞마당에 울려 퍼졌다.

노동자의 핏줄 속에
조합정신 흐를 때
하늘 아래 그 무엇이
보다 더욱 강하랴
우리 각 사람의 힘은
비록 약할지라도
큰 힘 주는 조합
단결하자 언제든지
단결하자 언제든지
단결하자 언제든지
큰 힘 주는 조합

회사가 일방적으로 요청해 온 긴급 노사협의회 개최 시간이 십 분쯤 지난 후에 인력관리부장 명의로 된 '인사기록 카드 정비에 관한 안내서'가 현장에 일제히 배포되었다. 합리적이고 효율적인 인사관리를 위하여 새로운 양식의 인사기록 카드를 제정, 운영코자 하니 전체 종업원은 한 사람도 빠짐없이 별지의 신상명세서에 정확한 신상 사항을 적어 주민등록증 사본과 함께 제출하라는 내용이었다. 그리고 주민등록증을 복사해 준다면서 부서별로 작업을 중단시킨 채 담당 과장들이 주민등록증 제출을 종용하고 나섰다.

예상했던 일이었지만 연주는 회사가 앞뒤를 가리지 않고 기습적이고 정면충돌적인 방법으로 나오리라고는 생각지 않았었다.

연주는 빗발치듯 전화를 걸어오는 노조간부들에게 절대로 흥분하여 노조 사무실로 달려온다거나 회사간부들과 맞서서 싸우지 말 것을 단단히 이르고, 모든 것은 조합원들 스스로의 판단에 맡기도록 당부했다. 불안한 감은 있으나 이번 기회에 조합원들의 성숙된 의식과 놀라운 단결력을 회사에게 확실히 보여줄 필요가 있다고 판단되었기 때문이었다.

연주는 조합원을 믿는 마음으로 아무 일도 없는 것처럼 태연을 가장하고 독서회가 운영하는 책장을 정리했다. 4백여 권의 도서가 대여되어 있는 도서대여부를 보면서, 연주는 조합원들의 높은 독서열에 새삼 놀라움을 금치 못했다. 또한 흥미 위주의 책보다는 사회과학 분야의 책들이 날이 갈수록 많이 읽히고 있음을 발견하고는 흐뭇한 생각까지 들었다. 망가진 책들을 스카치테이프로 고치고 있는 중에 최전무의 전화가 왔다.

"정말 이렇게 할 참요? 뭐라고 선동해 놨기에 애들이 돌부처가 되어 있는 거냐 말요? 진짜 이렇게 막 해도 되는 거요?"

그의 음성은 흥분으로 인하여 몹시 떨리고 있었다.

"현장을 정확히 보시고 판단하세요. 지금 노조간부들이 선동하고 있던가요? 선동할 시간이나 주었느냐구요?"

"미리 다 선동해 놨잖소? 투쟁기금도 거뒀다면서?"

"말씀 그렇게 하시지 마세요. 문제를 정확히 판단하셔야지 억지로 얘기를 뜯어 맞추면 진짜 곤란해지는 거예요."

"아무튼 이리로 좀 와서 얘기합시다."

"지금 상황에 사무실을 비울 순 없어요."

"음~ 그래. 그럼 다시 연락하죠. 회사 망치려 들지 말고 알아서 잘 생각하시라구."

최 전무는 좀 수그러진 음성을 남기고 전화를 끊었다. 잠시 후, 외출했던 경애가 돌아와 조합원들 스스로 주민등록증 제출을 거부했다는 설명을 듣고는 날 듯이 기뻐하며 연주를 껴안았다.

"지금 밖에는 대성전자와 우리 문제가 톱 화제가 되어 있어요. 조 과장이 그렇게 우리를 톡 까놓고 욕하고 다닌대요. 우리 사장하고 자주 만나는 모양이구요. 우리를 돕는 데는 한 군데도 없고 사방에서 노리는 눈만 많으니 드럽고 치사해서. 무슨 놈의 세상이 약자 하나를 잡을려구 강자끼리 찰떡처럼 붙어서 니나노를 불러대고 있으니, 빽 없고 돈 없는 년놈들은 그저 당할 데까지 당하다가 꽉 한 번 불 지르고 끝장 내라는 팔자인지…"

날 듯이 기뻐하던 모습이 금세 사라지고, 허공을 보며 피곤하고 짜증이 난 듯 눈을 질끈 감는 경애에게, 연주는 문제의 괴전화 내용과 병원에 입원한 아버지 이야기를 할까 하다가 그만 두었다.

무슨 일이 있을 것 같았던 현장에서는 아무 일도 벌어지지 않았다.

최 전무의 전화도 다시 걸려오지 않았다. 무슨 다른 꿍꿍이속이 있는 것인지 회사는 더 이상 주민등록증 제출을 고집하지 않고 정상작업을 지시했다는 화순의 연락이 왔다.

아~ 연주는 긴장이 풀리며 탄성이 절로 새어나왔다.

조합원들에 대한 깊은 신뢰와 아울러 어떠한 일이건 극복할 수 있다는 자신감이 그녀의 가슴 전체에 든든하게 들어참을 느낄 수 있었다. 이러한 막강한 조직력이 있는데도 불구하고 탄압을 이겨내지 못한다면 그것은 전적으로 나의 무능 때문이리라. 조합원들의 훌륭한 단결력과 권리정신을 이끌어나갈 능력이 없다고 판단될 때는 주저 없이 물러나야 할 것이리라. 이제부터의 모든 문제는 순전히 자신의 자질에 달려 있다는 각성이 일자 연주는 불현듯 다른 걱정거리가 떠올랐다.

조 과장 선에서 일을 잘 풀어 보라는 어느 선배 위원장의 전화, 공단본부 한문교실에 조합원을 입학시켜 달라는 상냥한 미스 리의 전화 등을 건성으로 받으며, 연주는 아버지 생각에 속을 태웠다.

괴전화를 받은 후 한 마디 말도 없이 앓다가 끝내 병원에 입원한 아버지 걱정에 연주는 밤마다 잠을 설치는 고민에 빠졌다. 언제부터인가 머릿속이 파리가 나는 것처럼 윙윙 울리고 입술도 말라 갈라지기 시작했다.

꿈 속에서도 나 하나 위원장직에서 물러나면 모든 게 쉽게 해결되겠지, 하고 생각하다가 깜짝 놀라 벌떡 일어나 그대로 밤을 지새우곤 했다.

"언니 어디 아퍼? 히~ 오래간만에 언니라고 불러보네."

경애가 옆에 와 앉으며 표정이 굳어 있는 연주의 손을 포옥 감싸쥐었다.

"아프긴. 좀 더 독해지려고 마음을 다지고 있었어."

"언니는 참. 화장도 좀 하고 그러지 얼굴이 이게 뭐야? 혹시 시집가는 생각하고 있었던 건 아니고?"

"얘는. 시집은 무슨…."

"우리들 시집가면 남편을 하늘처럼 알고 고분고분 살아갈 수 있을까? 애교 부리면서 말야."

경애의 이 말에 둘은 한바탕 배를 잡고 웃었다. 그 엉뚱한 말에 대한 긍정의 웃음인지 부정의 웃음인지 확실치 않은, 그런 미친 것 같은 웃음을 배가 아프도록 토해놓고 나니 연주는 속이 조금 후련해지는 듯했다. 너무 웃어서 눈물이 찔끔 비친 눈을 비비며 경애는 이렇게 말했다.

"요즘처럼 외로움을 느껴보긴 처음이야. 애들 결혼한다는 연락 받을 때마다 도대체 나는 뭔가 하는 반발이 생기구. 밤낮 사건에 묻혀 사는 나도 과연 여자인가 하고 돌아볼 때가 많아졌어. 연애도 해 보고 싶어지구. 아니, 이 생활을 아예 집어치우고 싶어질 때가 있어. 뭔가 달라지는 게 있어야지 보람이고 긍지고 나발이고도 있는 거지, 이건 밑도 없고 끝도 없는 싸움 같아서… 세상이 너무 더럽고 추악해. 맛이 너무 없어. 매일 그 타령이니까….”

경애는 가는 한숨을 포옥 내쉬었다. 평소에 들어보지 못했던 경애의 얘기를 듣고 연주도 말없이 고개를 끄덕였다.

갑자기 침울한 분위기가 둘 사이에 무겁게 내려앉았다. 연주는 문득 슬픔 같은 감정에 빠지는 자신을 확연히 느꼈다.

경애도 멍한 눈빛으로 창밖을 내다보고 있었다. 퍼뜩 이런 분위기에 빠져선 안 된다는 생각이 들어 연주는 사무실 바닥을 꽝 소리가 나도록 박차고 일어섰다.

경애가 소스라쳐 놀라 따라 일어섰다.

"자~ 힘내자. 좋은 날이 올 거다. 궁상은 다음에 떨구.”

연주는 남자 같은 행동으로 경애의 어깨를 툭툭 치며 애써 웃는 표정을 지어 보였다.

"언니. 우린 이런 얘기 주고받으면 안 되는 거야? 언니가 무서워 보일 때가 있어.”

경애는 허탈한 음성으로 말하고는 연주의 손에서 어깨를 뺐다.

작업이 끝나 노조간부들과 조합원들이 몰려와 법석을 떨어도, 경애는 힘겹게 따라 어울리는 것 외에 가시 걸린 웃음을 끝내 들려주지 않았다.

"어디 아프니? 생리통이 그토록 심하니?”

이상한 느낌을 눈치 챈 화순이 짓궂게 웃기려 해도 그저 피식 억지로 웃어 보일 따름이었다.

연주는 진심으로 경애한테 미안한 마음이 들었다. 친화력이 뛰어난 경애를 사무국장으로 발탁하여 오늘에 이르는 동안 사서 고생하는 역할을 도맡아 한 그녀로 인해 노동조합의 조직은 나날이 살아났지만, 그녀의 사생활은 없어진 지 오래 되었다. 자기 고생이 조합원들의 권익증진에 밑거름이 되고 있다는 것이 너무도 행복하다며 지칠 줄 모르고 뛰는 경애가 가끔씩 지친 모습을 보일 때면 연주도 덩달아 침울해져서 같이 술자리를 갖곤 했다.

그러나 지금은 처져 있을 때가 아니다. 연주는 크게 손뼉을 치며 경애에게 다가갔다.

"경애야, 최근 우리 노조가 가장 큰 위기에 처해지는 것 같애. 노동부에서 분명히 업무검사를 나올 거니까 틈 나는대로 회계서류들을 차근히 확인해 두셔. 네가 처져 있으면 나도 힘이 빠지니까 서로 힘내자꾸나."

부둥켜안는 연주를 경애도 마주 안으며 사무실이 떠나가도록 뚝배기 깨지는 웃음을 터뜨렸다.

"위원장님, 걱정일랑 붙들어매셔! 억울해서라도 내가 이대로 꺾일 수는 없당께! 몇 놈은 같이 죽어야 뚝깨다운 거 아녀? 와하하하! 와하하하!"

3

조 과장 일행이 들이닥쳤을 때 연주의 마음은 오히려 차분히 가라앉았다. 합법적인 압력의 방법을 행사하러 온 조 과장은 살기가 등등했다.

"이건 노동조합의 업무검사가 아니여. 고발 사건에 대한 사법 경찰관의 조사지!"

그는 고발이라는 말을 특히 강조했다.

"조사는 저번에 끝나지 않았던가요?"

"아직 진행 중이라는 걸 똑바로 인식하쇼!"

그는 거만스럽게 연주를 대하며 경리장부 일체를 내놓으라고 했다.

경애가 여기저기에서 느릿느릿 전표철 등을 꺼내 놓자 동행한 감독관이 그것을 가방에 담았다.

"따라 오쇼!"

연주는 그들에 의해 밖에 대기하고 있던 승용차에 올랐다. 차는 곧바로 치달려 노동부 지방사무소 앞에 미끄러지듯 멈췄다.

연주가 안으로 들어서자 낯익은 얼굴들이 불안한 눈길로 일제히 그녀를 주시했다. 연주는 이끄는 대로 차분히 따라가서 조 과장이 손짓한 의자에 편한 자세로 걸터앉았다.

"모든 질문에 정직하게 대답해야 빨리 끝날 거여!"

오기와 감정이 듬뿍 배인 산만한 태도로 그가 연주를 노려보았다. 그리고는

"지금이라도 진정한 마음으로 협조할 수 있다고 약속하면 모든 걸 백지화할 수 있는 용의도 있다는 걸 알아 두셔."

하면서 불을 붙이지 않은 담배를 책상 위에 톡톡 퉁겼다.

"한 가지 물어볼 게 있어요. 혹시 우리 집에 전화한 적 있으세요?"

연주는 궁금했던 전화 얘기를 슬쩍 꺼냈다.

"무슨 뚱딴지같은 소리요? 노동조합 하는 사람들 집으로는 전화 걸어본 역사가 없는 사람이란 걸 모르시나? 여기서도 지겨운데 뭣하러 밖에 나가서까지 일에 매달리냐구?"

거짓이 들어있는 말로는 들리지 않았다.

"내가 이 조서를 어떻게 쓰냐에 따라서 구속과 불구속에 대한 막대한 영향을 미친다는 걸 필히 명심하쇼."

위협과 회유와 인간적인 위로의 말까지 적절히 곁들이면서 조 과장은 지리하게 연주를 붙들고 늘어졌다. 지난 번에 받은 조사와 별다를 바 없는 내용을 그는 묻고 또 물었다.

연주는 마음 속으로 숫자를 세고 시를 외우기도 하였다.

자세가 흐트러지면 술수에 말려 고전하게 될 것이다. 이럴 때는 피가 차가운 인간이 되어야 한다. 흥분하거나 기가 죽어서는 절대로 안 되는 일이다. 폭행을 당하더라도 빙긋이 웃으며 걸어 나가자. 연주는 이렇게 생각하고 있었다.

"진짜 이럴 거요? 여기 이렇게 목격자의 진술서가 있는데도 아니라고 우길 거냐구!"

조 과장의 언성이 높아지기 시작했다.

그는 지금 연주가 일한전기노조의 조합비를 대성전자의 노조 결성에 지원했다고 캐묻고 있는 것이다.

그녀가 대성전자노조의 결성 멤버들을 만난 날짜와, 일한전기노조의 예산에서 위원장의 직무활동비가 지출된 날짜가 일치된다는 점, 그리고 그 날 그녀 손으로 직접 대성전자의 누군가에게 돈을 건네주는 것을 목격했다는 배신자의 조작된 진술서를 증거로 제3자 개입금지 위반 혐의에 옭아매려고 기를 쓰고 있는 것이었다.

"조 과장님. 이치상으로 생각해 보세요. 그 진술서를 쓴 사람은 틀림없이 회사의 사주에 의해 동지들을 배신하고, 그 진술서를 사장한테 써준 후에 사표를 냈어요. 그런 사람이 쓴 진술서를 결정적인 증거로 삼는다면 그건 너무 엄청난 모순이라고 봐요. 제가 만약 결성 멤버들의 진술서를 받아오면 그걸 믿으실 건가요, 안 믿으실 건가요? 나한테 돈 받은 사실이 없다는 진술서 말예요. 이러한 방법은 합리적이 못된다고 봐요."

"뭐요? 그럼 그 날 활동비는 어디다가 쓴 거여? 그 날 뿐 아니라, 여기 이날 활동비 타 간 날도 그 애들을 만난 날이잖소? 일치되는 부분이 한두 가지가 아니잖소?"

"직무활동비는 우리 대의원대회에서 승인받은 위원장의 최소한의 활동비예요. 그걸 어디에 썼는지 꼭 밝혀야 할 의무가 제게는 없다고 봐요. 제 양심상 개인적인 일에는 쓰지 않았으니까요."

"그렇겠지. 위원장처럼 노동운동 정신이 투철한 사람이 개인적인 일에 쓸 리야 없겠지. 운동가는 법 같은 거 위반하는 것을 식은 죽 먹듯 해야 하니까. 오히려 한두 번 쯤 살고 나와야 영웅대접을 받게 되는 거니까."

그는 반말을 하며 연주를 비꼬았다. 심호흡을 크게 하면서 흥분을 자제하려는 눈치가 역력히 보였다.

"위원장. 내 이거 한 가지는 솔직하게 말할 수 있어요. 많은 노동조합의 업무검사를 해 보았지만, 당신네 조합처럼 정상적이고 알뜰하게 조합비를 쓰는 데는 한 곳도 없었어. 이건 다른 조합에서 본받아야 할 점이야."

연주는 어느 노동자 시인이 쓴 시를 외우고 있었다.

(…우리들이 일어설 때 / 협조와 인간관계를 되뇌며 물러서는 / 저 인자한 웃음 뒤의 음모와 칼날을 / 우리는 안다…)

"나는 어느 때, 내가 왜 이러한 직업을 갖게 되었나 회의를 느낄 때가 있어여. 어떤 때는 노동조합이 전혀 문제가 없는데도 내 업무상 상부의 방침을 어길 수 없어 노조의 문제점을 캐야 하는 행위에 스스로 혐오감을 느끼곤 하지. 이번 일만 해도 그래요. 위원장과 나하고는 인간적인 감정이 있을 수가 없는데도, 각기 하는 일이 다르다는 점 때문에 이렇게 얼굴 붉히는 자리에 마주앉게 된 것이 참으로 가슴 아픈 일이 아닐 수 없어요. 이런 모순된 사회에 몸담고 산다는 그 자체가 부끄럽지만, 이것이 또한 인간의 복잡한 숙명적 생활이니만큼 어쩔 수 없이 따를 수밖에 없는 거 아니겠소? 위원장, 다시는 이런 일로 만나게 되지 않도록 노력하자구여. 그리고 피차가 피곤하니까 얼른 조사를 매듭 짓고 새로운 기분으로 서로 협조하는 관계가 되어보자구여. 내 힘닿는 데까지 노력해서 구속만큼은 안 되도록 할 테니까."

(…높으신 양반이 / 부드러운 미소로 내 등을 두드릴 땐 / 내게 무얼 원하는지 안다…)

시시각각 말의 내용이 변하는 조 과장은 군부독재 시대에 걸맞는 유능한 공무원이라고 연주는 평가했다.

"나도 대학 다닐 땐 굉장한 놈이었지. 이승만 독재를 무너뜨린 주역이었으니까. 헌데 지금은 그 때와는 모든 것이 판이하게 달라졌어여. 지금은 국제경쟁의 시대요. 국제경쟁력에서 이기는 길만이 그 나라가 살고 국민이 살고 노동자가 살 수 있는 길이요. 자유경제와 인권을 외치는 미국도 소위 보호무역의 장벽을 쌓으면서, 다른 나라에는 수입을 개방하라고 노골적인 압력을 가하는 걸 보라구. 약소국의 국민들이 굶어죽건 말건 지네 나라만 잘 살겠다는 이기주의를 전 세계에 보란 듯이 드러내 보이고 있잖소? 민주와 자유를 지상목표로 삼는 시대는 이미 지나간 거여. 그건 상징이지 현실이 될 수가 없는 거라구여. 이제는 오직 힘의 경쟁시대요. 군사력과 경제력, 그 경쟁에서 뒤지면 아무리 민주주의가 발달한 나라도 약소국 취급을 받을 수밖에 없게 되어 있는 거요. 지금은 강력한 지도자 밑에서 모든 국민이 일사불란하게 움직여 줘야 하는 아주 중차대한 시점에 우리나라가 놓여 있는 거요. 아주 심각한 지경이라구여. 질서를 해치고 대열에서 이탈하는 사람은 용납될 수가 없게 되어 있다니까. 당국인들 노동자들이 고생한다는 걸 왜 모르겠나? 기업주들의 횡포가 심하다는 것도 다 잘 알고 있지. 그러나 지금 나라의 실정이 생산 현장에 이상이 생겨선 안 되도록 되어 있다구여. 노조활동을 보장하기엔 경제기반이 너무 취약한 실정이지. 수출경쟁에서 지면 우리나라 경제는 끝장날 수밖에 없는 것이니까. 그러니 위원장, 노동자이기 전에 국민의 입장으로서, 애국하는 마음으로 정부 정책에 호응을 좀 해 주시요. 이건 내 진정한 충고이자 마지막 부탁이라는 걸 진지하게 인식해 주기 바래요."

과연 조 과장다운 설득과 회유였다.

큰 소리로 상대방의 혼을 빼놓고는 나름대로의 진지한 이론을 구사한 후에 '너한테 알아듣도록 얘기 다 했다. 좋은 말할 때 들어라. 그렇지 않으면 좋지 않다'는 식의 은근한 엄포가 아닌가.

이 지역의 적지 않은 노동조합 대표자들이 조 과장의 이러한 회유와 엄포에 말려, 노조의 기본을 알기도 전에 하나 둘 어용적 체질로 훈련되어 왔다는 사실을 연주는 익히 알고 있었다. 그것을 그녀는 뼈아프게 생각해 왔었고, 늘 조 과장에 대한 경계를 한 시도 늦춘 적이 없었다.

그녀는 마음 속으로 숫자를 세던 것을 멈추었다. 순간적인 긴장이 그녀를 엄습했다. 연주는 정신을 가다듬고 천천히 입을 열었다.

"조 과장님 말씀 무슨 뜻인지 잘 알겠어요. 저는 경제이론이나 국제정세 같은 건 전문적으로 공부를 안 해서 잘은 모르겠지만요, 제 나름대로의 애국관은 분명히 가지고 있어요. 과연 어떻게 살아가는 것이 올바르다는 것도 잘 알구요. 이 나라의 국민으로서 부강한 조국을 반대하는 사람은 아마 한 명도 없을 거예요. 올바른 민주주의 토대 위에서 튼튼한 국방과 경제력이 갖춰지길 빌고 또 빌겠죠. 특히 빈곤한 입장에 있는 노동자들은 어서 빨리 잘 사는 나라가 되기를 제

일 바라고 있을 거구요. 그런데 문제는 열심히 일하는 그들이 소외되고 있는 점이라고 봐요. 법에 보장되어 있는 권리를 찾으려는 노동자들을 너무 일방적으로 문제시하고, 위험시하고, 고의적으로 회사를 망치고 사회를 불안케 하고, 정부시책에 반대하는 걸로 인식하고 있는 것이 가장 큰 문제라고 봐요. 최소한의 권리를 갈망하는 사람들에게 최대의 힘으로 누르는 압력이 가해질 때, 바로 거기에서 산업질서의 파괴나 사회불안이 싹 트는 것이라고 생각돼요. 회사에 대한 권리 주장이 마치 정부에 대한 도전으로 받아들여지는 것 같은 인식이 들 때에는 이 시대의 미아가 되어버리는 암담한 슬픔에 빠져버리곤 해요. 대성전자의 문제만 해도 그래요. 그 큰 회사에서 연차휴가가 전혀 적용되지 않고, 시간 외 근로와 휴일근로 등의 수당이 올바로 계산되지 않았으며 퇴직금 계산방식도 엉터리고, 감독자가 여자 기능공들을 구타하는 사건까지 종종 발생했는데도 감독과 관리가 전혀 이루어지지 않았잖아요? 참다못해 스스로 그런 문제를 해결하려고 노조를 결성하니까 서류가 반려되고, 임원들이 해고당하고 하니 노동자들의 생각이 어떻게 되겠어요? 문제가 많은 곳에는 그것을 시정하고자 하는 인물이 반드시 등장하기 마련예요. 한글을 아는 사람이 노동법을 읽어 보면, 자기가 일하고 있는 사업장의 문제점을 금방 알게 되고, 심한 불만 속에서 저절로 저항의식과 권리정신이 깨우쳐지는 것이라고 봐요. 그건 아주 지극히 당연한 의식의 변화라고 볼 수 있죠. 그런데 법에 보장된 권리를 주장하는 사람을 골라서 회사가 무자비하게 해고 시키고, 당국은 오히려 그런 회사를 두둔하면서 억울하게 해고당한 노동자의 성분만 의심하여 그들의 취업을 봉쇄한다거나 하면 그들이 갈 곳이 어디겠어요? 법에서 쫓아냈으니까 당연히 법 밖으로 나가게 되는 거죠. 그야말로 과격단체에 가담하여 소외당한 한을 품고 권력과 금력에 덤벼들게 되는 거죠. 사업장 문제는 사업장 내에서 해결하려는 인내와 노력과 지혜가 필요한 것인데, 자꾸 밖으로 쫓아내니까 희생당한 사람들끼리 모여, 기존의 위치에서 안주하고 있는 모든 대상을 향하여 변혁을 위한 투쟁을 행사하는 것이라고 봐요. 결과로 나타난 문제에 대한 강경조치보다는 원인적 처방이 훨씬 효과적일 거예요. 노조가 정 거북스럽다면 노조가 없는 사업장의 법령 위반 사항을 엄하게 다스려서 노동자들의 불만을 해소시켜 주든가 해야죠. 노조 결성은 철저히 반대되고, 기업주의 부당행위는 날로 심해져 가는데도 그대로 두는 것 같고… 너무나 일방적이라고 봐요."

조 과장은 떨떠름한 표정으로 그저 듣고만 있었다. 할 말이 있으면 다 해보라는 듯한 느긋한 태도에다 눈가에는 가소로워하는 실웃음마저 배어 있었다.

연주는 약간의 슬픔을 느꼈다. 그것은 진심이 차단된 상태에서의 대화를 고집하는 상대방에 대한 인간적인 동정이었다.

"조 과장님, 저는 지금 진심을 말씀드리고 있는 거예요. 아까 조 과장님의 말씀대로 노동자이기 전에 국민된 자세에서 나라의 일을 맡고 계시는 분에게 진언을 드리고 있는 거예요. 조 과장님, 노동자들의 의식은 날로 깨고 있어요. 학력도 높아지고 있구요. 또한 수도 늘고 있잖아요? 그런데 노동계를 둘러싼 각종 여건은 조금도 개선되는 기미가 안 보여요. 기업주들의 사고방식은 점점 더 전근대적으로 퇴보하고 있는 것 같구요. 상호보완적인 발전이 있어야…"

연주는 말을 멈추었다. 조 과장이 벌떡 일어났기 때문이었다.

"진짜 못 들어주겠군. 말을 빙빙 돌리지 말고 탁 까놓고 얘기할 순 없나? 정부가 탄압한다, 기업주와 야합해서 노동자의 피를 말리고 있다, 이런 폭력적인 정부를 반대한다, 고로 투쟁할 것이다, 어렴도 없지. 웃기는 것들 같으니라구. 야, 최연주! 너하고는 이제 얘기 끝내겠어. 그래도 조직의 대표라고 예우를 해주려 했더니… 음, 건방진 자식."

그는 막말을 했다. 핏발 선 눈으로 연주를 노려보더니 서류뭉치를 그녀 앞에 확 팽개치면서

"김 감독관! 나 올 때까지 이거 내보내지 말고 조사 계속하라구!"

하며 구석자리를 향해 소리를 지르고는 꽝꽝 소리가 나도록 발을 내딛으며 사무실을 나가버렸다.

연주는 분하지도 불쾌하지도 않았다. 노동행정의 현주소를 다시 확인하는 것 외에 느껴지는 것이 없었다.

썩은 물건에서 냄새가 나지 않는 것이 오히려 이상한 것처럼, 연주는 조 과장의 경거망동을 그렇게 보아 넘겼다.

무표정의 김 감독관이 피곤한 모습으로 투덜투덜 걸어와 그녀 앞에 앉았다. 그는 화장지로 안경알을 닦으면서 한숨을 푹푹 내쉬었다.

"일이 잔뜩 밀려 있는데 이거 미치겠군. 원칙대로 일을 해야 능률도 오르고 할텐데 이건 방침대로 일을 억지로 맞춰 나가려고만 드니…"

혼잣말처럼 중얼거리는 그의 턱에는 밤송이 같은 수염이 돋아 있었다. 그는 연주가 앞에 앉아 있는 것을 모르는 듯이 멀거니 천장만 올려다보았다.

연주는 그와 여러 번 만난 적이 있었다. 재작년 이곳으로 발령을 받고 왔을 때, 그는 관할지역의 노동조합을 일일이 찾아다니며 인사를 하였는데 그때 처음 보았고, 일한전기노조에서 발간하는 소식지의 일부 문제되는 내용의 확인 차 연주를 찾은 적이 있었다. 그리고 임금인상과 단체협약 개정 문제를 놓고 회사와 교섭이 결렬되어 진통을 겪을 때 중재를 하기 위해 연주와 몇 번 대면한 적이 있었다.

처음 그를 보았을 때 연주가 받은 인상은 패기에 차 있었고, 자

기가 담당하는 사업장의 문제 개선에 올바른 행정력을 펼쳐 산업발전에 기여하겠노라는 신념에 불타고 있었다. 또한 노사문제 잡지 등에 노사분규 사례 분석 등을 자주 발표하면서 기업인들의 각성을 촉구하여 노동계의 주목을 받기도 했다. 뿐만 아니라 노동조합의 업무검사 시에는 이것저것 생트집을 부려 약점을 찾아내려고 하기보다는 정석적인 조합 운영의 충고나 지도를 하여 주고, 노사분쟁이 자주 발생하는 사업장은 노동조합에 대한 힐책보다 기업주의 부당성을 지적하는 등 공정한 행정업무를 수행하여, 지역 노동조합 대표자들의 입에서 회사 편들지 않는 사람, 깨끗한 공무원이라는 호평을 받았었다.

그런데 그러한 그의 자세가 일 년도 못 가서 무너지는가 싶더니 이제는 사무소에서 서류 따위나 정리하는 서무 쯤으로 전락해 버린 것이었다. 그리고 그 변화와 때를 같이 하여 조 과장이 직접 큰 일이든 작은 일이든 나서기 시작하여 공단 지역 노동조합의 진을 빼놓고 있는 것이다.

"점심이나 먹으러 갑시다."

한참동안 천장을 응시하고 있던 김 감독관이 땅이 꺼지는 한숨을 내쉬며 몸을 일으켰다. 연주는 축 늘어진 그의 어깨를 따라 근처의 한식집으로 갔다.

김 감독관은 꽤나 맛있는 된장찌개를 몇 숟가락 뜨다가 말았다.

"밥맛 잃고, 입맛 잃고, 소신 빼앗기고, 마땅히 설 곳을 망각하고, 답답한 일들만 눈앞에 나타나고… 저… 요 꼴이 됐습니다. 희극배우가 따로 있습니까…"

그는 착 가라앉은 음성으로 혼잣말처럼 중얼거리며 창밖을 초점 없는 시선으로 바라보는 것이었다.

연주는 그가 측은하게 여겨졌다. 필경 조 과장의 입김에 눌려 저렇게 변했으리라.

몸 전체에 고뇌와 환멸의 그늘이 푹 배어 있는 그는 조금만 떠밀어도 넘어질 것처럼 연약해 보였다.

"우리나라에서 첫째 가는 노동행정의 실무자가 되는 게 꿈이었는데 너무 순진한 과욕이었나 봅니다. 비단이 아무리 좋아도 왕서방 없이는 못 파는 것이니까요. 곰 혼자서는 재주도 부릴 수 없는 거구…"

쓴 약 먹은 것 같은 표정으로 그가 비로소 연주를 정면으로 쳐다보며 한 말이었다.

"얼굴이 많이 안 되셨어요?"

연주의 이 첫 마디에 그는 대답 대신 뒤통수를 긁었다.

"걱정됩니다. 우선 내 자신이 걱정이고, 노동현장에 산적해 있는 문제점들이 꼭 폭발물로만 보여서 남의 일 같지가 않아요. 노동자가 삼백만 명일 때나 일천만 명일 때나 빳빳하게 굳어 있는 획일적인 행정은 변함없이 제자리걸음만 하고 있으니, 이거 진짜 큰일입니다."

하얀 손가락 사이에 담배를 끼워 물면서 그는 입술로만 웃었다. 충혈된 눈은 창밖을 응시한 채로.

"김 선생님 같은 실력이시면 다른 일도 능히 하실 수 있을 텐데요? 독자적인 사업 같은 것도 있을 거구요."

"일의 내용이 문제겠죠. 그 시대에서 가장 필요로 하는 일을 하고 싶은 거죠. 용기가 없어서 사회운동에는 직접 못 뛰어들었지만, 이 시대에서 가장 중대한 과제인 노동문제에 행정으로나마 기여하고 싶었던 거예요. 얼마 전엔 이런 일도 경험했죠. 해고된 노조간부의 복직을 제가 주선해서 그 회사 사장하고 복직합의서를 쓰게 됐어요. 참관인으로 저도 그 합의서에 서명을 했구요. 그런데 복직이 안 되었어요. 사장한테 합의사항대로 하라고 촉구했더니 참견하지 말라더군요. 윗사람들하고 다 얘기가 되어 있다는 거예요. 얼마 후에 그 해고된 친구가 저를 찾아와서 공인받은 사기꾼이라고 마구 퍼부어도 할 말이 없더군요. 불법이 공인되는 시대라는 느낌에 기가 질려 웃음만 나오더군요. 전국 곳곳에서 부당해고가 펑펑 터지고, 겨우겨우 결성된 노조들은 간판도 달기 전에 협공에 말려 쪼개지고, 구제신청이나 해고무효 확인 소송은 정해진 각본에 의해 여지없이 기각당하고. 사용자들의 불법탄압을 어이없게도 합법화시켜 주고 있으니, 합법화 방법과 통제 기능만 커가고 있으니 이게 되겠어요? 어느 해고자하고 술을 같이 하게 된 기회가 있었는데, 아무리 술에 취해도 그 친구는 진심을 말하지 않는 거예요. 나는 나름대로 심정을 다 얘기했는데 헤어지면서 이러더군요. 속 보이게 진실을 가장하여 냄새 맡는 짓 좀 그만 하라구요. 너무 허망해서 그 친구를 잡고 울었어요. 그랬더니 연극하지 말라더군요. 얼마나 속고 당했으면 술 취해 흘리는 눈물마저도 연극으로 보일까 생각하니 눈물도 안 나오더군요. 모두가 부끄러운 일뿐이에요. 나 자신이 죄인처럼 부끄럽기만 해요."

그는 입술을 잘근잘근 씹으며 고개를 떨구었다. 힘겨운 모습으로 담배 한 대를 다 피우고 나서 그는

"다 때려치우고 다시 공부를 할까 합니다. 법조계 쪽으로 한번 덤벼보려구요. 그 쪽도 심각한 황무지이니까. 인사 못하고 그만두더라도 양해해 주십시오. 나중에 연락은 꼭 드릴께요. 나처럼 허물어지지 마십시오. 물론 위원장은 현장의 힘이 있고 용기도 튼튼하니까 큰 염려는 안 되지만, 워낙 정석이 통하지 않는 세계이니만큼 정신 바짝 차려야 할 거예요."

하면서 연주의 손을 꼭 쥐어주는 것이었다.

"걱정해 주셔서 고마워요."

연주는 진심어린 마음에서 그에게 감사했다.

좀 더 끈기 있게 버텨 잘못된 노사문제의 행정을 바로 세우는 데 작은 힘이라도 되어달라는 부탁을 하고 싶었지만 차마 입이 떨어지

지 않았다.

"아마 지금 이 시간에 어떤 음모가 꾸며지고 있을 겁니다. 조 과장 그 사람 그러고도 남을 사람예요. 일을 처리하는 방식이 사건을 축소시키는 것이 아니라 오히려 한껏 확대시켜서 통째로 잡아치우는 사람이니까. 위원장을 이 곳에 불러다 놓고 회사 측하고 뭔 일인가를 꾸미고 있을 거예요. 지금 위원장은 감금 상태에 있다고 해도 잘못된 표현이 아닐 겁니다. 참 답답한 노릇이죠. 책임질 수 있는 당사자를 빼돌리고 문제만 야기해서 무얼 어떻게 해결하겠다는 것인지. 아마 위원장을 이것저것 건드리면서 이곳에 장시간 잡아놓을 거예요."

그의 이 말에 연주는 가벼운 현기증을 느꼈다.

불길한 예감이 스치면서 가명 입사자들의 처리를 당연한 것처럼 들고 나온 사장의 태도가 예사롭지 않았다는 경계가 보다 확실하게 잡혀졌다. 조합원들의 주민등록증 제출 거부 사건을 그냥 넘겨버릴 그가 아니지 않은가.

"저는 우리 조합원들을 믿어요. 저는 비록 굴복할 지 몰라도, 조합원들은 아마 모든 걸 이겨낼 거예요. 그 믿음이 저의 힘이구요."

"그래야 돼요. 유능한 정치인 몇 사람 보다는 똑똑한 국민들이 나라를 바로 세울 수 있는 것처럼."

그가 연주를 격려하며 시계를 보았다.

그의 예상은 그대로 적중되었다. 퇴근시간 무렵에 돌아온 조 과장은 새로운 문제를 들추어 연주를 들볶기 시작했다.

일한전기노조에서 격월간으로 발행하는 신문 형식의 소식지를 불법간행물로 단정하고 그에 대한 조사를 한다는 것이었다. 또한 사무국장 경애와 조직부장 화순이 어떤 반정부 집회에 참석하여 용공적인 발언을 했다는 정보가 입수되었다면서, 그 집회 참석을 연주가 지시하였는지 캐려고 들었다.

"알고 봤더니 당신 거물이더구만. 그 쪽하고 손 끊었는 줄 알았는데 감쪽같이 위장한 그 연극에 나는 그만 질려버렸어. 그러나 이젠 어림도 없지. 어디 같이 한 번 밤을 새워보자구."

그는 만반의 준비를 갖추는 듯 물주전자와 녹음기까지 갖다 놓고 넥타이를 풀어헤치는 거였다.

연주는 실로 어처구니가 없었다. 이 무슨 기막힌 연극이란 말인가. 도대체 이러한 연극은 누구의 각본에 의한 것인가.

"조 과장님. 우리 사무국장과 조직부장이 용공적인 발언을 했으면 당장에 용공 이적죄로 잡아들이세요. 그런 불순한 애들은 국가를 위해서 속히 척결돼야 해요. 우리 조직에 그런 끔찍스런 애들이 있었다니 믿어지지 않는군요."

"곧 믿어지게 될 거야. 당신은 묻는 것에만 답변하라구!"

연주는 노골적인 억지와 트집을 앞세우려는 그를 외면했다.

"불법 간행물인 그 문제의 신문을 누가 편집하나?"

"…"

"노동관계법 개정 기사와 노조의 정치참여에 대한 글은 누가 썼나?"

"…"

"신문을 제작하려면 문공부에 등록해야 된다는 걸 모르고 있었나?"

"…"

"대답 안 할 건가?"

"…"

"이거 쌍! 정말 이따위로 나올 거야!"

"묵비권에 대한 권리를 침해하지 마세요. 그리고 잘못된 게 있으면 법대로 처리하면 될 거 아녜요!"

모욕감을 견디지 못해 연주도 큰소리로 대들었다.

"묵비권? 법? 좋아. 법치국가에서 법을 어기면 어떻게 된다는 걸 알게 해주지. 어디까지나 공익질서를 위한 법의 조치가 될 테니까 개인적으로 나를 원망하진 말라구."

조 과장은 입술을 씰룩이며 악물은 이빨 사이로 흘러나오는 괴기스러운 음성으로 말하더니 빠질 것처럼 충혈된 눈으로 연주를 노려보았다.

연주는 흥분을 가라앉히려고 호흡을 조절하고는 태연히 대꾸했다.

"법을 식은 죽 먹듯이 위반하는 사람들이 조 과장님 앞에는 너무 많잖아요? 그것을 눈감아 주는 것도 법치국가의 공익질서를 위함인가요?"

"원칙을 고집하지 말고 상황을 얘기하자니까! 지금 사회적 상황이 어떤 줄 모르고 원칙이나 법을 들먹이는 거냐구!"

"원칙이나 법이 지켜지지 않기 때문에 상황이 어지러워지는 것이라고 봐요. 복잡한 상황을 해결하는 것도 공정한 법정신밖에 없는 거구요."

"으~음..."

조 과장은 신음을 토했다. 연주를 어떻게 다루어야 할 것인가에 대해 적지 않이 고심하는 기색이었다. 그는 여직원이 전화가 왔다고 알려주어도 들은 척도 않고 연주를 뚫어지게 쳐다보기만 했다.

퇴근을 하기 위해 책상 위를 정리해 놓은 직원들은 조 과장의 눈치를 살피며 짜증스러운 표정들을 짓고 있었다. 김 감독관의 자리에서 들려오는 손톱 깎는 소리가 똑, 똑, 사무실 공기를 갈라놓고 있었다.

사무실 분위기는 갑자기 정적에 덮여갔다. 직원들의 시선은 의자에 기대어 지그시 눈을 감고 있는 조 과장과 그 앞에 앉아 있는 연주에게 번갈아 쏠리고 있었다.

연주는 자신을 둘러싼 일련의 사건과 조합원들, 그리고 아버지를 생각하며 결심을 내려야 한다는 각오를 다듬고 있었다.

조 과장과 사장의 태도로 보아 모든 문제는 어차피 정면대결을 피할 수 없도록 되어가고 있지 않은가. 여기에서 머리를 조아리면 그동안 어렵게 다져 놓은 조직에 빈틈이 생기고, 기선을 잡은 기관과 회사는 노조를 손아귀에 넣기 위해 본격적인 방법을 동원할 것이다. 내 한 몸 부서져도 내 선에서 모든 걸 결정해야 한다… 그래야 우리 조직이 살아서 뻗어나갈 수 있는 것이다…

비장한 결심이 연주의 핏줄과 근육을 뜨겁게 뛰게 했다. 더 이상 이곳에 굴욕스럽게 앉아 있을 까닭이 없었다. 연주는 자리에서 일어섰다. 그와 동시에 조 과장이 눈을 번쩍 뜨며 따라 일어섰다.

그때였다. 사무실 문이 요란스럽게 열리며 일한전기노조의 간부들이 우르르 몰려 들어온 것은.

앞장 선 경애가 연주와 조 과장을 발견하자 급한 걸음으로 다가왔다.

"조 과장님, 정말 이럴 수 있는 거예요? 과장님이 회사에 다녀간 후에 엄청난 사건이 벌어졌어요. 조합원 삼십이 명이 무더기로 징계 당했단 말예요. 우리 위원장님을 이곳에 데려다 놓은 사이에 그 같은 일이 생길 수 있는 겁니까? 우리 위원장이 노조를 혼자 다 하는 줄 아세요? 우리 위원장 하나 없다고 우리들이 시체처럼 당할 것 같아서 그러는 겁니까?"

경애는 쩌렁쩌렁한 목소리로 조 과장에게 따지고 들었다.

조 과장은 갑자기 닥친 일에 얼굴이 질리도록 당황하여 뒷걸음치면서

"뭐야 이거. 회사에서 당하고 와서 여기 와서 데모하겠다는 거야? 이거 뭣들 하는 짓이야!"

하며 직원들을 둘러보다가

"뭣들 하고 있는 거야? 김 감독관! 이 사람들 빨리 내보내지 못하나!"

하고 고함을 질렀다.

그의 고함에 직원들은 안절부절할 뿐 서로 눈치들만 살폈다.

"조 과장님. 우린 데모하러 온 게 아녜요. 조합원들의 성화에 못 이겨 이리 쫓겨 왔단 말예요. 저 밖을 한번 보세요."

화순이 조 과장의 손을 이끌고 창문 쪽으로 데리고 갔다. 사무소 건물 밖에는 조합원 수십 명이 작업복 차림으로 서 있었다.

연주는 크게 당황하지는 않았지만 이 상황을 어떻게 분석해야 할 것인지 쉽게 판단이 안 섰다.

"문 잠가!"

조 과장의 다급한 지시에 여직원이 허겁지겁 문 쪽으로 달려가 고리를 채웠다.

"어떻게 하겠다는 거야? 볼장 다 보겠다는 거야? 위원장, 이건 집단시위야, 집단시위!"

얼굴이 벌겋게 달아오른 조 과장은 요란한 몸동작을 하며 연주를 칸막이 뒤쪽으로 데리고 갔다.

노조간부 몇 명과 감독관 한 명이 뒤따라 들어왔다.

"조 과장님. 징계위원회에 참석했던 어느 순진한 회사 간부가 과장님도 그 회의에 잠깐 참석했었노라고 언질을 주었어요. 우린 과장님께 너무 실망했어요."

화순이 조 과장 앞에 놓인 의자에 털썩 주저앉으며 분을 못 참겠는지 숨을 헉헉 몰아쉬었다.

"어떤 새끼가 그따위 소리를 해! 나는 최 전무가 조합원들의 주민등록증 제출 거부를 선동한 사람들을 색출하여 징계를 한다 그러기에 강력히 반대했어. 노사관계를 망치는 짓은 절대로 하지 말라고 그 회의에 들어가서 경고를 하고 왔다구. 그런데 삼십이 명씩이나 징계했단 말야? 이 자식들이 도대체 나를 어떻게 보고 그따위 짓들을 하고 있는 거야, 이거. 최 전무 오라고 전화 걸어! 어서!"

조 과장은 감독관에게 삿대질을 하며 공연한 신경질을 부렸다.

연주는 이들의 속 들여다보이는 행위를 목격하며 일말의 비애를 느꼈다. 사업장 문제를 왜 주무관청이 사사건건 개입하여 노사 간의 자율능력을 해치고 있는 것인지 연주의 상식으로는 납득이 안 갔다.

사태의 악순환을 유도하는 그 저의가 도대체 어디에 있는 것인가….

"우리 문제는 우리가 해결하겠어요. 지금 상태에서 최 전무 불러내봐야 얘기될 게 하나도 없어요."

연주는 화순의 등을 어루만져주며 작은 입술을 악물었다.

조 과장은 대답이 없었다. 연주를 그냥 내보내 준다는 것이 그의 자존심에 영 내키지 않을 것이다. 큰소리 친 그 체면이 얼마나 구겨질 것인가. 조 과장의 표정은 그 심정을 잘 나타내주고 있었다.

"가만있어 보라구."

그는 엉거주춤 일어나 칸막이 밖으로 나갔다. 밖에는 언제 왔는지 맹포교가 담배를 피우며 연주 쪽을 기웃거리고 있었다.

"핵심 조합원 일곱 명이 해고, 이십 명이 이 개월 출근정지, 다섯 명이 일 개월 출근정지 징계를 받았어요. 해고자 중에는 선숙이도 끼어 있구요. 이건 사형선고나 다름없다니까요."

여성부장 옥남이 연주의 손을 잡으며 한 말이었다.

대책위원회의 활동자금 모금운동을 주도한 독서회장 선숙에 대한 회사의 보복은 예상했던 것이었지만 삼십이 명의 집단징계, 그것도 해고와 출근정지라는 중형을 선고한 회사의 경악할 폭력은 연주의 가슴에 피끓는 분노를 던져주었다.

하지만 연주는 가슴이 쿵쿵 뛰는 분노를 눌러 참았다.

"우선 이곳을 나가도록 하지. 여기서는 아무 것도 해결될 수 없으니까."

노조간부들의 어깨를 감싸 안고, 조 과장과 맹포교를 무시한 채 연주는 문 쪽으로 걸어나갔다. 그러자 전화를 걸고 있던 감독관이 재빠르게 달려와 그들을 막아섰다.

"십 분만 기다리라구!"

조 과장과 머리를 맞대고 심각한 얼굴로 귀엣말을 나누고 있던 맹포교가 그들 쪽을 보고 소리쳤다.

그들은 들은 척도 않고 문을 밀치고 나갔다.

조합원들이 우르르 그들 쪽으로 달려왔다. 노조간부들과 조합원들은 손에 손을 맞잡고 마치 오랫동안 헤어져 있던 사람들이 만난 것처럼 발을 동동 구르며 기뻐했다. 어느 조합원은 연주를 부둥켜안고 어린애처럼 엉엉 울음을 터뜨리기도 했다.

팔짱을 끼고 그 광경을 쳐다보고 있는 조 과장과 맹포교의 얼굴이 돌처럼 굳어가는 것을 연주는 보았다. 그 뒤에서 목젖을 울먹거리고 있는 초췌한 김 감독관의 모습도.

연주 일행은 어깨동무와 손을 맞잡은 하나의 몸체가 되어 회사로 돌아왔다. 경비원들이 그들을 막으려 하다가 어물어물 길을 비켜주었다. 퇴근하지 않고 노조 사무실에 모여 있던 조합원들이 야호 하고 환성을 지르며 달려나와 그들을 맞았다.

연주는 신발을 벗고 화순이 갖다 놓은 걸상 위로 올라갔다.

"조합원 동지 여러분! 이렇게 서로를 걱정하는 마음으로 기다려 주셔서 감사합니다. 저는 오늘 하루 종일 조사를 받으면서도, 이와 같은 여러분들의 단결을 믿고 당당하게 할 말을 다했습니다. 회사는 우리들의 머리에 돌을 던졌습니다. 삼십 이 명의 조합원을 해고하거나 정직시키는, 실로 무자비하고 경악스러운 징계조치를 감행하였습니다. 이는 우리들을 얕잡아보고, 우리 노조를 한번 깨어보겠다고 정면으로 탄압을 가하기 시작한 것입니다. 삼십이 명의 징계를 철회시키지 못하면 다음엔 집단감원에 직면케 될 것입니다. 이런 회사에 맞서 싸우기 전에 우리는 우선 우리들의 단결태세에 이상이 있는가를 점검해야 할 것입니다. 여러분! 우리들은 하나입니까, 흩어진 모래알입니까!"

"우리는 하나입니다!"

조합원들이 힘차게 대답했다.

"됐습니다. 여러분의 그 굳센 단결은 기필코 회사의 음모를 깨뜨릴 것으로 확신합니다. 이번 조치에 대한 대응책과 방법은 노조간부와 징계 조합원들이 결정하여 여러분들께 보고 드리겠습니다. 여러분! 노동조합을 믿고 어떠한 결의도 따라주실 수 있겠죠?"

"좋습니다!"

"감사합니다. 노조간부와 징계당한 조합원들만 남으시고 이만 돌아가 주십시오."

조합원들은 생기에 찬 모습으로 돌아갔다.

노조간부들과 징계 조합원들은 노조 사무실로 들어가 회의용 탁자와 걸상 등을 밖으로 내놓은 후 바닥에 신문지를 깔아 회의준비를 했다.

꽤 넓은 사무실이 꽉 찬 것을 보고 화순이

"꼭 피난민들 같구만. 다 큰 처녀들이 차디찬 콘크리트 바닥에 앉아서 냉병 걸리는 회의를 해야 하다니… 그래 우리는 냉중 대하중 걸리고 저쪽 놈들은 오늘밤에 임질 매독이나 걸려 뿌려라. 고수레!"

하고 전매특허의 진한 농담을 하는 바람에 한바탕 까르르 웃음이 터지고 난 후 진지한 회의가 시작되었다.

잔업 거부, 식사 거부, 생산량 절감, 단체협약 위반 고발, 진정서 제출, 농성 등 여러 가지 의견이 나왔으나 토론은 다음 두 가지 내용을 놓고 무르익어 갔다.

첫째, 조합원의 인사(부서 이동, 징계, 해고, 승진 등)는 사전에 노사 간 합의에 의해 행하여야 한다는 단체협약 제6조의 규정 위반을 들어 회사를 고발, 또는 징계 무효 소송을 제기하는 것과, 둘째 고발, 진정, 소송 등은 합법적인 방법이기는 하나 노조 본연의 역할과 기능 및 운동성을 포기하는 행위이므로 농성 등 강력한 조직적 대응을 펼치자는 것이었다.

"합법적인 절차는 그 기간이 오래 걸려 지구력이 필요하고 다른 노조 사건들의 경우를 보아 승산이 희박합니다. 설사 소송을 해서 이겨본들 대법원 판결을 우습게 보고 복직을 시키지 않는 기업주들의 생리를 볼 때 고발이나 소송은 전력낭비라고 봅니다. 더 구체적으로 말씀드린다면 고발이나 진정을 할 경우 당국에서 중재나 조정을 한답시고, 우리가 주장하는 징계의 전면 철회보다는 회사가 봐주는 것처럼 내놓는 타협안이나 기관의 중재안이 중점적으로 거론되어 사건의 본질이 흐려질 것입니다. 명확히 짚고 넘어갈 것은 위원장님이 고발을 안 당했더라면 이러한 일이 생겼겠는가 하는 점입니다. 이 사건은 회사의 의도보다는 위원장님의 고발과 우리 조직의 강경 대응에 관련하여 밖의 영향력이 개입된 것이 분명합니다. 징계 사건과 위원장님의 고발 사건을 같은 맥락에서 볼 때, 사건을 따로 떼어 놓고 해결책을 강구하려다가는 양쪽의 공작에 휘말려 결국 두 사건 다 실패하게 될 것입니다. 그런 것을 예측하면서 고발이나 소송 또는 진정에 의존한다는 것은 어리석은 일이라고 봅니다. 노조의 존재가치가 무엇입니까? 단체교섭과 단체행동입니다. 단체적인 응징을 해보기도 전에 진정이나 고발에 의존한다는 것은 노조의 필요성과 그 기능을 스스로 포기하는 수치스러운 짓입니다. 고발이나 소송은 노조가 없는 곳에서도 할 수 있는 것 아닙니까? 자랑스러운 노조를 갖고 있는 우리로서는, 함부로 깔고 뭉개려는 저 회사치들에게 본때를 보여주는 강력한 행동을 밀고나가는 것이 옳지 않은가, 저는 이렇게 생각합니다."

조직부장 화순은 강경론 쪽에 서서 열변을 토했다.

"충분히 일리가 있는 주장입니다. 그러나 한꺼번에 두 문제를 해결하기 위해 성급한 투쟁의 방법을 동원했다가 매듭이 풀리지 않을 경우, 조직 전체의 위기를 맞게 될 지도 모르는 것입니다. 약간 소극적이 될 지는 몰라도, 일단 고발을 해놓은 후에 그 처리가 미온적으로 느껴졌을 때는 행동에 돌입하는 것도 늦지 않으리라고 봅니다. 비록 회사는 우리를 무자비하게 탄압하였어도 우리는 이성을 잃지 않고 순리와 절차를 밟는 노력을 하였다, 그 순수한 노력을 했음에도 안됐다, 그래서 행동을 할 수밖에 없었다. 이러한 명분을 만들어 가면서 싸움에 임하는 것이 효과적일 것 같습니다. 그리고 제가 볼 때에는 지금 이러한 상황에서 위원장님의 고발 사건은 기관에서도 섣불리 구속한다거나 그러지는 못할 것 같구요. 일이 풀려나가도록 지혜를 발휘하는 것이 좋을 것 같습니다."

해고 당사자인 독서회장 선숙의 발언이었다.

"사건의 핵심이 무엇인가를 확실히 파악해야 할 것입니다. 이건 단순한 징계가 아니라 이번 기회에 노조를 아주 까뒤집어 놓겠다는 대탄압의 신호입니다. 우리 노조가 그간 얼마나 많은 수난을 당했습니까? 고발도 해 봤지만 하나나 제대로 된 게 있었습니까? 사건의 중심을 우리가 끌고 나가야지, 고발을 하여 기관에 맡기게 되면 질질 끌려다니다가 회사 좋은 일만 시켜주고 말짱 헛일이 되는 것입니다. 저는 단체행동을 강구하는 쪽을 찬성합니다."

부위원장이며 대책위원인 금자의 발언이었다.

"조직투쟁만이 능사는 아니라고 봅니다. 설불리 덤벼들었다가는 저들이 쳐놓은 덫에 걸릴 우려도 있다고 봅니다. 오늘 일만 보더라도 위원장님이 연행된 사이에 일을 터뜨린 것은 어떤 흉계가 있음이 분명합니다. 그것을 간파하지 못하고 행동에 들어갔을 때, 옛날처럼 기관 쪽에서 왕창 끌고 가버리면 그 때는 회사와의 싸움이 아니라 기관과의 싸움이 된다는 점을 신중히 검토해야 할 것입니다."

법규부장 문희의 발언.

"징계당한 조합원들의 출근 문제가 우선 결정돼야 할 것 같아요. 출근을 안 하게 되면 회사의 불법 징계에 일단 승복하는 꼴이 되니까 출근은 매일 하는 게 좋을 것 같아요. 현장에 못 들어가게 하면 노조 사무실로 매일 나오든가 해야겠죠. 회사가 아예 정문 출입을 못하게 할 지도 모르니까 그 대책도 세워져야 할 거구요."

체격 큰 대의원의 발언.

"회사가 빠타제로 나올 게 뻔해요. 이번에 징계당한 삼십이 명 중에는 가명 입사자가 한 명도 안 들어 있는 것이 이상하거든요. 징계를 철회하는 대신 가명 입사자들을 조치하자고 우리를 현혹할 것으로 보여져요. 아니면 기관에서 위원장님에게 어떤 조건이 들어오던가… 징계를 철회하게 해 줄테니 대신 대성전자 해고자들을 설득시켜 달라든가, 고발을 취하하게 해 줄테니 징계당한 사람들을 그냥 모르는 척 하라든가, 함정이 많이 도사리고 있을 것 같아요."

제스처가 큰 쟁의부장 복례의 발언.

"아무튼요, 정신 차리지 않으면 큰 일이 벌어질 거예요. 우리로서는 한 가지도 양보할 수 없는 일이걸랑요. 저는 조직부장 언니의 의견이 좋을 거 같아요. 왜냐하면요, 한 가지 한 가지 나누어서 하려다 보면 조건부에 부닥칠 거란 말예요. 왼쪽 뺨 맞을래 오른쪽 뺨 맞을래, 이런 거 있잖아요."

막내 대의원의 애교 섞인 발언에 쿡쿡 웃음까지 터뜨리면서 회의는 밤늦도록 진행되었다. 강경과 신중의 택일을 논하는 진지한 토론은 끝이 날 것 같지가 않았다. 각기 이론과 설득력을 갖춘 훌륭한 토론이라는 생각에, 연주는 회의의 리듬을 깨지 않기 위해 조용히 듣기만 하고 있었다.

열띤 토론은 경애의 양해사항이 받아들여지면서 수그러들었다.

"지금 우리는 배도 고프고 매우 흥분된 상태에 있습니다. 시간도 꽤 됐구요. 죄송하지만 제가 양해의 말씀을 드릴까 합니다. 내일 징계당한 조합원들은 일단 출근하는 것을 원칙으로 하고, 여기 계신 모든 분들이 내일 오전의 휴식시간까지 대책안을 적어서 제출해 주십사 하는 것입니다. 집에 가셔서 충분히 생각하신 후에 확실한 내용을 적어 주시면, 그 집계된 내용을 놓고 내일 점심시간 때 다시 회의를 하는 것이 어떨까요?"

몇 사람은 밤을 새워서라도 결론을 내리자고 주장하였지만 배고픔과 피곤에 지쳐 하나 둘 자리에서 일어나는 바람에 회의는 끝이 났다.

노조간부들과 조합원들이 먼저 돌아간 후 경애와 화순은 대판 말다툼을 벌였다.

"진지한 회의를 진행하는데 왜 중간에 김을 빼니? 지금 배고픈 게 문제니? 한 끼 안 먹는다고 죽니?"

"대책의 골자는 충분히 나왔는데, 콘크리트 바닥에 너무 오래 앉아 있는 게 건강에 안 좋을 거 같아서. 그리고 졸린 걸 겨우 참아내느라 애쓰는 조합원도 있었구."

"노래 같은 걸 불러서 잠을 쫓을 수도 있었잖아?"

"니가 노래를 시키지 왜 가만히 있다가 지금 와서 그러니?"

"나 혼자 판친다고 오해 받을까봐 안 했다, 왜?"

"언제는 혼자 판 안 쳤냐?"

"그래, 그간 발언 많이 한 게 고렇게 못마땅했었니? 언짢았으면 그때그때 지적해 주지 않고 왜 이제서야 핏대니, 핏대는!"

"시끄러! 말꼬리 잡는 얘기 하지 마!"

"누가 말꼬리를 잡았다는 거니?"

"시끄럽다니까!"

"노조 사무실에 상근한다고 권위의식이라도 생긴 거니? 왜 남의 말을 시끄럽다고 딱딱 끊어버리니?"

"사무국장 자리가 뭐 잘난 자리라고 권위까지 들춰내고 난리니? 진짜 말 그따위로 할 거야!"

"그따위라니 그따위라니 그따위라니!"

"시끄러워! 제발 좀 그만해, 그만!"

모처럼 어린애 같은 싸움을 벌이는 그들을 보고 있노라니, 연주는 어떤 반가움 같은 감정이 일어 손으로 입을 막고 웃었다.

"웃을 만도 하시겠다. 에이, 뵈기 싫어."

화순이 냅다 연주의 어깨를 꼬집으며 입을 삐죽거렸다. 경애는 화가 안 풀리는지 문을 쾅 닫고 먼저 사무실을 나가버렸다. 연주와 화순은 사무실 문을 잠그고 부지런히 경애의 뒤를 따라갔다.

경애는 두 사람을 떼어 놓고 혼자 가려고 작정을 했는지 뒤도 안 돌아보고 급한 걸음으로 공단거리를 빠져나갔다. 두 사람이 뛰어 따라가자 그녀도 뛰기 시작했다. 버스 정류장을 두어 개 지나도록 경애는 멈추지 않고 뛰었다.

"저 병신. 달밤에 체조까지 시키고 지랄이네. 잡기만 해봐라 그냐."

　화순이 약이 바짝 올라서 연주에게 가방을 맡기고는 달리기 선수처럼 빠른 속력을 내 경애를 쫓아갔다.

　고가도로 밑을 지나 술집 간판들의 불빛이 요란한 시장 입구에서 경애는 방향을 꺾어 사라졌다. 그 뒤를 따라 화순이 빨려들 듯 사라졌고.

　연주가 헐레벌떡 술집 골목에 접어들었으나 그들의 모습은 보이지 않았다. 골목 끝까지 달려가 보아도 그들은 온 데 간 데 없었다. 연주는 찾기 위해 돌아다닐 수도 없고 하여 길 한쪽에 비켜서서 그들이 나타나기를 기다릴 수밖에 없었다. 조금 후에 화순이 고개를 갸우뚱거리며 모습을 나타냈다.

　둘이서 골목 안 구석구석을 뒤져도 경애는 찾을 수가 없었다.

　"이 도깨비굴 같은 골목에서 어디로 갔지?"

　화순은 휘황한 색색의 불빛들을 넋을 잃고 바라보며 눈살을 찌푸렸다.

　다방, 일식집, 갈비집, 양식집, 살롱, 스탠드바, 생맥주집, 고고클럽, 술집, 또 술집들… 공단 근처에 도사리고 있는 향락의 거리에 서서 잠시 혼을 빼앗겼던 두 사람은 그 괴물 같은 집들을 차례차례 뒤지기로 마음먹고 연주는 다방과 식당을, 화순은 통닭집과 맥주집 등을 맡아 수색을 시작했다.

　삼십 분이 넘도록 눈에 불을 켜고 찾았지만 음흉한 공기에 증발이라도 되어버린 것인지 경애는 보이지 않았다.

　"혹시…?"

　낙심하는 연주를 쿡 찌르더니 화순이 턱을 쳐들어 한쪽을 가리켰다.

　'디스코클럽 두발로'. 간판을 보고 연주는 피식 웃었다.

"설마 사무국장이 저런 곳에 들어가서 몸을 흔들기야 하겠니? 지금 기분에."

"그건 모르는 거예요. 심적 변화가 일어나면 자기도 모르게 미치고 싶을 때가 있는 거라구요."

화순이 망설이는 연주의 손을 끌고 그리로 향했다.

번갯불 같은 조명이 이글거리고 고막을 찢는 굉음이 터지는 붉은 늪 속을 더듬어 두 사람은 일단 자리를 찾아 앉았다. 넓은 무대에서 하나의 물결로 헝클어져 몸을 비틀어대는 사람, 사람, 사람들… 대부분이 공단 노동자로 보이는 저들은 저 몸짓으로 무엇을 떨치고, 박차고, 거부하고, 짓이기고, 어떤 것을 얻고자 하는 것인가. 젊음의 만끽인가, 분노의 표출인가, 삶의 방치인가….

연주는 그런 의문을 떨치지 못한 채 그들 속에서 경애의 모습을 찾기 위해 침침한 눈을 여러 번 씻었다. 화순은 사람들 속을 아예 헤집고 다녔다.

"여기엔 없는 것 같은데 딴 데로 가보죠."

춤꾼들 속을 빠져나오며 화순은 손을 휘휘 내저었다.

무거운 발걸음을 문 쪽으로 향하던 연주는 행여나 하는 마음에서 다시 한 번 홀 안을 둘러보았다. 등을 돌리고 앉아서 술을 마시고 있는 좌석의 사람 하나하나를 빼놓지 않고 눈여겨 보았다.

컴컴한 구석자리의 탁자 위에 누군가가 엎드려 있는 것이 보였다. 남자인지 여자인지 형체를 알아볼 수가 없어 연주는 눈을 크게 뜨고 그쪽으로 한 발 한 발 내디뎠다. 음악이 끝나고 좀 밝은 불이 켜졌는데도 모습을 분간하기가 어려웠다. 좌석으로 우르르 몰려 들어오는 사람들과 몸을 부딪치며 그 자리로 다가가다가 연주는 멈칫 멈추어 섰다.

탁자 위에 놓여 있는 술병들. 그 앞에 잠든 듯이 엎디어 있는 여자.

경애였다. 살포시 손을 잡았는데도 그녀는 기척이 없었다. 화순이 달려와 어깨를 감싸 안아 일으키려 하자 한참 만에야 경애는 얼굴을 들었다.

조명에 비친 경애의 얼굴을 보는 순간 연주는 숨이 탁 막혔다.

온통 눈물에 젖어 번득이는 얼굴, 악물은 입술, 참담한 그 얼굴 위로 눈물이 쉴 새 없이 흘러내리고 있었다.

"언니…"

신음처럼 연주를 부르는 그녀의 입에서는 심한 술냄새가 풍겼다.

"나도 저 사람들처럼 한바탕 놀고 싶었는데… 복잡한 세상 다 때려치우고 멋대로 살고 싶어져서… 개 같은 노동운동…"

경애는 미친 듯이 머리를 흔들었다.

"욕심 많은 놈들은 우리의 모든 것을… 모든 시간을… 내 생활과 사춘기를 다 빼앗고도 모자라 내 마음까지 도둑질해 갔나 봐… 난 요즘 내가 무서워졌어. 사람을 미워하지 않던 착한 나였는데… 모두가 미워지고 있어… 죽이고 싶도록… 언니도 밉고, 조합원들도 모두 미워진단 말야… 이렇게 살아가는 게 모든 것이 증오스러워… 언니, 난 아주 착한 기집애였는데… 아름다운 꿈도 갖고 있었는데, 이젠 악만 남았어… 깡다구로 버티는 독한 년, 사랑 한 번 못해 본 멋대가리 없는 년… 오로지 노, 노, 노동밖에 모르는 미친 년… 억울해서, 너무 억울해서 한 잔 했어… 이젠, 이젠 술 안 마실게. 술 취하니까 더 억울해지는 걸… 더 비참해지는 걸… 더 외로워지는 걸…"

그녀는 연주의 손에 얼굴을 묻고 처절한 울음을 터뜨렸다. 어느새 연주와 화순의 눈에서도 방울방울 눈물이 맺혀 떨어지고 있었다.

"이 기집애야. 내가 좀 싫은 소리를 했다고… 니 맘을 몰라주는 소리 좀 했다고 이러면 난 어떻게 너를 대하라구… 차라리 나를 때리지…"

　화순은 말을 잇지 못하고 손으로 얼굴을 감싸 쥐고는 흑흑 흐느껴 울었다.

　"그게 아냐… 너 때문에 그러는 게 아냐. 이 생활이… 노조가 한꺼번에 싫어지고… 우리를 눌러 없애려고 하는 놈들보다는 가냘프게… 애처롭게 바둥대는 우리들이 더 저주스러워서… 정의니 운동이니 권리니 하는 그따위들이… 다 더럽게… 치사하게 느껴져서… 미안해. 이런 꼴 보여서… 오늘만, 오늘만 이대로 있게 해 줘…"

　경애는 혀가 말려들어가는 목소리로 애가 끊어질 듯 얘기하다가, 연주의 손을 움켜잡은 채 탁자 위에 맥없이 엎어졌다.

　"이 병신아, 빈 속에 이걸 다 먹었으니… 이렇게, 이렇게 좀 해봐."

　화순이 울먹이면서 일으키려 하였으나 그녀는 축 늘어져 기동이 없었다.

　두 사람은 의식을 잃은 그녀 옆에서 우두커니 서서 슬픈 표정으로 서로를 쳐다보았다. 그토록 강직하고 적극적으로 매사에 임하던 경애가, 남자처럼 대범하고 냉정과 여유를 잃지 않던 경애가 인간적인 내면 갈등을 견디지 못하고 술에 취해 정신을 잃다니… 평소의 그녀로 보아 어디 생각이나 할 수 있었던 일인가.

　아~ 그러나 그 어떤 놀라움보다는 탁자 위에 엎어져 신음하는 경애를 보면 볼수록, 숨겼던 나의 모습을 훔쳐보는 것 같은 부끄러움이 생기는 까닭은 무엇인가… 나는 지금까지 나의 여자된 본성을 숨기고 산 것인가, 잃어버리고 산 것인가, 빼앗기고 산 것인가… 인간적으로 외롭고 허전한, 목마른 밤이 나에게 정녕 없었던 것인가…

　연주는 고개를 저었다. 심한 회의감이 머리를 들고 일어나 그녀의 모든 인간된 자격과 경애의 관계에까지 아픔을 찔러주었다.

연주는 손수건을 꺼내 경애의 얼굴을 닦아주며 목 놓아 울고 싶은 심정을 눌러 참았다. 스스로 억누르다가 일순 터져버린 경애의 인간적인 갈등과 고뇌를 나의 것으로 뜨겁게 사랑하리라는 결심을 하면서 경애의 옆구리를 안아 일으켰다.

"위원장님. 우리가 그간 너무 메말랐었나봐요. 조직만 알려 하고 정작 중요한 따뜻한 마음은 감추고 살았으니… 나 오늘처럼 이 년이 좋아져 본 적은 없었어요. 내 방에 데려가서 꼭 껴안고 자고 싶어요."

화순이 눈물을 닦으며 경애의 한 쪽 옆구리에 손을 넣어 안았다.

발을 헛딛는 경애를 양 쪽에서 부축해 안고 그들은 비틀비틀 그곳을 나왔다. 나오기 직전, 모든 것을 미쳐버리게 할 것 같은 광란의 음악이 다시 터지고, 춤을 추기 위해 앞으로 몰려나가는 공단 사람들을 연주는 젖은 눈으로 보았다.

내일부터 본격적인 싸움을 시작해야 한다는 피할 수 없는 사실에의 긴장감이, 미쳐 흔드는 춤동작처럼 꿈틀꿈틀 그녀의 뇌리에 스며들고 있었다.

연주는 더욱 힘을 주어 경애를 끌어안았다.

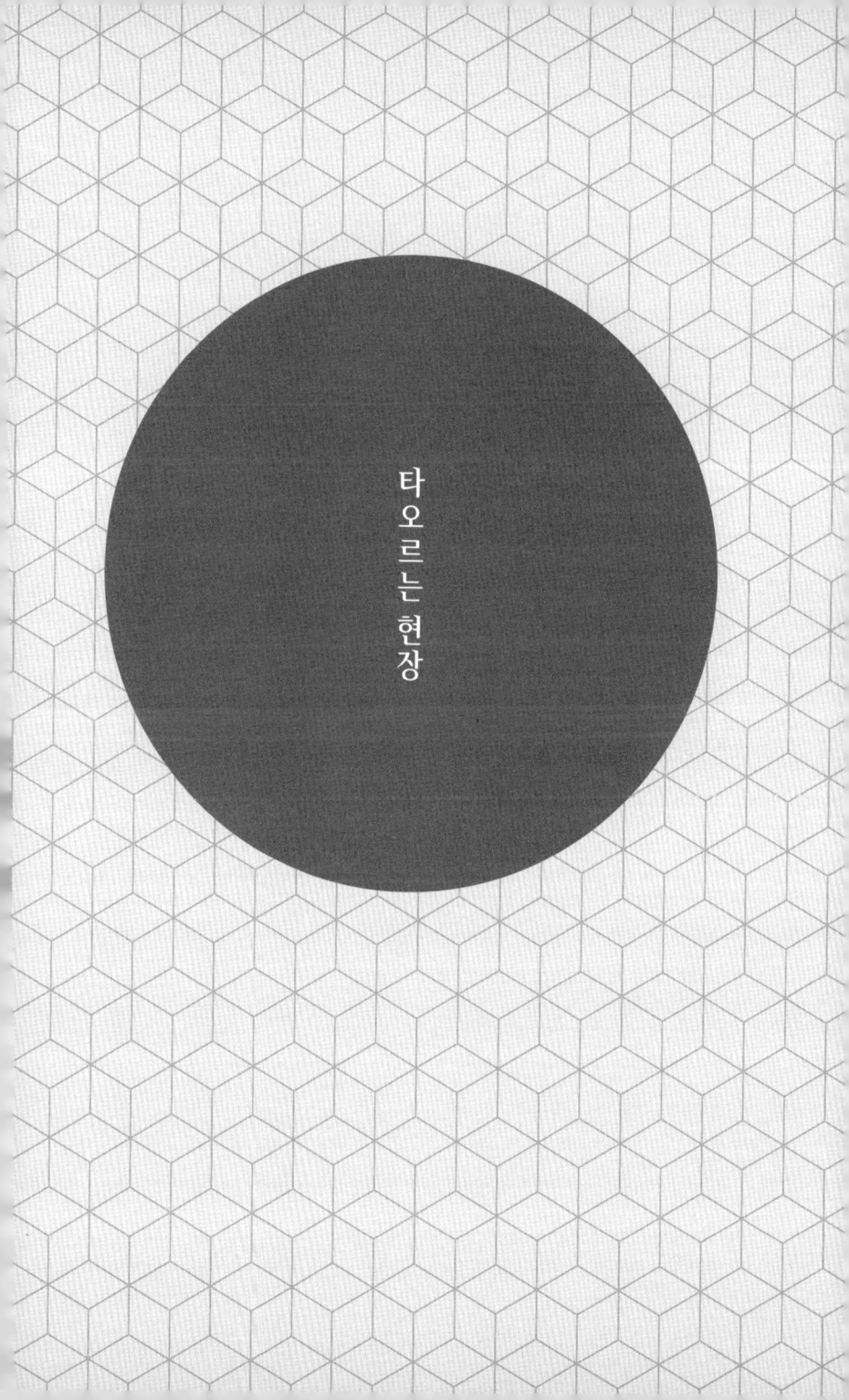

타오르는 현장

1

　조간신문을 받자마자 버릇처럼 사회면부터 펼치던 연주는 짜릿한 흥분에 몸을 움츠리지 않을 수 없었다.
　'노조법 3자 개입금지, 공개적 시비 불 붙어'
　까만 무늬 바탕에 하얀 고딕체로 이렇게 제목이 찍혀 있고 '노동부의 상급노조 입건에 노총 강력히 맞서' 라는 부제가 붙어 있었다.
　정신이 번쩍 들게 하는 사회면 톱기사가 아닌가. 기자의 이름 대신 '합동취재단' 명의로 되어 있는 기사를 읽는 연주의 손에 땀이 배고 두 눈이 휘둥그레 커졌다.
…단위노동조합의 조직 활동에 산별노동조합 등 상급 노동조합 단체가 개입하는 문제를 놓고 노동부와 한국노총이 뜨거운 논쟁을 벌이고 있다. 노동부 측은 '현행 노동조합법의 제3자 개입금지 규정에 따라 기업 내 당사자인 사업주와 당해 노동조합 이외에는 어느 누구도 조합 활동에 간여할 수 없다'는 입장을 고수하고 있다. 그러나 한국노총은 '근로자의 단결권은 헌법에 보장된 권리이기 때문에 상급 노동조합 단체는 제3자의 범위에 포함되지 않는다'는 주장을 펴 팽팽히 맞서고 있다…
　이렇게 시작된 기사는 사건의 발단과 전개를 상세히 싣고 있었다.
　어느 산별연맹에서 단위노조의 조직 분규 수습에 개입했다는 이유로 고발을 당하여, 연맹 위원장과 조직부장 등 7명의 연맹 간부가 입건되어 조사를 받고 있다는 내용과 전국ㄱ노조연맹의 여성부장 최연주(31. 여. 일한전기 단위노조 위원장 겸임)씨가 같은 공단에 있는 대성전자의 노조 설립을 지원했다는 이유로 그 회사 측에 의해 노동부 ㄱ사무소에 고발돼 입건, 조사를 받고 있으며, 대성전자노조의 설립신고서가 반려되고 노조 임원 6명이 전격 해고되어 복직투쟁을 하고 있다는 상세한 내용이 연주의 이름과 나이까지 밝히며 적혀 있었다.

기사는 그녀가 산별연맹의 간부(여성부장)라는 점에 초점을 맞추고 있었고, 노동부가 기회 있을 때마다 '상급노조는 제3자가 아니다'라고 유권해석을 내렸음에도 정식으로 고발이 제기되자 단호히 입건, 조사를 하고 있는 점을 중시하였다.

또한 이렇듯 산별노조 간부들이 잇달아 수난을 당하자 한국노총은 긴급 대표자회의를 소집, 성명서를 발표하는 등 노동부의 조치에 공개적으로 강력히 맞서고 있을 뿐만 아니라, 일한전기 단위노조도 대책위원회를 구성하고 조합원들이 자발적으로 투쟁기금을 모금하는 등 강력한 대응을 보이다가 모금운동에 적극 앞장선 32명의 핵심 조합원들이 해고 및 정직을 당했다는 내용까지 싣고 있었다.

기사는 이렇게 끝맺음을 하고 있었다.

…노총은 성명을 통하여 '상급노조를 제3자로 본다면 노동조합의 체계와 기존 질서를 전면 부정함은 물론, 정부 스스로 노동자를 국민화합의 대열에서 낙오시키는 심각한 문제'라고 주장했다. 이에 대해 노동부의 노정국장은 '현행 노동조합법의 정신은 당사자 자치주의를 원칙으로 삼고 있기 때문에 직접 고용계약을 맺고 있는 사업주와 근로자 이외에는 상급노조 기관일지라도 엄연히 제3자로 봐야 하며, 부당 개입할 경우 처벌을 면할 수 없다'고 말했다. 80년 말 입법회의에서 노동조합법을 개정한 이후 최초로 공개적으로 대두된 이 문제에 대해서

노동계는 신경을 곤두세우고 지켜보고 있어 앞으로의 사건 진전이 주목된다…

근래에 보기 드문 노동문제의 톱기사를 읽고, 연주는 흥분과 기대감에 넘쳐 대책위원들보다 먼저 택시를 잡아타고 회사로 향했다.

회사는 완전히 흥분의 도가니가 되어 있었다. 사원과 조합원 할 것 없이 여기저기 모여서 신문을 읽고 있었고, 누군가가 그것을 복사했는지 현장 부서에 돌려지고 있었다.

이틀째 노조 사무실로 출근한 징계 조합원들은 연주가 들어서자 상기된 표정으로 그녀를 에워쌌다.

"신문사 쥐구멍에 볕 들었구만, 볕 들었어. 이런 게 톱으로 터지다니. 우리 위원장님 매스컴 타네. 저명인사 돼뿌르겄어. 와하하하."

전체 조합원에게 배포할 '불법 징계 사태에 대한 노동조합의 결의'라는 유인물을 부서별로 나누면서 경애는 연방 웃어젖혔다.

위원장인 연주가 혹시 어떻게 되는 것이 아닌가 하고 걱정을 하는 조합원들과, 인근 노동조합의 격려 전화가 끊이지 않고 걸려오는 가운데 오전 근무가 시작됐다.

"여러분들, 우리 문제가 신문에 났다고 해서 공연히 자극되거나 어떤 기대감에 마음이 들떠 우왕좌왕하면 안됩니다. 어제 우리가 결의한 내용을 잊지 마시고 우리의 주장이 관철될 때까지 침착하고도 강한 자세로 행동통일을 해 주시기 바랍니다. 우리의 자체적 힘이 발휘되어야만 각계의 관심과 호응을 얻을 수 있는 것이며, 신문 보도 또한 우리에게 유리한 방향으로 작용된다는 점을 명심해 주셨으면 합니다. 어떤 상황에서건, 어느 누구를 만나건 간에 우리의 주장이 정당하다는 것을 떳떳하게 내세워야 할 것입니다."

연주는 징계 조합원들에게 앞으로 닥칠 수 있는 예상되는 문제들과 그 상황에 대처하는 방법 등에 대하여 상세히 설명하였다. 그들은 평소의 핵심 조합원답게 조금도 두려워하는 기색이 없이 회사와의 일전을 각오하고 있었다.

그들은 사무실 문을 걸어 잠그고 현수막을 준비했다.

공무원의 출근시간이 조금 지나자 사방에서 전화가 걸려오기 시작했다. 취재해 간 기자 이름이 무어냐, 다른 신문사에도 내용을 건네주었느냐, 징계 당한 조합원 명단 좀 불러 달라, 회사를 혼내줄 테니 조금만 기다려 달라는 등 당황한 목소리로 수선들을 떨었다. 특히 맹포교는 잔뜩 몸이 달아

"위원장, 쫄병 좀 봐달라구. 기자 이름 좀 가르쳐 주셔. 나보다 다른 사람이 먼저 알아서 정보를 보고하면 난 떡이 된다니깐. 다른 내용은 취재해 간 것 없나? 이 신문 보도에 힘 받아서 대성전자의 해고된 애들이 죽기 살기로 투쟁 같은 거 하려 들지 않을까? 위원장은 앞으로 어떻게 할 참인가? 좀 가르쳐 주셔. 나도 정보 보고 잘해서 위원장을 도울께. 서로 좋은 게 좋은 거 아니겠어? 내가 그리 갈께유."

통사정을 하였다.

"노총에 가서 알아보시라니까요. 그 쪽에서 취재해 갔대는 데도 꽤 안 믿으시네. 대성전자 문제는 저도 몰라요. 오늘은 오셔도 애기 나눌 시간이 없어요. 하루 종일 회의 한다니까요."

신문 보도의 진상을 묻는 전화는 그야말로 성가실 정도로 걸려왔다. 지방사무소장, 구청, 공단본부, 정보과, 보안사, 심지어 대공과에서까지. 당사자인 회사에서만 아무런 연락이 없었다.

"사건이 꼭 밖으로 드러나야지만 그 심각성을 인식한다니까. 늘 그 모양이니까 노동문제는 터졌다 하면 용수철 사건이 되어 버리지. 그런데 이 회사 놈들은 무얼 하고 있길래 이토록 조용하다지?"

경애가 회사의 동태를 알아본다며 밖으로 나갔다. 조금 후에 사내 전화를 통해 그녀의 전갈이 왔다.

"부장급 이상을 모아 놓고 사장이 회의를 주재하고 있어요. 최 전

무 방에는 조 과장, 맹포교, 정보과장이 와 있구요. 우리 회사 가운을 입은 낯선 사람들이 경비실에 앉아 있어요. 신문 문제보다는 점심 때 일어날 일을 알고 나온 것 같아요. 곧 갈께요."

그녀와의 전화가 끝나자마자 사장에게서 전화가 왔다.

"위원장, 문까지 걸어 잠그고 또 커튼까지 쳐 놓고 뭐하고 있는 거요? 신문을 잘 봤는데, 난 위원장이 우리 회사 망치자고 신문에 기사거리를 갖다 줬다고는 생각 안해요. 그리고 지난 일 다 잊고 함께 일해 보지 않겠소? 지금 전체 관리자 회의에서 막 결정이 났는데, 위원장을 이사급으로 대우해 주기로 했소. 우리나라에서 노동조합이 최초로 경영에 참여하는 기록을 세우고 위원장은 최연소 여자 이사로서 업계에서 각광을 받게 될 거요. 어떻소? 위원장직은 그대로 하면서 경영에 참여하는 것이니까 거절하지 말아주길 바래요."

이 무슨 아닌 밤중에 홍두깨 같은 소리인가? 전체 관리자 회의에서 고작 이런 결정이나 내려서 발등의 불을 끄려고 했단 말인가?

연주는 욕을 듣는 것보다 더한 모욕감과 조롱을 당하고 있다는 분노를 참지 못하고

"사장님, 제발이지 정신 좀 차리세요. 그 같은 발상은 경영참여가 아니라 경영파괴에요, 파괴!"

소리를 쳐주고 전화를 끊었다.

그러나 어리석은 사장은 이미 일을 저질러 놓은 뒤였다.

"위원장님, 돌대가리 같은 부장들이 똥개 같은 짓들을 하고 있어요, 글쎄. 아무리 먹이를 주는 지들 주인이 시킨 일이라고 하지만 그렇게 말을 잘 들을 수가 있냐구요? 노조간부 한 명에 똥개 한 마리씩 붙어가지구선 위원장님을 이사에 앉히자고 설득하고 있다니까요. 선진국의 노사관계를 도입한다는 거예요. 노사 공동결정제도니, 노동조합의 경영참여니 하면서 침이 마르도록 떠들고 있다니까요, 글쎄.

하기사 지놈들은 이사 시켜 준다고 하면 사장 볼기짝도 핥을 놈들이긴 하지만 말예요. 명문 대학을 나온 그 머리로 바른 소리 한마디 못하고 모가지를 묶여서 충견 노릇이나 하고 있으니 쯧쯧쯧… 이사 위원장님. 이사 되시걸랑 그들 목줄부터 풀어주시구려. 아시갔쇼?"

화순의 전화는 농담을 섞고 있었지만 음성 속에는 심각성이 담겨 있었다.

"각 부서에 정식으로 인사명령 문서가 시달됐어요. 이사대우 최연주, 이렇게 돼 있구요, 위원장은 당연직 이사대우로 제도화함, 이렇게 되어 있어요. 부장들이 그 문서를 들고 조합원들을 집합시켜 놓고는 제도의 취지를 설명하고 있어요. 위원장님이 이사대우라는 직책을 갖고 있어야만 고발 당해 있는 것이 쉽게 풀리고 노동조합의 경영참여를 통하여 노사대등관계를 형성하게 하는 획기적인 일이라고 선전하고 있다구요. 경영참여는 전부터 노동조합이 주장했던 사항이라고 하면서 그럴 듯하게 꾸며대고 있다니까요."

"조합원들이 술렁거리는 것 같아요. 위원장님을 믿으면서도 어떻게 이사가 될 수 있냐며 허탈해하는 사람들도 있어요."

연주는 간부들의 다급한 현장보고를 들으며 당황하면 안 된다고 이를 악물었지만 너무도 분하여 두 다리가 떨렸다. 법규부장 문희가 진단한 대로 회사는 교환합의제의 구실을 자꾸만 만들고 있는 것이 아닌가.

징계를 철회하는 대신 가명 입사자들을 정리하자, 고발을 취하하게 해 줄테니 징계를 묵인해 달라, 아니면 복직투쟁을 하고 있는 대성전자 해고자들을 설득시켜 달라, 이사대우 발령을 취소할 테니 징계자들의 문제를 협의하자… 그러한 여러 가지 양보선을 제시했는데도 노조가 한 가지도 들어주지 않는다고 오히려 엄살을 부리며 관계 기관에 매달리겠지.

이번 기회에 노조를 완전히 허약화시켜 손아귀에 쥐려는 회사 측의 음모가 분명한 이상 방법은 오로지 정면 대결 밖에는 없는 것이다. 노조로서는 한 가지도 양보할 수 없는 사항들이 아닌가.

회사가 현장을 분열시키며 조합원과 나 사이를 이간질 시키면서 타협안을 준비할 시간을 더 이상 주어서는 안 된다. 음모에 깊이 말려들기 전에 즉각적이고도 분명한 행동을 보여야 한다….

연주는 어금니를 깨물었다.

그녀는 노조간부들에게 일일이 전화를 걸어 조합원들이 점심시간에 한 사람도 빠짐없이 총무부 건물 앞으로 집결할 것을 지시하였다.

어제 회의에서 결의한 사항이지만, 흥분한 조합원들이 이탈하게 되면 회사는 그 허점을 비집고 들어올 것이기에 전체 조합원의 집결을 누누이 강조했다. 그녀가 좀 서두르는 기색을 보이자, 징계 조합원들은 시계를 들여다보며 초조한 빛을 띠기 시작했다.

한 쪽에서 아무 말 없이 무언가를 쓰고 있던 독서회장 선숙이 앉은 채 큰소리로 입을 열었다.

"여러분, 우리들의 징계 철회를 위해 노조와 조합원들은 최선을 다하고 있습니다. 여러분들도 직접 보고 들으셨겠지만 우리들의 문제가 신문에 나오는 바람에 여러 곳에서 관심을 갖는 전화를 해 오고 위원장님도 단호한 결심을 보이고 있습니다. 이제 결행에 앞서 정작 우려가 되는 것은 징계를 당한 우리 삼십이 명입니다. 함께 살고 함께 죽겠다는 우리의 확고한 결의가 없으면 노조에서 아무리 강력하게 밀고 나가도 지게 됩니다. 회사는 비열하게 우리들을 유혹할 지도 모릅니다. 예를 들어 해고된 사람에게 몇 백 퍼센트의 해고수당을 지급해 준다거나, 정직자들의 정직 기간 동안 임금을 지급해 준다거나 하는 조건을 제시할 지도 모른다 이겁니다. 그러한 제의는 개별적으로 시도될 수가 있는데 우리가 거기에 넘어가면 아무리 많은 해고수당을 받는다 해도 노조가 지게 되는 것입니다. 또한 그 유혹에 넘어가면 우리는 그야말로 스스로 소 돼지 취급을 받게 될 것이고, 인간으로서의 떳떳한 자격과 자존심을 잃게 되는 것이니만큼 우리 삼십이 명이 어떠한 유혹에도 넘어가지 않고, 오직 징계 철회를 위해 투쟁하겠다는 결의를 했으면 합니다. 힘이 모자라 그대로 짤리게 되어도 회사가 주는 일체의 돈을 받지 말아야만 우리의 정신이 살게 되는 것입니다. 여기 우리들의 결의문을 작성해 보았으니, 돌아가며 읽어보시고 내용에 찬동하시는 분은 서명해 주셨으면 합니다."

야무지게 말하고 나서 선숙은 결의문을 옆 사람에게 건네주었다. 몇 사람이 머리를 맞대고 그것을 읽고는 서명을 하였다.

연주는 참으로 중요한 문제점을 스스로 파악한 선숙에게 마음 속으로 깊이 감사했다.

삼십이 명의 서명을 다 받은 선숙은

"이따가 점심시간 때 전체 조합원이 모인 자리에서 제가 이것을 낭독하겠습니다."

하며 비장한 각오의 표정으로 결의문을 들여다 보았다.

각오와 승리를 다짐하는 최종 점검의 대화를 나누고 있는 중에 경애가 돌아왔다.

"나를 짝사랑하는 어느 골빈 사원 녀석이 그러는데, 사원들에게 노조에 가입하라는 지시가 떨어졌대요. 그 불알 값도 못하는 것들을 앞세워 노조를 흔들어보겠다 이건데, 내 그 녀석들에게 가위를 하나씩 선물할 생각예요. 대학 다닐 때는 학생운동 했다고 은근히 의식을 자랑하던 녀석들이 하나같이 똥개가 돼 가지구선 사장 손가락 하나에 놀아나고 있으니 쯧쯧쯧…."

그녀는 유인물을 부서별로 추려서 옆구리에 끼며 혀를 찼다.

징계 조합원들이 손으로 입을 막고 쿡쿡 웃음을 터뜨렸다. 연주는 시계를 보았다. 오 분 전 열두 시를 가리키고 있었다.

유인물 한 장을 빼들고 사무실을 나섰다. 현장 입구에 사원들이 몰려 서 있는 것이 보였다. 총무부 건물의 창문이 모두 열려 있고 창문마다 사원들이 모여 이 쪽을 내다보고 있었다.

연주는 노사문제의 구경꾼들을 향해 손을 흔들었다. 손이라도 흔들어줘야 저들의 체면에 위안이 되겠지…

"찌르릉~"

이윽고 점심시간을 알리는 벨이 울렸다. 문마다 조합원들이 짝을 지어 나오기 시작했다. 입구에 서 있던 현장 감독자들과 남자사원들이 조합원들을 식당 쪽으로 데려가려 하였으나 저마다 뿌리치고 공장 한가운데인 총무부 앞의 공터로 모여들었다. 감독자들과 남자사원들은 잠깐 조합원들을 막는 시늉만 내다가 팔짱을 끼고 본래의 구경꾼 모습으로 돌아갔다.

하얀 고무 앞치마를 두른 식당의 취사부 아줌마들이 무슨 일인가 하고 궁금한 표정으로 나와서 공터에 모여드는 조합원들을 바라보고 서 있었다.

잠시 후 각 라인의 노조간부들이 조합원들에게 유인물을 나눠주는 사이 징계 조합원들은 총무부 건물 앞에 일렬로 늘어섰다.

조합원들은 노조 사무실 앞에 서 있는 연주를 발견하자 빨리 오라고 소리치며 박수를 쳤다. 그녀는 경비실에서 급하게 전화 다이얼을 돌리는 맹포교를 한동안 지켜보다가 조합원 앞으로 뛰어갔다.

오 분도 안되는 시간에 팔백여 조합원들이 모두 모였다. 현장 감독자들과 남자사원들만이 뜸뜸이 식당으로 들어갈 뿐 청색 가운을 걸친 조합원들은 다 모인 것이다.

"자, 우선 운동부터 합시다!"

화순이 노조 간부들과 스크럼을 짜고 앞줄에 섰다. 그 뒤로 조합원들이 대열을 지어 스크럼을 짰다.

"의쌰! 의쌰!"

힘찬 구령과 함께 대열은 움직였다.

연주는 공장 안을 진동하는 구령 소리를 들으며 주먹을 불끈 쥐었다. 이제 싸움은 시작이다. 이것은 새로운 권리를 찾고자 하는 쟁취전이 아니라 이미 있는 것을 빼앗기지 않기 위한 방어전이다. 우리가 살고 있는 이 땅은 새로운 권익의 향상을 허용치 않는, 고작 최저의 권리만을 지키기 위해 싸워야 하는 썩은 물만 고인 땅이란 말인가.

이것은 힘이 갖춰진 대결이 아니라 밟힘에 꿈틀거리는 저항에 불과한 것인데도 우린 이제 엄청난 사태를 일으켰다는 오해와 멸시를 받게 되겠지. 자기가 앉은 편한 자리에 이상이 생기길 원치 않는 사람들은 이 최소한의 항쟁마저도 파괴행위라고 몰아붙이겠지. 그래야만 편한 자리를 더 오래 차지할 수 있을 테니까. 희생되는 사람이 많을수록 차지할 몫도 많아지는 거니까. 그들에겐 그저 편한 자리이지만 우리들에겐 생존권이 달린 절박한 문제인 것을….

연주는 두 주먹을 파르르 떨었다.

"의쌰! 의쌰!"

대열은 공장을 세 바퀴째 돌고 있었다.

조 과장과 맹포교 그리고 회사 가운을 입은 낯선 사람들이 정문 앞에 서서 그들을 노려보고 있었다.

"단결!"

"승리!"

"단결!"

"승리!"

제자리뛰기를 하며 구호를 외치는 조합원들은 자신감이 넘쳐 있었다.

연주는 땀을 흘리는 그들 앞에 섰다.

"조합원 동지 여러분! 유인물을 읽어보셔서 잘 아시겠지만 우리들의 동료 삼십이 명이 불법 징계를 당하였고, 회사는 저를 이사대우해 준답시고 우리의 조직력을 희롱하면서 여러분과 저를 이간 시키고 있습니다. 또한 입사할 때는 임금을 아끼려고 일부러 나이가 적은 사람들을 뽑기 위해 언니나 친척들의 서류를 내라고 친절히 가르쳐 줬던 회사가 이제 와서 가명 입사자들이라는 이유로 집단해고 시키려는 무서운 음모를 꾸미며 노조를 손아귀에 넣으려는 술책을 부리고 있습니다. 기관에서는 이런 악랄한 회사를 두둔하면서 우리에게 협조를 강요하고 있습니다. 여러분! 우리는 이 싸움에 임하기 전에 지금 우리가 취하고 있는 행위가 불법이 아니라 정당한 행위라는 것부터 먼저 알아야 할 것입니다. 점심시간은 우리에게 주어진 자유시간이며, 회사 밖이 아닌 회사 안에서의 이 같은 모임은 법에 위배되지 않는 평화적인 집회이고, 점심식사를 거부하는 것도 우리의 자유권이자 최소한의 행동표시입니다. 회사의 기물만 파손하지 않고, 근무시간 때 집단적으로 근무처를 벗어나지 않는 한 우리의 행동은 모든 것이 평화적이고 정당한 것입니다. 우리는 오늘부터 우리의 정당한 주장이 관철될 때까지 점심시간과 퇴근 후의 시간을 이용하여 오늘과 같은 모임을 통해 합법적인 투쟁을 전개해 나갈 것입니다. 동지 여러분! 우리들의 최소한의 권리를 지키는 일에 조합원 전체가 참여해 주실 것을 간곡히 부탁드립니다!"

우레 같은 박수가 터져 나왔다.

경애가 회사의 문서를 들고 두 손을 높이 쳐들었다.

"여러분! 회사는 위원장님을 이사로 위촉하는 문서를 현장 부서에 배포하여 우리를 이간 시키려 하였습니다. 만약에 우리 위원장님이 이사 자리가 탐이 나서 중심이 흔들거린다면, 우리 노조간부들이 그날로 갈아치우겠습니다. 회사는 분명히 사원들의 월급날, 위원장님께 거액의 이사급 월급을 지급할 것입니다. 그러면 제가 그 돈을 받아서 개똥을 발라 사장실에 내던지겠습니다. 여러분! 우리 위원장님을 믿을 것입니까, 안 믿을 것입니까!"

"믿을 것입니다!"

"감사합니다. 그러면 오늘 우리가 해야 할 일에 대하여 말씀드리겠습니다. 노조간부들과 징계된 조합원들은 지금 이와 같이 전체 조합원의 단체행동과 함께 전체 조합원의 서명을 받은 고발장을 검찰에 내기로 결의한 바 있습니다. 회사는 단체협약 제6조를 위반하고, 조합원 삼십이 명에 대해 무자비한 해고와 정직 조치를 가했습니다. 오늘 우리는 고발장에 연대서명하는 것과 우리의 주장을 확고히 정하는 것이 함께 해야 할 일입니다. 우리의 주장은 첫째 징계의 전면 철회, 둘째 가명 입사자들의 신분 보장, 셋째 위원장님을 이사에 위촉하여 우리 모두를 희롱한 데에 대한 사장의 공개 사과, 이렇게 정하는 것이 좋을까 합니다. 다른 주장이 있으면 말씀해 주십시오."

"지금 정문 앞에 서 있는 이상한 사람들을 나가라고 합시다!"

끼르르르, 웃음이 터졌다. 그 웃음 앞에 독서회장 선숙이 결의문을 들고 나섰다. 그녀가 앞에 나서자 징계 조합원들이 '불법징계 철회하라'고 씌어진 현수막을 펼쳤다.

"여러분, 저희들 문제 때문에 이렇게 함께 고통을 분담해 주셔서 감사합니다. 저희 징계자 일동은 여러분의 뜨거운 동지애에 적극 보답하고자 조금도 좌절하지 않고, 간악한 회사의 술책에 말려들지 않기 위하여 결의문을 채택하였습니다. 오늘 이 결의문을 낭독하고, 내일 복사하여 나누어 드리겠습니다."

선숙은 큰기침을 두어 번 하고 나서 그 작은 입을 크게 벌려 결의문을 낭독했다.

"결의문! 이번에 회사는 아무 잘못 없이 일에만 열중해 온 우리 삼십이 명을 불법적으로 징계 조치하였다. 칠 명에게는 해고, 이십 명에게는 이 개월 정직, 오 명에게는 일 개월 정직이라는 무지스러운 형벌을 내린 것이다. 우리는 우리들의 징계 사건을 이용하여 노조를 교란에 빠뜨리고, 다른 조합원들에게 위협을 가하여 일을 더 많이 시켜먹으려는 회사의 저의를 충분히 알고 있다. 우리는 결코 일만 하고 먹기만 하는 소 돼지가 아니다. 우리에게도 인간으로서의 보호받아야 할 권리가 있고 돈보다도 더 중요한 인격이 있다. 그런데 아무 잘못 없는 우리를 회사는 왜 내쫓으려고 하는 것인가. 우리가 힘없이 내쫓김을 당하면 다음 조합원이 또 희생될 것이다. 나쁜 회사는 계속해서 조합원들을 내쫓으려고 할 것이다. 우리는 우리들의 징계문제가 우리들 삼십이 명에게만 국한된 것이 아니라 앞으로 전체 조합원의 신변과 관련된 매우 중대한 사건임을 깊이 깨달아 인정 없는 회사와 싸울 것에 뜻을 모았다. 이에 우리들의 굳센 결의를 조합원 동지 여러분에게 밝히고 뜨거운 격려가 있기를 호소한다.

하나, 우리는 우리들에게 가한 불법적인 회사의 징계를 절대 반대하며 원상복귀를 위해 투쟁할 것이다.

하나, 우리는 우리들의 징계를 합리화하기 위해 회사가 상응하는 보상(해고수당, 정직기간 중의 임금 전액 지급 등)을 해준다고 유혹하더라도 모두 거절할 것이다.

하나, 우리는 노동조합과 전체 조합원의 뜻에 따라 행동할 것이며, 징계가 철회될 때까지 한 사람의 이탈자도 생기지 않도록 행동을 통일할 것을 조합원 동지 여러분들께 맹세하며, 모든 투쟁의 선봉에 설 것을 결의한다.

하나, 회사는 불법적인 징계를 즉각 철회하고 우리를 원직에 복귀시켜라!

하나, 회사는 노동조합 탄압을 즉각 중지하라!"

정확한 발음으로 또박또박 결의문이 낭독되는 동안 조합원들은 숨죽여 듣고 있다가 낭독이 끝나자 선숙에게 일제히 환호성을 보냈다.

"사장을 비롯한 높은 양반들이 회전의자에 앉아서 우리들의 외침을 듣고 있을 겁니다. 자~ 제가 구호를 선창할 테니 힘차게 복창해 주십시오!"

경애가 주먹 쥔 손을 쳐들고 특유의 카랑카랑한 목소리로 구호를 외쳤다.

"회사는 불법 징계를 즉각 철회하라!"

"회사는 회사 발전에 기여한 가명 입사자들의 신분을 보장하라!"

"사장은 노동조합을 희롱한 것에 대해 깊이 반성하고 공개 사과하라!"

"회사는 노조 파괴공작을 즉각 중단하라!"

팔백여 명의 함성이 공장 안에 쩌렁쩌렁 울려 퍼졌다.

우리들 개개인은 보잘 것 없어도 뭉치면 엄청난 힘이 생긴다는 것을, 황금에 눈이 먼 자들이여 아는가 모르는가.

일할 권리를 지키기 위해 밥을 굶고 외치는 이 단내 나는 소리마저 그대들은 천박하다 할 것인가? 동료들의 억울한 희생을 막기 위한 이 뜨거운 인간애마저도 그대들은 질서의 파괴행위라고 악선전하겠지. 아래를 내려다볼 줄은 모르고 사람 위에 올라 앉아 오직 위만 바라보는 습성이 몸에 밴 당신들이니까….

그 습성으로 어떻게 뜨거운 진실을 얕잡아 볼 수 있단 말인가. 생존에 관한 문제를 어찌 그대들의 습성으로 뭉갤 수 있다는 것인가.

우리들이 져서는 안 되는 이유는 너무도 분명하다. 우리들의 절박한 삶을 당신들의 내키는 기분에 따라 굴복케 할 수는 없는 것이다.

이렇게 다짐하며 연주는 다시 한 번 주먹을 불끈 쥐었다.

"회사는 불법 징계를 즉각 철회하라!"

조합원들의 함성은 계속해서 울렸다.

연주도 그들을 따라 손을 쳐들며 구호를 외쳤다. 잠시 후 구호제창을 끝내고 고발장에 연대서명을 받기 시작했다.

점심시간이 끝나갈 때쯤 되어 연주는 대열을 정리하고 조합원들에게 머리 숙여 인사를 했다.

"여러분. 우리의 의사는 충분히 표현되었습니다. 회사는 괘씸하게도 단 한 명의 간부도 이 자리에 내보내지 않았습니다. 그건 명백한 책임회피이고 경영권을 포기하는 거나 다름이 없는 것입니다. 아까도 말씀드렸지만 우리들은 평화적인 방법으로 우리의 주장을 관철해야 합니다. 배가 고프시더라도 참고 생산에 지장이 없도록 일은 열심히 해주십시오. 근무시간에는 절대로 자리를 이탈하지 마시구요. 그래야 우리들의 정당성이 인정받게 되니까요. 오늘부터 잔업은 안하는 것이니 정상근무가 끝나면 옷 갈아 입고 이 자리로 모여주시기 바랍니다. 상황의 변화가 있게 되면 간부들을 통해서 신속하게 알려드리겠습니다. 우리는 반드시 승리한다는 믿음으로 굳세게 싸워나갑시다. 우리는 질 수가 없는 것이니까요. 절대로 져서는 안 되는 싸움입니다. 이제 시간이 됐으니 현장으로 돌아가도록 합시다. 오늘 참으로 수고 많으셨습니다."

조합원들은 야호와 만세를 부르짖으며 손뼉을 쳤다.

누군가의 커다란 노랫소리에 맞추어 우렁차고 경쾌한 합창이 울려퍼지기 시작했다.

우리 승리하리라

우리 승리하리라
우리 승리하리 그 날에
오오~ 참맘으로 나는 믿네
우리 승리하리라

조합원들은 노래를 부르며 현장으로 돌아갔다.
작업장 안에서도 노래는 끊이지 않고 건물 밖으로 흘러나왔다.
"찌르릉…"
작업을 알리는 벨소리와 함께 노랫소리는 일시에 뚝 그쳤다.
연주는 하늘을 올려다보았다.

늦가을의 높고 푸른 하늘. 겨울이 되어도 우리들의 마음은 변함없이 저렇게 높고 푸르리라. 비록 조작된 봄이 우리를 농락한다 하여도 우리는 추위 속의 한가닥 따스한 햇볕을 더욱 소중히 사랑하리라.

우리의 일어섬, 우리의 뭉침, 우리의 분노를 편한 자리에 앉아 있는 당신들은 모르리라. 우리들의 이같은 단결이 얼마나 순수한 것인가를, 얼마나 간절한 우리들 삶의 소망인가를.

우린 결코 약자가 아니다.

진정한 분노는 진실된 삶을 사는 사람만이 느끼는 것이다. 우리는 이길 것이다. 기필코 이길 것이다…

연주는 두 주먹을 불끈 쥐고 높고 푸른 하늘을 향해 눈을 부릅떴다. 기름기 흐르는 사장의 얼굴이 창문에 나타난 것을 연주는 부릅뜬 눈으로 분명히 보았다.

오후에는 생산량이 현저히 떨어지기 시작했다.

휴식시간 십 분 동안에도 조합원들은 다시 공터에 모여 노래와 구호를 외치고 들어갔다.

연주는 조 과장과 정보과장이 전무실에서 만나자는 전화를 해올 때마다 냉정하게 거절했다.

"우리의 상대는 회사이지 기관이 아녜요. 우리만 문제 삼으려 하지 말고 불법을 마구 휘두르는 회사도 좀 문제를 걸어보세요. 피해자를 보호하려 하지 않고 오히려 가해자를 감싸려고 하는 태도가 도저히 납득이 안 간단 말예요. 모든 게 원상복귀 되기 전에는 누구도 안 만날 거니까 그리 아세요."

"만나서 협상을 해야 일이 해결되든가 말든가 할 거 아뇨?"

"협상할 이유와 가치가 없잖아요? 원상에 복귀시키면 되는 거지 무슨 협상이 필요하겠어요? 회사는 보나마나 이것저것 조건을 걸 텐데, 그 조건 자체가 우리에겐 피해잖아요? 열 개를 빼앗아 간 사람이 한두 개쯤 돌려주는 척하는 그런 협상엔 응할 수 없잖아요? 전화 끊겠어요."

"이것 봐, 이것 봐요 위원장…"

그렇게 당당하던 조 과장은 과연 조 과장답게 연주를 협상 테이블에 끌어내기 위해 자존심 따위는 다 버리고 연신 전화를 걸어왔다. 연주는 몇 번 전화를 받았으나 나중에는 아예 외면해 버렸다.

문제의 당사자인 회사는 뒷전으로 빠져 있고, 기관이 앞에 나서는 노골적인 야합과 음모의 덫이 놓인 것을 알면서도, 행여나 하는 기대감을 갖고 발을 들여놓았다가 꽉 짜인 각본에 걸려들어 뒤늦게 빠져나오려고 허겁지겁 바동대기보다는 차라리 감옥에 가는 한이 있더라도 정식적인 싸움으로 대응하리라는 오진 결심이 다시금 섰다.

경애는 일을 저질러놓고 나 몰라라 하고 뒤로 빠져 있는 회사 측의 태도에 치를 떨며 사장실을 점거하자는 초강경 주장을 들고 나왔다.

매사에 신중하던 독서회장 선숙이 웬일인지 흥분하여 그 주장에 동조하자 징계 조합원들도 하나 둘 동요하기 시작했다. 연주도 그런

극적인 방법을 생각 안해 본 것은 아니었지만 일단 그들을 설득했다.

"순간적인 분노에 의한 흥분은 자칫 일을 망칠 우려가 있는 겁니다. 회사와 기관은 어쩌면 우리가 흥분하여 이성을 잃고 덤벼들길 바라고 있을 지도 모르는 거구요. 그래야지 우리를 깨는 구실이 생기는 거니까요. 여러 곳의 반응을 면밀히 검토하면서 싸워나가는 것이 좋을 것 같아요. 이제 싸움의 시작에 불과하니까 침착하게 행동을 통일해 나가도록 합시다."

경애와 선숙은 그저 아무 말 없는 것으로 연주의 말을 긍정하는 눈치였다.

경애는 노동계 출신 국회의원에게 정책적 협조를 구하는 한편 노총과 연맹 등에 상황을 보고했다.

2

퇴근시간이 가까워지자 다시 전화통에 불이 나면서 징계 조합원들의 눈빛에 긴장감과 각오의 기운이 감돌기 시작했다.

십 분 전 다섯 시, 연주는 생산이사와 담판을 할 필요가 있다는 판단에서 사무실을 나섰다. 경비실 쪽을 보니 오전보다 더 많은 낯선 사람들이 진을 치고 있었고, 맹포교가 배를 내민 우스꽝스러운 모습으로 그들과 얘기를 나누고 있다가 그녀를 보고는 능청스럽게 손을 흔들어 보였다. 연주도 여유 있게 손을 흔들어 주었다.

현장에 들어서니 화순의 보고내용대로 어수선한 회유의 방법이 펼쳐지고 있는 것이 그대로 눈에 들어왔다.

감독자들과 회사간부들이 노조간부 및 핵심 조합원들을 불러다 놓고 손짓 발짓을 해 가며 무엇인가 열심히 설명하고 있는 모습들이 곳곳에서 보였다.

"더 이상의 사태로 확산되면 기관에서 쥐도 새도 모르게 노조간부들을 잡아다가 족치고 누구도 책임질 수 없는 불상사가 생긴다면서 그렇게 되면 회사가 문을 닫게 된다고들 떠들고 있어요. 오후 내내 저 짓거리들을 하고 있다니까요."

지친 듯한 표정으로 얘기하는 법규부장 문희의 말을 듣고, 연주는 그간 노조간부들을 괴롭히는 데 가장 앞장서 온 생산이사의 사무실로 들어갔다. 타자를 치고 있던 여직원이 당황하여 용건을 물었지만 그대로 무시하고 이사의 집무실 문을 거칠게 열어젖혔다.

"이사님 말예요! 무슨 근거로 정보기관에서 노조간부들을 쥐도 새도 모르게 잡아다 족치고 회사가 문을 닫는다는 말을 하도록 지시한 거예요? 그리고 책임질 수 없는 불상사란 무얼 두고 하는 말인지 확실한 답변을 하지 않으면 곤란한 일이 생길 거예요. 어서 이리 나와서 조합원들에게 해명하라니까요!"

회전의자에 파묻혀 느긋하게 앉아 있던 생산이사는 연주의 고함에 기겁을 하며 자리에서 일어났다. 그와 동시에 작업 종료를 알리는 벨소리가 울렸다.

노조간부들과 조합원들이 떼를 지어 생산관리부로 몰려들어와 이사의 집무실 앞에 집결하는 바람에 분위기는 잠깐 동안에 긴박하게 변해버렸다.

"어서 나오지 못해요! 안 나오면 우리가 들어가서 끌어낼 거예요! 어서요!"

연주는 사정없이 큰 소리로 몰아세웠다.

생산이사는 얼굴이 허옇게 질려 턱을 떨면서 집무실에서 나왔다.

그가 나오자 조합원들이

"와~아!"

하고 고함을 쳤다.

"도대체 어떤 근거로 정보기관에서 노조간부들을 쥐도 새도 모르게 잡아다 족치고 회사가 문을 닫게 된다는 말을 하도록 관리자들에게 지시했는지 해명하세요. 확실한 해명을 하지 않으면 이 자리에서 무기한 농성에 들어가겠어요. 어서욧!"

연주는 생산이사의 손을 끌고 일부러 생산관리부 사무실의 한 가운데로 나왔다. 밖의 공터에도 예정대로 조합원들이 모였는지 우렁찬 노랫소리가 들려왔다. 관리부 직원들과 간부들이 긴장된 눈빛으로 구경하는 가운데 생산이사는 땀을 흘리며 더듬더듬 입을 열었다.

"저~ 무언가 오해를 한 것 같은데, 본인은 절대로 그런 말을 하도록 지시한 적이 없습니다. 관리자들과 라인 감독자들이 회사에 대한 충성심에서 우려되는 말들을 한 것 같은데, 본인이 대신 사과하겠습니다. 저~ 이제 해명이 된 것인지…"

그의 말이 끝나기도 전에 화순이 큰소리로 따지고 들었다.

"김 부장님과 장 부장님이 그러는데, 이사님께서 정보기관에서 쥐도 새도 모르게 조합간부들을 잡아다가 족칠 것이란 연락이 왔다는 말을 했다고 분명히 우리 노조간부들한테 얘기를 했습니다. 최 과장도 그런 얘기를 했구요. 이건 아주 중대한 얘기입니다. 한두 사람이 그런 얘길 들은 게 아니라니까요. 이사님이 진짜 그런 말씀을 하신 것인지 아니면 그분들이 거짓말을 한 것인지, 이 자리에서 밝혀주시기 바랍니다. 그렇지 않으면 저희들은 정보기관하고 이 문제를 직접 거론할 수밖에 없습니다."

생산이사의 얼굴이 곤혹스럽게 일그러졌다. 그는 슬금슬금 사무실을 빠져나가는 회사 중간관리자들을 원망스러운 눈초리로 훔쳐보며 손수건을 꺼내 이마의 땀을 닦았다.

"저희가 기관에 직접 확인할까요?"

화순이 재차 다그쳐 묻자 그는 흠칫하고 손을 내저으며

"아~ 아니오. 제가 작금의 사태를 진정시키고자 나…나도 모르게 한 말이오. 정보기관에서는 그…그런 연락 온 적이 절대로 없어요. 내…내가 책임지겠소."

하고 곧 쓰러질 듯 몸의 중심을 가누지 못하고 비틀거리며 겨우 말을 이었다.

연주는 즉석에서 목격자 진술서를 작성하였다.

"여기에 계신 조합원 여러분, 이 진술서는 앞으로 우리 노조가 싸워나가는 데 꼭 필요한 증빙자료가 됩니다. 지금 생산이사께서 말씀하신 내용과 책임지겠다는 말씀을 확실히 들으신 분들은 이 진술서에 서명해 주시기 바랍니다."

노조간부와 조합원들이 돌려가며 진술서에 지장을 찍자 생산이사는 연주의 손을 덥석 잡으며

"위…위원장. 어…어쩌자는 거요? 나하고 조…조용히 얘기 좀 합시다."

하면서 그녀를 자기 집무실로 데려가려 했다. 연주는 그의 축축한 손을 뿌리치고 조합원들과 함께 사무실을 나왔다. 질린 표정으로 구경하고 있던 사원들이 황급히 길을 비켜주는 것을 보고 연주는 속으로 웃었다.

밖에서는 조합원들이 스크럼을 짜고 '의쌰 의쌰'를 외치며 공장 안을 돌고 있었다. 정문 밖에는 퇴근하던 다른 회사 노동자들이 구름처럼 몰려들어 그들의 농성을 구경하고 있었고, 기관원들이 그들을 해산시키기 위해 법석을 떨고 있었다.

조합원들이 연주의 앞으로 집결, 제자리 뛰기를 하며 대열을 정돈하고 있을 때 정문 쪽에서 이상한 소동이 벌어졌다. 어떤 사내가 기관원들에게 카메라를 빼앗기자 취재를 방해하지 말라고 소리를 치

며 경비실 뒤쪽으로 끌려가고 있는 중이었다. 그를 끌어가던 기관원들은 카메라의 필름을 꺼내어 찢어발기고 빈 카메라를 돌려주며 멱살을 잡아 비틀어 그를 밀어냈다. 그는 몸부림을 치다시피 하여 찢어진 필름을 줍더니 순순히 자리를 떠났다.

그 광경을 보고 있던 조합원들은 일제히 환호성을 지르며 그에게 손을 흔들어 주었고, 점심시간 때와 같이 구호를 외치고 노래를 불렀다.

"회사는 불법 징계를 즉각 철회하라!"
"회사는 회사 발전에 기여한 가명 입사자들의 신분을 보장하라!"
"사장은 노조 희롱에 대해 깊이 반성하고 공개 사과하라!"
"회사는 노조 파괴 공작을 즉각 중단하라!"

점심을 굶은 조합원들이었지만 목청의 높음과 자신감은 오히려 한층 살아나 있었다. 조금도 흐트러짐이 없이 거대한 덩어리를 이루어 꽉 움켜쥔 작은 주먹들을 하늘에 치뻗는 사기왕성한 모습에서 연주는 뜨거운 인간미와 내일에의 희망을 가슴 뿌듯하게 느낄 수 있었다. 연주는 생산관리부에서 일어났던 일들을 보고하지 않을 수 없었다.

"조합원 동지 여러분! 회사는 참으로 위험천만한 공갈로 현장을 공포분위기에 몰아넣으려는 수작을 부리고 있습니다. 정보기관에서 노조간부들을 쥐도 새도 모르게 잡아다 족친다는 위협적인 거짓말을 꾸며대고 있는 것입니다. 회사간부와 감독자들이 노조간부들과 조합원들을 한 사람씩 불러다 놓고 겁주는 얘기를 하여 사기를 꺾으려 하고 있다, 이겁니다. 제가 생산이사한테 강력하게 따졌더니 그 말에 대해 책임을 진다고 했습니다. 그 말을 들은 우리 조합원들이 이렇게 사실확인서에 연대서명을 했습니다. 우리는 정보기관을 팔아서 우리에게 공갈·협박을 하는 회사간부들을 고발할 수도 있습니다. 여러분!

정보기관에서는 절대로 그런 말을 회사에 할 수가 없는 것입니다. 그리고 회사가 문을 닫는다는 말도 퍼뜨리는데, 그것도 어림없는 수작이구요. 여러분께서는 회사간부들이 어떤 소리를 하더라도 현혹되지 마시고 궁금한 것은 노조에 수시로 확인해 주십시오. 그리고 가능하면 회사의 어느 간부가, 어떤 장소에서, 어떤 말을 했다는 사실확인서를 써서 노조에 제출해 주시기 바랍니다. 우리의 이 합법적인 투쟁은 꼭 이기게 될 것입니다. 회사가 계속 그 따위로 불법적인 수작을 하는 이상 우리는 절대로 질 수가 없는 것입니다."

그녀의 거침없는 폭로에 조합원들의 주변을 서성이고 있던 조 과장과 정보과장, 그리고 회사간부들은 어이가 없다는 표정을 지었다. 정보과장은 회사간부들을 일일이 쏘아보다가는 잔뜩 화가 난 얼굴로 찬바람을 일으키며 정문을 나가버렸다. 노무과장이 그 뒤를 허겁지겁 쫓아가다가 발목을 삐끗하여 뒤뚱거리자 몇몇 조합원들이 손가락질을 하며

"에~."

하고 야유를 하는 바람에 한바탕 웃음보가 터졌다. 그 웃음의 물결을 헤치고 한 조합원이 앞으로 나와 꾸벅 인사를 하고는

"여러분! 저를 따라서 외쳐주십시오!"

하며 허리를 딱 펴고 구호를 외쳤다.

"회사는 국가기관을 폭력집단으로 악선전 하지 말라!"

"회사는 기관의 이름을 팔아…"

"우리를 공갈 협박한 것에 대해…"

"깊이 반성하라!"

"우리는…"

"강철과 시멘트처럼…"

"딴딴하게 뭉쳐서…"

"기필코 승리할 것임을…"

"강력히 결의한다!"

평조합원의 구호 선창은 분위기를 한껏 고조시켜 주었다. 조직부장 화순의 제의에 의해 부서별로 이십 명씩 조를 짜서 앞에 나와 구호를 제창하거나 단결의 노래를 부르는 순서가 진행되자 기세는 최고조에 달했다. 사십여 개의 조가 차례차례 나름대로 준비한 구호와 노래를 들고 나와 선창을 하고 팔백여 조합원이 힘차게 따라 부르는데 그 질서 또한 전혀 흐트러짐이 없었다. 그들은 완전히 어두워질 때까지 하나의 목표를 향한 하나의 마음과, 하나로 된 거대한 몸뚱이를 달구어 농성을 했다.

그들이 만세 삼창을 하고 해산하자 그때까지 정문 밖에 모여 구경하고 있던 다른 회사의 노동자들도 열렬히 박수를 쳐주었다.

자! 와서 모여 함께 하나가 되자
자! 흔들리지 않게 우리 단결해
물가에 심어진 나무같이 흔들리잖게
흔들리지 흔들리잖게
우리 동지 굳게 단결해
물가에 심어진 나무같이
흔들리잖게~

어둠을 가르는 노랫소리를 공장 안에 가득히 뿌려 놓고 조합원들은 짝을 지어 정문을 나갔다. 조금도 배고프고 피곤한 기색을 보이지 않고 돌아가는 그들에게 손을 흔들며, 연주는 한없는 감동과 고마움에 눈시울을 적셨다.

노조간부들과 징계 조합원들도 삼삼오오 짝을 지어 약속 장소로 모이기로 하고 회사를 나왔다. 연주는 남자 사원들에게 별도의 지시가 있을 때까지 퇴근하지 말라고 긴급지시를 내린 회사 측의 움직임을 확인하고, 기관원들 사이를 당당히 걸어 나왔다.

3

 연주 일행은 미행을 우려하여 일부러 골목길을 돌고돌아 대성전자노조 간부들과의 약속 장소로 향했다.
 이글거리는 눈빛으로 연주 일행을 맞이하는 대성전자노조 간부들은 전혀 지친 기색이 보이지 않았다.
 "인권변호사 몇 분이 우리를 도와주고 있는데 어제부터 회사의 태도가 달라졌어요. 시간 외 근로수당, 휴일근로수당, 연차수당 등 그간 편법으로 지급했던 법정수당을 한꺼번에 토해내야 할 판이니까 달라질 만도 했겠죠. 노조를 인정하고, 해고를 이 개월 정직으로 완화시켜 줄테니까 체불임금은 문제 삼지 말자는 것이 회사의 입장인데 어림 없는 수작이죠. 그간 임금을 착취 당했다는 걸 알고나서 조합원들이 노조를 중심으로 똘똘 뭉치고 있어요. 육백 명의 노조 가입 대상자가 거의 다 노조에 가입했는데, 이 정도 단결이면 충분히 투쟁할 수 있고, 또한 승리할 것으로 확신해요."
 대성전자노조의 간부들은 자신감에 넘쳐 있었다.
 "나쁜 놈들! 뻘건 대낮에 온갖 수당을 그리 다 떼어처먹은 놈들이 이제 와서 노조를 인정해 줄테니 그 많은 수당을 포기하라구? 도대체 이 나라가 정상적인 나라인지 모르겠네? 근로기준법을 그리 위반한 것이 만천하에 드러났는데도 노동부에서는 아무런 조치도 안하고 노동자들만 때려 잡으려 하고 있으니…."

경애와 화순이 분개하며 나서자 대성전자노조 위원장이

"재야 어르신들이 정부 고위층에 강력히 항의하고, 언론이 보도하기 시작하니까 노동부에서도 근기법 위반에 대해서는 시정하는 쪽으로 방향을 잡은 거 같더라구요. 최 위원장님, 저희 문제로 어려움을 겪게 해서 정말 죄송한데요, 이번에 우리 두 노조가 무언가를 보여주지 않으면 이 땅의 민주노조는 씨가 마를 거라고 봐요. 희생이 따르더라도 경종을 울리는 가열찬 투쟁을 밀고 나가야 되겠죠?"

하면서 연주의 손을 힘껏 움켜쥐었다.

"물론이죠. 명분이 우리한테 유리하니만큼 기관과 회사도 더 이상 무대포로 나오기는 힘들 거라고 봐요. 정권의 레임덕도 보이고, 야당의 투쟁도 탄력을 받고 있으니 크게 불리한 상황만은 아닐 거에요."

연주도 대성전자노조 간부들을 얼싸안으며 용기를 북돋웠다.

"전에 얘기했던 대로 우리 두 노조는 공동운명체라는 각오로 싸움을 준비해 나가면 승산이 있을 거에요. 우리가 주춤거리고 한 발 물러서면 저들은 세 발 밀고 들어올 것이 불보듯 뻔하고, 노동조합이 중심을 잃으면 조합원들의 단결도 흔들린다는 점을 간과해서는 안 될 거에요."

대성전자노조의 간부들도 결연한 의지를 보였다.

"우리는 수시로 투쟁속보를 발간하는데 조합원들의 호응이 보통 뜨거운 것이 아녜요. 투쟁속보를 버리는 사람이 하나도 없을 정도에요. 회사 설립 이후 지금껏 착취만 당해 왔다는 그 깨우침과 분노가 강고한 단결력을 키워 주고 있는 셈이죠. 법 위반 사항이 너무 많아 추려내기도 힘들 정도라니까요."

"우리도 조합원들의 투쟁 열기가 대단해요. 노동조합을 믿고 따라주는 자랑스러운 조합원들을 보면 저절로 힘이 생긴답니다. 문 위원장님, 긴밀히 연락하면서 함께 투쟁을 준비해 나가도록 해요. 우리 두 노조의 투쟁이 너무도 중요한 시기에요. 비록 우리의 투쟁이 실패로 끝난다 해도 추악한 이 시대에 의미 있는 과제는 남겨질 거라고 봐요."

두 노조의 핵심 간부들은 비장한 각오를 나누며 잡은 손을 놓지 못했다.

이제 두 노조의 투쟁은 돌이킬 수 없는 상황에 직면하였다는 판단에 연주는 어금니를 깨물었다.

그들은 두 회사의 노동법 위반 내용, 노동부와 정보 기관의 부당한 압력 사례, 회사의 노조 탄압 수법 및 이를 비호하는 정부 기관의 무책임한 태도 등을 체계적으로 정리하여 각 언론과 교회, 재야 및 사회단체, 정당, 각급 대학의 총학생회에 보내기로 의견을 모으고 늦은 시간까지 투쟁 방향 등을 숙의했다.

숨 쉬는 역사

1

 단골 중국집 이 층 방에 모인 노조간부들과 징계 조합원들은 미리 주문해 놓은 짜장면과 우동으로 끼니를 채우고 곧바로 회의에 들어갔다. 회의는 적립된 쟁의기금의 사용을 승인하고 조합원들이 모금한 기금을 대책위원들의 합숙생활에 사용토록 하며, 징계 조합원 중에서 세 명의 대표자를 뽑아 대책위원회 위원으로 충원할 것을 결의하였다.
 "공기 좋고 물 맑은 곳에 보증금 싸고 월세도 싼 아주 야싸한 아파트를 구해 놨습죠. 사정상 여러분 모두를 데리고 가지 못하는 짐의 유방이 쓰리외다. 괜히 여관비 없다고 놈팽이라도 달고 오면 이 노처녀들 손빨래나 하게 되고, 흥분을 못 참고 뎀벼들어 그룹 섹스라도 하게 되면 곤란허니께, 나중에 오더라도 혼자 오시라요. 잘 알아들은 거여? 으잉?"
 화순의 농담에 발을 동동 구르고 웃으며 그들은 회의를 마쳤다. 대책위원들은 화순의 고집을 꺾지 못하고 소주 몇 병을 사들고 아파트로 갔다.
 "자, 승리의 만찬을 해야지. 술은 어른 앞에서 배워야 하는 거여."
 밥공기에 소주를 따르며 화순은 어깨를 으쓱거렸다.
 "넌 참 재주도 좋다. 그 돈으로 이런 아파트를 다 구하고. 니 덕분에 아파트 생활 하게 돼 고맙다, 얘."

"뭘, 보통이지. 우리 오빠 친구가 건설업을 하는데, 찾아가서 한 달만 쓰겠다고 졸랐지 뭐. 분양도 잘 안되는 아파트 비워 놓으면 뭘 해. 들어올 때 봤지? 불 켜진 집이 별로 없잖아? 여기선 맘껏 떠들어 제껴도 상관없다구. 어서 들라니까."

화순은 단숨에 한 잔을 비우더니

"커~ 으이구 쓰다."

하고 진저리를 쳤다. 연주를 포함해서 대책위원 십일 명은 화순의 성화에 못이겨 승리의 부라보를 했다.

"크~ 거 되게 쓰네. 한 잔 하니까 옛날 생각나는데 이거. 경찰서에 끌려가서 머리채 잡혀가며 조사받은 게 엊그제 같은데. 너 선숙이는 모를 거다. 우리 노조 이거 그냥 된 게 아녀. 막말로 졸나게 고생해 만든 거라니까."

부위원장 금자가 찡그린 얼굴로 선숙을 보며 한 말이었다.

"언니. 내 상처 좀 근딜지 마셔. 그런 얘기하면 나 분비물 나오니께… 어휴, 난 그때 조사 받으면서 화장실 안 보내주는 통에 얼마나 혼났는지. 엉터리 같은 조서를 써놓고 지장 찍으라길래 안 찍었더니, 찍을 때까지 화장실 안 보내준다기에 에라 모르겠다, 옷에다 그냥 싸버렸지 뭐. 그런데 이거 조금 있으니까 밑이 끈적끈적한 게 꼭 한 달 동안 뒷물 못한 것처럼 밑이 끈적끈적… 에그그, 이거 또 분비물 나오나보다."

화순이 다리를 벌리고 고개를 숙여 그 곳을 들여다보는 시늉을 하여 넓은 방 안에 폭소가 터져 울렸다.

"분비물이라는 표현은 너무 노골적이다 얘."

"웃기지 말어. 비싼 돈 주고 여성잡지 별책부록 사 보고 배운 거다. 성교 체위 배워 주련?"

"쟤는 하여간… 앞으로 쟤하고 같이 잘 생각을 하니 아찔하다 아찔해."

여성부장 옥남이 화순에게 눈을 흘기며 머리를 흔들었다.

"경애 쟤는 또 때리지도 않았는데 사람 살리라면서 배를 잡고 구르니까 형사가 어이가 없는지 눈을 멀뚱멀뚱 뜨고 쳐다보다가 뭐라 그랬는지 아니? 이 년 이거 진짜 손댔다가는 강간 당했다고 할 년이 잖아, 이러는 거야 글쎄. 그러더니 쟤는 별로 조사도 안하더라구."

이 말에 또 한바탕 웃고,

"위원장님은 어땠는지 아니? 그때는 나처럼 조직부장이었는데 첨부터 끝까지 묵비권으로 버티는 거야 그냥. 한마디도 안하더라구. 조사하던 형사하고 눈싸움이 벌어졌는데, 나중에 보니까 마주보고 앉아서 둘 다 꾸벅꾸벅 졸더라니까 글쎄. 으르게나 우스웠는지 웃음 참느라고 혼났었다니까."

이 말에 또 깔깔깔 웃음이 터졌다. 나이 어린 대의원 둘과 선숙이, 그리고 징계 조합원 둘은 무슨 신기한 얘기를 듣는 것처럼 귀를 기울이다가는 얘기가 끝날 때마다 배를 잡고 헉헉거리며 웃자

"얘네들 이거 아까부터 웃는 소리가 왜 이러니? 꼭 맨살로 남자 밑에 깔려 절정을 맞는 것처럼. 얘네들 이거 인제 봤더니 숫처녀 아닌 모양인데? 발목이 가는 걸 보니까 꽤들 밝히게 생겼잖아? 이런 애들을 대책위원으로 뽑아놨으니 발목 가는 조합원들 난리나게 생겼구만."

하여 모두들 방바닥에 데굴데굴 구르며 또 한바탕 웃었다.

"자, 술 들자구. 웃고 있을 때가 아냐. 승리 전야제가 이래선 안되는 거야. 정의의 투사들답게 쨍하게 건배하자구."

웃고 마시고, 웃고 마시며 그들은 밤과 얘기와 술에 취해갔다.

"내가 웃기는 얘기만 하는 것 같지만 혼자 있을 때의 외로움 같은

거 너희들은 모를 거다. 살면서 좋은 일이 대체 뭐가 있다고 히히덕거리며 살겠니? 노동조합 하다 보니까 성격마저 바뀌게 된 거야. 조합원들에게는 괴로워도 웃는 얼굴로 대해 줘야 하고, 회사 놈들한테는 만만치 않은 명물로 보여야 하구. 하루 종일 웃고 떠들다가 혼자 버스 타고 집에 돌아가면서 별 생각이 다 들 때가 있어. 진짜 나의 모습은 무엇인가, 나는 지금 어디를 향해 가고 있는 것인가, 스물여덟의 이 나이에 알맞은 생활을 하고 있는 것인가, 지금 그만두면 퇴직금은 얼마인가, 시집 갈 비용은 되는가… 퇴근하면 그런 고민에 빠지고, 출근하면 웃고 떠들고. 그런 속에서 기질이 생긴 거지. 나를 이중 얼굴로 만든 게 무엇인가, 그걸 알게 된 거야. 부익부 빈익빈. 부자는 더욱 부자가 되고, 가난한 놈은 더욱 가난해지는 이 사회에 발길질을 하고 싶은 거지. 어디 언제까지 그렇게 가겠는가 두고 보자. 한 번 붙어 보자. 철학, 이념, 이론, 사상, 사명감, 이따위 다 필요 없는 거야. 부익부 빈익빈을 깨부수는 일에 나도 한 번 발 벗고 나서자, 이것만 있으면 다 되는 거야. 철학이니 이념이니 개똥이니가 뭐가 필요해. 그런 거 찾는 놈들은 나중에 다 타협하는 놈들이라구. 부익부 빈익빈에 대한 확고한 저항, 그리고 그 저항을 빈익빈 놈들끼리 함께 갖고 부익부를 향해 터치는 거, 그것만 있으면 다 되는 거지. 안 그래? 내 말이 틀렸어? 문자 썼다고 내 말이 어려운 거여?"

술이 취해 약간 혀 꼬부라진 소리로 말하고 나서 화순은 충혈된 눈으로 좌중을 둘러보았다.

"맞다 맞어. 우리가 왜 이 나이가 되도록 이러고 있는가, 그 이유만 알면 노동운동가 되는 거다. 남들은 일찌감치 시집가서 잘 살고, 잘 먹고, 자가용 타고 피서 가고. 피서 가서도 우리 같은 년들은 텐트 치고 자는데 그것들은 콘도인가 콘돔인가에 들어가 남자 품에 안겨 늘어지게 즐기구 말야. 도대체 왜 이런 차이가 있는가? 여자가 나이 차서도 돈이 없어 시집 못 가는 그 이유만 확실히 알면 노동운동은 저절로 되는 거니라. 그런 의미에서 한 잔 하자. 남자 얘기 하니까 말대로 분비물 나올려 그런다."

쟁의부장 복례가 화순의 밥공기에 쨍 부딪치고 나서 단숨에 술을 들이키더니

"크~으. 이제 취한다. 위원장님도 한 잔 하셔. 아까부터 침묵만 지키고 앉았지 말구."

하고 술병 바닥에 조금 남은 것을 따라주면서

"어쭈, 이거 위원장님 딸 낳게 생겼네."

하면서 뒤통수를 긁었다. 연주는 그 잔을 받아 마시고 나서

"그런 소리 마라. 나도 분비물 나올라."

하고 한마디 하여 다소 울적해지던 분위기가 웃음소리와 함께 풀어졌다.

"이제 시간이 늦었으니 내일 할 일에 대해 의논 좀 하고 자자구."

연주는 술병을 치우고 백지와 볼펜을 꺼내들었다.

"위원장님, 술도 취했고 기분도 그렇지 않으니까 오늘 밤만은 거 투쟁하는 얘기 좀 하지 맙시다. 내일 새벽에 맑은 정신으로 하자구요."

복례가 지긋지긋하다는 듯이 손을 내저으며 얼굴을 잔뜩 찡그렸다.

연주는 다른 사람들의 눈치도 그런 것 같아 백지와 볼펜을 치우며

"그래. 나도 좀 취하는 것 같고 모두 피곤한 것 같은데 이만 자자구. 내일 새벽 네 시 기상이라는 것 잊지 말도록!"

하고 웃으며 명령조로 말하자

"옛~썰!"

"오 마이 위원장. 땡큐 베리 망치."

하면서 이불 보따리를 풀었다.

"손빨래 해서 이불에 분비물 묻히기 없기."

"어휴. 또 시작이구나. 아까부터 손빨래 손빨래 하는데 그거 뭐니? 저런 아리송한 잠꼬대 하는 사람 빨가벗겨 밖에 내놓기."

"이빨 갈고 자는 사람 겨드랑 털 뽑기."

"왜 겨드랑이니? 그곳 털을 뽑지 않구선?"

"언니들 이젠 좀 자요. 그런 말만 하니까 진짜 몸이 근질거린단 말예요."

"알았다 알았어. 누가 너 발목 가는 거 모를까봐 그러니?"

"아, 내일은 또 회사 놈들이 뭔 짓을 할 지. 제발 꿈 속에서는 탄압 좀 받지 않게 하소서."

"우리 사장 쪼인트 까는 꿈 좀 꾸게 해주소서."

이불을 뒤집어쓰고 농담을 주고 받는 대책위원들을 보고 있다가, 연주는 슬그머니 일어나 거실로 나왔다. 소리 안 나게 미닫이문을 열고 베란다로 나가니 늦가을의 써늘한 바람이 그녀의 몸을 휘감았다.

소주 몇 잔에 적당히 취한 연주는 난간을 잡고 그 바람을 맞았다. 문득 지난 일들이 떠오르면서 앞으로의 싸움에 대한 강박감이 어둠처럼 그녀를 덮어왔다. 노조를 지키기 위해 필사적인 투쟁을 하다 희생된 선배들의 비장한 목소리가 귓전을 울리는 것 같아 연주는 흠칫 뒤를 돌아다보았다.

2

일한전기노동조합은 칠 년 전에 설립되었다. 연주가 입사하고 나서 이 년 후의 일이었다.

연주는 같은 부서의 명숙이라는 이름의 언니를 알게 되어 금세 친한 사이가 되었는데, 연주는 따뜻하고 자상한 명숙에게 마음을 의지하며 친언니처럼 따랐다.

연주보다 세 살 위인 명숙은 점심시간이나 휴식시간에도 성경을 읽는 독실한 기독교 신자로, 성실하고 겸손한 그녀를 모든 사람이 좋아하고 있었다. 그녀는 연주에게 같이 교회에 나가자고 수차 얘기를 건네왔지만 연주는 불교 집안이라는 핑계로 거절하다가, 하루는 퇴근 후에 별 생각 없이 그녀를 따라 교회에 가게 되었다.

연주는 그곳에서 노동법을 공부하는 사람들을 알게 되었고, 일주일에 두 번씩 명숙과 함께 그 모임에 나갔다. 연주는 노동법을 공부하면서, 먼저 있던 봉제공장과 일한전기의 노동실태가 근로기준법에 위반하는 악조건이 많음을 알고 놀랐다.

또한 노동자가 단결하여 노동조합을 만들면 법 이상의 근로조건을 획득할 수 있다는 믿기지 않는 사실도 알게 되었다.

일 년이 지나는 동안 일한전기의 동료들도 다수가 그 모임에 나오게 되었고, 아주 자연스럽게 의식화 교육도 같이 받게 되었다. 가장 흥미로운 것은 운동가 부르기와 연극, 풍물 등을 배우는 시간이었다.

대중가요와 팝송 밖에 모르던 연주와 일한전기 노동자들은 '전진가' '농민가' '성가'와 '홀라송'과 가요 등에 '노동'과 '투쟁' 등을 집어넣어 가사를 바꾸어 부르면서 날로 투쟁의식이 높아져 갔다. 입장과 처지가 같은 사람들끼리 함께 부르는 노래는 모두의 의식에 '동지애'를 불어넣으며 잘못된 사회 구조에 대한 저항과 분노를 일깨워 주었다.

이윽고 삼십여 명이 모여 노조를 만들어 명숙을 지부장으로 선출하였다. 그런데 놀라운 일이 벌어졌다. 노조설립 신고 서류를 노동청에 제출하자 일한전기는 이미 노조가 설립되어 있다는 이유로 서류가 반려된 것이었다. 경악한 노조임원들이 본부조합에 격렬히 항의하여 알아보니 이 년 전에 노조가 설립된 것으로 되어 있었다. 회사 생산부장이 지부장으로 되어 신고필증까지 교부한 상태였다.

명숙은 유인물을 통해 이와 같은 사실을 폭로하며 유령노조의 해산을 주장하였다.

본부조합과 노동청이 개입하여, 생산부장과 명숙이 지부장에 출마하지 않는다는 조건 하에 총회를 열어 새로운 임원을 뽑기로 합의가 되었다. 그러나 회사의 집요한 계책에 말려 현장 감독자가 지부장에 당선되었고, 명숙은 울분을 씹으며 힘을 키울 때까지 기다리자면서 조합원들을 위로했다.

그 당시는 산별노조 체제로 본부조합의 영향력이 절대적이었던 때여서, 사업장 지부가 본부조합의 방침에 따르지 않으면 가차없이 제명하거나 임원 개선 명령을 내리는 횡포를 부렸으므로 명숙은 일단 총회 결과에 승복했던 것이다.

명숙은 일 년 동안 철저한 위장을 하였다. 회사가 만든 노조에 협조하고 회사 간부들의 말에도 고분고분 따랐다. 밤마다 믿을 수 있는 조합원의 집을 찾아다니며 뜻을 나누면서도 여러 사람이 모이는 일만은 일체 하지 않았다.

노조와 회사의 경계에서 벗어나는 데에 성공한 명숙은 일 년 후의 대의원선거에서 자파 세력을 입후보시켜 삼분의 이 이상을 당선시켰다. 연주도 이때 처음 대의원에 당선되었다.

선거 때에 수상한 기미를 눈치 챈 회사는 또다시 어용 지부장을 지키기 위한 대의원대회의 계책을 꾸몄다. 대회가 열리자마자 불신임안이 상정되고, 어용 지부장이 수세에 몰리자 어용 지부장은 대회의 정회를 선포하고 도망치듯 대회장을 빠져나갔다. 대의원들은 임시 의장을 뽑아 대회를 강행하여 명숙을 지부장에 선출한 후 곧바로 농성에 돌입하였다.

"본조 위원장은 이 자리에 출두하여 장명숙 지부장을 인준하라!"
"노동청장은 노동자를 기만하지 마라!"
"회사는 부당노동행위를 중지하라!"

목이 터지도록 구호를 외쳤지만 아무런 반응이 없었다. 회사와 기관은 조합원들의 대회장 접근을 막으며 대회장의 농성 열기가 식기만을 기다리고 있었다. 그러나 노래와 구호는 그치지 않고 하룻밤을 넘겼다. 기자들이 몰려오자 당황한 본조 위원장이 대회장으로 들어가 명숙의 지부장 인준을 선언했다. 승리감에 취한 대의원들은 얼싸안고 울면서 농성을 풀었다.

그러나 농성이 풀리자마자 명숙은 어디론가 연행되어 갔고, 곧 이어 용공단체의 회원이라는 악선전이 퍼지는 가운데 해고 조치되었다.

명숙이 해고된 다음날, 출근하자마자 오백여 조합원들은 옥상으로 올라갔다. '우리 지부장을 돌려달라'는 현수막이 쳐지고, '결사 투쟁 선언문'이 하얗게 뿌려졌다. 국내 신문기자들의 취재는 금지되고, 외국 기자 두 명이 껑충껑충 뛰어다니며 취재를 했다.

재야단체에서도 성명서가 나오자 노동청이 중재에 나섰다. 허옇게 질린 사장이 핸드마이크에 대고 사후 보복을 안 하겠다는 약속을 했지만 조합원들은 오직 지부장의 석방만을 요구했다. 명숙은 오후 늦어서야 석방되었다.

연주는 두 번의 농성을 경험하자 단결된 대중의 힘이 얼마나 막강한 것인가를 절실히 느끼게 되었다. 조합원들의 가슴 속에는 뭉쳐 싸우면 이긴다는 자신감이 들어찼다.

지부장에 취임한 명숙은 조합원들의 교육에 전력하면서 회사에 단체협약 체결을 요청하고, 점심시간과 휴식시간을 이용하여 현장 부서를 돌며 단체협약 내용에 대한 공청회를 개최하였다. 연주는 단체협약 체결 실무요원으로 뽑혀 조합원들에게 자료 브리핑을 하는 역을 맡아 재능을 인정받으면서 하루하루 의식을 갖추어 갔다.

단체협약 체결을 위한 단체교섭 개최 요청 문서를 수차례 발송하여도 회사는 전연 교섭에 응하려 들지 않았다. 노동조합법 위반으로 노동청에 고발하고 부당노동행위 구제신청을 제기하여도 아무런 진전이 없었다. 회사는 오히려 감독자를 동원하여 노조간부를 들볶기 시작했다. 부당성을 항의하는 노조간부를 업무상의 정당한 명령에 불복종하였다 하여 부서이동을 내키는 대로 시켰다.

이와 때를 같이하여 본부조합에서는 조직 보고와 맹비 납부를 하지 않는다는 이유를 걸어, 중앙위원회에서 일한전기지부를 사고 지부로 규정하여 수습위원들을 내려보내 모든 업무기능을 장악하려고 들었다. 또한 노동청에서는 기습 업무검사를 실시한다면서 경비실 옆에 위치한 화장실 크기만 한 노조 사무실의 서류를 이 잡듯이 뒤졌다.

명숙은 본조에서 파견된 수습위원들의 지시를 완강히 거부하며, 단체협약 체결 촉구와 노조간부의 부서이동 철회, 노동청의 처사를 비난하는 유인물을 찍어 현장에 돌렸다. 그녀의 이와 같은 행위를 기다리고 있었던 것처럼 본조에서는 즉각 그녀를 제명 결의하였다.

명숙은 노조 사무실에 석유통을 들고 들어가 문을 잠그고 단식에 들어갔다. 지부장이 목숨을 걸고 홀로 단식투쟁을 하고 있다는 사실이 조합원들에게 전해지자 현장은 긴장으로 술렁거리며 화장실 벽에 극렬한 구호가 나붙기 시작했다. 불만 갖다 대면 곧 터지게 되어 있는 현장의 한가운데서 부지부장이 감독자에게 멱살을 잡혀 끌려 나가는 사고가 발생했다. 언제 준비해 두었는지 조합원들은 머리띠를 두르고 공터에 집결했다.

"노동청장 물러나라!"

"단체협약 체결하라!"

"노조 탄압 중지하라!"

"지부장 제명을 철회하라!"

성난 조합원들은 구호를 외치면서 정문 진출을 시도하며 농성을 벌였다. 정문 앞에 경찰이 배치되고, 저녁이 되자 회사는 수도와 전기를 끊었다. 깜깜한 어둠 속에서 농성은 계속되었다. 새벽에 경찰은 기습적으로 농성장을 덮쳐 닥치는 대로 끌고 나갔다. 어디를 어떻게 맞았는지 유혈이 낭자한 채로 끌려 나간 조합원도 있었다. 명숙과 부지부장이 구속되고 십이 명의 노조간부가 해고되었다.

본조의 지도 하에 새 집행부가 짜여져도 기가 질린 조합원들은 불만을 나타내지 못했다. 조합원들의 분노를 삭혀주기 위해 회사는 형식적인 내용의 단체협약을 체결하고, 특별상여금 오십 퍼센트를 지급하였다. 임금도 예년보다 높게 올려 주었다. 새마을교육이 때 없이 실시되고 체육대회와 야유회도 베풀어졌다.

그러나 다음 해의 대의원대회 때, 대의원들은 또다시 어용 집행부 불신임을 들고 나왔다. 정회를 선포하고 도망치려는 지부장을 붙잡고 사퇴를 강요했다. 지부장의 사퇴 선언은 대회장을 눈물바다로 만들었다. 새로 선출된 지부장은 민주노조의 기반을 다지기 위해 지부장 직선제로 지부운영규정을 개정하였다. 그간 뛰어난 활동을 보인 연주는 조직부장에 임명되었다. 노조신문이 창간되고, 단체협약 개정과 근로조건 개선 투쟁이 체계적으로 전개되어, 일한전기노조는 비로소 조직의 면모를 갖추어가기 시작했다.

구속자 가족을 위한 모금운동과 석방을 요구하는 서명운동도 벌였다. 이웃 노조와 합동으로 교육도 실시하면서 뜻있는 노조끼리 유대를 다져나가기도 했다.

그러던 어느 날, 야당 당사를 찾아간 노동자들이 직장 폐업을 반대하며 농성을 벌이는 사태가 발생하였다. 진압복을 입은 경찰들이 당사에 들어가 야당 총재와 국회의원까지 폭행하면서, 굶어 지친 노동자들을 실신시켜 짐짝처럼 들고 나왔다. 노동자 한 명이 창문으로 떨어져 사망했다.

일한전기노조에서는 그녀의 죽음을 애도하는 조기를 게양하고, 전체 조합원이 검은 리본을 달았다. 노조 사무실 앞에 모금함도 설치하였다.

야당 총재가 국회에서 제명되고, 오늘 살면 영원히 죽는 것이고, 오늘 죽으면 영원히 사는 것이라는 그의 인터뷰 내용이 신문에 크게 실렸다. 부산과 마산에서 대규모 시위가 발생했다.

시월 어느 날 아침, 새벽 공기를 가르는 호외가 뿌려졌다. 계엄령 선포. 완전무장한 군인들이 시내 곳곳에 배치되었다. 노동자들은 총 맞아 죽은 대통령에게 애도의 뜻을 표하지 않았다.

일한전기주식회사는 그런 사건을 기다리고 있었거나 한 것처럼 노조간부 세 명을 전격 해고시켰다. 조합원들은 속으로는 피가 끓었지만 꼼짝 못하고 가만히 있었다.

그러는 동안 신문에서 보기 어렵던 민주주의라는 단어가 큼지막하게 등장하면서, 잠시 잊었던 사람들의 사진이 어지럽게 인쇄되어 나왔다.

서울은 용광로가 되었다. 학생과 시민들이 거리로 쏟아져 나오고, 노동자들의 파업이 축제처럼 벌어졌다. 젊은 사람들은 민주와 정의의 시대가 왔다고 외치고, 나이 든 사람들은 늙은 독재가 죽으면 더 무서운 젊은 독재가 나오는 법이라며 깊은 우려를 표명했다.

이른바 '서울의 봄'이라는 노동자들의 파업 축제가 한창인 가운데 마침 임금인상 시기를 맞은 일한전기노조는 즉각 파업에 들어갔다. 조합원의 일부는 노총회관에 올라가 노동3권 쟁취 궐기대회에 참가

하여 노동3권 보장과 어용노조 퇴진을 부르짖었다. 뿐만 아니라 회사의 이름이 매국적이라는 항의까지 하면서 연일 파업을 계속했다. 한국 내에 있는 기업의 이름이 왜 한(韓)보다 일(日)이 앞에 있느냐고 따진 거였다.

회사 창설 이래 최고의 임금인상을 기록한 기쁨이 채 가시기도 전에 서울의 봄은 겨울이 되었다. 광주에서 군인들이 시민들을 마구 학살하고 있다는 끔찍한 얘기들이 들려왔지만 언론에는 광주의 상황이 보도되지 않았다.

신문은 온통 정치인들과 부정 축재자들을 구속시킨 내용으로 넘쳐났다. 노동계에도 칼바람이 몰아쳐 정화 조치가 내려졌다. 일한전기노조의 지부장과 사무장이 직위를 박탈 당했고 회사는 그들을 즉각 해고 조치하였다. 기관원이 노조 사무실에 상주하며 회의를 일체 못하게 하는 가운데 회사의 탄압은 계속되었다.

집회가 금지된 시퍼런 계엄령 하에서, 유독 회사만은 하루가 멀다 하고 조회를 소집해서 애사심 확보대회, 생산성 배가 실천대회, 품질관리 결의대회 따위의 명칭을 붙여 공공연히 노조를 비난했다.

또한 애사심 실천 서명운동이라는 거창한 타이틀을 걸고 전체 종업원의 서명을 받기도 하였다. 사장이나 이사나 부장이나 할 것 없이 하찮은 자리에서도 걸핏하면 '극렬한 노조로 인해 회사의 위기를 맞았던 불행했던 지난 날…'이니, '이제는 말끔히 제거되고 있는 불순세력…' 운운하며 기세를 떨었다. 뿐만 아니라 조합비 공제 거부, 점심시간 단축, 조기 출근 등을 강행하면서 지침에 조금만 어긋나도 가차없이 징계를 먹였다.

해고당한 지부장과 사무장을 밖에서 만나 대책을 찾는 노조간부들은 가슴을 치며 울분을 씹었다. 그들은 소주를 들면서 '기업주를 위한 계엄령을 위하여'하고 우스운 건배를 외쳤다. 그들은 본부조합의 지부장 직무대리 선임 지시를 거부하고 지부장직을 상징적으로 비워두었다. 연말에는 국회도 아닌 국가보위입법회의라는 곳에서 노동관계법이 최악의 내용으로 뜯어고쳐졌다.

해가 바뀌자 정초부터 일한전기노조 간부들은 한 명 두 명 수사기관에 불려갔다. 야당 당사에서 농성했던 노조와의 사전음모 여부를 캐는 조사였다. 절룩절룩 걸어 나온 그들은 이래도 죽고 저래도 죽는 신세, 몸부림이나 치다 죽자면서 오기를 모았다.

그때 마침 옥살이를 마친 명숙과 부지부장이 그들 앞에 나타났다. 그들은 중국집에 모여 남김없이 뿌리뽑혀 가는 민주노조들의 절망에 용기를 불어넣는 장렬한 투쟁을 벌이자는 데에 뜻을 모았다. 탈의장과 화장실에 비밀스럽게 유인물이 돌려졌다. 전원 출근하지 않고 공단 오거리로 모이기로 했던 그들은 소리 한마디 질러보지 못하고 중간에서 봉쇄당했다. 주동자 세 명이 또 해고 당했다. 모든 것이 깜깜한 밤이었다.

어느 날, 명숙은 연주를 찾아와 앞으로의 노조 생존에 대한 책임을 질 사람은 바로 너밖에 없다면서 소신껏 지혜와 용기를 발휘하라고 부탁했다. 이미 투쟁기질이 몸에 밴 연주는 흩어진 사람들을 규합했다. 지부장 직무대리에 명숙의 친구를 추대하고 임금인상 작업에 착수하였다. 임금인상 요구 지침이 회사에 발송됨과 동시에 현장에 배포되었다. 회사는 돌부처처럼 눈 하나 까딱하지 않았다. 임금인상을 위한 단체교섭 요청 문서를 수차 발송했지만 아무 회신도 없이 노조를 외면했다.

노조간부들은 단체교섭을 열자고 한 시간에 맞추어 기습적으로 회의실에 뛰어들었다. 현장 라인의 작업이 중단됨과 동시에 노래의 물결이 회의실로 밀려들어왔다.

노동자의 핏줄 속에
조합정신 흐를 때
하늘 아래 그 무엇이
보다 더욱 강하랴
우리 각 사람의 힘은
비록 약할지라도
큰 힘 주는 조합
단결하자 언제든지
단결하자 언제든지
단결하자 언제든지
큰 힘 주는 조합

참고 참아 쌓였던 울분이 울음 반 고함 반으로 섞여 회사를 진동했다. 걸상다리로 회의 탁자를 내려치며 부르는 노래에는 원한의 서리가 듬뿍 배어 있었다. 조합원들도 회의실로 통하는 층계에 주저앉아 비명 같은 소리로 노래를 외쳤다. 긴급 출동한 경찰은 먼 거리를 두고 만일의 사태에 대비하여 배치를 서두르고 있었다.

지부장 직무대리는 유혈사태라도 날 듯이 상황이 험악해짐을 보고 한동안 눈을 감고 생각에 잠기더니 노조간부들의 노래를 중지시켰다.

"동지들, 이것으로 우리의 힘은 다시 집결되었습니다. 이 이상 과열되면 모든 것이 끝입니다. 최근에 우리는 멀쩡한 회사가 문을 닫는 것을 목격했습니다. 우리의 투쟁이 극한으로 치닫게 되면 그것은 기업의 존재를 인정치 않는 행위가 되는 것입니다. 노동자에게 기업주는 적이 될지 몰라도 기업은 필요한 것입니다. 동지들, 협상에 임할 것을 제의합니다."

찬물을 끼얹는 이 말에 어느 누구도 이의를 제기하지 않았다. 바로 아래 층계에서 울리고 있는 조합원들의 노랫소리는 점점 더 커지고 있었다.

"제가 돌멩이를 맞더라도 조합원들에게 호소하겠습니다. 우리는 지금 한계선에 와 있습니다. 회사와의 싸움이 아니라 정부와의 싸움이 되고 있습니다. 이 한계를 극복하고 더 많은 일을 합시다. 지금 죽어선 안 됩니다."

그녀는 회의실의 전화기를 들고 다이얼을 돌렸다. 아무도 말리는 사람이 없었다. 잠시 후, 비상구를 통해 정보과장이 들어왔다. 직무대리는 조합원을 해산시키고 온다면서 밖으로 나갔다. 연주는 잠깐 동안의 설명에 조합원들이 현장으로 돌아가는 것을 보고는 착잡하면서도 다행스러운, 그리고 조합원들을 이해하기 어려운 묘한 감정에 사로잡혔다.

정보과장의 중재로 다음날 임금교섭을 하기로 하고 노조간부들도 해산하였다. 그러나 노조간부 전원은 이튿날 출근길에서 연행되었다. 회사가 고소를 한 것이었다.

대의원이던 경애와 화순, 금자도 재야세력과의 관련성에 관해 조사를 받고 나왔다. 농성의 자진 해산이 참작되어 직무대리 혼자만 구속되었다. 정보과장은 신의를 지켜준다면서 회사를 설득하여 조합원 총회를 자유롭게 할 수 있도록 협조해 주었다.

그 총회에서 연주는 노동조합법 개악 이후 단위 노동조합 체제에서의 초대 위원장에 만장일치의 지지를 받고 당선되었다.

위원장에 선출된 처음 일 년 동안은 조직의 관리와 교육에 치중하였다.

회사의 집요한 탄압과 획책에 맞서 수차례의 농성을 주도했고, 불합리한 임금구조의 개선과 수당 조정 등 근로조건의 획득에 주력하여, 조합원의 처우 면에 있어서 공단지역에서는 상위권에 속하는 회사로 끌어올려 위원장에 재선되었다.

그리고 해고자들의 복직 투쟁도 여러 번 시도하였지만 거기에는 연주가 넘지 못할 한계가 있었다. 그녀는 물리적 힘에 의해 회사를 쫓겨난, 생사를 같이 했던 선배나 동료들의 복직을 쟁취하지 못한 것이 늘 가슴 아팠다. 가끔 술이라도 취하게 되면 눈물이 고일 정도로 죄책감에 시달렸다.

연주는 그들의 희생을 헛되이 하지 않겠노라는 다짐을 하며 하늘을 올려다보았다. 별빛이 쏟아지고 있는 어두운 하늘이 이루 말할 수 없는 번뇌를 한층 더 씌워주는 듯했다.

"언니, 눈을 좀 부치세요. 건강해야 투쟁도 할 수 있는 거에요."

언제 나왔는지 경애가 연주의 어깨에 손을 얹으며 싱긋 웃었다.

"그래. 이만 자자."

연주는 경애의 손을 잡고 방으로 들어왔다. 벌겋게 단 얼굴로 곤히 잠들어 있는 대책위원들을 보며, 연주는 가슴에 뜨거운 기운이 들어참을 느낄 수 있었다.

구사대(求社隊)

1

 연주가 새벽 산책길에 사다 준 신문을 보고 경애는 펄쩍 뛰었다.
 "어머머, 나 미쳐. 어머머, 나 미쳐."
 신문을 읽으며 진저리를 치는 경애를 보고 대책위원들이 눈이 휘둥그레져서 모여들었다. 어제의 농성 기사와 함께 찢어진 필름이 사진 속에 담겨 신문에 실린 것이었다.
 '기자의 눈'이라는 기자 칼럼난에 '매 맞는 기자와 노동현장의 분노'라는 제목을 달고 '회사의 불법·부당한 탄압에 맞서 평화적인 농성을 벌이는 일한전기노조의 집회 현장을 취재하던 기자는 경찰에 카메라를 빼앗기고 구타를 당하는 봉변을 당하였다. 노동문제의 보도 금기를 노골화하는 정부의 언론정책 부재의 단면… 일개 경찰관이 언론에 주먹을 들이대는 불법천하… 기업주와 기관이 야합하여 노동조합의 목을 조이는… 그러나 눌린 자와 없는 자의 항쟁은 역사가 증명하듯 끊임없이 불타오르는 법… 정부 당국은 노동현장의 절규에 귀 기울일 때인데도 구시대적인 깜깜한 안경을 벗지 못하고… 문제되는 노동법의 개정을 촉구하는 전국 도처의 울분을 올바로 알아들어야 할 것이며… 구타를 당한 기자의 분노보다는 살얼음 밑에서 꿈틀거리는 노동 대중의 원한에 찬 모습들이 너무나도 두렵다…' 등등 강경한 어조의 기사를 읽은 화순은 팬티를 갈아입다 말고 덩실덩실

춤을 추었다.

"나 이 멋쟁이 기자 꼭 만나서 찐하게 한잔 사야겠는걸. 무드가 맞으면 마음 주고, 몸까지 주고, 홀딱 다 줘 뿌리는 거지 뭐."

아침부터 한바탕 웃음보를 터뜨린 대책위원들은 라면을 먹으며 오늘 할 일과 예측되는 상황 대처에 관한 간단한 회의를 마치고 출근을 했다.

"기자님. 계속 써 발리소서. 계속 써 갈기소서."

연신 중얼거리는 화순을 쥐어박으며 회사 정문 쪽으로 나 있는 골목을 도는 순간 연주는

"으~윽."

하고 신음을 토하며 그 자리에 멈추어 섰다. 수십 명의 조합원들이 회사로 들어가지 못하고 남자사원들과 승강이를 벌이고 있는 것이 아닌가. '구사운동'이라고 쓰인 완장을 찬 남자사원들이 출입문 앞에 버티고 서서 필사적으로 조합원들을 막고 있었고, 조합원들은 악을 쓰며 그들을 밀치고 있었다. 연주는 정신없이 정문으로 뛰어갔다. 숨이 턱에까지 차 있는 법규부장 문희가

"저 새끼들이 징계 조합원들을 못 들어가게 막는 거예요. 노조 때문에 회사가 망하게 되었다면서 저 완장까지 차구 말예요."

헉헉거리며 말을 하다가 그 자리에 털썩 주저앉아 버렸다. 연주는 악에 받쳐 소리를 지르고 있는 조합원들을 헤치고 앞으로 달려 나갔다. 땀을 뻘뻘 흘리며 조합원들을 저지하던 남자사원들은 그녀가 앞에 나서자 멈칫하여 뒤로 물러섰다.

"이게 무슨 짓들예요? 도대체 당신들이 무슨 목적으로 이 난리를 치는 거냔 말예요? 어서 비켜서지 못해요!"

연주는 고함을 치며 그들 앞으로 성큼 다가섰다. 그러자 그들 중의 대표인 듯한 인상파 사내가 떡 막고 서며

"위원장, 우리는 회사의 위태로운 상황을 그냥 보고만 있을 수 없어서 회사와 노조의 싸움을 말리고자 중재세력이 될 것에 뜻을 모은 사람들이오. 그러니 싸움의 불씨가 되고 있는 징계 당한 사람들의 회사 출입을 일단 통제시키고 일을 풀어나갈 것을 정식으로 건의하니 협조해 주시오."

하면서 거만스러운 태도를 취했다.

연주는 이들의 작태에 전율치 않을 수 없었다. 노사문제의 구경꾼에서 회사의 꼭두각시로 둔갑한 이들의 무지한 행동이 몰고 올 사태를 생각하니, 가슴의 피가 곧 터져버릴 것처럼 분노가 절절 끓어올랐다.

"너무 우습군요. 도대체 당신들이 뭐냔 말예요? 상식적으로 인정 받을 수 있는 짓거리를 해야지 대화건 중재건 될 거 아녜요! 노동부장관한테 가서 중재권 위임장을 받아 오든가, 노사문제의 중재세력으로서 당신들을 인정한다는 사장의 자필 인정서를 받아오든가 하세요. 그러면 얼마든지 응해 줄 테니까. 그러지 못할 입장이라면 어서 비키세요. 이건 폭력이란 말예요, 폭력!"

연주는 인상파의 눈을 똑바로 쳐다보며 날카로운 말투로 쏘아붙였다. 인상파는 좀 위축되는 기색이었으나

"징계 당한 사람들을 들여보내지 않는다고 약속하면 비켜주겠소. 안 그러면 우리도 회사 밥을 먹는 사람들이라 회사 망하는 것을 보고만 있을 수 없다 이거요. 종업원 신분으로서 회사를 위태롭게 하는 긴박한 문제에 개입할 자격과 권리가 있는 거라구요."

손가락 마디뼈를 똑똑 꺾으며 힐끗힐끗 연주를 쳐다보았다. 인상파와 마주하고 있는 사이, 공장 안에 이미 들어가 있던 조합원들이 정문 근처로 모여들고 출근하는 조합원들이 정문 밖에 빽빽하게 늘어서게 되자, 남자사원들은 당황하여 연주와 인상파의 눈치를 살폈다.

"나는 법적으로 사장과 대등한 위치에 있는 사람예요. 만약에 당신들이 끝까지 어리석은 행동을 해서 큰 사고가 발생하거나, 이 많은 사람들이 일을 못하게 되면 당신들만 희생당하는 꼴이 될 거라는 점을 명심하세요. 우리 노조는 당신들과 다툴 이유가 하나도 없는 거예요. 난 당신에게 알아들을 만큼 얘기를 했다고 봐요. 자, 비킬 거예요, 안 비킬 거예요?"

인상파의 표정이 곤혹스럽게 일그러졌다. 그러나 그는 총무부 건물 쪽을 잠시 쳐다보고 나서는

"비킬 수 없소."

하고 퉁명스럽게 대답하였다.

연주는 뒤로 돌아섰다.

"여러분, 모두 앉아 주세요. 우리는 정상출근을 하였는데, 남자들이 못 들어가게 하니까 문이 열릴 때까지 이곳에 앉아서 기다리는 겁니다."

수백 명의 조합원들이 우~우~하고 소리를 내며 길바닥에 앉았다. 사무국장 경애가 가운데로 들어가 신문기사를 큰소리로 낭독하자 모두 함성과 함께 박수를 쳤다.

뜻하지 않은 연좌농성의 형태가 되어버림을 보고 연주는 회사 측의 미련한 책동에 대해 혀를 찰 수밖에 없었다. 회사의 명예나 이익에 아무런 도움도 못되는 짓을 왜 저지르고 있는 것인지 이해할 수가 없었다. 노조를 손아귀에 넣어야만 직성이 풀리는 것인가. 올바른 기업운영으로 인한 가치의 창출보다는 사람을 기계처럼 부려먹는 그 맛이 그토록 좋은 것이란 말인가. 인간의 그릇된 욕망이란 참으로 가엾고 치사한 것임을 다시 느끼며 연주는 길게 한숨을 내쉬었다.

"우리는 일하고 싶다!"

"사장은 진짜 회사를 망치게 하는…"

"폭력 책동을 중단하고…"

"일련의 사태에 대해…"

"공개 사과하라!"

즉흥적인 구호가 만들어지고 노래가 터져나오자 출근하던 다른 회사의 노동자들이 발을 멈추고 구경하여 회사 앞의 도로는 그야말로 대목장을 이루었다. 남자사원들은 새파랗게 질린 모습이 되어 어쩔 바를 모른 채 총무부 건물 쪽만 쳐다보고 서 있을 뿐이었다. 이렇게 심각한 상황이 되었는데도 회사의 간부급 사원들은 단 한 명도 나타나지 않았다. 출근하는 남자들이 없는 것으로 보아 남자사원 전체가 회사에서 밤을 새운 것으로 연주는 짐작하였다. 이윽고 구경하던 다른 회사의 노동자들이 돌아가고 공장 안에서 작업시간을 알리는 벨소리가 울릴 때에서야 기관원들이 허겁지겁 달려왔다.

맨 먼저 도착한 정보과장은 경애로부터 상황 발단의 얘기를 듣고는 얼굴이 울그락불그락 달아올라 경비실의 전화기를 잡더니

"최 전무! 계속 이럴 거요? 이게 도대체 뭐 해 처먹는 짓들이요! 어서 남자들 철수 못 시키겠소! 엉!"

하고 모든 사람들의 귀에 들릴 정도로 악을 쓰고 나서

"당신 뭐야? 이 사람들이 이거 진짜 영 못 쓰겠군. 어서 들어가!"

하면서 인상파의 가슴팍을 손바닥으로 꽉꽉 떠밀어 안으로 들여보냈다.

조금 후, 조합원들은 활짝 열린 철제 대문과 그 옆에 딸린 작은 문을 통하여 회사 안으로 들어갔다. 기관원들은 연주에게 아무런 말도 하지 않고 그대로 돌아갔다.

연주는 노조간부 전원에게 월차휴가를 내고 노조 사무실로 집결하도록 지시하였다. 어쩐지 불상사가 일어날 것만 같은 불길한 예감이 끄물끄물 그녀의 신경을 휘어감아 왔다. 대책회의가 열린 날부터

지금까지의 상황 분석과, 그와 연관하여 앞으로 발생될 수 있는 문제점들을 면밀하게 진단해 보지 않은 것이 께름칙한 부분으로 떠올랐다. 머리띠에 '투쟁! 승리!'라는 구호를 쓰고 있는 징계 조합원들의 표정마저도 불안스럽게 보였다. 그녀는 그간의 상황을 기록하기 위해 백지와 펜을 꺼내들었다.

그 때였다. 사무실 문이 요란스럽게 열리며 남자사원들이 떼를 지어 들이닥친 것은.

징계 조합원들이 반사적으로 일어나 연주의 책상 앞에 모여들었고, 곧이어 연주를 노려보며 다가오는 인상파를 향해 덤벼들 자세를 취했다.

"먼저 흥분해선 절대로 안 돼요! 때리면 그냥 맞으세요!"

연주는 징계 조합원들을 잡아끌면서 인상파 앞으로 걸어 나갔다.

"위원장, 다시 강조하지만 회사의 흥망은 우리 남자들에겐 생존이 달린 문제요. 우리는 이 화급한 사태를 막기 위해 노동조합에 가입키로 결심을 했소. 노동조합법 제8조에 의하여 우리들도 자유로이 노조에 가입할 수 있는 자격이 있다는 걸 잘 아시겠죠? 오늘 이 순간부터 여기에 서명한 남자 사원들은 법적으로 조합원 자격을 갖게 되는 것으로 알겠소."

인상파는 연주의 책상 위에 종이뭉치를 휙 던지고는

"갑시다."

어깨를 으쓱거리면서 남자사원들을 몰고 사무실을 나갔다.

가슴이 싸하게 조여드는 충격이었다. 이 상황에서 화약을 지고 불에 뛰어드는 것 같은 남자사원들의 저 무지스런 행동은 대체 무엇을 겨냥하는 것인가. 회사가 직접 나서지 않고, 적당한 이론과 행동을 갖춘 훈련된 사원들이 자발적으로 참여하는 것처럼 위장하는 탄압이야말로 가장 극복하기 힘든 사태라는 것을 연주는 이웃 노조의 경우를 보아 잘 알고 있었다.

　회사와의 싸움이 아니라 같은 노동자끼리 격렬히 대결하다 보면 조직의 질서가 파괴됨은 물론이거니와, 엉뚱한 사태 수습에 힘을 쏟는 동안 회사는 저만치 달아나 있고 투쟁 목표를 잃어버려, 끝내는 지리멸렬하여 굴복하거나 노조를 회사 앞잡이들한테 빼앗기는 사례가 이 땅에 얼마나 많은가.

　결국에는 노조가 탄압을 받은 것만큼 회사도 엄청난 손해를 보게 되고, 사태의 불길이 사회로 번져나가 정치문제로 확산되는 경우가 다반사인데도 어찌된 것인지 우리나라의 기업주들은 비록 자신들이 피해를 입고 경제와 사회를 뒤흔드는 사건이 터질 지라도 노조를 깨야만 직성이 풀리는 족속들이니 이보다 더 한심한 일이 어디 있단 말인가.

　연주는 주먹 쥔 두 손을 부르르 떨며 인상파가 던지고 간 종이뭉치를 뚫어져라 내려다 보았다.

　휴가를 내고 모여드는 간부들은 딱딱하게 굳어 있는 연주의 표정이 이상하게 보였는지 두리번거리며 분위기를 살피다가 선숙에게서 상황 설명을 듣고는 저마다 한마디씩 했다.

　"그 놈들을 상대할 필요가 없어요. 사장 모가지만 제대로 비틀면 그것들이야 흑싸리 껍데기가 될 거니까."

　"아직도 회사가 독한 맛을 못 본 모양인데, 결사대를 조직해서 죽기 살기로 한번 붙어야 한다구."

　"회사 망하는 짓들만 골라서 하는 것들한테는 투쟁보다 좋은 약이 없다니까."

　그러자 징계 조합원들의 대표격인 선숙이 구체적인 방법을 들고 나왔다.

　"위원장님과 간부 여러분들에게 우선 사과를 드리겠어요. 저희 징계자 삼십이 명은 노조에서 우리 문제를 미온적으로 다룰 경우에 대비해서 행동강령을 세워놓고 있었어요. 노조를 믿지 않고 우리들끼리 투쟁하기로 말예요. 의심해서 미안해요. 모든 간부들이 한덩어리가 되어 우리 문제에 조직의 사활을 거는 것을 보고 우린 감격했어요. 위원장님, 회사는 지금 조합원들의 단결력을 과소평가하고 있는 것 같아요. 주민등록증 제출 거부도 노조에서 선동한 것으로 알고 있는 것 같고, 우리 징계자 문제도 징계자들은 가만히 있는데 노조에서 문제를 확산하는 걸로 잘못 알고 있는 눈치거든요. 그러니 이번 기회에 우리 노조가 간부 중심의 독선적 운영이 아니라 전체 조합원의 뜻에 의해서 움직이는 거대한 힘을 갖고 있다는 것을 확실히 보여줘야 할 것 같아요. 남자사원들이 아예 우리 조직을 파괴하려는 마음을 못 먹도록 선수를 치는 거예요. 위원장님과 간부님들은 여러 가지 사태의 뒷수습을 해야 하니까 투쟁의 선봉에 서면 안 될 거예요. 어제 우리 징계자들이 농성장에서 투쟁의 선봉에 선다는 결의문을 발표하였으니 우리가 선봉에 서도록 해주세요. 희생을 각오하고 싸울께요. 우리들의 희생으로 노조가 더욱 강해지고 회사가 다시는 못된 짓을 안 하게 된다면, 우리는 그것으로 만족할 수 있을 거예요. 저희 징계자들이 사장실을 점거하고 단식농성에 돌입하도록 양해를 해주셨으면 해요."

선숙과 징계 조합원들의 얼굴에는 비장한 각오의 빛이 감돌았다. 연주는 독서회장 선숙의 말을 듣는 동안 부끄러움을 느끼지 않을 수 없었다. 위원장인 자신보다도 더 노조의 운명을 걱정하고, 조합원 전체의 힘의 응집을 생각하는 그녀 앞에서 할 말을 잃은 거였다.

"안 돼. 노조간부들이 희생하면서 조합원들을 보호하는 것이 원칙이지, 간부들을 대신해서 조합원들이 투쟁한다는 것은 있을 수가 없는 일야."

연주의 판단이 서기도 전에 화순이 반대 입장을 취하고 나섰다.
"뭣들 하고 있는 거야? 모든 것은 회의에서 논의하자구."
경애가 바닥에 깔 신문뭉치를 꺼내 여기 저리로 거칠게 내려놓았다. 선숙은 머쓱한 표정이 되어 신문 한 장을 펴고 가만히 앉았다. 조금은 서먹서먹한 분위기에서 회의가 시작되자 경애는 열변을 토했다.
"지금 우리들의 투쟁은 한 번에 불 지르고 그만 둘 성격이 아녜요. 많은 사람들을 희생시키고 노조만 남으면 뭘 해요? 저도 사장실 점거를 생각 안해 본 게 아녜요. 어제까지만 해도 그것을 주장했어요. 그러나 어제의 상황과 지금의 상황은 아주 달라졌잖아요? 회사가 뒤에서 조정을 했건 안했건 백여 명이나 되는 남자사원들이 가입원서를 제출해 놓은 상태예요. 그걸 무시하고 우리가 최후적으로 택해야 할 극한투쟁, 그것도 징계당한 조합원 삼십이 명이 십자가를 지는 투쟁을 벌이다가는 오히려 회사의 술수에 말려들 확률이 커질 것이라고 봐요. 남자사원들이 조직에 개입할 수 있는 명분을 주게 되는 거죠. 회사는 노조 때문에 회사 문 닫는다는 악선전을 하게 될 거구요. 투쟁의 정신도 좋지만 희생을 최소화하며 이 싸움에서 이기는 방법을 찾는 것이 현명하다고 봐요. 투쟁을 위한 투쟁은 상징적인 것이지 승리를 위한 절대적인 자세는 아니라고 봐요. 또한 어떠한 형태의 투쟁이건 노조의 공식 결의에 의해 진행되어야 책임과 뒷수습의 기둥이 확실히 서는 것이지, 산발적으로 폭발하는 것은 오히려 조합원의 참여 방법이 축소될 뿐더러 회사에게 조직이 분열되었다는 심각한 오해를 받을 수도 있다고 봐요. 징계 조합원들의 충정과 용기는 높이 평가하지만, 울분을 터뜨리는 것 같은 투쟁 방법은 신중히 검토되어야 할 줄 믿어요. 오늘의 회의가 시간이 오래 걸리더라도 다방면의 방법을 모색할 것을 여러분들에게 부탁드립니다."
사무국장 경애의 발언이 끝나자 법규부장 문희가 손을 높이 쳐들며 일어섰다.

"우리가 본격적인 투쟁에 임하기 전에 냉정히 분석해야 할 사항들이 있습니다. 그 첫째는 남자사원들이 집단으로 제출한 가입원서를 어떻게 처리할 것이냐 이거죠. 현행법상에는 완전히 자유 의사에 의한 가입·탈퇴제이며, 우리 노동조합 규약에는 사용자의 범위에 속하는 사람과 경비원, 교환원, 회사 임원의 승용차 운전사, 노무·인사·경리 담당자를 제외하고는 누구나 자유로이 노조에 가입·탈퇴할 수 있게끔 되어 있구요. 단, 집단가입 및 탈퇴에 관한 처리는 조합원총회 또는 대의원대회를 소집하여 결정토록 되어 있나 그래요. 위원장님, 제 얘기가 맞나요?"

연주는 고개를 끄덕여 그녀의 물음에 답했다. 문희는 발언을 계속했다.

"바로 그 점이 문제라 이거예요. 노동조합법이나 규약의 정신으로 볼 때 남자사원들의 가입을 막을 방법이 없는 거란 말예요. 이런 방법으로 노조를 깨라고 팔십년도 말에 법이 그렇게 바뀌었는지는 몰라도, 우리는 다행히도 집단적인 가입·탈퇴는 총회나 대의원대회에서 처리키로 되어 있으니 조직 침입자를 방어할 장치를 갖고 있는 셈이죠. 남자사원들이 그 장치를 피해서 개별적으로 가입하기 전에 총회나 대의원대회를 속히 소집하여 가입범위를 조정해야 된다고 보구요. 두 번째로는 남자사원 전체가 어젯밤에 무슨 수작을 꾸미기 위해 회사에서 밤을 새운 걸로 알고 있는데, 회사간부로부터 노조에 가입하라는 지시와 오늘 아침에 정문을 막고 선 그 행동 명령을 분명히 받았을 거예요. 그 사실을 조사해 놓아야지 우리들의 싸움이 유리해질 수 있을 거예요. 세 번째로는 이 시점에서 싸움할 수 있는 방법은 다 동원해야지 행동으로만 맞서려고 하면 안될 것 같아요. 고발이나 진정, 구제신청, 더 나아가서 징계에 대한 무효소송까지 걸어서 회사를 최대한 귀찮게 만들어가며 행동을 병행하는 것이 효과적일 거라고 봐요. 여론도 우리에게 유리해지도록 말예요. 너무 많이 떠들어서 죄송합니다."

그녀는 꾸벅 인사를 하고 앉았다. 경애와 문희가 너무 확고한 입장의 발언을 한 탓인지 다른 사람들은 그냥 묵묵히 앉아 있었다. 화순마저도 턱을 괴고 눈을 지그시 감은 채 굳은 듯이 침묵을 지키고 있었다. 연주는 메모하던 것을 멈추고 자리에서 일어섰다.

"회의하기 전에 거론된 징계 조합원들의 행동 방침과, 사무국장과 법규부장의 진지한 발언 등 모든 내용이 충분한 설득력과 공감을 준다고 판단됩니다. 특히 징계 조합원들의 노동조합에 대한 신의와 열망, 투철한 의식 앞에서는 저절로 고개가 숙여집니다. 우리는 지난 보름 동안에 피를 말리는 상황 속에서 함께 고통을 나누며 오늘까지 잘 견뎌 왔습니다. 제가 고발 당한 것에 대한 대책에서부터 노동부의 일방적인 조사, 삼십이 명의 무더기 징계, 저의 이사 발령, 신문기사 문제, 집단시위, 그리고 오늘 아침의 출근 저지 문제와 남자사원들의 집단 가입원서 제출 등 사건의 연속이었습니다. 그런데 첫 대책회의에서 구성한 비상대책위원회의 기능이 제 때에 발휘되지 못했고, 회사의 작태를 사전에 봉쇄하지 못한 문제점 등이 드러났으며, 하루가 다르게 상황이 달라지고 있습니다. 열화 같은 조합원들의 단결을 어떻게 지속적으로 활기차게 이끌어 가느냐 하는 점도 과제로 떠오르고 있습니다. 지금 우리는 냉정하고 치밀한 계획에 의한 투쟁이 요구되는 반면에 시간을 끌면 싸움이 불리해지는 그런 상황에 처해져 있습니다. 이런 점들을 참고하시면서 토론을 이끌어 나갔으면 좋을 듯합니다. 제가 흑판에 기록할 테니 아무 의견이나 말씀해 주십시오. 가장 많이 제시된 의견을 놓고 나중에 종합 점검을 하여 투쟁 방법을 채택할까 하는데 괜찮겠습니까?"

연주의 제안이 이의 없이 받아들여져 앉은 자리에서 큰소리로 의견을 발표하는 식의 회의가 진행되었다. 연주는 내용을 간단하게 요약하여 번호를 붙여 흑판에 기록하였고, 경애가 다시 그 내용을 백지에 옮겨 적었다. 표현의 차이는 있으나 생각은 모두 비슷한 것으로 내용이 나타났다.

육십여 가지의 의견을 추려서 종합해보니 ① 고발, 구제신청서 등을 늦어도 내일 저녁까지 작성하고 그 이틀 후 점심시간 때 조합원 총회를 소집, 작성된 서류를 인쇄하여 배포키로 하며, 그 총회에서 남자사원들의 가입원서 처리 및 규약 개정을 하고, 총회의 결의로 노동권 수호 투쟁위원회를 새로 구성, 투쟁선언문을 발표함과 동시에 저녁부터 전체 조합원이 철야·단식 농성에 돌입키로 한다 ② 노조간부들과 징계 조합원들이 사장실을 점거하여 무기한 농성에 돌입키로 한다 ③ 내일부터 총파업에 돌입키로 한다 ④ 회사와 몇 차례 교섭을 해 본 후에 대책을 강구키로 한다는 순으로 나타났다. 결국 가장 많은 의견인 ①번이 투쟁방법으로 채택되었다. 그리고 추가로 결정된 사항으로서는 고발장, 구제신청서 등의 서류를 작성키 위해 오늘 중으로 목격자 진술서 및 회사가 남자사원들에게 지시한 내용의 확인조사를 끝내고, 고발 대상자는 사장과 생산이사로 하며, 내일 노동부에 정식으로 총회 소집 신고를 하고, 기타 필요한 사항의 결정은 비상대책위원회에 위임키로 한 것 등이었다.

"이 결정사항은 절대로 비밀이 보장되어야 합니다. 사오 명씩 짝을 지어 함께 행동하는 것을 잊지 말구요."

화순은 입이 닳도록 비밀 보안을 강조했다. 회의가 끝나갈 무렵에 선숙이 조용히 일어나서는

"여러 간부님들, 정말 감사합니다. 오늘 회의를 통해 저희 징계자들의 생각이 단순했다는 것을 절실히 느꼈습니다. 경솔했던 점을 용

서해 주시기 바랍니다."

하고 작은 목소리로 말을 마치고 곧 울어버릴 것처럼 울먹울먹하는 바람에 처음으로 웃음보가 터졌다.

회의를 완전히 끝내고 밖으로 나오자 곧 점심시간을 알리는 벨이 울렸다. 조합원들이 노래를 부르며 공터에 모이기 시작하고, 간부들과 징계 조합원들은 '투쟁 승리' 등이 쓰인 머리띠를 둘렀다.

이윽고 '구사운동'이라고 쓰인 완장을 찬 사원들이 어슬렁어슬렁 모습을 나타내자 스크럼을 짜던 조합원들이 우~우 하고 야유를 보냈다. 정문 근처에는 어제보다 더 많은 기관원들이 버티고 서 있었다.

연주는 옆구리에 종이뭉치를 한 아름씩 끼고 있는 인상파와 남자 사원들을 주시했다.

징계 조합원들을 선두로 스크럼 대열이 막 움직이려 하자 그들도 따라 움직였다. 그것을 신호로 남자사원들이 스크럼 대열로 일제히 다가섰다. 정문 앞에 서 있던 정보과장과 조 과장이 허옇게 질려 대열 쪽으로 뛰어가고 그와 동시에 연주도 뛰었다.

"여러분! 우리들의 호소문을 읽어주십시오!"

인상파가 소리를 지르자 남자사원들이 허둥지둥 유인물을 나누어 주었다.

연주는 다급하게 소리쳤다.

"여러분! 침착하게 그것을 받으십시오. 절대로 충돌하지 마세요. 남자들이 다 돌릴 때까지 기다리세요!"

노조간부들이 의아한 표정을 지으며 그녀의 주변으로 모여들었다. 남자사원들은 쩔쩔 매는 모습으로 황급히 유인물을 돌렸다.

"조합원 여러분! 그 유인물을 어떻게 하실 것입니까? 여러분의 판단에 맡기겠습니다!"

연주는 긴장한 눈으로 조합원들을 둘러보았다.

"찢읍시다!"

스크럼 대열의 중간에서 누군가가 소리를 치자 조합원들은 일제히 유인물을 갈기갈기 찢어 허공에 날렸다.

눈가루처럼 날리는 종잇조각을 헤치고 대열은 움직였다.

"투쟁!"

"승리!"

"투쟁!"

"승리!"

땅에 떨어져 구르는 유인물 쪼라기를 밟으며 조합원들은 힘차게 뛰었다.

즉석에서 개사된 노래가 울려퍼졌다.

구사대는 물러가라 투쟁 투쟁
구사대는 물러가라 투쟁 투쟁
무릎을 꿇고 사느니보다
서서 죽기를 원한단다
구사대는 물러가라
구사대는 물러가라

인상파를 비롯한 남자사원들은 멀거니 서서 노랫소리와 함께 공장 전체를 진동하는 스크럼 행진을 바라보고 서 있을 뿐이었다. 기관원들은 어이없는 웃음을 픽픽 흘리고 서 있었고.

한동안 행진을 하던 조합원들은 화순의 인솔을 받아 원을 만들어 앉았다. 그리고 뒤를 이어 장기자랑과 마당극이 벌어졌다. 언제 준비를 했는지 꽹과리와 장구까지 동원되어 사기를 돋웠다.

남자사원들은 그 광경을 보기가 역겨운지, 아니면 어쩔 수 없이 하는 자신들의 짓이 민망스러운지 슬금슬금 자리를 피해 식당 안으로 하나 둘 사라졌다.

사회를 맡은 화순의 우스갯소리에 기관원들까지 따라 웃자 인상 파는 얼굴이 땅색이 되어 연주를 노려보았다. 연주는 조합원들이 강제로 끌고 가 노래를 시키는 바람에 돼지 멱따는 소리로 '아침이슬'을 불렀다. 그런데도 앙코르를 두 번씩이나 받아 '상록수'와 '늙은 노동자의 노래'를 조합원들과 함께 불렀다.

조합원들은 노조간부들과 징계 조합원들을 원 가운데에 서게 하고 한동안 강강술래를 돌고 나서, 누가 시키지도 않았건만 공터에 널려 있는 종이조각들을 하나도 남김없이 주워 휴지통에 넣고는 노래를 부르며 현장으로 들어갔다.

노래와 춤과 함께 조합원들 스스로의 단결력이 유감없이 과시된 공터 한가운데에 서서, 연주와 선숙은 땀에 젖은 손을 맞잡고 감격스런 웃음을 교환하였다.

한결같이 흡족한 미소를 머금고 사무실에 다시 모인 노조간부들과 징계 조합원들은 남자사원들이 배포한 유인물을 소리내어 읽었다. '구사위원회 발족 선언문'이라는 제목 밑에 '회사는 일방적인 인사 조치 시정하고 노조는 집단시위 중지하라'는 부제를 단 유인물은 상당히 기술적으로 작성되어 있었다. 회사와 노동조합을 동시에 비난하면서, 위태로운 회사를 구하기 위해 남자 사원 전체가 사명감을 갖고 구사위원회를 결성했다고 밝힌 유인물은, 노동조합과 회사 그리고 구사위원회의 3자회담을 열어 사태 수습을 협의하자는 제의와 함께, 만약 회사가 3자회담 개최를 거부할 경우 노동조합과 힘을 합하여 행동으로 응징하겠다는 엄포까지 싣고 있었다. 또한 남자사원 대다수가 노동조합에 가입해 조합원 자격을 얻었다면서, 한국 노동운동의 발전과 조합원의 권익향상을 위해 열심히 노조활동에 참여하겠다는 다짐까지 덧붙이고 있었다.

"그럴 듯하군, 그럴 듯해. 사정 모르는 사람이 이걸 읽었다가는 이놈들을 진짜 정의파로 알아주게끔 꽤나 잘 썼군 그래. 똥물에 불알 닦을 놈의 새끼들 같으니라구."

화순은 성냥불로 유인물을 태우며 괴기스러운 웃음을 연방 토했다.

그들은 비장한 각오와 긴장감이 감도는 분위기 속에서 문을 걸어잠그고 투쟁선언문과 고발장 등을 작성하기 시작했다.

이미 전체 조합원의 서명을 받은 단체협약 위반 고발장을 검찰청에 우편으로 발송하였으나, 그것과 상관없이 징계자 삼십이 명에 대한 부당노동행위 구제신청서를 새로 작성하고, 생산이사를 유언비어 유포를 걸어 고발함과 동시에 공갈 협박죄로 고소키로 했다. 또한 남자사원들을 밤새워 교육시켜 집단 가입원서를 제출토록 지시한 것과 연주를 이사에 발령한 것에 대하여도 부당노동행위 구제신청을 내기로 하였다.

"이딴 거 내봤자 구십구점 구구 프로는 기각 당하는 게 뻔할 뻔자인데 말여, 법에 호소해도 안 들어 주구, 실력으로 하면 잡아 가구. 도대체 우린 이거 워떻게 살으라구 코너에 처박아 놓구 맨날 쥐어박기만 하는 겨? 누르면 이리저리 쭈그러들다가 뻥 터질 수밖에 없는 고무풍선 같은 우리 노동자들이여, 부르다가 내가 죽을 이름이여, 허공에 흩어지는 이름이여!"

법률해석집을 뒤적이며 서류를 작성하던 화순이 따분했던지, 고발장을 쓰고 있는 선숙을 와락 끌어안고 강렬하게 외치는 통에 호쾌한 웃음바다를 이루어 다소 딱딱했던 분위기가 시원하게 풀어졌다.

징그럽다고 이리저리 피하는 선숙을 보며 소리 내어 웃던 연주는 문득 아버지의 모습이 떠올라 웃음을 멈추었다. 연주는 며칠째 아버지를 뵙지 못한 죄스러움에 얼굴을 붉히면서 집으로 급히 전화를 걸었다.

"이거 보시오. 노조 위원장 최연주네 집인데 그 어디시오?"

뜻밖에 아버지의 구수한 음성이 연주를 맞았다. 그런데 아무래도 음성이 이상하지 않은가.

"아니, 아버지…"

"워허허허. 괘안찮다. 내 걱정 말구 안심허고 일 보거라. 내 그간 너를 이해 못해 미안혔다."

"아니, 아버지…"

연주는 아버지의 말이 이상해 그간 걱정을 하시다가 정신이 어떻게 된 것이 아닌가 싶어 겁이 더럭 났다. 그러나 아버지의 다음 말은 연주를 환희에 떨게 해주었다.

"워허허허. 병원에서 한 병실에 있던 대학교순가 강산가를 알게 됐지 뭐이냐. 그 양반헌테 내 빨갱이 같은 딸년 뒀다구 탄식허다가니 하는 일에 대해 좀 알지 않았겠냐. 그 양반 제자들두 병문안 와서 내가 니 애비라는 걸 알고는 어트게나 잘 해주는지 며칠을 호강허구 나왔지 뭐이냐. 빨갱이만 아니면 나는 다 이해하기로 했으니까 염려 놓고 일 보거라."

"저, 아버지…"

말을 잇지 못하는 연주의 눈에서 주르르 눈물이 흘렀다.

"인석아. 니 우는 게구나. 애비가 무식해서 이해 못해 미안하다고 했는데두 섭섭함이 안 풀리는 겨? 울지 말거라. 내 이젠 아프지 않을 거니께, 가난한 사람들끼리 힘 합쳐서 열심히 하거라. 좋은 일하다 감옥 가는 게 어디 니 하나겠느냐? 대표자는 대표자답게 일에 책임을 져야 하는 거니께 맴 굳게 먹구 잘 하거라."

연주는 흐느껴 울지 않을 수 없었다. 마음 한복판에 얼음처럼 들어차 있던 상심의 덩어리가 일순에 녹아 그대로 눈물로 화해 흘러내렸다. 아버지에게 충분히 말씀을 드려 이해를 구하고 싶었지만 잘못했다가는 오히려 병세만 나빠지게 할 것 같아 지금껏 망설여 왔는데, 또한 자신의 신변에 이상이 생길 경우, 아버지가 영영 못 일어날 것이라는 두려움에 남몰래 살을 말리는 고통에 시달려 왔는데, 이 얼마나 감사하고 또 감사한 일인가.

걱정스러워하는 시선이 연주에게 쏠리고 있었지만 그녀는 울음을 멈출 수가 없었다. 연주는 한참 만에야 겨우 호흡을 조절하고는

"아버지, 고마워요. 잘 할께요."

겨우 이 말 한 마디로 전화를 끊었다.

"아따 판 깨네. 투쟁선언문 문안이 칵 죽어뿌렀네. 싸장님, 우리 위원장님이 울었습니다. 싸아장님, 굽어 살피소서. 눈물을 닦아주소서. 오오, 눈물겹도록 악랄한 우리 싸아장니임. 미있씁니다!"

화순이 무릎을 꿇고 기도하는 시늉을 하여 분위기를 풀려 하였지만 사람들은 웃기는커녕 연주만 쳐다보고 있었다.

"죄송해요. 아버님이 몹시 편찮으셔서 입원을 했었는데 건강을 찾으시고 퇴원하셨다길래 너무 기뻐서 그만. 정말 죄송해요."

연주는 정중히 사과를 하고 밖에 나가 세수를 하고 들어왔다. 그리고 총회 사흘 전에 공고를 해야 하는 규약 절차를 설명하고 공고문을 작성하였다. 임시총회 소집 일시 및 장소 그리고 안건을 ① 규약 개정에 관한 건 ② 노동권 수호 대책 수립에 관한 건 ③ 기타 토의사항 등으로 정하여 이를 크게 써서 노조 전용 게시판에 붙이고 사진을 찍었다.

이어서 노조간부들이 자기가 소속한 부서별로 조합원 선거인명부를 작성토록 하고 투표함과 투표용지도 만들었다. 그러는 한편 노동조합법 시행령 제14조에 의거하여 총회 소집 신고 문서를 작성, 경애

와 화순이 그 서류를 지방사무소에 제출키 위해 외출을 했다.

퇴근시간이 다 될 때까지 분담하여 일을 하다가 나머지 일은 대책위원들이 하기로 하고 서류를 챙기는데 전화벨이 울렸다.

회사 게시판에 이상한 공고문이 붙었으니 빨리 그 내용을 확인해 보라는 조합원의 다급한 전화를 받고, 연주는 노조간부들과 함께 식당 앞의 게시판 쪽으로 뛰어갔다. 인력관리부장 명의로 된 회사 공고와, 구사위원회 명의로 된 호소문이 넓은 게시판을 꽉 채우고 있었다.

"이제 본색들을 드러내는군. 늑대와 여우들이 합작을 하여 토끼를 잡아먹으려고 지랄들을 하기 시작한 거야. 나란히 공고까지 붙이고 웃기지도 않는군."

공 고

1. 회사는 지난 ○월 ○일 효율적인 인사관리를 위하여 종업원 여러분의 인사기록 카드를 정비코자 신상명세서와 주민등록증 사본을 제출토록 지시한 바 있으나, 일부의 종업원이 이를 거부토록 선동을 함으로써 회사의 업무에 막대한 지장을 주었습니다.

2. 이에 회사의 전체적인 업무 질서와 기강을 확립키 위해 사규에 정한 합리적인 절차를 밟아 선동에 앞장선 32명에 대해 징계 조치를 하였는 바, 이는 회사의 고유권한인 인사권의 행사이므로 위법 부당한 것으로 오해되어서는 아니된다 하겠습니다.

3. 그러나 그 합리적 절차의 징계로 인하여 노사 간에 분쟁이 야기되고, 회사 존립을 위협하는 극한 상황이 전개되고 있음은 매우 불행한 현실이며, 더 이상의 사태 확산을 방지해야 할 책임이 회사에도 있음을 통감하며, 징계 받은 자에 대해 인도적

인 차원에서 특별한 선처를 베풀기로 결정하였습니다.

4. 다음과 같이 그 특별 선처 사항을 알려드리오니 회사의 노력과 인내에 부응하여 종업원 여러분께서도 이성을 회복, 단체행동을 지양하고 근무에 성실히 임하여 주시기 바랍니다.

다 음

가. 징계 받은 32명 전원에게 별도의 결정(노사합의, 또는 의법 판정 등)이 있을 때까지 일반 종업원에게 지급하는 일체의 임금을 지급한다.

나. 1인당 월 3만 원의 생활보조금을 지급한다(시간 외 근로 간주분).

다. 별도의 결정이 있을 때까지 회사 종업원으로서의 신분을 보장한다. 단, 소망스럽지 못한 종업원 간의 마찰을 피하기 위해 회사 출입을 금지하며, 승인을 득한 자에 한하여 출입을 허용할 수 있다.

라. 이러한 특별 선처가 베풀어진다 하여 징계 내용이 해제됨을 의미하는 것은 아니다.

마. 기타 징계 받은 자가 이러한 특별 선처 사항이나 인사문제에 대하여 회사와의 개별 면담을 원할 시에는 회사는 언제든지 면담 기회를 마련할 수 있다. 끝.

198×년 ×월 ×일
인 력 관 리 부 장

여성부장 옥남이 게시판에 대고 카메라 셔터를 누르며 한 말이었다. 연주는 숨을 죽이고 공고문을 읽어 내려갔다.

"한마디로 말해 구렁이 담 넘어가자 이거구나. 공순이 생활 오래 하다 보니까 별 개떡 같은 선처 사항 다 보겠네. 이 사람들 이거 우리를 뭘로 보고 이따위 개코같은 수작을 떠느냐 이거야. 징계를 다시 돈 주고 사겠다는 거야 뭐야?

언제 돌아왔는지 화순이 총무부 건물 쪽을 노려보며 팔소매를 걷어 올리면서 욕을 퍼부었다.

구사위원회의 호소문은 한층 더 가증스러운 내용으로 꾸며져 있었다. 즉 자기들이 사장을 만나 회사의 위기를 극복할 대안을 촉구하여 징계자 32명의 임금 지급과 신분 보장을 얻어냈다면서, 한 발짝씩 양보하는 슬기를 발휘, 바람 앞의 등불처럼 되어 있는 회사를 살리자는 것과, 하루속히 노조와 회사, 구사위원회의 3자회담이 이루어지도록 전체 종업원이 냉철한 이성으로서 대화의 분위기를 만들어 가자고 회유하고 있었다.

"이 두 마리의 늑대와 여우에 사자들까지 합세하면 그 쇼가 볼만하겠어."

정문 앞에 모여 있는 낯선 사람들을 턱짓으로 가리키며, 경애는 입술을 깨물었다.

"그런데 위원장님. 아까 뚝깨하고 밖에 나갔을 때 들은 얘긴데, 대성전자 해고자들과 인천의 해고자 열두 명이 어젯밤부터 연맹을 점거하고 농성을 하고 있대요. 대형 플래카드를 밖에 걸고, 창밖으로 횃불까지 흔들면서 대단하게 하는 모양예요. 그들의 농성에 자극받아 위원장님이 삼자개입으로 고발되어 있는 거 보란 듯이 구속하거나 그러진 않을까요?"

화순이 걱정스런 표정으로 연주의 얼굴을 빤히 쳐다보았다.

"아무래도 상관 없어. 지금 우리 회사가 이렇게 심각한 판인데 나를 구속하여 더 큰 사태를 일으키는 미련한 짓들은 섣불리 못할 거야."

"아따, 위원장님은 이런 땐 또 순수하시네. 벼룩 잡기 위해 초가삼간 태우는 것쯤 식은 죽 먹듯이 해치우는 거 한두 번 봤느냐 이 말예요?"

그럴 수도 있다는 생각이 들었지만 연주는 대수롭지 않다는 표정을 지어 보였다.

머리띠를 두르고 나온 징계 조합원들은 공고문을 읽더니 얼굴이 묘하게 일그러졌다. 임금 지급과 출입 금지, 투쟁의 명분을 흐리게 하여 전체 조합원과 징계자들 간의 갈등을 일으키려는 회사의 얄팍한 술책과, 구사위원회를 은근히 부각시켜 노조를 흔들려는 음모를 어떻게 뚫고 나가야 할 지, 연주는 머리가 복잡하게 엇갈렸다.

징계 조합원들의 정문 출입을 놓고 자칫하면 무력 충돌이 일어날 수도 있는 것이고, 험악한 사태에 심적으로 고통을 받는 징계 조합원들이 임금을 지급키로 한 회사의 결정을 따르려는 측과 투쟁을 강행하려는 측으로 갈려 의견이 분열되는 문제도 생길 수 있는 것이다. 이 시점에서 가장 중요한 것은 징계 조합원들의 확고한 태도가 아닌가. 그들의 마음이 흔들리면 전체 조합원들의 반감을 사서 투쟁력이 약해질 우려도 있으니까. 선숙이가 작성한 결의문을 통하여 회사 측의 어떠한 보상도 모두 거절한다는 징계 조합원들의 굳은 결심이 발표는 되었지만, 공고문이 나붙은 이상 그들의 판단에만 맡겨서는 안 되겠다는 생각이 들었다.

"찌르릉~"

마침 작업 종료를 알리는 벨이 울리고 조합원들이 짝을 지어 공터로 나오기 시작했다.

"이 쪽으로 모이십시오!"

연주는 조합원들을 게시판 앞으로 모이게 했다. 그들은 공고문을 읽으면서

"야, 우리 싸장님 맘도 좋으시네. 해고 시키고 임금 주고. 생활보조비도 주네."

"우리들도 모두 징계나 당해버리면 좋겠네."

"저 구사위원훤가 뭔가 하는 놈들부터 징계 시켜 버려야 해. 머저리 같은 쫄따구 새끼들."

하고 회사와 남자사원들을 비웃었다.

연주는 조합원들이 공고문을 자세히 읽도록 한참을 기다렸다가 화순이가 대열을 정돈한 후에, 걸상 위에 올라가 큰소리로 말문을 열었다.

"여러분, 모두 편하게 앉아 주십시오. 충분히 토론을 해야 하니까요."

연주는 남자사원들이 한 명도 안 나타나는 것을 이상하게 여기며 본론부터 꺼냈다.

"동지 여러분! 이 공고문은 한 마디로 우리의 단결을 깨려는 개수작에 불과합니다. 저 음흉스런 회사는 저를 이사에 발령 내서 여러분과 이간시키려다가 안 먹혀들어가니까 이번에는 징계 조합원들의 권리를 돈으로 매수하려는 수작을 떠는 겁니다. 세상에 해고를 시켜 놓고 임금을 지급하는, 앞뒤가 맞지 않는 이런 경우가 어디 있습니까? 해고가 잘못된 것을 인정한다면 복직을 시키면 되는 것 아닙니까! 회사는 위원장 자리를 돈으로 사려고 하고 여러분의 권리마저 돈으로 사려는 것인데, 여러분! 우리가 도대체 소돼지나 물건이냐 이 말입니다!"

연주는 의도적으로 자극적인 말을 사용했다.

"여러분! 회사의 의도는 뻔한 것입니다. 이번 기회에 수단 방법 안 가리고 노조를 깨겠다는 음모가 너무도 뚜렷하게 드러나고 있습니다. 그리하여 노조가 깨지거나 무력해져 버리면 여러분을 기계처럼 부릴 것이고, 조금만 말을 안 들어도 마구 해고 시키고 할 것입니다. 징계 조합원들이 회사가 주는 임금을 받게 되면 우리 조직은 그 날부터 금이 가는 것입니다. 다음 차례는 가명 입사자들이 될 것이구요. 여기에서 우리의 뜻이 흔들리면, 임금을 주겠다는데 굳이 싸울 필요가 뭐 있겠느냐는 생각에 남의 일처럼 생각해 버리면, 돈 많은 회사는 계속해서 우리의 권리를 짓밟으며 적당히 돈으로 때우려 할 거란 말입니다. 여러분! 우리는 노동자이지 기계가 아닙니다. 또한 일만 하고 잠만 자는 짐승이 아닙니다. 돈만 주면 우리들을 함부로 부려먹을 수 있다는 야비한 회사의 작태를 이번 기회에 단단히 고쳐놔야 합니다. 회사의 유혹이나 농간에 휘말려 노조가 제 힘을 못 쓰게 되면 여러분 모두는 짐승처럼 다뤄지게 된다 이 말입니다!"

"옳소!"

"싸웁시다!"

곳곳에서 함성이 터져 나왔다.

"회사의 징계는 분명히 불법이고, 저를 이사에 발령 낸 것도 법 위반입니다. 그러한 것을 모두 고발하고 고소할 겁니다. 징계 조합원들의 회사 출입을 막는 것도 물론 불법이구요. 우리 노조 규약에는 해고됐더라도 노조에서 해고를 인정치 않으면 조합원 자격이 유지되는 것으로 되어 있습니다. 그 규약은 물론 법적으로 인정을 받는 겁니다. 따라서 회사에서 출근을 정지 시킨다고 해도 노조 출입은 자유롭게 할 수 있는 것입니다. 만약 회사가 오늘처럼 남자사원들을 시켜 징계 조합원들을 못 들어오게 한다면, 노조 자체를 인정치 않는 것이기 때문에 우리 모두가 함께 들어오지 않고 정문 밖에서 싸워야만 합니다. 그러니 출근할 때는 혼자서 정문을 들어오지 말고 밖에 모여 있다가 함께 들어와야 할 것입니다. 제가 드릴 말씀은 대강 끝났으니 이제부터 저 게시판에 붙은 공고문에 대하여 어떻게 할 것인가를 토론할까 합니다."

연주는 결론이 다 내려진 문제를 놓고 조합원들의 발언을 유도했다.

"징계된 조합원들의 말을 직접 들어봅시다!"

"징계당한 사람들의 결심이 아주 중요하다고 봐요."

"회사와 개별적으로 면담을 하게 해선 절대로 안 돼!"

여기저기서 손을 들고 일어나 큰소리로 발언하는 조합원들을 보고 선숙이 웃으면서 앞으로 나섰다.

"우리들끼리 다시 결의를 다질 시간을 주십시오!"

그녀는 징계 조합원들을 한쪽으로 모이게 했다. 그들은 잠시 후 스크럼을 짜고 조합원들의 앞에 나서더니

"여러 말씀 안 드리고 행동으로 증명해 보이겠습니다."

하고 간단하게 말을 마치고는 노래를 부르며 스크럼 행진을 시작했다.

    우리들은 노동자다 좋다 좋다
    같이 죽고 같이 산다 좋다 좋다
    무릎을 꿇고 사느니보다
    서서 죽기를 원한단다
    우리들은 노동자다
    우리들은 노동자다

삼십이 명의 스크럼 대열이 부르는 노래는 유별나게 크게 울려 퍼졌다. 앉아 있던 조합원들이 박수와 환호성을 지르며 일어나서 스크럼을 짜고 그 뒤를 따랐다. 노조간부들도 스크럼을 짜고 그 뒤를 따랐다. 힘찬 노래가 발을 내딛는 소리에 장단까지 맞춰져 더욱 크게 공장 안을 채웠다.

우리들은 노동자다 단결 단결
같이 죽고 같이 산다 투쟁 투쟁
무릎을 꿇고 사느니보다
서서 죽기를 원한단다
우리들은 노동자다
우리들은 노동자다

2

저녁까지 거르고 시작한 대책회의는 자정이 넘었는데도 끝날 기미가 보이지 않았다.
"우리의 투쟁에 수정을 가해야 할 시점이라고 봅니다. 징계자 전원에게 임금을 지급키로 한 회사의 처사는 도저히 납득할 수 없는 모욕적인 것입니다만, 교섭을 통하여 바짝 조이면 징계의 전면 철회가 가능하지 않을까 하고 저는 생각합니다. 회사와의 대화 창구를 꽉 막아놓고 강경 투쟁만 고집한다는 것은 무리라고 봅니다. 교섭을 한 번쯤 해 볼 필요가 있다고 보는 겁니다. 남자사원들의 무지스런 개입도 정면 충돌보다는 회사와의 교섭을 통해 저지시키는 것이 현명하다고 봅니다."

"저는 그 반대입니다. 이제 겨우 싸움의 시작 단계에서 왜 우리가 먼저 굴복하는 쪽을 택하느냐 이겁니다. 그리고 아까도 말씀드렸지만 우리의 이 싸움은 단순히 회사하고만의 싸움이 아니라 노동운동을 탄압하는 제반 구조에 대한 투쟁의 의미가 더 커야 한다는 점입니다. 보십시오. 좀 한다고 하는 노조들은 이미 다 깨졌거나 살아남기 위해 어용화되고 그나마 몇몇 노조가 남은 것인데, 우리마저 무력하게 굴복하면 저들의 탄압을 앞으로 어떻게 견뎌내겠습니까! 죽을 때 죽더라도 투쟁은 폭발적으로 해야만 저쪽도 물러나는 것이지, 하기도 전에 타협부터 하면 저들은 더 밀고 들어오게 되는 것입니다."

회사와 대화의 창구를 터놓고 투쟁하자는 쪽과, 교섭은 일단 굴복이니 보다 더 강력하게 밀고 나가자는 쪽으로 갈린 논쟁은 조금도 양보가 없었다.

경애는 교섭과 행동의 병행을, 화순은 회사라는 대상을 넘어서 정치투쟁까지 겸하자는 주장이었으며, 그 두 주장을 지지하는 대책위원들의 발언이 팽팽히 맞서고 있는 중이었다.

"저는 분명히 말씀드려서 적당히 싸우다가 적당히 타협하려는 태도라면 아예 하지 말자 이겁니다. 그것은 저들의 면역성만 키워 주게 되고, 우리는 막말로 개뿔이 되는 겁니다. 징계가 전면 철회된다 하더라도 그게 뭡니까! 회사는 못 먹는 감 찔러나 본 격이거나 밑져야 본전이 되는 것이고 우리는 겨우 원상 회복입니다. 지킨 것에 불과하다 이거예요. 조롱은 있는 대로 다 당한 거구요. 그리고 우리가 지금 징계 하나만 갖고 싸우는 거냐 이거예요? 위원장님 고발 당해 있는 것 여러분은 잊으신 겁니까! 이리저리 꼬인 싸움은 불이 붙었을 때 치열하게 해야 한다고 저는 믿습니다."

"저는 사무국장님 의견이 좋다고 봅니다. 교섭이 왜 굴복입니까? 앞으로 회사와 교섭 안하고 지낼 거냐 이 말입니다. 기껏 싸워봤자

원상 복귀밖에 안 된다는 것에 대해서는 저도 분개합니다. 그러나 우리도 임금인상이나 단체협약 갱신 때 선수를 쳐서 강력하게 밀고 들어갈 수 있는 기회가 얼마든지 있는 겁니다. 노사관계가 지금 뿐이라는 생각은 곤란하다고 봅니다. 정면 충돌을 해서 왕창 부서져버리면 그게 대체 뭡니까! 싸울 땐 싸우고 대화할 땐 하면서 한 발 두 발 발전해 나가는 것이 바람직한 노조활동이라고 봅니다."

"그걸 부정하자는 건 아녜요. 그러나 지금은 대화할 때가 아니라 싸울 때라 이겁니다. 저쪽에선 콱콱 누르고 있는데 우리는 목이 졸려 끽끽대면서 무슨 대화를 하겠느냐 이거예요? 기껏 살려달라는 얘기밖에 더 하겠느냐 이 말입니다."

"그게 우리의 현실인데 어쩌겠습니까! 하루 여덟 시간만 노동하자고 외치다가도 일감이 없어 잔업을 못하게 되면 쩔쩔매는 게 우리 현실인데 그걸 당장 어떻게 하겠느냐 이거예요! 아무리 더럽고 억울해도 현실은 인정하면서 투쟁 방법을 모색해야 한다고 봅니다."

"그럼 이거 하나만은 분명히 합시다. 징계가 전면 철회되면 우리의 투쟁은 일단 끝내는 겁니까! 위원장님이 우습게 구속되도록 그냥 둘 거냐구요! 이 비상대책위원회가 만들어진 동기가 뭡니까! 우린 지금 사건의 본질을 혼동하고 있어요. 징계라는 함정에 우리도 모르게 말리고 있는 거란 말예요. 가명 입사자들이 집단 해고 당하면 그때 또 타협해야 되겠네요?"

"누가 투쟁을 중단하자고 했습니까! 투쟁을 계속하면서 교섭은 교섭대로 하자는 거죠. 그리고 위원장님은 신상에 문제가 생기면 우리보다도 조합원들이 들고 일어날 거예요."

"글쎄 지금은 교섭 단계가 아니라니까. 또 위원장님이 구속된 후에 들고 일어나야 뭔 소용이 있어요? 그 사람들이 그런다구 풀어줄 사람인가? 구속되기 전에 응징을 해야지."

"교섭하다가 안 되면 더 강력히 투쟁할 수 있는 거잖아!"

"그건 우왕좌왕하는 우리들의 허점만 보이는 거라니까!"

"결국에는 교섭해서 합의서 받아내야 하는 건데 교섭이 왜 굴복이라는 거야! 일을 풀어나가야 될 거 아냐!"

"지금 상태에선 굴복이라니까! 그 공고문 하나에 투쟁의 목적을 잃어버리고, 우리가 먼저 어떻게 교섭을 요청할 수 있다는 거냔 말야! 그 쪽에서 교섭하자고 애원해도 할까 말까 하는 판국에. 우린 자존심도 없다는 거야 뭐야!"

회의가 험악해지는 것을 보고 연주는 고심하고 있었다. 섣불리 결정을 내려서는 안될 그야말로 중차대한 문세였다. 연주는 공책 한 권을 거의 다 채운 발언 메모를 훑어보면서 자신이 내려야 할 대표자로서의 결단을 생각하고 있었다. 그녀는 평소의 소신을 재확인하며 몸을 일으켰다.

"오늘의 회의는 우리들의 저력과 패기가 듬뿍 들어 있는 기억할 만한 회의가 될 것입니다. 저는 평소에 교섭과 행동에 대해서 이렇게 생각했었습니다. 교섭은 노조의 기본이고 행동은 그 교섭을 유리하게 이끌어가기 위한 무기라고 말입니다. 떼어놓을 수 없는 이 교섭과 행동을 어떻게 적절하게 구사하느냐가 승패의 관건이라고 봅니다. 지금 우리는 교섭을 생략하고 무기를 뽑아든 것입니다. 무기는 언제든지 뽑아 들고 있을 수만은 없는 것이라고 생각합니다. 교섭을 해야 할 땐 해야지요. 교섭 없는 싸움은 죽기 아니면 살기니까요. 하지만, 저의 판단으로서는 지금은 교섭할 때가 아니라고 봅니다. 회사가 공고문을 붙이게 된 것도 나름대로 변화라면 변화이고, 우리의 투쟁에 위축되어 협상 카드를 내놓은 것으로 보면 또 그럴 수도 있는 겁니다. 그런데 그 공고문 내용을 가만히 보면 자기네들의 징계는 매우 정당한데 우리가 떠드니까 좀 봐줄 수도 있다는 내용으로 되어 있습니다. 이건 완연한 모독입니다. 그건 교섭의 대상이 될 수가 없는 것입니다. 그리고 지금의 우리 싸움은 단순한 싸움이 아니에요. 아까 누가 말씀하셨듯이 노동운동에 대한 탄압으로 받아들여야 합니다. 어차피 희생자 없이는 그냥 넘어가지 못할 우리 회사의 노사문제를 떠난 싸움이라고 봅니다. 저의 각오는 분명합니다. 교섭한다 해도, 교섭해서 잘 된다 해도, 그 후속 탄압이 곧 따르게 된다는 걸 알고 있는 이상, 지금의 이 싸움은 중단되어서는 안 된다고 보는 겁니다. 제가 여러분에게 남길 수 있는 건 선배님들의 정신이라고 늘 생각해 왔습니다. 그들은 떠났어도 우리는 있는 것처럼 저도 그 길을 가야 하는 겁니다. 대성전자 해고자들이 연맹을 점거하고 최후의 투쟁을 하고 있는데, 제가 교섭을 택한다 하여 고발 문제가 쉽게 풀릴 리는 없는 것입니다. 다만 이런 생각은 해 봅니다. 우리가 먼저 교섭 요청을 할 수는 없고, 회사가 보다 성의 있는 모습으로 교섭을 요청할 때는 투쟁을 계속하는 전제로 교섭에 응해 볼 필요는 있다고 생각합니다. 그들이 과연 어떤 의중을 갖고 있는가도 직접 확인할 필요성이 있는 것이니까요. 저는 절대로 비굴하게 살아남으려는 생각이 없으니만큼 저의 고발 문제는 취하되지 않는다고 전제하시고 토론해 주셨으면 합니다. 끝까지 정정당당히 저는 여러분과 함께 행동할 것입니다. 저의 고발 문제로 위축되고 그리지는 말아주십시오."

연주의 소신 발표로 인해 치열했던 논쟁은 차츰 좁혀져 갔다. 그들은 다음과 같이 최종적으로 의견의 일치를 보았다.

① 투쟁은 종전 결의대로 강행한다(총회 후 철야 단식농성).
② 회사가 교섭을 요청해 올 때는 응하도록 한다.
③ 상황 변화에 따라 투쟁 방법도 변경할 수 있다.
④ 징계 조합원의 정문 출입을 막을 시 정문 밖에서 농성토록 한

다.

⑤ 아파트를 조합원 교육 장소로 활용토록 한다.

그들은 회의록에 서명을 하고는 낮에 끝내지 못한 고발장 등을 마무리 짓기 위해 머리를 조아렸다.

화순은 라면을 끓이면서

"뚝깨 씨. 졸리더라도 참으시라구. 내가 라면 기가 똥이 차게 끓여 줄께. 회의 땐 벅벅 소리치고 싸우다가도 회의 끝나면 여보 당신 하는 거라구. 안 그려? 여러분들 내 논설이 틀린 거여?"

하고 이 사람 저 사람에게 윙크를 하며 너스레를 떨어 뚱했던 분위기가 다소 풀어졌다. 눈을 흘기고 있던 경애가

"그려 그려. 당신은 역시 내 여보여."

하면서 화순에게 덤벼들어 사정없이 앞가슴을 주물러대자 화순이

"오매 오매. 나 미치는 거. 더! 더! 터져도 좋으니까, 더! 더!"

하면서 두 손으로 머리를 감싸고 용을 쓰는 몸짓을 하여 와하하하, 배를 잡는 웃음이 터졌다. 졸음을 쫓아 주는 새벽의 촌극을 보면서, 연주도 모처럼 마음껏 웃었다. 그러다가 선숙과 눈이 마주쳐 연주는 찡긋 윙크를 해보였다. 입사한 지 이 년 남짓한 선숙이 차분하면서도 분명한 태도로 투쟁에서의 중요한 역할을 해 주고 있는 것이 너무도 대견하고 고마웠다.

환하게 웃으면서 라면 그릇을 쟁반에 받쳐 건네주는 선숙을 손을 꼬옥 쥐면서 연주도 정겹게 웃었다.

"오늘 밤만은, 오늘 밤만은 제발 몽정 좀 않게 해주소서. 세상에 여자가 몽정을 하다니 이런 난리가 어디 있나이까? 에로스 신이여! 믿습니다. 미있습니다!"

화순의 광신도 같은 엉터리 기도에 대책위원들은 키득키득 웃고

발을 구르며 꼬박 밤을 새워 서류를 작성했다.
"우리의 승리를 미있습니다!"

회유와 매수를 뚫고

1

　대책위원들이 토끼눈처럼 빨간 눈을 부비며 출근했을 때, 조합원들은 정문 앞에서 부서별로 모여 있다가, 자기 부서에 소속한 징계 조합원들을 가운데 세우고는 줄을 맞춰 회사 안으로 들어가고 있었다. 남자사원들의 모습은 보이지 않았으며, 징계 조합원들의 출근을 저지하려는 분위기도 전혀 느껴지지 않았다. 옆구리에 무전기를 차고 있는 사복 기관원들의 두리번거리는 모습만 보일 뿐.
　"어찌 도깨비굴에 들어가는 것처럼 으스스한데. 폭풍전야 같은 기분이 든다니까."
　경애가 이렇게 말하고 싱글싱글 웃으며 안으로 들어서려 하자
　"위원장님예. 엔간하면 좋게 끝내입시더. 이거 원 우리 같은 졸때기들은 불안해서 살겠심꺼? 적당히 하입시더. 에?"
　하고 평소에 마음이 좋고 구수한 경상도 사투리로 재미난 얘기를 잘해서 조합원들의 점수를 후하게 받고 있는 경비원 아저씨가 다 죽어가는 표정으로 연주에게 말을 걸어 왔다.
　"아찌, 염려 마쇼이. 각 끝내줄 것잉게. 맴 속으로 응원이나 해주시오, 잉?"
　경애가 짓궂게 대답을 하여 대책위원들은 가벼운 웃음까지 터뜨리면서 정문을 들어섰다. 그러나 그들이 작업복을 갈아입기도 전에

회사 곳곳에 설치되어 있는 스피커는 그들의 귓전에 수상쩍은 안내방송을 뿜어내고 있었다.

"직원 여러분께 알려드립니다. 오늘 여덟 시부터 전체조회를 실시하오니 한 사람도 빠짐없이 총무부 건물 앞으로 모여 주시기 바랍니다. 다시 한 번 알려 드리겠습니다…"

반복되는 안내방송을 듣던 그들의 눈이 순간적으로 빛을 발했다.

"이건 또 무슨 수작이죠? 어떻게 할까요?"

"근무시간에 소집하는 조회니까 거부할 순 없는 거 아니겠어?"

"징계 조합원들은요?"

"아무래도 사장이 나올 것 같으니까 우리의 의지도 확인 시킬 겸 참석해야겠지."

"오늘도 간부들은 휴가 내고 나와야겠죠?"

"현장도 지켜봐야 하니까 필요한 사람들만 내도록 하지."

"위원장님은 어떡하실 건가요?"

"저 구렁이 같은 놈들이 예전처럼 자리를 만들어 주겠지. 앞에 앉지 뭐."

즉흥적으로 의논을 한 결과 노조간부들이 조합원들을 인솔하여 조회에 참석하는 것으로 의견의 일치를 보았다.

잠시 후 전체 직원이 공터에 모이고, 연주는 노무과 사원이 안내하는 자리에 가서 앉았다. 사장은 연주를 본체만체 허공만 응시하고 앉아 있었다. 이윽고 국민의례가 끝나고 사장의 조회사 순서가 되었다. 그는 미리 준비한 원고를 천천히 읽어 내려갔다.

"… 말씀드린 바와 같이 직장은 제2의 가정이며, 이러한 직장이 위기에 처해질 때 우리 모두의 생활 발판이 무너짐은 물론이거니와… 특히 우리 회사는 외국인 투자 기업으로서 국가적인 차원에서나 경제사회적인 측면에서나 노사 간의 긴밀한 협조가 요구된다 할 것이며… 최근 노사 간의 이해부족으로 인하여 우려되는 상황이 전개되고 있음은 심히 유감스러운… 노사 간에 끊어진 대화의 창구를 다시 연결시키고자 회사를 사랑하는 직원들이 구사위원회를 결성한 것에 대해 본인은 회사를 대표하는 사장으로서 그 충정을 고마웁게 생각하면서도 한편으로는 본인의 부족함을 부끄럽게 여기는 바이며… 본인은 여러분들이 안심하고 일할 수 있도록 기업을 보위할 막중한 책임이 있을 뿐더러…"

권위와 회유를 잔뜩 담고 있는 사장의 조회사는 계속되었다.

"… 본인은 여러분께서 회사를 오해하여 불신감을 갖지 않도록 금번에 회사의 규율을 어겨 징계 조치된 직원들에게 인도적인 선처를 베풀었거니와… 이번에 다시 불안의 요소를 없애기 위해, 대법원에서도 해고사유를 인정한 입사서류 위조자들, 즉 가명으로 입사한 직원들에게도 자기의 진짜 이름으로 안심하고 생업에 종사할 수 있도록 신분 보장의 혜택을 부여할 계획입니다. 이러한 회사의 노력은…"

연주는 귀가 번쩍 뜨였다. 전혀 예상치 못했던 가명 입사자들의 신분 보장 얘기가 사장의 입을 통해 나온 것이다.

"일동 차려엇! 사장님께 경례!"

조회사를 마치고 경례를 받으며 사장은 거만하게 웃으면서 연주를 보았다. 연주는 웃지 않았다.

"이것으로서 오늘의 조회를 마치…"

사회자가 조회 종료를 선언하려 하여 연주는 자리에서 일어섰다. 그 때였다.

"사장님, 질문 있습니다!"

해산하려는 조회 대열의 한 중간에서 누군가가 소리치며 손을 높이 치켜들었다.

순간, 모든 움직임이 멈추어지고, 소리 난 쪽을 향해 사람들의 시선이 집중되었다. 가설 단상에서 내려오던 사장도 목을 쑥 빼고 그쪽을 보며, 다시 단상으로 올라갔다. 연주도 발언의 주인공을 알아보기 위해 발뒤꿈치를 들고 그 쪽을 보았다.

"무슨 얘기인지 한 번 해 보시오."

사장은 당황을 감추기 위해 일부러 굵은 목소리로 말하고 나서 큰기침을 한 번 했다.

"저는 생산2과에 근무하는 송난영입니다. 저는 이 공단에서 우리 회사에 다닌다는 것을 아주 자랑스럽게 생각하고 있습니다. 그런데 저는 이 회사를 칠 년을 다니는 동안에 하루도 마음 편하게 일해 본 적이 없습니다. 언제 해고당할 지 모른다는 그 불안 속에서 눈치를 보면서 일한 것입니다. 사장님, 저는 내년에 결혼을 하게 됩니다. 칠 년 동안 다녔던 이 회사를 떠나면서 소망이 하나 있습니다. 그것은 사장님께서 제 결혼식의 주례를 해주십사 하는 것입니다. 떠나면서나마 가족적인 분위기를 한 번 맛보고 싶은 것입니다. 그리고…"

또렷또렷하고 막힘없이 말하던 난영이라는 조합원은 감독자가 다가가 그만하라는 눈치를 주자 머뭇머뭇 거렸다.

"아, 계속 말해 봐요."

사장이 손을 들어 감독자에게 물러나라는 손짓을 했다.

"그리고 말입니다. 최근의 일에 대해서도 말씀을 드릴까 합니다. 어제 공고문을 보고 오늘 사장님의 조회사 말씀을 들으면서 참으로 감사하다는 생각이 들면서도 솔직히 말씀드려 믿어지지가 않습니다. 노조하고 충분히 협의를 해서 정식 문서를 만들어 발표해 주십사 하는 부탁을 드립니다. 사장님! 우리 조합원들은 다른 회사보다 임금이 조금 높고 근로조건이 낫다고 하여 만족하지는 않습니다. 늘 답답하고, 서로 경계하고 불신하며, 인간적으로 가족적인 맛이 하나도 없는 메마른 곳에서 임금을 더 받는다고 좋을 게 뭐가 있겠습니까! 사장님! 우리 조합원들은 회사가 일방적으로 발표하는 내용은 이제 안 믿습니다. 노조하고 정식 합의가 되기 전에는 믿을 수 없도록 지금껏 슬픈 경험만 해온 것입니다. 사장님! 기왕이면 저희들이 진짜 안심하고 회사를 믿을 수 있도록 노조와 합의를 해주시기를 부탁드립니다. 죄송합니다!"

난영은 발언을 마치고 고개를 푹 떨구었다. 그 옆에서 생산과장과 감독자가 몸 둘 바를 몰라 쩔쩔매고 있었다. 찬물을 끼얹은 듯이 조용한 가운데 사장은 난처한 표정이 되어 넥타이를 만지작대고 있었다. 한참 후에야 그는

"왜 그런 불신이 생긴 것이라고 봅니까? 회사만 문제가 있다고 보는 것 같은데…"

하고 얼굴을 앞으로 쑥 내밀고 억지로 웃으며 물었다. 난영은 다시 고개를 들고

"회사가 너무 인정이 없습니다. 저는 하루에도 저 표어를 수없이 경멸하곤 합니다."

하고 답하면서, 공장 벽을 손으로 가리켰다. 사람들의 고개가 일제히 그쪽으로 돌아갔다.

그 곳에는 '종업원을 가족처럼'이라는 표어가 큼지막하게 붙어 있었다. 곳곳에서 킥킥 웃는 소리가 들렸다. 사장은 얼굴이 벌겋게 달아올라 큼큼, 하고 큰기침을 하다가

"잘 알았어요. 결혼식 때 주례할 수 있도록 노력하죠. 그리고 합의서 문제는 노조와 협의해서 해야 하는 문제니까 지금 답하기가 뭣하구. 언제든지 회사에 건의하고 싶은 것 있으면 글로 써서 올리면 최대한 참고하도록 하죠. 큼~큼."

하고 대강 답을 주고는 목에 잔뜩 힘을 주고 계단을 내려와 총무부

건물 쪽으로 천천히 걸어갔다.

"자. 이제 들어가서 일들 해. 어서."

감독자들이 조합원들에게 새를 쫓는 것 같은 손짓을 하며 필요 이상의 법석을 떨었다.

"거 말 한번 잘했다. 속이 다 시원하네. 종업원을 가족처럼이 아니라 가축처럼이라고 써 붙이라고 말했으면 아주 만점이었을 텐데."

화순이 연주에게 다가서며 한 말이었다.

잘했다는 듯이 난영의 등을 툭툭 쳐주며 현장으로 들어가는 조합원들을 지켜보는 연주의 마음은 결코 시원하지가 않았다. 난영의 발언이 회사의 태도에 어떤 변화를 가져오게 할 것인가를 연주는 골똘히 생각하고 있었다. 교섭을 요청해 오면 어떻게 대응할 것인가의 판단이 쉽게 내려지지 않았다. 노조 사무실로 돌아온 연주는 인쇄하기 위해 추려놓은 서류를 검토하면서도 신경은 전화 쪽에 가 있었다.

"저 위원장님."

틀린 글자를 고쳐 쓰는 연주에게 선숙이 힘없는 모습으로 다가섰다.

"징계 조합원들이 일곱 명이나 안 나왔는데 혹시 무슨 연락 받으셨어요?"

선숙의 이 말을 듣고 연주는 불현듯 스치는 예감에 자리에서 벌떡 일어났다.

"뭐야? 일곱 명이나 안 나왔다구?"

"무슨 소리야? 누가 안 나왔다는 거야?"

경애도 소리를 치며 선숙에게 다가섰다. 선숙은 명단을 내밀며 불안한 눈빛으로 연주와 경애를 번갈아 쳐다보았다.

"이거 혹시… 이거 혹시…"

연주는 떨굴 수 없는 불길한 예감에 눈을 꾹 내리감았다가 번쩍 뜨

며

"사무국장, 이 사람들 전화번호나 주소 좀 찾아봐. 빨리!"

하고 짤막하게 소리쳤다. 다른 징계 조합원들이 무슨 일인가 하고 눈이 휘둥그레져서 그들을 쳐다보았다. 경애는 급히 조합원 비상연락망을 뒤져 전화번호와 주소를 찾아내고는 전화기를 들었다.

"여보세요. 죄송합니다만 끝방에서 자취하는 인자 좀 바꿔주세요. 네에? 이사했다구요? 어젯밤에 짐 싸갖고 나갔다구요?"

연주는 온몸의 맥이 풀어져 털썩 자리에 주저앉았다. 전화가 연결되는 두 사람도 시골에 내려갔다는 대답을 듣고 경애는 힘없이 수화기를 떨어뜨리듯 내려놓았다.

"어제 저희 집에 직장(職長)이 다녀갔어요. 사표를 내면 충분한 보상을 한다길래 거절했어요. 어찌나 집요하게 조르는지 혼났어요."

"우리 집에두요."

"저두요."

십이 명이나 되는 징계조합원이 눈을 똥그랗게 뜨고 나섰다.

"으~음…"

연주는 입술을 지그시 깨물며 나머지 네 명의 주소를 들여다 보았다. 무엇보다도 이들의 행적을 찾아야 한다는 다급함에 연주는 몸을 털고 일어섰다.

"선숙아, 나하고 이 사람들 집에 가보자. 사무국장, 서류는 내가 나가면서 인쇄소에 맡길 테니까 상황 변화 정확히 체크하고 있으라구. 중간에 전화연락 줄께."

연주는 선숙을 데리고 부리나케 사무실을 나왔다. 택시를 타고 급하게 돌아다녀 겨우 찾아낸 세 집은 이미 조합원들이 시골로 떠난 후였다. 캄캄한 낙심이 연주를 허탈에 빠지게 했다. 그녀는 분노에 몸을 떨면서 나머지 한 집을 찾아 돌아다녔다. 반장 집에서 가르쳐준 골목으로 접어들 때였다.

"위원장님, 저기 순희가…"

선숙이 급하게 외치며 앞으로 치달렸다. 청바지 차림의 낯익은 얼굴 하나가 보따리와 큰 트렁크를 팽개친 채 골목을 빠져 달아나고 있었다. 연주는 정신없이 그 뒤를 쫓았다. 그녀가 골목을 빠져나오자 넘어져 헐떡이는 순희 옆에서 선숙이 턱숨을 몰아쉬며 노려보고 있었다. 연주는 침착해야 한다고 애썼지만 다리가 후들후들 떨리고 있었다. 겨우 흥분을 가라앉히고

"집에 가서 얘기 좀 해요. 죄스럽게 생각하지 말구."

하고 나직이 말하며 순희를 일으키려 했다. 순희는 머리가 땅에 닿도록 고개를 푹 숙이고 꼼짝도 하지 않았다.

"어서요. 괜찮아요. 다 이해될 수 있는 일예요. 얘기나 좀 들어봤으면 좋겠어요."

연주가 다시 어깨를 잡아 흔들자 순희는 천천히 몸을 일으켰다.

"죄송해요. 죽고 싶어요. 난 드런 년예요. 흐흐흑…"

순희는 방에 들어오자 울음보부터 터뜨렸다. 연주는 그녀가 울도록 그냥 내버려 두었다. 순희는 한참을 흐느끼더니 눈물로 범벅이 된 얼굴을 똑바로 들고 독백하듯 입을 열었다.

"어제 저희 부서 직장님이 찾아왔어요. 사표를 내면 충분히 보상을 해주겠다고 하면서 저를 설득하기 시작했어요. 처음엔 거절했어요. 동료들을 배신할 수 없다고 한참을 버텼어요. 그런데 만 원짜리 뭉치를 앞에 내놓고, 끝까지 버티면 신상에 좋지 않고 또 큰 위험이 따를 거라고 얘기하는데 제 마음이 흔들렸어요. 시골서 약도 제대로 못 잡수시고 앓고 계신 엄마 얼굴이 떠올랐어요. 또 투쟁의 선봉에 선다는 것도 두려웠구요. 제가 머뭇거리자 직장님은 퇴직금하고 해고수당조라면서 따로 또 돈을 꺼내놓았어요. 사직원에 지장만 찍으

면 된다면서 저의 엄지손가락에 인주를 묻히구… 뿌리칠 수가 없었어요. 직장님이 내 손을 끌어다가 지장을 찍고는 늦어도 오늘 아침까지 떠나라고 하곤 그냥 가버렸어요. 그게 다예요."

순희는 멀겋게 뜬 눈을 깜박거리지도 않고 흐르는 눈물을 닦지도 않으며 말을 마쳤다. 연주는 순희의 얘기를 들으며 원수 같은 가난과 괴물 같은 돈을 저주하고 있었다.

"순희 씨, 그 돈 도로 돌려주고 함께 싸워요. 우린 지금 싸워야 해요. 조합원들 앞에서 지금 한 얘기를 폭로할 수 있겠죠? 네?"

선숙이 순희의 손을 움켜잡으며 애원하듯 말했다.

"제발 그렇게 해 줘요. 그래야 돼요. 순희 씨, 안 그러면 전체 조합원이 좌절하게 된단 말예요. 순희 씨, 할 수 있겠죠?"

선숙이 재차 다그쳐 묻자

"몰라요. 난 몰라요. 죽어버릴 거예요. 그냥 내버려 두세요. 그냥요…."

순희는 두 손으로 얼굴을 감싸고 울부짖으며 방바닥에 쓰러졌다.

"그 돈이 얼마인 지는 모르지만 이럴 수 있는 거예요? 순희 씨, 돈은 쓰면 그만이지만 후회하는 마음은 평생을 가도 머리에 남아 있는 거예요. 우리가 무식한 공순이라고 천대받는 게 공장에 다닌다는 이유만으로 그런 소리 듣는 게 아니라고 봐요. 뜻을 쉽게 저버리고 늘 절망하고 스스로 찌들어서 가슴을 못 펴고 사는 우리들 내부의 문제가 더 견딜 수 없는 수치라고 봐요. 물론 가난하기 때문에 그럴 거예요. 순희 씨, 퇴직금만 가지고도 엄마 약값은 얼마든지 할 수 있을 거예요. 그 더러운 돈은 회사에게 돌려주세요. 우리들의 투쟁을 위해서 이런 얘기 하는 게 아니라 순희 씨의 인간적인 자존심을 위해서 충고하는 거예요."

선숙은 말을 끝내고 떨리는 한숨을 포옥 내쉬었다. 연주는 가만히 울고 있는 순희의 손을 잡았다. 땀과 눈물에 젖은 순희의 손은 따뜻했다.

"팔백여 조합원이 순희 씨를 욕하게 될 거예요. 그들은 순희 씨와 같이 징계 당한 동료들을 위해 밥을 굶으며 싸우고 있는데, 당사자인 순희 씨가 이렇게 약하게 무너졌다니 이해하기 힘든 일이군요. 개인적으로는 충분히 동정하고 이해할 수도 있는 일이지만, 지금의 상황에서는 배신이라고 밖에 볼 수가 없는 거예요. 순희 씨, 선숙이 말대로 그 돈은 돌려 주세요. 순희 씨가 못하면 우리가 대신 돌려주도록 하겠어요. 아까 길에서 우리를 보고 도망친 순희 씨의 마음은 바로 양심의 가책이라는 걸 저는 알아요. 양심이 없으면 도망갈 이유도, 이렇게 흐느낄 이유도 없는 거잖아요? 순희 씨한테 다시 앞장서서 싸워달라는 부탁은 차마 못하겠어요. 그렇게만 해 준다면 우리로선 더욱 고맙고 다행스런 일이지만 그건 무리라는 걸 난 알아요. 그러나 난 이 손을 놓기가 너무 슬프고 가슴 아프군요. 언제까지라도 순희 씨와 함께 노동자들의 권리를 찾는 일을 하고 싶어요. 순희 씨의 현명한 판단을 바라겠어요."

연주는 순희의 손을 더욱 꼬옥 잡았다. 어깨를 들먹이며 흐느끼던 순희는 어린애처럼 엉엉 소리 내어 울기 시작했다. 그러더니 별안간 연주의 품에 안기며

"위원장님, 용서하세요. 저는 그 돈보다도 싸움이 싫었어요. 회사의 부당한 징계에 화는 나지만, 저는… 저는 너무 마음이 약해서 그런 투쟁 같은 건 떨리고 무섭기만 해요. 금방 잡혀갈 것 같기만 하고 전, 전 그걸 못하겠어요. 돈보다는 그 무서움 때문에…그래서 그냥 회사를 떠날 마음이었는데… 위원장님, 용… 용서하세요."

하고 자지러지게 울어댔다. 연주는 그녀의 등을 어루만지며 눈을 꾹 내리감았다. 선숙은 작은 입술을 악문 채 고개를 돌리고 있었다.

"순희 씨, 됐어요. 가슴 아파하는 순희 씨의 모습 잊을 수 없을 것 같아요. 어디를 가더라도 용기를 잃지 말고 사세요. 좋은 일 있으면 연락도 하고…"

연주는 순희의 얼굴을 두 손으로 감싸 일으켜 세우며 눈물을 닦아 주었다. 순희는 한동안 흐느끼다가 트렁크에서 돈을 꺼내 연주에게 건네면서,

"이 돈 땜에 평생을 가슴 아프게 살 뻔했어요. 어젯밤에 떠나지 않은 게 다행이에요."

하며 고개를 푹 떨구었다.

연주는 순희에서 사실확인서를 받고 한동안 그녀를 위로하다가 그곳을 나왔다. 돌아오는 차 속에서 선숙은 엷게 웃으며 이렇게 말했다.

"회사와 교섭할 필요도 없게 됐군요. 나쁜 놈들. 그렇게 돈을 뿌리면서까지 노조를 와해시키려 하다니. 노사문제가 얼마나 복잡하고 어려운 것인 줄 겨우 알 것 같아요. 우리나라 기업주들은 노동자의 투쟁을 꺼려하기 보다는 오히려 투쟁이 벌어지도록 유도하는 어리석은 존재들인가 봐요. 경영을 모르고 돈만 알기 때문이겠죠. 국민이 낸 세금에서 융자를 받아 기업을 하는 것들이 그 돈을 모두 자기 것으로 알고 있으니 참 답답한 노릇예요."

연주는 말없이 듣기만 했다.

2

노조 사무실에 돌아오니 두 건의 문서가 연주를 기다리고 있었다. 하나는 회사의 단체교섭 요청 문서이고 하나는 검찰청의 출석 요

구서였다.

　노동조합법 위반 피의 사건에 관하여 문의할 일이 있으니 주민등록증과 도장 기타 증거 자료를 갖고 검사실로 나오라는 출석 요구서를 보고 연주는 올 것이 왔다는 생각을 하였다.

　"모레 나오라고 하지 않은 게 다행이군요. 이게 벌써 왔는데 노무과 직원이 정신이 없어 깜빡 잊고 있었다면서 아까 가지고 왔어요. 내일 오전이면 별일 없을까요?"

　경애가 걱정스러운 표정으로 약도까지 그려져 있는 출석 요구서를 보며 한 말이었다. 연주는 아무 대답 없이 단체교섭에 응할 것인가에 대해 생각하고 있었다.

　겉으로는 후퇴하는 척하고 뒤에서 파괴 공작을 일삼는 회사와 교섭을 한들 무슨 의미가 있겠는가. 돈까지 뿌리며 노조 조직을 교란시키고 있는 회사의 술책에 말려들 것이라는 판단에 연주는 분개하고 있었다.

　"저 김 감독관 전화가 왔었는데, 중요한 일이라면서 공중전화로 전화 좀 달래요."

　팔짱을 끼고 분노를 삭이고 있는 연주에게 경애가 귀엣말로 말하며 쪽지를 건네주었다. 연주는 경애에게 회의 준비를 하라고 이르고 회사 앞에 있는 공중전화 박스로 가 쪽지에 적혀 있는 번호를 돌렸다.

　"접니다. 듣기만 하십시오. 노조 전화가 도청되고 있으니 주의하시구요. 이번 징계 해고된 사람 중에 선숙이라고 있죠? 곧 연행할 것 같습니다. 조사 결과 서울대 삼학년 중퇴자로 밝혀져 이번 농성 사태의 조종자로 구속한다는 방침이 섰나 봅니다. 소위 위장취업자라는 사람들에 대해 대대적인 조사 색출 작업이 있을 모양예요. 일한전기 농성도 노학(勞學)연계 쪽으로 사건을 묶는 거 같으니까 단단히 대비하셔야 될 것 같습니다. 그리고 검찰에서 출석요구서가 왔죠? 내일은 겁만 주고 모레 총회 분위기에 따라서 구속 여부를 결정할 것 같은데, 위원장께서 연맹 간부라는 것과 현직 위원장이라는 점에서 상당히 고심하고 있는 눈치에요. 또 그간 연맹은 제3자가 아니라고 공언했던 노동부의 입장도 있는 것 같고, 노동법 개정 요구의 명분을 준다는 문제점 때문에 구속에 대해 신중을 기하는 눈치예요. 잘 대처하시겠지만, 걱정이 되어 연락드리는 거니까 참고해 주세요."

"고마워요."

수화기를 놓으며 연주는 현기증을 느꼈다.

전국 도처에서 발생하고 있는 대학 출신 노농자들의 노농조합 결성 투쟁과 어용노조 민주화 투쟁, 그리고 그들을 가차없이 구속 조치하는 강경한 정부의 입장이 그녀의 머리를 순간적으로 쥐어짜 눌렀다. 선숙에 대해 의문은 갖고 있었으나 막상 사실이 확인되니 연주는 적지않이 당황되었다. 선숙을 경계하는 마음이 아닌, 선숙으로 인해 빚어질 예측불허의 사태가 우려되어서였다.

이제 징계로 인한 노사문제의 범주를 완전히 떠나 정치적 성격의 싸움에 접어든다는 판단이 서자 연주는 입에 침이 말랐다.

노조 사무실에 돌아와 선숙을 보는 연주의 심정은 착잡하기만 했다. 이제 회사나 기관에서는 선숙을 집중적으로 문제 삼으며, 노조의 존재와 조합원들의 의식 수준을 무시하고 모든 것이 선숙의 선동에 이끌려 발생하였다고 몰아붙일 것이다.

노동조합에서 선숙의 문제를 외면하면 희생자가 줄겠지만, 선숙과 함께 행동하면 앞뒤를 가리지 않는 대대적인 탄압이 무자비하게 가해질 것이다. 그 후의 노동조합은 어떻게 되는 것인가…

연주는 머리가 아파왔다. 회의석상에서 이 이야기를 어떻게 시작해야 좋을지 몰라 고심을 하며 진통제를 꺼내 입안에 털어 넣었다.

"야, 아까 점심 때 거 웅변한 조합원 누구냐? 우리 조합원들 숨은 인재 많드라."

"태산이 높다 하되 하늘 아래 뫼이로다! 돈이 지 아무리 날뛰어도 공순이 발바닥 때 밑이로다! 야, 걔 거 즉흥적으로 말도 잘 맹글어내더라. 오늘 농성은 걔 때문에 아주 끝내 줬어."

자리를 잡고 앉으며 점심시간 때의 농성 이야기를 주고 받는 노조 간부들과 선숙을 둘러보며 연주는 끙끙 속을 태웠다.

"김 부위원장님은 왜 안 오시지?"

"출근하자마자 집에서 온 전화 받고 조퇴하고 나갔어요. 여기 안 들리고 그냥 나가셨나 보죠?"

"햐~ 그 지독한 금자 언니가 조퇴를 다하구. 근데 징계 조합원들이 좀 적어 보이는 거 같네?"

"위원장님이 어디 아프신가? 점심 때도 안 보이시더니."

"자, 이제 잡담 그만합시다. 오늘 아주 중대한 발표가 있으니까 좀 신중히 회의에 임해 주길 바랍니다."

경애가 인원을 확인한 후 준비 완료라는 눈빛으로 연주를 쳐다보았다. 연주는 선숙의 문제에 대해서는 저녁에 아파트에서 거론키로 마음을 먹고 천천히 몸을 일으켰다.

"우선 어제 대책회의에서 거론된 사항을 보고 드리고 본회의에 임할까 합니다."

연주는 밤을 새워 토론하여 결정한 다섯 가지의 사항에 대해 상세히 설명했다.

"…그런데 오늘 뜻하지 않은 변화가 생겼습니다. 오늘 조회를 마치고 확인된 것인데, 일곱 명의 징계 조합원이 회사의 사주에 의해…"

여섯 명이 간밤에 이사 간 사실과 순희한테 들은 이야기도 소상히 설명했다. 그러자 좌중은 아연실색하여 벌린 입을 다물지 못한 채 휘둥그레진 눈망울로 서로를 쳐다보았다. 연주는 설명을 계속했다.

"회사는 이미 천만 원이 넘는 돈을 노조 파괴를 위해 뿌린 것입니다. 어제 공고문을 붙여 유화 제스처를 써놓고는 밤에 기습적으로 매수 공작을 펼친 거예요. 이 자리에 계신 징계 조합원 중에도 열두 명이나 매수의 손길이 뻗쳤으나 단호히 뿌리쳤다고 합니다. 우리는 어제 철야 대책회의에서 회사가 교섭을 요청해 오면 응하기로 결의한 바 있으나 밤 사이에 상황이 바뀌었고 회사는 뻔뻔스럽게도 이렇게 긴급 단체교섭 요청 문서를 보내 왔습니다. 이제 회사의 의도는 징계라는 함성을 파놓고 거금을 뿌리면서까지 노조를 파괴하려는 것이 분명히 드러났습니다. 이순희 조합원에게서 받은 이 사실확인서와 이 돈이 그것을 입증하고 있습니다. 그 무지스럽고 잔악한 회사의 음모를 분명히 인식하시고 오늘의 교섭에 임할 것인가에 대해 토의해 주셨으면 합니다."

연주는 회사의 문서와 순희에게서 받은 확인서, 그리고 돈뭉치를 쳐들어 보였다.

"전체 조합원이 밥까지 굶어가며 싸우고 있는데 그깐 돈에 매수되다니. 이건 이제 투쟁할 필요가 없는 거예요!"

"도대체 누구를 위한 투쟁이냔 말예요! 집어치워요!"

몇몇 흥분한 대의원들이 벌떡벌떡 일어서며 고함을 질렀다.

"잠깐만요! 제 말씀 좀 들어보십시오!"

상황이 묘하게 돌아가자 화순이 소리치며 일어섰다.

"여러분, 회사는 지금 우리의 이런 분란을 노리고 금전을 살포한 것입니다. 투쟁의 명분을 흐리면서 우리끼리 지지고 볶는 싸움을 하도록 유도하는 거라구요. 우리는 매수 당한 조합원을 원망하기 전에 회사의 그 같은 술수를 똑바로 알고, 거기에 대처하는 확고한 우리의 자세가 필요하다고 봅니다. 저도 동료들이 매수 당한 것에 대해, 당장 쫓아가서 머리라도 뽑아놓고 싶을 정도로 화딱지가 납니다만, 매수 당한 그 사람들은 일단 접어두고 더 큰 모략에 빠지지 않도록 냉철하게 문제를 짚어나가야 할 것입니다. 돈에는 누구나 약한 거예요. 거금을 뿌리면서 노조를 손아귀에 넣으려는 회사를 규탄해야지, 매수 당한 조합원들 때문에 기분이 상해서 펄펄 뛰다 보면 우리의 단결태세와 투쟁력은 삽시간에 망가지게 된다는 것을 명심해야 할 것입니다. 매수에 넘어간 일곱 명보다는 유혹을 이겨낸 동지들이 우리 곁에 있지 않습니까! 여러분 절대로 흥분해선 안 되는 것입니다."

화순은 어느 때보다 진지하고 호소하는 표정으로 좌중을 둘러보았다.

"그건 우리끼리의 생각에 불과한 것입니다. 조합원들이 그 사실을 알면 뭐라 그러겠어요? 회사의 술수를 막지 못하고 끌려 다닌다고 노조를 욕할 거란 말예요. 우리 대의원들은 그 원성을 설득할 자신이 없어요."

"이건 큰 문젭니다. 그렇잖아도 언제까지 밥을 굶고 이럴 거냐는 불만이 나오는 판인데 그런 얘기를 들으면 맥 빠져서 당장 그만 두자고 난리칠 겁니다."

"더구나 오늘 조회 때 사장이 가명 입사자들의 신분 보장을 언급해서 이젠 뭔가 되는구나 하고 생각들을 하고 있는데, 매수 당했다는 소릴 들으면 모르긴 몰라도 아마 난리가 벌어질 거예요."

몇몇 대의원들이 산발적으로 문제를 들고 나왔다.

"방금 조직부장께서 우려한 대로 우리끼리 떠들고 불신해선 안 됩니다. 그건 회사를 돕는 격이 되는 거예요. 회사의 공작을 사전에 막지 못하고 선방을 당한 후에 쩔쩔매는 집행부에 그 책임이 크다는 것을 시인합니다. 제가 저녁 때 욕을 먹더라도 조합원들을 설득하겠으니 여러분들은 이탈자가 생기지 않도록 최선을 다해 주셨으면 해요. 여기서 이탈자가 생기면 우리는 치명타를 입게 됩니다. 회사의 각본에 그대로 말려들게 되는 거니까 각별히 유의해서 좀 고생이 되더라도 여러분들이 소속 부서의 조합원들을 끝까지 설득하여 한 명의 이탈자도 없게 해야 합니다. 그 점을 특별히 부탁드립니다."

연주는 간곡한 어조로 대의원들을 설득했다.

"그건 할 수 있어요. 이런 일로 우리 조합원들이 흩어지진 않을 거라 믿어요. 이보다 더한 것도 잘 견뎌 왔으니까요. 그런데 문제는 앞으로가 큰일이다 이겁니다. 농성을 해도 뭐 하나 제대로 되는 게 없다고 푸념하는 조합원들이 있어요. 이런 식으로 며칠 가면 지치는 사람도 있을 거라고 봐요. 내일 모레 총회 끝나고 철야농성까지 했는데도 일이 해결 안 되면 어떻게 할 거냐고 미리부터 물어보는 통에 환장할 때가 있다니까요. 세상에 누가 밥까지 굶고 밤을 새워가며 투쟁하는 걸 좋아하겠어요? 싸우면 싸운만큼의 진전이 보여야 하는데 노사 간에 교섭은 이루어지지 않고 사장은 큰 인심이나 쓰는 것처럼 조회 석상에서 노조를 완전히 무시하고 턱 발표해 버리니까 조합원들이 더 답답해하고 있어요."

"회사에게 어떤 문서라도 받아내야 해요. 진전이 있다는 것을 조합원들에게 보여야 자신감을 갖고 힘을 낼 거예요. 이번 싸움은 임금인상이나 근로조건을 두고 하는 게 아니기 때문에 싸움을 길게 끌수록 조합원들은 회의적으로 여기게 될 거라고 봐요."

"더구나 남자사원들이 얼마나 집요하게 쑤시고 다니는지 아세요? 무언가 획기적인 대책이 서야지, 조합원들이 농성을 해도 되는 게 없다라는 생각을 자꾸 갖게 되면 점점 더 어려워질 거예요."

탄압의 구체적인 성격을 모르는 일부의 대의원들이 매수당한 조합원들의 얘기에 자극되어 툭툭 한마디씩 던지는 말에 회의 분위기는 초장부터 산만하게 이끌려 갔다.

"여러분들 말씀도 충분한 일리가 있습니다. 그러나 우리 조합원들은 그렇게 조급하고 나약하지만은 않을 겁니다. 원래 투쟁은 길게 끌면 내부의 갈등이 생기기 마련인데 그 갈등 해소에 너무 치우치다 보면 중심을 잃게 되어 싸움에 지게 되는 경우가 허다합니다. 이런 분위기가 커지면 오늘 네 시에 교섭을 하자는 회사의 저의까지 망각하기 쉬우니까 흥분하지 마시고 차근차근 말씀해 주시기 바랍니다. 이제부터 발언하실 분은 산발적으로 하지 말고 한 사람씩 차분히 해 주시면 좋겠습니다."

연주는 주의를 환기시킨 후 백묵을 들고 흑판 앞에 섰다. 질서를 잡은 회의는 어제의 철야 대책회의와 비슷한 내용으로 토론이 벌어졌다. 교섭과 투쟁을 병행하자는 측과 보다 강경한 투쟁을 벌여야 한다는 측의 공방이었다.

그러나 조금 후에 투쟁을 하더라도 대화의 창구만은 열어놓고 하자는 쪽의 의견이 우세를 보이기 시작했다. 특히 돈과 사실확인서를 들고 교섭에 들어가 회사 측에 강력히 항의하고 그 항의한 내용을 조합원들에게 발표를 해야 매수된 징계 조합원에 대한 원성이 줄어들 것이라는 새로운 주장이 대두되어 회의는 점점 교섭과 투쟁을 병행하자는 쪽으로 기울어지고 있었다.

연주도 교섭을 통한 새로운 소식과 진전사항을 조합원들에게 공표함으로써 회사에 대한 더 큰 분노 아니면 자신감을 다질 수 있다는 차원에서 일단 교섭에 응해볼 필요성이 있다는 생각을 갖고 있었다.

"여러분들, 교섭의 필요성을 부정하는 건 아니라니까요. 하지만 내일 위원장님께서 검찰청에 불려가고, 회사는 계속 돈을 풀어 우리를 이간질하면서 남자사원들을 동원해 파괴 공작을 하고 있는데 도대체 교섭이 무슨 필요냐구요?"

화순은 발까지 동동 구르며 투쟁을 주장했다.

"아무튼 조합원들이 초조감과 답답증을 갖지 않도록 회사와의 대화창구는 열어놓고 싸워야 합니다. 아까도 여러 사람이 말한 것처럼 교섭을 하는 그 시간에 조합원들의 농성이 더 활기차도록 교섭에 참여하지 않는 간부들은 각별히 신경을 써야 할 것입니다. 교섭이 오래 걸리더라도 조합원들이 지쳐서 흩어지지 않고 줄기찬 농성을 하며 기다릴 수 있도록 자기 부서를 책임져 주시기 바랍니다."

경애의 이 말은 사실상 회의를 종결짓고 있었다.

"자. 이제 정리합시다. 부족한 토론은 아파트에서 하기로 하고, 서로 상반된 의견이 있다 하여 다른 생각들 먹지 마시구요. 이제 교섭위원을 추천해 주십시오."

연주는 앞에 나와 열변을 토하던 화순의 어깨를 가볍게 안아주며 호명하는 이름을 흑판에 썼다.

위원장 연주, 조직부장 화순, 여성부장 옥남, 쟁의부장 복례, 그리고 대의원 삼 명으로 칠 명의 단체교섭위원이 선정되었다.

사무국장 경애는 농성을 주도하기 위해 빠졌고, 선숙의 이름도 나왔지만 연주의 양해로 교섭위원에서 뺐다.

교섭위원이 아닌 다른 간부들은 농성을 책임진다는 단단한 각오를 다지고 일곱 명의 단체교섭위원들은 전무실 옆에 있는 회의실로 올라갔다.

네 시 삼십 분이 되어가는 시간, 회사간부들은 이미 회의실에 나와 기다리고 있었다. 최 전무, 총무이사, 생산이사, 인력관리부장, 노무과장, 사장은 없었다.

좌측 자리에 앉으려던 화순이 사장의 불참을 확인하고

"사장님은 안 나오십니까? 이러면 교섭이 안 되는 거예요. 위원장님, 나갑시다!"

하고 홱 등을 돌려 그대로 문 쪽으로 걸어 나갔다.

"이것 봐요, 조직부장. 사장님은 수출계약 문제 때문에 내가 위임장을 갖고 나왔으니 이리 앉으시오. 거 그런 것 갖고 모처럼만의 대화 석상을 망치지 말자구요. 김 부장, 어서."

최 전무가 인력관리부장에게 눈치를 보내자 그는 황급히 쫓아나가 화순의 팔목을 잡아끌었다.

"이거 놔요! 지금 이 마당에 시간 끌고 장난하자는 거예요, 뭐예요! 위원장님, 나오세요!"

화순은 고함을 치며 김 부장의 손을 거칠게 뿌리쳤다.

"진짜들 답답하군요. 그러면 시간을 연기하자고 사전에 연락을 하던가 해야지 이게 뭐예요! 나가자구!"

연주는 찬바람을 일으키며 교섭위원들을 이끌고 회의장을 나왔다.

"저것들이 근데 우릴 갖고 놀자는 건가. 사장 차가 차고에 있는데도 안 나오고 거짓말을 하다니…"

"아니, 자꾸 불 질러서 뭐 이익 볼 일 있다구 저 지랄들이지? 저것들이 무슨 속셈인지 통 알 수가 없네, 이거."

"아주 사장실로 쳐들어갑시다. 경비실에 물어보니까 아까 들어왔대는데 어디 가서 뭐하고 있는 지 낯짝이나 봅시다."

노조간부들과 징계 조합원들은 교섭위원들이 그냥 돌아오자 펄펄 뛰며 한마디씩 했다.

"금자 언닌 이럴 때 아무 말 없이 조퇴나 하고 나가구 말야. 도대체 정신이 있는 거야, 없는 거야?"

화순은 흥분이 가라앉지 않은 얼굴로 부위원장 금자를 탓하며 씩씩거렸다.

극도로 신경이 날카로워져 있는 분위기에서 잠시 정적의 시간이 흘렀다.

이윽고 촉각을 한층 곤두세우는 작업 종료 벨소리가 회사 내에 찌르릉 찌르릉, 울려 퍼졌다.

노조간부들의 눈에서 순간적으로 물기가 번득였다.

"자~ 힘들 내시고, 조합원들 실망하지 않도록 어깨를 펴고 나갑시다."

연주는 앞장서서 밖으로 나왔다.

"좋시다. 죽기 아니면 까무러치기니까. 어서들 나갑시다."

다들 옷을 털고 일어나 연주의 뒤를 따랐다.

여기저기서 조합원들이 줄지어 나오는 깃이 보였다. 남자사원들도 섞여 나오고 있었다. 그런데

"위원장님. 저기 좀 보세요. 저놈들 저…."

아직도 흥분이 가시지 않아 목소리가 떨리는 화순이 국기게양대를 가리키며 연주를 툭 치는 것이었다.

무언가 느낌이 이상하다고 여기고 있던 연주의 눈이 크게 불그러졌다.

국기게양대 앞으로 남자사원들이 모여들고 있었고, 군데군데에 따로 모인 무리들이 무언가를 꾸미고 있는 듯한 심상치 않은 조짐이 어우러지고 있었다. 그들은 모이면서 대열을 갖추고 있었다.

"아니, 저것들도 농성을 하겠다는 거야 뭐야? 저 허연 건…."

경애의 말이 끝나기도 전에 남자사원들의 대열이 이미 움직이고 있었다.

"회사를 살리자!"

"노조는 자중하라!"

인상파가 이끄는 대열은 구호를 외치면서 공장을 돌기 시작했다.

오 열 종대로 이십 줄 정도 늘어선 스크럼 대열은 조합원들이 한

곳에 모이지 못하게 이리저리 헤집고 다녔다.

'노조는 구사위원회를 인정하고 3자회담에 응하라!'
'회사 망치는 집단시위 중지하라!'
'이성을 찾아 회사를 살리자!'

대열의 중간 중간에서 이런 내용의 대형 현수막이 쑥쑥 솟아올랐다.

뜻밖의 사태에 연주는 주먹을 불끈 쥐고 전율치 않을 수 없었다. 노조간부들도 어안이 벙벙한 표정으로 남자사원들의 기골찬 행진을 바라보고 있었고, 조합원들은 한 곳에 모이지 못하고 우왕좌왕하고 있었다.

정문에 서 있던 정보과정과 조 과장도 급한 걸음으로 들어오다가 입을 한일자로 다물고 연주 옆에 서서 흙먼지 날리는 행진을 물끄러미 쳐다보고 있었다.

연주는 실눈을 뜨고 남자사원들의 행진을 지켜보았다. 손으로 얼굴을 가린 사람, 히히덕거리는 사람, 건성으로 입만 벌리는 사람… 현수막까지 휘날리는 위세에 비하여 그들은 대부분이 엉성한 모습으로 뛰고 있었다. 연주는 그들의 행진이 회의실 입구를 지나 식당 쪽으로 멀어져 가기를 기다렸다.

"워이쌰!"
"워이쌰!"

대열의 꼬리기 회의실 입구를 막 지나갔을 때

"여러분! 회의실로 올라오세요! 어서요!"

하고 소리치며, 연주는 노조간부들을 이끌고 층계를 뛰어 올라갔다. 그 근처에 서 있던 조합원들도 우르르 그 뒤를 따랐다.

회의실 문을 열어젖히자 창문으로 밖을 내다보고 있던 회사간부들이 어찌할 바를 모르고 허둥지둥 구석으로 물러섰다.

"와~아!"

하고 몰려들어온 조합원들은 삽시간에 회의실에 꽉 들어찼고, 구석에 몰린 회사간부들은 완전 포위된 꼴이 되어 손을 덜덜 떨었다.

"지금부터 일어나는 모든 불상사는 회사 책임예요! 이게 뭐냔 말예욧!"

연주는 최 전무를 향해 날카롭게 쏘아붙였다.

"이거… 이거… 왜… 왜들 이러는지…"

최 전무는 이마의 땀을 닦으며 더듬더듬 말을 잇지 못했다.

"저들을 해산시키지 않으면 오늘 여기서 철야농성 할 거예욧! 여러분 모두 앉으세요!"

연주의 이 말에 회의실에 꽉 들어선 조합원들이 우우, 소리를 내며 탁자 위와 바닥에 일제히 주저앉았다.

"아… 아니… 이… 이거…"

인력관리부장이 허옇게 질린 얼굴로 연주에게 다가서는 것을

"여러 말 필요 없어요! 진짜 회사 망하자는 거예요?"

연주가 삿대질을 하며 소리치자 질겁을 하여 물러섰다.

"빨리 저들을 해산시키지 않으면 우리와 함께 밤을 새울 수밖에 없다는 걸 명심하세요!"

연주는 손수건으로 땀을 닦는 최 전무에게 다가가 남자사원들의 해산을 촉구했다. 최 전무는 얼굴색이 노오랗게 변하면서도 입을 꾹 다물고 그대로 있었다.

"여러분, 노래나 한 곡 부릅시다!"

화순이 일어서며 '슬픈 현실'을 선창하자 모두들 손뼉을 치며 노래를 부르기 시작했다.

노동자가 얼마나 노동을 더해야

아 살 수 있나
우리 모두 지금까지 피땀 흘려 왔는데
아 슬픈 현실
지금까지 빼앗겼는데
계속해서 착취당하면
노동자는 기계인가요
느낀 것이 너무 많아요
설움에 지쳤던 눈빛에 보여요
내일의 찬란한 빛이
분노에 불타는 눈빛에 보여요
내일의 찬란한 빛이

회의실 밖 복도에까지 늘어선 조합원들의 노래는 쉬지 않고 계속 터졌다.

사천만 잠들을 때
우리는 깨어
배달의 노동자 형제
울부짖던 날
손가락 깨물며 맹세하면서
승리를 외치는 형제들 있다

고개를 숙이고 땀을 닦는 최 전무는
"으음. 으~음."
하고 신음 같은 한숨을 씹다가 이윽고
"김 부장. 해… 해산시키시오."

힘없이 지시하고는 걸상에 털썩 주저앉았다.

"여러분, 제가 돌아오지 않으면 철야농성 준비해 주세요."

연주는 조합원들에게 이렇게 말하고 김 부장을 앞세워 밖으로 나갔다. 층계에까지 꽉 들어찬 조합원들을 헤치고 연주와 김 부장은 건물을 빠져나왔다. 밖에 나오니 들어오지 못한 조합원들이 건물 앞에 집결해 있었고, 남자사원들은 뱀처럼 휘어진 대열로 마당 한 가운데 서서 회의실 쪽을 바라보고 있었다.

"최 위원장. 진짜 큰일 낼 참이요?"

연주는 손을 저으며 다가서는 정보과장을 외면하고 성큼성큼 남자들 앞으로 걸어갔다.

"여러분들께 양심의 호소를 좀 하겠습니다. 도대체 왜들 이러시는 거예요? 남자 체면 부끄럽지도 않으세요? 그간 연약한 여자들이 회사를 상대로 해서 얻어낸 상여금이나 근로조건의 혜택을 거저 앉아서 누리시는 분들이 이럴 수 있는 거예요! 저는 여러분들이 진정으로 노조가 미워서 이러는 것이라고 보지는 않아요. 마음속으로나마 노조의 활동을 지지하고 있다는 걸 잘 알아요. 또한 회사가 망할 것이라고 보는 사람도 없을 거구요. 도와주지는 못할망정 이러지들은 말아야 할 거 아녜요? 인격과 지성이 있는 분들이 도대체 이 무슨 부끄러운 짓들예요!"

연주는 물기 젖은 음성으로 호소하듯 부르짖었다.

"어휴."

"어휴, 쪽팔려."

"이그, 챙피해."

대열의 곳곳에서 얼굴을 손으로 싸매거나 킥킥 웃는 모습들이 보였다.

"여러분, 회사를 아끼는 그 충정을 이제 알았으니 돌아가 주세요."

　김 부장이 그들에게 떨리는 음성으로 말하자
"에이 씨."
"이거 일이 어떻게 돌아가는 거야."
"니기미 이거, 졸지에 로보트 된 거 아냐, 이거."
　하고 어정거리며 하나 둘 흩어졌다. 인상파를 비롯한 몇몇 사원들이 김 부장을 붙잡고 항의하는 제스처를 쓰자, 김 부장은 손을 내저으며 그들의 등을 밀어내는 시늉을 했다. 연주는 경애에게 농성을 지시하고 회의실로 돌아왔다.
　"여러분, 교섭위원들만 남고 밖으로 나가셔서 사무국장의 지시를 따라주세요."
　주저앉아 있던 조합원들은 회사 간부들을 힐끗힐끗 노려보며 회의실을 나갔다.
　교섭위원들이 회의 탁자의 좌측에 자리를 잡자 그때까지 얼떨떨한 표정으로 서 있던 회사간부들이 우측으로 가 앉았다.
　조금 후 밖에서
"사장은 교섭에 참석하라!"
"더 이상 우리를 기만하지 마라!"
"사장은 어서 교섭에 참여하라!"
"불법징계 철회하라!"
　우렁찬 구호 제창이 회의실까지 들려왔다. 그러자 다소 긴장이 풀린 듯한 최 전무가
　"위원장, 이렇게 해도 되는 건지 난 정말 모르겠소. 사장님은 지금 수출문제 때문에 외출 중이라는데…"
　하고 다 죽어가는 소리로 어물어물 입을 열었다.
　"차고에 있는 사장님 차 확인했구요, 경비실에도 알아봤어요. 조

합원들이 사장실을 직접 확인하려는 것을 겨우 말렸어요. 이 숨 막히는 상황에 교섭 요청을 먼저 해놓고 왜 자리를 피하는 것인지 도저히 납득할 수 없는 일예요."

연주는 최 전무를 똑바로 쳐다보고 쌀쌀맞게 대꾸했다.

"나 이거. 아니 왜 안 오시는 거지? 김 부장, 사장님한테서 아직 연락 없었나?"

최 전무는 딴전을 피우며 시계를 들여다 보더니

"나 참. 이거 수출계약이 잘 안 되는 건가? 내 한 번 알아보고 오지."

하고 터덜터덜 회의실을 나가는 것이었다.

누구도 입을 열지 않는 가운데 벽시계의 초침소리만이 회의실 분위기를 무겁게 가라앉혀 갔다.

"사장은 썩 교섭에 임하라!"

"불법징계 전면 철회하라!"

"가명 입사자 신분 보장하라!"

"탄압행위를 즉각 중지하라!"

"사장은 공개사과하라!"

"의쌰 의쌰!"

"투쟁 투쟁!"

"의쌰 의쌰!"

밖에서 들려오는 우렁찬 구호 소리에 총무이사, 생산이사, 인력관리부장, 노무과장 등 회사 측 교섭위원들은 점점 어두운 표정이 되어 가끔 서로를 쳐다볼 뿐 일체의 말을 꺼내지 않았다.

무덤 같은 분위기에서 십 분이 지나고 또 십 분이 지났을 때

"삐이걱."

하고 문 여는 소리가 정적을 깼다. 모두의 시선이 일제히 문 쪽으

로 쏠렸다.

"어~험."

큰기침과 함께 육중한 체구의 사장이 모습을 나타냈다. 회사간부들이 벌떡 일어나 부동자세를 취했다.

노조 측 교섭위원들은 앉은 채로 사장을 올려다 보았다.

"위원장이 나를 다 기다려 주시고 이제 노사 간에 무언가 잘 풀릴 모양이구먼. 늦어서 미안해요."

사장이 거드름을 피우며 자리에 앉자 회사간부들도 기계처럼 척척 따라 앉았다.

잠시 어색한 분위기가 회의실을 감쌌다.

"노조하고 마주 앉아본 게 참 오랜만이요. 오늘을 기점으로 한 번 잘해 보도록 합시다. 오늘 조회 때도 한 얘기지만, 가명 입사자들의 신분은 내 보장하는 쪽으로 적극 검토할 것이오. 그러니 그 문제에 대해 절차상의 합의서가 필요하다면 합의서를 작성하고, 나는 또 밖에 일이 있으니까 오늘 회의는 일찍 끝내는 걸로… 위원장, 어떻소?"

사장이 담배연기를 길게 내뿜으며 연주를 빤히 쳐다보았다.

"회의 전에 저도 노조의 대표자로서 한 말씀 드리겠어요. 오늘의 이 교섭은 매우 중대한 교섭이라는 걸 강조하겠어요. 가명 입사자 문제를 앞에 내놓고, 본질적인 문제를 은폐하려 하면 모처럼의 교섭이 결렬될 수밖에 없다는 점을 분명히 해두겠어요. 우리 노조에서는 첫째 징계의 전면 철회, 둘째 남자 사원들을 조종한 회사의 공개 사과, 셋째 가명 입사자의 신분 보장, 넷째 저를 이사에 발령 낸 것에 대한 취소 및 사과 등을 정식문서로 작성할 것과, 그리고…"

연주는 또박또박 말을 잇다가, 화순이 옷 속으로 옆구리에 끼고 있던 종이뭉치를 받아 탁자 위에 놓으며

"가장 중요한, 징계자 매수에 대한 회사 측의 정확한 해명을 요구

하겠어요."

하고 종이를 풀어헤쳤다. 헤쳐진 종이에서 만 원짜리 두 다발이 모습을 드러냈다. 그 돈뭉치를 가운데 두고 앉은 양쪽 사람들의 눈에 순간적인 긴장과 충격의 빛이 스치고 지나갔다.

그러나 사장은 태연하게
"이 돈이 어쨌다는 거요?"
하고 돈뭉치를 손가락으로 톡톡 치며, 한쪽 입술이 찌그러지는 묘한 웃음을 지어 보였다. 그 웃음이 걷힘과 동시에 본격적인 교섭의 공방이 벌어졌다.

노조 조직부장 : 돈을 뿌리면서까지 징계를 무마하려는 것은 노조의 중심을 흔들려는 의도로밖에 달리 볼 수가 없는 것이며 그 것은 분명히 노조 와해 행위이므로 용납될 수가 없는 것입니다.

회사 전무이사 : 징계자들이 어디 노조 조합원의 신분만 갖고 있는 건가요? 회사가 회사의 기강과 질서를 위해 좀 특수한 종업원을 징계하고, 거기에 대한 위로로 위로금을 줄 수도 있는 것이지, 그걸 매수니 노조 와해니 하고 표현하는 것은 좀 곤란하잖소?

노조 쟁의부장 : 단체협약에 체결되어 있는 합의사항을 위배하는 것을 어찌 회사 종업원을 관리하는 것으로 일방적으로 해석할 수 있는 것인지, 전무님의 말씀은 이해가 안 가는군요.

노조 조직부장 : 의도가 너무나 뻔한 겁니다. 수천만 원의 돈을 뿌려 노조를 약화시켜 회사에 득 되는 것이 뭡니까?

회사 사장 : 어~허. 함부로 말하는 게 아니요. 누가 수천만 원을 뿌린다는 거요?

노조 위원장 : 백오십만 원씩 일곱이면 벌써 천 단위가 넘는 것이고, 매수에 실패한 열두 명을 합쳐보세요. 그들을 매수할 돈도 준비는 해두었을 거 아니냐구

요?

회사 전무이사 : 나는 매수라는 게 이해가 안 가는 말이오. 회사가 회사 종업원에게 위로금을 지급한 거지, 그게 어디 경쟁 회사의 정보를 뺀다거나, 적군의 군사 동정을 알기 위해 하는 매수라는 것인지 내 참…

대의원(1) : 전무님은 말꼬리를 잡으시는 것 같은데, 그러면 이 교섭이 잘 안 되는 거예요. 교섭이 안 되고 우리가 그냥 나가면 저 밖에서 농성하는 조합원들이 오늘 그냥 돌아가지 않을 거예요. 큰일이 난다니까요.

회사 사장 : 아니 큰일이라니? 회사가 망하길 바라는 건가? 아니 노조간부들은 회사 종업원이 아니라는 건가?

노조 조직부장 : 사장님은 대한민국 국민이 아니십니까? 사장님들은 법을 위반해도 되는 겁니까?

회사 사장 : 법을 위반하다니, 무슨 말을 그렇게 하는 거요?

노조 여성부장 : 무더기 징계, 위원장님의 이사 발령, 남자사원들의 배후 조종, 이게 다 노동조합법과 우리 단체협약 위반이 아니고 무엇인가요?

회사 총무이사 : 법 위반 쪽으로 얘기하면 저 밖에서 지금 벌어지고 있는 사태도 엄연한 불법이지요. 지금이 어느 땐데 단체행동을 하는 건지 우려가 참 커요.

노조 위원장 : 정보기관 팔아서 조합원들 겁주는 건 합법입니까?

회사 생산이사 : 그건 지난 일인데, 그걸 이 자리에서 왜…

회사 전무이사 : 사장님이 생각하고 계신 가명 입사자들의 신분 보장에 대해 우선 매듭짓고 나서 다른 문제를 거론하는 것이 좋을 것 같소.

노조 위원장 : 처음부터 오늘의 교섭은 기대할 수가 없는 거였어요. 모든 것이 회사의 일방적 강행군이니까, 우리도 우리 나름대로 강경한 대응책을 행사할 수밖에 없는 거예요. 이런 기본적인 문제마저 인정치 않으려는 교섭은 그만 끝내겠어요. 이 돈과 이 확인서를 조합원들께 보이고, 그들의 심판을 받는 일만 남은 거예요. 자, 다들 나가자구.

회사 사장 : 어~허. 참 성미도 급하시네. 내 이런 충격적인 말은 웬만해선 안 하려 했는데, 노조도 알고 있어야 될 것 같아서. 우리 회사에 투자한 일본 회사가 공장을 중공이나 필리핀 쪽으로 옮기는 방안을 구상 중에 있는 것을 수정시키기 위해 내가 요즘 아주 피곤해졌어요. 정부가 적극적으로 노사분규를 안 막아주고, 여러분들이 너무 투쟁적으로 나오고, 회사 얘기가 자꾸 신문에 터지니까 그 일본 사람들의 생각이 달라지고 있는 것이라 이 말이지. 어제부터 자산평가 작업에 들어갔는데, 내가 그걸 말릴 명분이 없어요. 아 점점 농성이 극렬해지니까 내가 그들에게 할 말이 있어야지. 그래서 징계 문제와 가명 입사자 문제를 우선 해결해 놓으면 노사관계가 좀 부드러워지고, 그러면 그 일본 사람들과 얘기될 수 있는 명분이라도 설까 하여 교섭을 요청했는데, 이거 위원장, 나를 너무 코너에 몰면 난 넘어질 수밖에 없는 거 아니오? 그러니 징계자들 문제는 공고문 내용대로 하고, 가명 입사자들 신분 문제를 협의합시다. 그리고 위원장을 이사에 발령 낸 것도 취하하리다. 이 정도면 회사가 대폭 양보하는거 아니오?

노조 위원장 : 남자사원들에게 그런 얘기를 한 것으로 저는 들었어요. 노조를 무작정 투쟁하는 단체로 보지 말아주세요. 일본 사람들, 절대로 안 떠나요. 우리도 노총을 통해 다 알아보고 있어요. 끝까지 위협적인 방법으로 하신다면 그것이 바로 회사를 위태롭게 하는 불씨가 될 거라 생각해요. 모든 잘못된 것을 원위치에 가져다 놓자는 걸 반대하는 회사가 강경이지 우리는 절대 강경이 아녜요. 제가 처음에 말씀드린 다섯 가지 사항의 합의서 작성에서 노조는 조금도 물러설 수가 없는 입장예요.

회사 전무이사 : 위원장은 알고 있을지 모르지만, 우리의 이 문제는 내가 보건대 이미 우리 회사의 노사문제를 떠난 것으로 보고 있소. 재벌그룹이라면 몰라도, 아니 재벌기업도 마찬가질 거요. 정부의 정책에 역행해 가지구서는 기업을 할 수가 없는 거요. 이런 자리에서 이런 얘기는 안 하려 했는데, 요즘 전국적으로 문제가 되고 있는…

노조 위원장 : 더 들을 필요 없어요. 끝까지 책임을 회피하고 우리를 교란시키려는 이 교섭 마치겠어요. 자, 모두 나가자구. 어서!

연주는 돈뭉치를 거칠게 집어 들고 자리를 박차고 일어섰다.

교섭위원들에게 최 전무의 입을 통해 선숙의 신분을 알게 해선 안 된다는 생각이 번개처럼 스쳤기 때문이다. 교섭 석상에서 선숙의 문제를 거론하는 자체가 전혀 무의미한 것이고, 정부의 강력한 정책을 앞세워 교섭을 주도해 나가려는 회사 측의 의도가 너무도 분명하게 느껴졌기 때문이었다.

밖은 어두워져 있었다.

연주는 쉬지 않고 구호와 노래를 외치고 있는 조합원들 앞에 나가, 담담한 어조로 회사의 징계자 금전 매수 사실을 폭로하는 한편 교섭의 결렬에 대하여 설명했다.

곳곳에서 웅성거림과 함께 매수 당한 조합원들을 욕하는 산발적인 외침이 터져 나왔다. 연주는 이마에 흐르는 땀도 닦지 않고 핸드마이크를 입에 대고 울부짖듯 소리쳤다.

"동지 여러분! 저는 무능한 위원장으로서 여러분께 호소합니다. 회사의 돈을 받은 조합원들은 분명히 배신자입니다. 그것을 막지 못한 저 또한 무능한 대표자입니다. 그러나 여러분! 우리가 여기에서 분열되면, 우리는 너무도 억울하고 처참해지는 것입니다. 징계 조합원들이 우리를 배신하도록 돈과 압력을 행사한 회사의 저의가 무엇인지를 똑바로 알아야 합니다. 배신한 조합원에 대한 미움을 회사로 향해 주십시오. 우리가 며칠씩 밥을 굶어도 끝내 우리를 우롱하고 기만하는 회사를 향해 분노를 가져 주십시오. 저는 이번 문제만 해결되면 스스로 위원장직에서 물러날 각오입니다. 동지 여러분! 우리 노동자끼리는 허물을 이해하고, 하나로 뭉쳐야 합니다. 배신한 일곱 명보다는, 돈의 유혹을 뿌리치고 이 투쟁에 앞장서고 있는 스물다섯 명의 징계 조합원을 우리는 버려선 안됩니다. 저도 돈에 매수된 조합원들을 생각하면 너무 분해서 치가 떨릴 지경입니다. 그러나 여러분! 그렇다고 해서 우리끼리 불신하며 투쟁을 끝내자고 하면 과연 누가 좋아하겠습니까! 우리를 이간질 시키고 있는 회사를 규탄해야 합니다. 그리고…."

연주는 잠시 말을 중단하였다.

숨을 죽이고 듣고 있는 어둠 속의 조합원들을 보며 뜨거워진 눈을 주먹으로 문질렀다.

"노조가 생긴 후 칠 년 동안 우리는 정말로 지긋지긋할 정도로 탄압을 받아 왔습니다. 회사의 탄압에 맞서 싸우던 선배님들이 구속되고, 가차 없이 해고 당했습니다. 그 싸움의 결과로 우리는 노소를 지켰고, 공단지역에서 상위권에 속하는 근로조건을 획득했습니다. 하지만 동지 여러분! 다른 회사보다 임금이 조금 높고, 근로조건이 다소 좋다고 하여 만족해 한다면 노동조합은 그 존재가치가 없어지는 겁니다. 우리 노조는 지금 무슨 문제를 놓고 싸우고 있는 겁니까! 임금이나 근로조건을 놓고 싸우고 있는 게 아닙니다. 그렇기 때문에 우리는 더욱 양보할 수 없는 겁니다. 우리는 지금 노동자로서 일할 권리와 노조를 지킬 권리를 침해 당하는, 인간으로서의 기본권을 착취 당하고 있는 것입니다. 일할 수 있는 권리를 빼앗겼는데, 노조가 없어졌는데, 임금인상이나 근로조건 개선을 어떻게 주장할 수 있겠습니까! 동지 여러분! 우리의 이 싸움은 근로조건 차원이 아닌 노동운동의 차원에서 막중한 사명감이 달려 있는 것입니다. 이 지역에서 민주적이고 활발한 운동을 했던 노조들은 노동운동 탄압의 손길에 의해 하나 둘 파괴되고, 어용이 되고, 이제는 순서가 돌아왔는지 우리 노조가 그 탄압의 대상이 되어 있습니다. 회사보다 더 큰 적들이 민주노조들을 다 죽이고 있습니다. 회사보다 더 야만적이고 폭력적인 군부독재가 노동운동의 씨를 말려가고 있습니다. 우리는 그 것과도 싸워야만 합니다. 우리가 쉽게 무너지면 권력과 자본은 쾌재를 부르면서 노동운동의 싹까지 파내려 들 것입니다. 저는 여러분이 뽑아준 조직의 대표자입니다. 여러분들은 저에게 비굴하게 불의와 타협하라고 뽑아주진 않았을 것입니다. 급박한 상황에서는 대표자의 결심이 참으로 중요합니다. 여러분! 제가 올바른 길을 가도록 경계하고 채찍질해 주십시오. 그리고 함께 죽는다는 각오로 뭉쳐주십시오. 우리의 싸움은 꼭 승리할 것입니다. 저는 회사가 아닌 그 어떤 곳의 탄압에라도 결연히 맞서 싸우겠습니다."

연주는 말을 마치고 목구멍까지 올라온 뜨거운 덩어리를 꿀꺽 삼켰다. 조합원들은 웅성거림도 없고 동요됨도 없이 침묵의 눈으로 연주를 응시하고 있었다.

조금 시간이 흐른 후에

"여러분!"

누군가가 앞으로 뛰어나와 연주에게서 핸드마이크를 넘겨받았다.

"우리의 이 농성은 군중심리가 아니라고 봅니다. 또한 우리를 탄압하는 것은 회사만이 아닌 것입니다. 조합원 여러분! 우리의 대표인 위원장님과 우리의 동지인 징계 조합원들을 지키기 위해 다 함께 싸웁시다!"

핸드마이크를 쥔 조합원은 손을 높이 쳐들며 구호를 외쳤다.

"정부는 노동운동 탄압 말라!"

"노동삼권 보장하라!"

"노동악법 철폐하라!"

침묵하고 있던 조합원들의 손이 일제히 어두운 하늘을 향해 치솟으며 우렁찬 구호가 쩌렁쩌렁 울려 퍼졌다.

"여러분, 감사합니다."

연주는 목이 메어 왔지만 호흡을 조절하며

"여러분! 우리는 하나입니다! 우리는 결코 약자가 아닙니다! 단결된 우리의 힘은 참으로 큰 것입니다! 이 억울한 땅에, 노동의 현장에 우리의 단결된 큰 힘을 활활 불사릅시다!"

하고 절규하듯 외쳤다.

줄을 맞추어 퇴근하는 조합원들에게 손을 흔들며, 연주는 손에 쥐어져 있는 돈뭉치, 더럽고 치사한 그 종이뭉치를 꽉꽉 움켜잡아 비틀었다.

그 손을 선숙이 살포시 감아쥐며 눈시울을 붉혔다.

'위장취업자,'와 함께

1

　아파트에 모인 대책위원들은 녹초가 되어 있었다.
　"어젯밤은 철야하고, 오늘은 사건의 연속이고… 오늘은 잠으로 긴 하루였었어. 아~아, 님의 널찍한 가슴에 앵겨 푸욱 잤으면. 푸욱 담그고 나서…"
　화순이 우스갯소리를 해도 별로 웃지도 않고 벽에 기대어 눈을 감고 있었다.
　"얼래? 이 것들이 대사를 앞두고 진짜 퍼질러 잘 작정들 같은데, 지금 자면 못 일어낭게 내 잠이 확 깨는 얘길 하나 해 주지. 그간 내 십팔번인 손빨래가 무언가를 공개하겠다 이거여. 이건 원래 돈 받고 해야 하는 건데, 돈 받으면 기업주 되니께 그냥 허는 거여. 으잉?"
　화순은 대책위원들을 차례로 톡톡 건드리고 나서 할머니가 옛날 얘기하는 말투로 슬슬 얘기를 풀기 시작했다.
　"어느 집에 부모님을 모시고 사는 신혼부부가 있었는데, 그걸 하고 싶어도… 그게 뭔지는 다 알지? 남자하고 여자하고 배꼽 맞대고 자는 거. 아 그걸 때 없이 하고 싶어도 부모님들 눈치가 보이니까 그걸 하자는 신호를 만들어 놓았다 이거야. 여보, 우리 세탁기 돌립시다, 그러면 그걸 하자는 신호였다 이거지. 이 젊은 신혼부부는 그 신호를 만들어 놓고 밤이건 아침이건, 휴일날은 대낮에도 줄기차게 세탁기를 돌려댔다는 건데, 하루는 신랑이 퇴근해서 돌아와 보니까 신부가 시어머니한테 잔뜩 혼이 나고 있더라 이거지. 눈치도 없이 신랑이 여보, 우리 세탁기 돌립시다, 하고 넌지시 말하니까 신부가 오늘 빨래는 다 했단 말예요, 하고 팩 화를 내는 거 아니겠어? 신랑도 화가 나서 방에 들어가 이불을 뒤집어쓰고 자는 척하고 있으려니까, 조금 있다가 신부가 살그머니 들어와 여보, 우리 세탁기 돌립시다, 이러드래는 거지. 그러니까 신랑이 퉁명스럽게 하는 말이 뭐였는지 알어? 세탁기는 뭘, 손빨래로 다 빨았는데… 얘기 끝."

화순의 얘기가 끝났는데도 사람들은 웃지 않았다. 그러나 얼마 안 가서 하나 둘 킥킥 웃기 시작하니까, 다른 사람들도 손빨래가 무엇인지를 뒤늦게 알고는 쿡쿡쿡 하고 웃기 시작했다.

나이 어린 대의원이

"세탁기는 그거고, 손빨래…손빨래는?"

하면서 곰곰히 생각을 하다가

"어머머머머. 난 몰라. 어머머머."

하고 화순을 쥐어뜯는 바람에 참았던 웃음이 일시에 터졌다.

방안이 떠나갈 듯한 폭소 속에서 배를 움켜잡는 간부들과 함께, 연주도 손바닥으로 방바닥을 때리며 배가 아프도록 웃었다.

모두들 너무 웃어 눈물이 찔끔 고여 헉헉대고 있는데 초인종이 울렸다.

"요건 금자 언니가 틀림없어. 오늘 조퇴한 죄로 방 가운데 세워놓고 손빨래나 시켜야지."

화순이 후닥닥 일어나 현관 쪽으로 뛰어갔다. 그런데 조금 후에

"위원장님, 좀 나와 보세요."

웃음기가 사라진 화순의 음성이 현관 쪽에서 들려왔다.

연주가 현관으로 나와보니 문 밖에 부위원장 금자가 굳은 얼굴로

서 있었다.

"연주야. 잠깐 나가서 얘기 좀 하자."

금자는 고개를 푹 떨구고 먼저 계단을 내려갔다. 금자는 뒤따라 내려간 연주를 데리고 어린이 놀이터로 가 모래 위에 털썩 주저앉았다.

"왜 그러니? 집에 뭔 일이 있니?"

연주의 물음에 금자는 아무런 대답도 없이 모래를 쥐었다 놓았다 할 뿐이었다.

"무슨 일 있는 거니?"

"…"

"애는 참. 너답지 않게. 왜 그래?"

"…"

몇 번 묻던 연주도 말없이 어두운 하늘을 응시한 채 금자의 대답만을 기다릴 수밖에 없었다.

금자는 한참 후에야

"연주야. 나 회사 그만두게 됐어."

착 가라앉은 음성으로 입을 열었다.

"뭐야?"

연주는 자신의 귀를 의심하며 금자의 손을 잡았다.

"용서해. 속이 꼭 막힌 놈팽이 때문에… 그 머저리가 나를 이렇게 만들다니. 여자는 할 수 없나 봐."

금자는 혼잣말처럼 말하고 나서 모래를 한 주먹 집어 하늘로 날렸다.

"아닌 밤중에 그게 뭔 얘기니? 놈팽이 때문이라니?"

연주는 속이 타서 금자의 어깨를 잡아 흔들었다.

"얘기할게. 얘기 끝나고 나서 내 뺨을 때려도 좋아. 그러나 들어는 줘."

금자는 모래 묻은 손으로 머리를 쓸어 올리며 긴 한숨과 함께 입을 열었다.

　　"너한텐 얘기 안하고 있었지만 삼 년 전부터 사귀어 온 남자가 있었어. 대학까지 나오고, 직장도 좋고, 집안도 좋은, 나하고는 비교도 안 되는 사람인데 나 없으면 못 산다는 그런 머저리 같은 놈이야. 내 처지를 모두 알면서도 이해하고 사랑해 주는 그 마음에 나도 푹 끌렸어. 내 나이가 나이이만큼 한 번 빠지니까 꼭 결혼해야 한다는 결심이 단단히 서게 됐어. 나보다 네 살 위니까 그 사람이 서른 다섯, 한 번 약혼하고 파혼했던 경험이 있는 노총각이지. 그 이의 부모들도 나를 보고는 흡족해 하며 결혼을 서둘러서 난 그냥 꿈만 같았어. 그런데 문제가 생겼어. 우리 사건이 신문에 터진 것을 보고 그 이가 이 쪽 저 쪽으로 알아보더니, 회사를 그만두지 않으면 결혼을 못하겠다고 아주 완강히 나서는 거야. 옛날에 경찰서에 잡혀갔던 일도 알아가지고 와서는, 요즈음 우리 회사 상황으로 볼 때 내가 꼭 형무소 가게 되어 있다는 거야. 자기는 노조를 이해하고, 형무소 가더라도 기다려 줄 수 있지만 부모님 때문에 안 된다는 거였어. 그 이의 막내 여동생이 학생운동 하다가 형무소에 가 있는데, 며느리마저 그 꼴이 되면 그 집은 다 된 집안이라 이거지. 며칠 전에, 난 결혼 못하게 되더라도 동지들을 배신할 수 없다고 말해 한바탕 싸우고 만나지 않았는데, 오늘 우리집에 그 집 식구들이 확고한 답변을 들으러 왔다고 연락이 와서 조퇴를 하고 나갔어. 그런데 이 상황에서 회사를 절대로 떠날 수 없다고 결심을 굳히고 갔는데, 집에 가서 그 이를 보니까…."

　　금자는 피식 웃으며 말을 끊었다. 그리고 모래를 또 한 주먹 뿌리고 나서는

　　"그 이의 품에 안겨 우는데 갑자기… 네가 떠올랐어. 꼭 너를 외딴 섬에 홀로 남겨두고 나 혼자만 빠져나오는 것 같은… 다른 애들은

나이가 아직 어린데 넌… 두 늙은년 중에서 내가 떠나면 넌 얼마나, 얼마나 인간적으로 외로울까 하는…"

하고는 흐느끼기 시작했다.

연주는 도리질을 하며 우는 금자를 가슴에 안고 캄캄한 하늘을 멍하니 올려다볼 뿐이었다.

"연주야. 난 조직을 배신하고… 인간적으로 너를 배신하고… 나를 욕해 줘. 난, 난 그 이를 따르기로 했어…"

금자의 뜨거운 눈물이 연주의 손등으로 주르륵 흘러내려왔다. 연주는 망연한 표정으로 그대로 있었다.

노동조합 초창기부터 같이 일해 온, 북북히 난관을 견디어 온, 조합원들의 큰 언니인 금자가 이렇듯 갑자기 떠나게 되다니…

이별을 준비할 틈도 없이, 그것도 최대의 위기를 맞고 있는 이 숨막히는 상황에서… 그동안 동지로 친구로 얼마나 큰 위안이 되고 힘이 되어 준 금자였던가. 이렇게 갑자기 헤어지다니, 진짜 뺨이라도 때려주고 싶은 것을…

연주는 가슴이 오그라드는 혹독한 고독감에 부르르 몸을 떨었다. 그러나

"금자야, 그건 배신이 아냐. 당연한 너의 길을 가는 거야. 그걸 배신이라고 여기는 사람은 인간이 아냐. 우리들의 우정은 변치 않을 거야. 누구든지 너를 이해하고 축복해 줄 거야. 그러나 당분간은 아무에게도 알리지 않을께. 나만 알고 있을께. 나만…"

하고 입술을 깨물며 흐느낌을 참았다.

그들은 한동안 그렇게 부둥켜안고 울었다.

금자는 흐느낌이 서서히 가라앉은 후에

"노조 활동에 써 줘. 그간 시집가려고 저축한 건데 소용없게 됐어. 결혼비용 일체를 그 이가 대기로 했어."

하고 두툼한 봉투를 연주의 손에 쥐어 주었다.

"들어가 봐. 애들이 기다리잖아. 주책 부려서 미안해."

모래를 털고 일어나는 금자를 보며 연주는 손수건으로 눈가를 씻었다.

아파트 입구까지 손을 잡고 바래다주고 돌아서는 연주의 마음은 무겁고 외롭기 한이 없었다. 한동안 금자를 못 보게 될 것 같은, 차디찬 감방에서 금자의 결혼 소식을 듣게 될 것 같은 예감이 그녀의 뇌리를 불빛처럼 휙 스치고 지나갔다.

연주는 흠칫 놀라 뒤를 돌아다 보았다.

어둠 속으로 천천히 멀어지고 있는 금자의 뒷모습은 연주를 절박한 외로움에 빠지게 했다. 뛰어가서 잡고픈, 그리고 네가 부럽다고 소리치고픈 강한 충동이 또 한 차례 그녀를 움츠리게 했다.

연주는 갑자기 소리도 잘 나지 않는 휘파람을 불며 돌아섰다. 어두운 허공에 대고 주먹질도 했다. 그리고 자신도 모르게 쩔쩔 매고 있는 행동을 의식하고는 또 흠칫 놀라 그 자리에 돌처럼 굳어 섰다. 그러다가 아파트에서 들려오는 대책위원들의 웃음소리를 듣고 고개를 번쩍 쳐들었다. 운 티가 나지 않도록 손수건에 침을 묻혀 얼굴의 눈물자국을 닦았다. 그리고 터벅터벅 계단을 밟고 올라갔다.

방에 들어서 노트를 펴고 앉으며 선숙을 보는 연주의 마음은 낮에나 마찬가지로 착잡하기만 했다. 선숙에 대한 얘기를 어떻게 해야 정확한 이해 속에서 바람직한 토론이 이뤄질 수 있을 것인가.

어차피 내일 쯤이면 회사의 입을 통해 선숙의 얘기가 퍼지게 되고, 어쩌면 정문 출입마저 봉쇄당할 지도 모르는 일인데, 그것을 사전에 토론해야 하는 것이 지당한 일임에도 연주는 망설이고 있었다. 선숙에게 미리 귀뜸을 해놓았어야 하는 것인데 하는 후회도 일었다.

연주는 생각다 못해

"아직 잠들이 덜 깬 것 같은데 좀 더 웃고들 있으라구. 난 선숙이하고 잠깐 할 얘기가 있으니까."

선숙을 데리고 작은방으로 갔다.

"낮에 얘기하려 했는데 경황이 없어서. 저…"

망설이는 연주를 보고 선숙은 몹시 당황하는 기색이었다.

"회사와 기관에선 벌써 알고 있었다는데 난 오늘에야 들었어. 사전에 노조의 방침이 서지 않으면 오해가 생길 수 있을 것 같애서… 난 너를 조금도 경계 안 해. 난 결심이 섰는데 다른 사람들의 생각이 염려가 되고, 또 너에게 사전에 얘기도 없이 네 문제를 꺼낸다는 것이 너에게 충격을 줄 것 같아서… 무슨 얘긴지 알겠지?"

"무슨 얘기인지…."

선숙은 머뭇거렸다.

"선숙아, 정직하고 확실한 대화가 필요한 때야. 아니면 큰 혼란이 생길 수 있어. 우리 노조는 너를 외면할만큼 허약하진 않아. 함께 싸울 수 있도록 간부들을 설득해야 해."

"내가 미리 말씀을 드리는 건데…"

선숙은 그제야 수긋한 태도를 취했다.

"내가 먼저 얘기를 꺼낼 테니까 확고한 입장과 소신을 얘기해. 좀 곤란한 의견이 나와도 위축되지 말고."

선숙은 작은 입술을 지그시 깨물며 고개를 끄덕였다.

연주는 다소 가벼워진 마음으로 큰방으로 건너갔다. 그리고 피로회복제를 반쯤 마시고는 궁금한 표정으로 앉아 있는 대책위원들을 향해 입을 열었다.

"이건 전체 간부들이 모인 자리에서 거론해야 할 문제인데, 오늘은 너무 시간도 정신도 없었기에 지금 말씀드리게 되었습니다. 오늘 대책회의에서나마 거론이 안 되면 내일 예상치 못한 일을 앉아서 당하게 될지도 몰라 부득이 말씀을 드리니 좀 피곤하시겠지만 진중히 들어주시기 바랍니다. 먼저 필히 강조할 사항이 있다면, 이 문제는 어느 개인의 신상 문제가 아니라 이 나라 노동운동이 당면한 가장 중대한 극복 과제라는 것입니다."

연주의 전에 없이 경직된 서두에 대책위원들은 잠을 못 자서 충혈된 눈을 똑바로 뜨고 귀를 기울였다.

선숙은 반쯤 눈을 감고 있었고.

"다름이 아니라, 최근 노동사회에 가장 큰 관심사가 되어 있는 지식인 노동자, 정부나 기업주들은 위장취업자라고 부르고 있습니다만, 그러한 사람이 우리 노조에 가입되어 있어 곧 연행할 것이라는 정보를 오늘 들었습니다. 최근에 있었던 우리의 농성 투쟁을 모두 노학연계 쪽으로 묶어 정부 차원에서 처리한다는 정보였습니다. 서울대 삼학년 중퇴를 한 오선숙 동지가 바로 그 당사자인데, 아까도 말씀드렸지만 이는 개인에 관한 문제가 아니라 우리 노조 전반에 관한 문제, 더 나아가 노동운동과 노동정책에 깊이 관련된 중대한 문제라는 것을 인식해서, 지금부터 우리가 어떻게 대처해야 할 것인가에 대해 토론해 주셨으면 합니다."

연주의 얘기가 끝나기도 전에 대책위원들의 시선이 일제히 선숙에게 쏠렸다. 일순, 팽팽한 긴장감이 넓은 방안에 깔렸다.

선숙은 긴장되어 더욱 작아진 입술을 엄지손가락으로 문지르면서 묵묵히 몸을 일으켰다. 선숙은 두 손을 맞잡아 앞에 모은 정중한 모습으로 말문을 열었다.

"우선 놀라게 해 드린 점을 사과드립니다. 가뜩이나 어려운 때에, 제 문제로 큰 부담을 드리게 되어 죄송합니다. 저의 처지와 진심을 말씀드리는 것이 이 회의에 참고가 될 것 같아 간략하게 말씀드릴까 합니다. 아까 위원장님께서 지식인 노동자라고 하셨는데, 저는 지식인이 아니라 그냥 노동자입니다. 노동을 하지 않으면 살아갈 수 없는 가난한 처지에 있습니다. 어려운 가정에서 겨우 대학을 들어갔지만 가정 형편 때문에 자퇴하여 이 회사에 입사하게 되었습니다. 물론 대학 때 시위에는 가담했어도 학생운동의 중심세력에는 끼지 못했습니다. 대학 졸업자의 취업률이 높지 않은 우리나라의 경제적 여건을 볼 때, 대학 중퇴자인 제가 생산직 노동자로서 취업하게 된 것은 극히 자연스러운 것이며 현실이라고 봅니다. 위장취업자라는 말은 너무 왜곡된 표현이므로 저는 그 말을 거부합니다. 먹고 사는 문제에 위장이란 있을 수 없는 것입니다."

선숙은 또렷또렷한 말투로 자신의 처지를 설명했다. 그리고

"하지만 지금 정부의 정책은 노동현장에 들어가 있는 대학출신은 졸업자이건, 중퇴자이건, 그리고 학생운동을 했던 사람이건 안 했던 사람이건 가리지 않고 찾아내어 강경하게 조치하고 있다는 것을 저도 잘 압니다. 저도 그러한 조치들을 대하고 들으며, 저에게 미칠 손길을 생각하며 고심하고 있었습니다. 저는 이 년 이상 일한전기에 근무하면서 사고방식이 많이 바뀌었습니다. 다소 급진적이고 관념적이었던 저의 사고가 노동현장의 실태를 직접 체험하고, 노사관계의 문제들을 직접 지켜보며, 노조 조합원으로서 노조 활동에 관심을 갖고 참여하는 동안 삶이 어떤 것인가를 깊게 깨우치게 되었습니다. 열심히 살아가는 사람들에게 의식이 부족하니, 투쟁력이 약하니 하고 평가하는 저의 대학 친구들에게 반발도 많이 했습니다. 저는 운동권에 몸담고 일하는 친구들로부터 우리 조합원들을 상대로 정치의식화 작업을 하자는 제의를 여러 번 받았지만 그 때마다 거절하였습니다. 우선 자신이 없었고, 조합원들의 삶을 함부로 정치투쟁의 마당으로 끌어들이는 것은, 어쩌면 지식과 의식의 독선이 될 수도 있다는 판단에서 그랬던 것입니다. 그리고 우리 노조가 무능하고 어용적이었으면

아마 저는 신명을 바쳐 남들이 말하는 투사활동을 했을 지 모르지만, 제가 볼 때는 우리 노조는 민주적인 원칙과 운동적 차원에서 잘하고 있었기 때문에, 노조를 믿고 따르는 조합원 입장으로서 오늘에까지 오다가 징계당한 것을 계기로 이 자리에까지 참석케 되었습니다. 그 이상은 아무 것도 없습니다."

하고 입장을 밝히고는 다소 긴장이 풀린 듯한 눈빛으로 연주를 바라보았다.

선숙의 말이 끝나자마자 무언가를 메모하고 있던 경애가 상기된 표정으로 일어났다.

"위원장님, 그리고 여러분들, 오늘 이 회의는 아주 엄청난 문제를 다루는 회의입니다. 선숙이가 학생운동을 했든 안 했든, 현재 운동권과 손이 닿아 있든 안 닿아 있든, 조합원들과 어떤 작업을 했든 안했든 간에 우리 노조로서는 최대의 문제를 안게 된 것입니다. 저는 선숙이의 말을 다 믿고 싶습니다. 그러나 여러분들도 잘 알고 있듯이, 현재 정부는 대학 출신 노동자 하면 사정 가리지 않고 찾아내어 조치하고 있습니다. 우리가 초창기 때는 교회와 손이 닿았다 하여 무차별 탄압을 당한 적이 있는데, 이제는 운동권과 연결되어 있다고 보면 또 한 차례의 엄청난 탄압이 가해질 것입니다. 나는 노동조합 사무국장으로서 분명한 내 소신을 밝히겠습니다. 노조의 사무국장은 조직이 위기에 빠지거나, 조합원의 신상에 위협이 가해지는 것을 막을 책임이 있기 때문에 이런 말씀을 드리는 것입니다. 난 한마디로 운동권식의 싸움은 반대입니다. 개인적으로 선숙을 위하고 아끼는 마음은 누구보다 크지만, 현실적으로 볼 때 우리에겐 선숙일 보호할 힘이 없습니다. 한 사람을 보호하기 위해 조직이 쑥대밭처럼 깨져나가는 것을 저는 원치 않습니다. 저도 학생 출신 노동자가 끼어 있는 조직을 무참하게 깨버리는 정부의 입장에 완강히 반발하고, 회사보다는 그러한 정치구도를 향한 치열한 투쟁을 해야 한다는 이론을 모르는 것은 아닙니다. 그러나 그 싸움은 불을 보듯이 결과가 뻔합니다. 그런 싸움을 하여 왕창 깨진 후에 영웅 대접 받는 것, 전 그런 거 철저하게 반대합니다. 후에 역사는 어떻게 그런 싸움을 기록할진 모르지만, 실업자를 무더기로 만드는 그런 싸움을 저는 절대 반대합니다."

경애는 그 특유의 짜랑짜랑한 목소리에 요란스런 손동작까지 곁들인 발언을 하고는 거친 숨을 몰아쉬며 자리에 앉았다. 그러자 경애의 발언이 끝나기를 기다리고 있었던 것처럼 곧바로 화순이 앉은 채로 입을 열었다.

"사무국장의 말엔 모순이 있어요. 내일 모레 식낭에서 철야농성하기로 한 것은 희생을 각오하지 않은 무책임한 결의였든가요?"

"그건 다르죠. 그건 순수한 우리 조합원들의 실력행사예요. 그건 노동조합을 지키는 투쟁이기 때문에 희생이 크지 않지만 선숙이 문제는 완전히 정치투쟁예요."

"정치적 구호는 이미 오늘 오후 농성 때 터지기 시작했잖아요?"

"그래도 틀려요. 정치적 구호를 외쳐도 우리의 의지를 담은 것과, 타에 이끌려 외치는 것은 차이가 크죠. 물론 우리는 선숙에게 이끌리진 않을 거지만, 때려잡는 쪽에선 그렇게 엮어서 잡는 거니까, 그게 문제라 이거예요."

"나도 주제넘지만 한 말씀 드리겠습니다."

앉은 채로 경애와 몇 마디 주고받던 화순이 무릎을 짚으며 일어섰다.

"제가 회의 때마다 강조하는 얘기지만, 희생을 각오하지 않은 싸움이라면 아예 하지 않는 것이 좋습니다. 우리는 지금 어차피 몇 사람 당하게 되어 있는 싸움 속에 처해져 있습니다. 여기에서 싸움을 끝내도 당하는 것이고 치열한 투쟁을 하여도 당하는 겁니다. 다만 희생의 폭에 차이가 있을 뿐인데, 조금 덜 당하려고 회사에 굴복하고 기관에 아부하며 위원장님과 선숙이 잡혀가는 것을 구경만 할 것입니까! 그래도 좀 덜 당했다고 칩시다! 그 후에는 뭡니까! 더 크게 당하게 되는 건 뻔한 겁니다. 회사에 질질 끌려 다니며, 징계나 해고를 시켜도 또 덜 당하기 위해 눈치 봐야 하고, 그러다 보면 노동조합 끝나버리는 거 아닙니까! 지금 많이 당하는 거하고, 후에 많이 당하는 거하고 도대체 무슨 차이가 있느냐 이겁니다. 문제는 우리들의 인간된 정신이라고 봅니다. 그냥 당하는 것보다는 양심과 진실의 인간된 소리를 남기고 당해야 하는 겁니다. 언제까지, 언제가지 이렇게 묶여서 살 거냐구요!"

화순은 절규하듯 두 손을 떨었다.

앉아 있던 경애도 눈을 부릅뜨며 일어섰다.

"우리 둘만 애기하는 것 같아서 좀 멋쩍지만, 흥분하지 말고 차근차근 문제를 짚어나갑시다. 최근에 운동권과 연관된 사업장들을 우선 봅시다. 도대체 노동자들이 무더기로 잘려나갔는데, 왜 그들의 희생은 빛나지 않고 지식인 노동자만 마치 영웅처럼 받들어지는지, 저는 그게 영 못마땅하고요. 또 한 두 사람의 지식인 노동자를 안 따른다고 조직 전체가 어용노조로 지탄을 받는 것에 대해 전 분노마저 생겨요. 도대체 어용의 기준이 무언지도 모르겠고, 대학 출신 노동자들은 도대체가 기존 노조를 인정을 안 해요. 기존 노조가 잘하는 사업장도 협조하는 걸 보지 못했어요. 꼭 자기들이 주도해야만 민주노조가 되는 것처럼, 그 사업장에 들어간 지 얼마 되지도 않아서 조직을 만들어 들고 일어나는데, 거기에 대응하는 기존 노조는 영락없이 어용으로 낙인 찍히는, 그런 모순을 저는 너무도 많이 보아왔어요. 그리고 저는 그들이 끼어 있는 투쟁이 이기는 걸 한 번도 못 봤어요. 오히려 결과적으로 핵심이 모두 잘려나간 후에, 어용노조를 들여앉히는 구실을 만들어 놓고, 그리고 그들은 영웅처럼 떠나는 거예요. 불한 번 확 지르고 마치 위대한 투쟁을 한 것처럼 착각하는 그 태도가 저는 싫어요. 가장 중요한 건, 그들은 노동자들의 능력을 믿지 않는다는 거예요. 노동자들의 투쟁 역량을 너무 과소평가하여 꼭 자기들이 주도하려는 아집이 있다 이거예요. 도대체 노동자들이 뭐냐구요? 그들의 투쟁노선을 안 따르면 어용이고, 따르면 죽고, 빛은 다른 데서 나고… 저도 본질적인 노동운동은 정치운동이라는 걸 모르는 거 아니지만, 몇 사람 때문에 어렵게 닦아 놓은 기반이 한 번에 무너지는 그런 무모한 싸움은 반대예요. 우리 노조가 공식적으로 선숙이를 보호하기 위한 투쟁 결의를 하게 되면, 우린 엄청난 탄압에 직년케 될 거예요. 그 희생도 엄청날 거구요. 선숙의 문제는 더 이상 거론치 않았으면 해요."

　싸늘할 정도의 표정을 짓고 경애가 발언을 미치자 쟁의부장 복례가 손을 들었다.

　"회의가 너무 선숙에게 치중되는 것 같아요. 선숙의 문제가 아니더라도 우리들의 투쟁은 확고히 서 있었는데, 지금 혼선을 빚는 것 같아 저도 한마디 하겠어요. 우리는 애초에 위원장님의 구속을 방지키 위한 싸움을 준비했고, 이 대책위원회도 그래서 생긴 겁니다. 그런데 그간 징계와 남자사원들의 조직 개입 문제가 발생하여 더욱 심각한 상황에 처해진 것인데, 저는 어차피 이 싸움은 회사와의 싸움이 아니라는 점에서 조직부장의 투쟁 의견에 찬동합니다. 부당한 회사를 감싸주고 있는 게 무엇입니까? 우리가 아무리 회사를 상대로 농성을 한다 해도 위원장님 고발은 해결이 안 되고, 선숙이도 그냥 잡혀가게 되어 있는 겁니다. 그리고 법정신에 위배된 징계라 해도 철회될 기미가 없는 겁니다. 우린 사방의 탄압 손길에 갇혀 있는 겁니다. 그렇다고 굴복하여 사정을 한들 아량 베풀어 줄 것도 아니고, 또한 이제까지 죽을 고생으로 노조를 지켜온 우리의 투쟁정신을 보아 굴복이라는 것은 있을 수 없는 일입니다. 그렇다면 싸우는 겁니다. 언제까지 틀에 갇혀 신음할 겁니까? 굴욕스럽게 모든 권리 다 빼앗기고 겨우겨우 노조 간판을 지키려는 것보다는, 동지로서의 의리 지키고, 우리들의 인간된 절규를 만방에 알리고, 그리고 구속되든 해고되든 잘려나가 차라리 자유롭게 몸 팔아 먹고 사는 창녀가 되는 게 낫지, 이거 하루 이틀도 아니고 노상 당하고만 산다는 게 도대체 구질스러워서 못 견디겠다 이겁니다. 투쟁해서 이겨본들, 회사가 실컷 가지고 놀다가 제자리에 갖다 놓는 것밖에 더 되는 겁니까? 우린 이거 매일 뭐예요? 함께 죽는 싸움을 해야 합니다!"

"와! 사방에 갇혀 신음하는 것보다 차라리 자유롭게 몸 팔아 먹는 창녀가 낫다? 좋아, 좋았어!"

화순이 장난스럽게 손뼉을 치며 큰소리로 떠들었다. 그러더니

"쟁의부장께서 상당히 중요한 말씀을 하셨습니다. 우리는 그간 우리의 소리를 잃고 살았습니다. 매일 당하고 있는 거나 시정해 달라고 하고, 법에 있으니까 해 달라고 하고, 징계시키면 그것 철회하라 하고. 이건 우리의 소리가 아니라 그 사람들의 소리에 우리가 놀아나는 겁니다. 우리도 우리의 힘과 소리로 일어설 수 있다는 그 참된 모습을 보여야 합니다. 지식인 노동자들은 사상이 어떻고 이념이 어떻고 해도 우리 편입니다. 이 세상에서 유일한 우리 편입니다. 그들을 따르자는 게 아니라 그들의 소리에 우리의 소리를 합치자는 겁니다. 대체 노사관계라는 게 뭡니까. 구조적으로 대등해질 수 있는 턱이나 있는 겁니까. 불법을 마구 행사하는 회사에게 덤비면 다른 데서 잡아갑니다. 우리는 그 곳과도 싸워야 합니다. 우리가 쓰러지면 따르는 자가 반드시 있게 된다 이겁니다. 위원장님을 고발하게 된 그 삼자개입법 조항이 도대체 상식에 맞나 한 법입니까! 왜 우리 노동자들은

서로 돕는 것마저 죄가 되는 것인지, 우리를 억울한 죄인으로 만드는 그것과도 싸워야 한다 이겁니다. 저는 위원장님과 선숙이가 잡혀가는 것을 그냥 보고만 있을 수는 없습니다. 그 두 사람을 사랑해서가 아니라, 잡아가는 그 자체가 잘못된 것이기 때문에, 나는 그 잘못된 것에 맞서 싸우자고 주장하는 겁니다. 거창하게 정치투쟁이 어떻고 경제투쟁이 어떻고를 떠나서라도, 악법도 법이다. 이딴 것도 다 웃기는 거니까, 다만 상식에 맞지 않는 것하고는 싸워야 한다 이 말입니다. 그것이 운동의 기본이라고 봅니다. 노동조합 간부는 그 운동정신이 필연적으로 있어야 하는 것 아닙니까! 그 운동정신을 행동으로 보일 때, 조합원들은 따르게 되는 겁니다."

무겁고 물기 젖은 음성으로 힘을 주어 결론적인 발언을 하는 것이었다.

"그건 원칙이고 정도라는 걸 모르는 게 아녜요. 조합원의 의식수준과 동떨어진 싸움을 하다가 후에 속수무책으로 당하게 되면 그 성과가 과연 무어냐 이거예요!"

경애가 공책을 집어 들며 항변을 하자

"도대체 사람답게 살자는 것에 의식이 어디 있고 수준이 어디 있다는 겁니까! 동지가 잡혀가고, 해고되고, 징계 당한 것을 보고 참는 게 의식이고 수준입니까! 조합원들의 생각이 부족하면 간부들이 깨우쳐주어야 하는 겁니다. 피 끓는 인간답게 부당한 것에 맞서 싸우다가 당하는 게 훌륭한 것이지, 눌린 채로 살아남아 무얼 하자는 거냐고요? 당하면 당한만큼 새롭게 일어나는 후진들도 있을 거 아니냐 이 말예요."

화순이 버럭버럭 소리를 지르며 경애를 노려보았다.

험악해지는 상황을 보고만 있던 연주가 손을 들어 화순을 자제시키며

"피곤해서 신경이 날카로워 있으니까 앉아서 차분히 얘기들 해 봐. 내가 커피라도 끓여올 테니 그간 좀 쉬라고. 사무국장만 뚝깨인 줄 알았더니 조직부장은 뚝뚝깨로구먼."

하고 어설프게 웃으면서 주방으로 나갔다.

연주는 물을 끓이며 경애와 화순을 잠시 생각해 보았다.

노조 사무실에 전임하고 있는 경애는 노조 업무 및 노사관계의 사무를 보기 때문에 법과 제도 내의 업무처리에 시간을 빼앗기면서 주로 기존 노조간부들과 교류를 갖는 편이고, 현장에서 근무하는 화순은 현장 사례와 운동에 관한 책들을 탐독하며 가끔 야학에 참석하는 노력파이다.

경애는 현실의 순리를 중시하는 쪽이고, 화순은 현실 질서를 거부하는 쪽이다. 나름대로의 이론을 갖추며 성장한 둘은 노조 조직의 두 축이면서 우정이 두텁고, 회의 때 목청을 돋우어 격론을 벌이면서도 결코 감정을 갖지 않는 독특한 관계를 유지하고 있다.

주로 화순의 의견에 의해 회의의 분위기가 이끌리고 연주도 그 방향을 좋게 여겨왔지만, 오늘밤만큼은 경애의 고집을 꺾기가 힘들 것이라는 생각에 연주는 약간 마음이 무거워졌다.

"자, 나와서 한 잔씩 갖고 들어가라구."

커피를 마시며 계속된 토론에서 경애는 딱 부러지는 의견을 들고 나왔다.

"위원장님과 운명을 같이 하는 것하고, 선숙이와 같이 하는 것하고는 차후의 우리 조직을 위해 상당한 차이가 있다고 봐요. 너무 냉정한 얘기 같지만 선숙이가 스스로 떠나 준다면 우리들의 투쟁은 훨씬 효과적이 될 것이라고 보여요. 스스로 떠나는 선숙을 구속하리라고는 보지 않아요. 함께 살기 위한 운동인데 한 사람 때문에 너무 많은 사람이 희생될 수는 없는 거잖아요? 선숙이가 떠나지 않으면 내가 사무국장직을 물러나겠어요."

충격적인 발언이 아닐 수 없었다.

화순은 어이가 없는 듯 입을 벌렸고, 대책위원들은 난감한 표정으로 경애와 선숙을 번갈아 쳐다보았다. 선숙은 천장을 응시하고 있었고.

연주는 전체적인 의견을 들어보기도 전에 독선적인 발언을 한 경애의 처사에 화가 치밀었지만 눌러 참으며 차분한 어투로 입을 열었다.

"선숙이가 떠나는 것이나 사무국장이 물러나는 것이나 조직의 뜻과 결의에 의해 좌우되어야 한다고 봅니다. 지금은 누가 떠난다고 일이 잘 되고 안 되는 그런 단계가 아니라고 봐요. 나는 고발 당해 있는 대표자이고, 선숙이는 기관의 체포 대상자이며, 징계자들의 문제는 또한 묘하게 꼬이고 있습니다. 그리고 남자사원들의 집단행동은 우리들의 싸움에 크나큰 변수로 숨어 있는 상태이구요. 회사에서 내가 조합원들에게 발표한 것처럼 우리 노조에 대한 탄압은 회사의 의도가 아닌 기관의 각본이라는 점을 잊어선 안 될 것입니다. 잡으려고 작정하고 다가오는 그 손길 앞에서 우리가 취할 행동은 명백한 겁니다. 주무르는 대로 주물릴 것이냐, 최대의 저항을 하느냐, 둘 중의 하나입니다. 지금이라도 우리 노조가 회사와 타협하고, 선숙을 조직의 결의로 외면하면, 저의 고발도 무마될 수는 있을 겁니다. 그러나 그건 참패보다 더한 굴욕이고 수치이며 우리를 믿고 뽑아준 조합원들에 대한 배신입니다. 애써 타오르는 노동운동에 대한 반역이구요. 아까 농성장에서 나는 조합원들에게 비굴하지 않게 싸운다고 약속을 했고 조합원들은 그것을 지지했습니다. 조합원들 스스로 투쟁의 구호를 외치는 것을 보고 난 눈물을 흘렸습니다. 사무국장의 말은 충분한 일리가 있는 것이지만 지금은 싸울 때라고 봅니다. 노동운동을 근본적으로 가로막고 있는 정치 사회구조를 향한 투쟁을 선언하고 우리의 소리를 전국에 전해야 합니다. 사무국장, 그리고 간부 여러분, 앉아서 패하지 말고 싸우다가 패합시다. 그 패함은 이 땅에 큰 힘을 심는 씨앗이 될 것입니다."

연주는 사무국장의 두 손을 꽈악 움켜쥐었다.

"경애야, 정의가 무엇인지 함께 알았으니만큼 우리 함께 그 값을 하자. 그것이 또 우리들을 영원히 묶어주는 우정이 될 거야. 네 진정한 뜻 모르는 건 아냐. 희생을 줄이려는 그 갸륵한 마음을 왜 모르겠니?"

화순도 경애의 손을 잡고 가라앉은 목소리로 말했다.

"싸웁시다!"

"조합원들의 더 큰 권익을 위해 우리가 앞장서 싸웁시다!"

대책위원들도 경애의 어깨를 잡으며 소리쳤다. 경애는 죽은 듯이 눈을 감고 있었다. 입술이 떨리고, 목젖이 울먹거리고, 이윽고 눈물이 떨어지는 눈을 뜨면서 경애는 연주의 품으로 안겨들었다.

"두려워서 그러는 게 아냐. 억울해서 그래. 왜 우리만, 가난하고 못 배운 우리만 계속 당해야 하느냐 말야. 지금껏 당한 것도 뼈에 사무치는데… 이제는, 이제는 감옥까지 가야 하는 우리가 너무, 너무 처참하게 여겨져서… 그래, 맘껏 외치자. 화순아, 우리 멋지게 싸우자. 야 이놈들아, 우리가 이렇게 죽어주마. 니놈들 속이 시원하겠지. 통쾌하겠지. 이 나쁜 놈들아… 으으흑… 가난하다 못해 이제는 아주, 아주 죽어주니까 니놈들 얼마나 배가 터지겠니, 이 나쁜 놈들아… 으으흑…"

처절한 오열을 씹으며 경애는 미친 사람처럼 부르짖었다. 그 위로 화순이, 복례, 옥남이가 엎어져 울음을 터뜨렸고, 대의원과 징계 조합원 대표가 손으로 얼굴을 감싸고 흐느꼈다.

통곡의 광경을 지켜보는 선숙이의 두 눈에서도 굵은 눈물줄기가 하염없이 흘러 악물은 작은 입술을 적시고 있었다.

부위원장 금자가 빠진 열 명의 대책위원은 그렇게 울고 또 울었다. 그리고 눈물이 마르지 않은 얼굴로 구체적인 투쟁 방법을 진중하게 논하고 논하여 다음과 같은 방침을 수립하였다.

① 내일, 선숙은 출근하지 않고 모레 출근하여 총회에 참석한다. 출근이 봉쇄될 경우 정문에서부터 농성에 돌입한다.
② 내일, 위원장은 검찰의 출석 요구에 응하며, 퇴근 시까지 돌아오지 않을 경우 즉각 철야농성에 돌입한다.
③ 기히 인쇄된 서류 등은 관계처에 우편으로 발송하고, 총회 때 전체 조합원에게 배포키로 한다.
④ 투쟁선언문은 우리의 투쟁의지를 명확히 담은 내용으로 재작성하여 전체 조합원에게 배포키로 한다.
⑤ 내일, 전체 간부와 징계 조합원이 아파트에 모여 모레의 총회 및 철야농성에 대비한 철저한 임무를 분담토록 한다.
⑥ 모레, 총회를 남자사원들이 행동으로 방해할 경우 그 즉시로 파업농성에 돌입한다. 이때 6백여 명은 식당을 점거하고 2백여 명은 개발실을 점거한다.
⑦ 남자사원들의 방해 없이 무난히 총회가 끝날 경우에도 퇴근 후 위와 같이 분산하여 점거농성에 돌입한다.
⑧ 총회 전에 회사의 교섭 요청이나 기관의 중재 개입은 일체 거부토록 한다.
⑨ 필요한 물건은 충분히 준비하고 등사기와 복사기, 앰프 등은 필히 확보 한다.
⑩ 파업농성 기간 동안, 식당의 연료와 식품, 기타 방어기구 등을

확보한다.

⑪ 총회 전의 뜻밖의 상황 변화나 파업농성 시의 필요한 사항은 그때그때 회의에서 심의 결정한다.

⑫ 자해행위나 파괴행위 등은 일체 하지 않는다.

⑬ 환자를 제외하고는 어떠한 경우라도 농성장에서의 이탈을 방지한다.

⑭ 파업농성은 무기한이다.

대책위원들은 투쟁선언문 작성을 연주와 경애, 선숙에게 위임하고, 조금이라도 눈을 붙이기 위해 잠자리에 들었다. 모두들 홀가분한 표정이었다.

"결정 내리기까지가 힘든 거지, 딱 내려뿌르고 나면 시원한 거여. 이봐, 위장취업자. 세상에 해먹을 게 없어 먹고 사는 것도 위장을 하냐 그래. 위장취업자, 불순세력, 목적을 달리하는 노동자, 지식인 노동자… 넌 쪼그만 게 무슨 닉네임이 그리도 많으냐 그래? 도대체 요 쪼그만 게 뭐라고 그 많은 닉네임을 붙여 주며 저 웃사람들이 벌벌 떠는 건지 참. 어디 젖탱이나 영글었나 좀 만져보자."

화순이 선숙을 위아래로 훑어보며 능청을 떨다가 젖가슴을 와락 끌어안고 뒹구는 통에, 새벽의 정적을 깨는 호쾌한 웃음이 어우러졌다. 그러나 화순의 이 말에는 아무도 웃지 않았다.

"엠비랄. 소리 벅벅 지르다가 울고, 또 웃고, 기집년 팔자치곤 참 요란빽적하네. 우리 엄마가 날 낳고 미역국 먹을 땐 공순이 되리라곤 꿈에도 생각하지 않으셨을 텐데. 이럴 줄 알았으면 올림픽복권이나 몇 장 사드리고 오는 건데 말야…"

파업! 그 아침의 바다로

1

8x형 제509xx호
최연주 귀하

출 석 요 구

　귀하에 대한 노동조합법 위반 피의사건에 관하여 문의할 일이 있으니 O월 O일 오전(10:00)시에 당청 3xx호 검사실로 이 요구서와 주민등록증, 도장 및 기타 증거자료를 가지고 나오시기 바랍니다.

※ 문의할 사항이 있으면 당청 검사실(전화 100~3000 교환 2xx)로 연락하여 주시기 바랍니다.

서울지방검찰청 ㄴ부지청
검 사 김 ○ ○ ㊞

담당 검사 사무실 앞에서 연주는 출석 요구서를 한 번 더 읽어보고 문을 밀었다.

담당 검사는 아주 젊은 사람이었다. 코 밑과 턱에 면도를 한 파란 자국을 쳐다보며, 연주는 그가 권하는 걸상에 걸터앉았다. 이목구비가 뚜렷한 미남이면서도 까다로운 인상을 풍기는 검사는, 책상 위에 미리 준비해 두었던 서류를 손가락에 침을 묻혀 몇 장 넘기다가는 예리한 시선으로 연주를 훑어보았다.

"대체 요즘 노동자들은 왜들 이러는 거요?"

그는 대뜸 퉁명스럽게 묻더니 연주의 대답을 기다리지 않고

"노동자들은 일하고 봉급만 받으면 됐지, 왜 학생 애들하고 어울려서 죽기 살기로 투쟁하느냐 이 말이오? 왜 정신 못 차리고, 학생들의 사상 이념 투쟁에 도구로 사용되고 제물이 되느냐 이 말이오? 난 그것이 이해가 안 가요. 이런 사건 다룰 때마다 노동자들이 너무 안돼 보여서 가슴이 쓰릴 때가 있어요. 그러나 법은 또 법이니까 봐줄 수도 없구."

하면서 하얀 손가락 사이에 담배를 끼워 물었다.

그는 담배를 몇 모금 빨다가 다시

"노조는 회사를 도와서 이익을 많이 내도록 해 주어야 노조 간부들도 대우를 잘 받게 되는 거 아뇨?"

하고 엉뚱한 질문을 던지는 것이었다.

연주는 그의 말에 답답함을 느꼈다. 노동문제를 잘 모르는 젊은 검사들이 많다는 얘기를 자주 들어왔지만, 이 검사야말로 그럴 것이라는 생각이 들어 씁쓸한 입맛을 다시었다.

사건이 생기게 된 원인과 상황은 전연 모르고 오로지 법조문에 의해 일을 처리하는 법관들을 어떻게 보아주어야 하는 것인지, 연주는 지식의 무지함이라는 말을 떠올리며 어금니를 물었다.

"나는 내 손으로 여자를 전과자 만들고 싶지가 않아요. 최연주 씨, 여자 나이 서른하나면 적은 게 아니잖소? 가정을 가지고 있어야 할 나이에 이런 데나 오고, 자신의 생활에 문제가 있다고 생각되지 않소? 내 인간적으로 얘기하겠는데, 당신이 살아 남을 수 있는 방법은 단 하나요. 내일 총회하기로 된 것 취소한다는 각서 한 장과, 나한테 위원장 사표 한 장 써주면 모든 것 잘 매듭지어질 거니까, 우리 그렇게 하기로 하고 이거 끝냅시다."

그는 이미 타이핑되어 있는 각서와 사표를 연주 앞에 내놓는 것이었다.

"자, 여기에 지장만 찍으면 되는 거니까."

연주는 너무도 기가 막힌 이 노릇에 입이 저절로 벌어졌다.

"아니, 검사님."

"아~아, 다 최연주 씨 당신을 위해 그러는 거니까 여러 말 하지 말아요. 내 손으로 여자를 전과자 만들고 싶지 않기 때문에 이 방법을 생각해낸 거니까, 잘 생각해서 지장 찍으면 밖에 있는 사람한테 얘기하고 나가고, 그렇지 않으면 칠십이 시간 이 곳에 있게 된다는 걸 명심하시오."

검사는 일방적으로 말을 마치고는 밖으로 나가려 했다.

"이것 보세요, 검사님!"

문고리를 잡는 검사의 뒤에 대고 연주가 짧게 소리쳤다. 검사가 날카로운 시선으로 돌아섰다.

"이건 인권 모독예요. 제 얘긴 한 마디도 안 듣고 이럴 수 있는 거예요?"

자리에서 일어서며 따지듯 말하는 연주를 보고 검사는 보이지 않는 미소를 지으며 문고리를 놓았다.

"인권 모독이요? 내가 당신을 모독했어요?"

그는 꼿꼿한 걸음으로 연주에게 다가섰다. 그러더니 갑자기 큰 소리로

"당신은 불온사상에 물들어가고 있어! 증거도 얼마든지 있단 말야! 여기가 어딘데 인권 모독을 따지고 있느냔 말야! 여기서도 함부로 지껄이니 밖에서는 오죽했겠어!"

하고 고함을 치며 연주의 양 어깨를 두 손으로 거칠게 눌러 걸상에 앉혔다.

"인권 모독 안 할 테니까 할 얘기 있으면 어디 해 봐!"

거칠게 숨을 몰아쉬며 자기 자리에 앉는 검사를 보고 연주는 너무도 분하여 두 손을 떨었다.

"어디 해 보라니까!"

제차 고함을 지르는 그의 태도에 연주는 맞고함을 지르며 대항하고 싶었지만, 이곳을 나가야 한다는 생각에 겨우겨우 참아냈다.

"검사님, 말 함부로 했다면 이해해 주세요. 여자를 전과자 안 만들려는 검사님의 깊으신 생각 잘 알겠지만요, 저도 억울한 점이 너무 많아서요."

떨리는 음성으로 말을 하는데 공연히 눈물이 핑 돌았다.

그 말에 검사의 성난 얼굴이 아니, 성난 척했을 지도 모르는 그 표정이 좀 누그러지는 것처럼 보였다.

"나도 흥분해서 미안하오. 할 얘기 있으면 간단하게 해 봐요."

담배를 피워 물며 펜을 잡는 것이었다.

연주는 분노를 삭이기 위해 넓적다리를 꼬집으며 조심스럽게 입을 열었다.

"검사님, 대성전자의 노조 설립에 개입했다는 저의 피의 사실은 너무 억울한 거예요. 연맹의 사무실을 가르쳐 준 것만으로도 고발이 성립될 수 있는 것인지 너무 의아스럽구요. 그리구요, 제가 우리 노

조의 위원장이라 해서 마음대로 결의사항을 취소할 수도 없는 거예요. 결의한 그 회의 기구에서 다시 취소 결의를 해야만 인정이 되는 것이거든요. 그리고 불온사상에 물들어간다는 말씀은 너무 충격적예요. 검사님, 저에 대한 조사를 다시 해 주세요. 그 서류가 어떻게 작성되었는지는 몰라도 전 너무 억울할 뿐예요."

간청하는 듯한 어조로 말을 마치고 연주는 다시 넓적다리를 꼬집었다.

"최연주 씨, 내가 보기에 지금 당신이 내 앞에서 아주 순진한 척 하는 걸로 보이고 있어요. 물론 순진한 면이 있길래 위장취업자의 선동에 쉽게 이끌렸겠지만, 여자가 그 나이에 어쩌자고 위험한 길을 택했는지 참 딱한 일이오. 너무 딱해서 내가 도와주고 싶을 정도라니까. 내 말만 들으면 당신은 무사할 수가 있지만, 오선숙이라는 그 친구는 구제불능이 되어 있다구. 내가 어떻게 도와주면 되겠소?"

검사의 이 말에 연주는 난감해졌다.

내일의 총회 소집과 선숙의 문제를 알고 있는 검사의 말은, 모든 것이 이미 정해져 있음을 시사해 주는 것이 아닌가. 이미 결정되어 있는 방침 앞에서 무슨 얘기를 할 수 있다는 것인가.

문제는 이곳을 어떻게 나가느냐만 남은 것이라는 생각에 연주는 묘안이 떠오르지 않아 선뜻 대답을 못하고 있었다.

"자, 이곳에 지장만 찍으면 돼요. 그래야 내가 당신을 도울 수 있으니까."

각서와 사표를 다시 내미는 검사를 쳐다보며 연주는 이렇게 말했다.

"검사님, 그건 곤란해요. 오선숙의 신분과 사상을 제가 안 이상 더 이상 말려들진 않을 거예요. 제가 우선 이곳을 나가서 노조 간부들과 조합원들을 설득해야 해요. 그 각서와 사표는, 저도 대표자로서 명예가 있는데, 나중에라도 배신자라는 말을 듣게 되니까 좀 이해해 주세요."

검사는 의외라는 표정을 지었다.

"여기에 기록된 걸 보면 당신 아주 골수로 되어 있는데, 진짜 전향할 수 있는 거요? 나중에 내가 우스운 꼴 돼버리는 거 아니오?"

"그럴 리가 있나요? 제가 가면 어딜 가겠어요?"

연주는 그의 시선을 피했다.

"이것 봐, 최연주! 나를 갖고 노는 거야 뭐야! 내가 당신 같은 골수를 어떻게 믿고 내보낼 수 있다는 거야!"

검사가 갑자기 책상을 치며 일어서는 바람에 연주는 몸을 숙여 뒤로 물러나 앉았다. 연주는 속으로 큰일이다 싶었다. 퇴근 시간 전에 이곳을 못 나가면 즉각 철야농성에 돌입할 터인데, 그것이 차질 없이 잘 될 수 있을까. 잘 해낼 것이다, 내가 없다고 투쟁력이 약해지진 않을 것이다, 오히려 더 강해질 수도 있겠지, 그렇다면 나도 여기서 더 이상 굴복할 필요가 없다…

연주가 순간적인 결심을 굳히고 머리를 똑바로 들려 하는데

"믿어도 되겠소?"

뜻밖에 나직한 음성으로 검사가 묻는 것이었다. 연주는 얼떨결에 고개를 끄덕이지 않을 수 없었다.

"좋아요. 내 한 번 믿어보지. 약속을 어겨도 멀리는 못 간다는 걸 명심하시오. 또한 다른 행동을 취하다가는 몇 배 더한 처벌이 가해진다는 것도 필히 잊지 마시구. 현명하게 처신하리라 믿겠소. 내 오늘 당신을 믿는 마음으로 점심을 사겠소."

검사는 서류를 챙겨 서랍에 넣으면서 피식 웃었다.

연주는 그를 따라 밖으로 나오며 가는 한숨을 내쉬었다.

"회사라는 그 작은 울타리 안에서 무슨 문제들이 그리도 많은 건지, 난 도저히 납득이 안 가요. 학생들이 노동자 농민을 민중혁명의

주체로 보는 것도 납득이 안 가고. 난 검사가 된 진 얼마 안 됐지만, 법리와 사회구조가 책하고 너무 다른 것에 놀랐어요. 학생들이 모든 걸 교과서대로 하자고 외치는데, 우리도 그건 마찬가지지. 그런데 그게 안 되는 거야. 언제부터 그렇게 된 건지 통 감이 안 잡혀요. 작은 사건 하나를 맡아도 이상하게 자신이 안 생기고. 솔직히 말해 최연주 씨 사건 서류를 넘겨받으면서, 아니 이런 죄도 다 있나 하고 한참을 공부했다니까. 법관이 상황에 따른 법을 공부하면서 사건을 처리해야 하다니 참 우습지도 않더군."

경양식집에서 양식을 먹으며, 검사는 연주를 달래기 위해 하는 것인지, 위협을 주려는 것인지, 이니면 진심이 들어 있는 것인지 모를 말들을 필요 이상으로 많이 하는 것이었다.

"알아서 잘 하겠지만, 요즘 법엔 독이 들어 있다는 걸 명심하시오. 걸면 안 걸리는 게 없어요. 가난하고 무지한 사람들이 엉뚱하게 걸릴 때는 가슴이 아주 쓰려요. 그리고 학생들하곤 아예 접촉을 않는 게 여러 모로 좋은 것이고. 그들은 뒤따르는 사람들에 대한 생활 따위는 안중에도 없으니까. 최연주 씨는 내가 듣기론 노부모를 모시고 사는 것 같은데, 얼마 남지 않으신 그 분들에게 충격을 안겨드려 이 다음에 후회하지 말고 잘 하시오. 어려운 일 생기면 언제든지 연락 주시구. 건전하게 살고자 하는 사람은 내 능력을 다해 돕고 싶은 게 나의 소신이오. 그러나 신의를 배신하고 사회질서를 문란케 하면 난 가차 없어요. 나 뿐만 아니고, 그건 검사가 사회에 지니는 기본의 의무이니까. 아시겠소?"

연주는 건성으로 듣고 건성으로 대답하며 무려 세 시간 이상을 그와 함께 있었다. 경양식집을 나와 다방으로, 다방에서 나와 그의 승용차 안에서.

오후 세 시가 다 된 시간에서야 그는 연주에게

"왜 내가 연주 씨를 오래도록 붙잡고 있었는지 아시오? 연주 씨는 내가 검사가 된 후 최초의 노동문제 사건 피의자요. 난 언제나 최초의 일에 충실한 사람이란 걸 깊이 새겨두시오. 두고 보겠소. 우리 서로 실망 끼치지 말도록 합시다. 이제 가보시오."

하며 악수까지 청하는 것이었다.

처음부터 끝까지 사무적인 말투로 일관한 그와 어색한 악수를 나누고, 연주는 조급한 마음으로 택시를 잡았다.

회사 정문에서 연주는 담당 형사인 맹포교와 마주쳤다.

"위원장, 그 검사 아주 매섭고 무서운 사람이라구. 생각할 기회를 준 모양인데, 내일 총회 취소하는 게 좋을 거야. 우리 같은 쫄병들도 좀 생각해야지. 현장 대기 근무가 을마나 고역인 줄 알어?"

엄포와 엄살을 늘어놓는 그를 외면하고, 급한 걸음으로 노조 사무실로 향했다.

연주를 보자 경애는 한숨부터 내쉬었다. 징계 조합원들도 반가운 사람을 맞는 듯 환한 웃음을 서로 교환하였다.

"지금 막 회의가 끝났는데 어제의 결의사항이 무수정 통과됐어요. 퇴근 후에 대책위원들이 한 팀씩 인솔해서 아파트로 모이기로 했구요. 점심 때 농성 때도 별 일 없었고, 회사에서도 별 반응이 없었구. 갔던 일은 어떻게 된 거예요? 모두들 걱정했는데."

"총회를 취소한다는 각서와 위원장 사표를 쓰면 살려주겠다길래 적당히 넘겨쳐서 겨우 나왔어. 선숙이는 연락이 있었나?"

"잘 있대요. 투쟁선언문 인쇄도 끝냈대요. 그리고 아버지 전화 왔길래 잘 되어 간다고만 했어요."

연주는 무표정으로 자리에 앉았다.

그리고 아침부터 생각하고 있었던 편지를 급히 쓰기 시작했다.

아버지, 엄마. 그리고 연호야.

제가 어떻게 되어도 슬퍼하지 마세요.

용서하시고 기다려 주세요.

아버지 엄마가 슬퍼하시면, 사람답게 살고자 하는 우리의 정당한 싸움도 슬프게 될 거예요. 우리는 슬프기 위해 싸우는 것이 아니라 슬픔을 물리치기 위해 싸우는 거예요.

걱정하는 모습으로 여기저기 찾아다니시지 마시고 보통 때와 마찬가지로 태연하게 견뎌주시길 빌겠어요.

절대로 슬퍼하는 모습을 남에게 보이시면 안 돼요. 이 딸의 간절한 소망예요. 이후에 효도할게요. 꼭예요.

연호야, 나 대신 부모님 잘 모시고, 학업은 어떤 일이 있더라도 포기하지 말아라. 너는 누나의 일을 이해할 것으로 믿는다. 아버지 엄마에게 잘 말씀드려 절망하시지 않도록 부탁한다.

난 어깨를 펴고 떳떳하게 이 길을 간다. 부탁한다.

연주는 그 것을 편지봉투에 담았다.

그리고 화장실에 가서 주먹으로 두 눈을 문지르며 터지려는 눈물을 꾹꾹 눌러 참았다.

내일은 우리 모두가 껍질을 벗는 날이다. 다시 태어나는 우리들을 위해 하나님, 용기를 주십시오. 큰 힘을 내려 주십시오…

2

투쟁선언문을 읽는 노조간부들과 징계 조합원들의 표정에서는 두려워하는 기색이 전혀 느껴지지 않았다.

연주는 그들의 투철한 투쟁 의지에 감탄하였다.

"투쟁선언문에도 썼듯이 우리의 각오는 분명합니다. 목적도 확실합니다. 저는 오늘 검사와 얘기를 나누면서, 우리가 왜 항거해야 하는가를 다시 절실히 확인하였습니다. 이 사회의 모든 분야에서, 왜 유독 우리들만 천대 받고, 우리들만 소외되고 있는지 여러분은 잘 아실 겁니다. 회사와 기관, 그리고 검찰까지도 이미 모든 계획을 굳혀놓고 있었습니다. 총회를 취소하는 각서와 저의 위원장직 사퇴를 요구하는 검사의 의도가 무엇이겠습니까! 그 말을 안 들으면 잡아가겠다는 엄포입니다. 도대체 각서 쓰고 사표 쓰면 봐준다는 그런 법이 어디 있는 겁니까! 검사가 왜 노조 총회를 하지 못하게 하는 겁니까! 그것이야말로 불법이 아니고 무엇이란 말입니까! 그런 엉터리 구조와 우린 싸워야 합니다. 불법 징계를 한 회사를 오히려 옹호해 주는 그런 부정스러운 구조에 온몸으로 부딪쳐야 합니다. 그리고 함께 깨어집시다. 정치·사회구조의 모든 억압에 벼랑에까지 밀려 스스로 깨어질 수밖에 없는 우리의 진실을 전국의 노동자들에게 알립시다. 우리는 더 이상 물러설 자리가 없지 않습니까! 낙엽처럼 떨어지는 것보다는 앞으로 나아가 부딪쳐 깨어집시다. 여러분, 용기를 잃지 맙시다!"

방과 응접실에 꽉 들어찬 사람들의 눈에는 빛이 흐르고 있었다.

반론이 전혀 없는 하나의 뜻으로 뭉쳐 그들은 임무를 분담했다. 기밀을 누설치 않는다는 다짐을 확인키 위해 불을 끄고 기도를 했다.

날이 밝았을 때, 그들은 서로 굳은 악수를 교환하고, 세 명씩 조를 짜서 회사로 향했다. 연주와 화순은 각계로 보내는 투쟁선언문을 우체통에 넣고, 택시로 출근을 했다.

옷을 바꿔 입고 안경을 쓴 선숙이 조합원들의 틈에 끼여 정문 안으로 들어서고 있는 모습이 보였다. 저만치 낯선 사람들을 배치해 놓고 조합원들의 얼굴을 일일이 훑어보는 맹포교 옆을 지나서, 연주는 회사 안으로 들어섰다. 이상히도 조용하게 느껴지는 시간이 흘렀다.

대회의실에서 남자사원 전체가 긴급 회의를 하고 있다는 연락이 왔다. 정문 밖 근처에 신체 건장한 낯선 사내들이 하나 둘 모이는 것이 보였다.

점심시간을 앞두고 연주는 기다리던 전화를 받았다.

"최 위원장님, 차질없이 잘 되시죠? 우리도 오늘 저녁에 조합원 총회를 할 겁니다. 상황으로 보아 우리도 파업에 돌입하게 될 것 같습니다. 위원장님, 함께 승리합시다. 오늘 못 이기면 내일, 내일 못 이기면 또 내일에 우리는 기필코 승리하게 될 것입니다."

대성전자노조 위원장의 목소리에서는 결연한 투지가 넘쳐나고 있었다.

연주는 눈을 감았다.

가슴에 꽉 들어차는 그 어떤 충만감에 연주는 뜨거운 숨을 길게 내쉬면서 자리에서 일어났다.

"찌르릉, 찌르릉…"

회사 전체를 긴장케 하는 금속음이 길게 울려 퍼졌다.

연주는 선숙과 함께 징계 조합원들의 가운데 서서 식당 쪽으로 향했다. 식당의 문을 등지고 선 연주의 앞으로, 손을 맞잡아 쥔 조합원들이 모여들었다. 그 무리의 꼬리는 개발실을 등지고 있었다.

빠질 것처럼 충혈되어 있는 연주의 눈은 정문과 현장의 문 쪽을 번갈아 주시하고 있었다. 노조간부들은 투쟁선언문과 고발장 등의 서류를 신속히 돌리고 있었다. 앉지 않고 선 채로 대열은 완전히 하나로 정리되었다.

정문 쪽을 주시하고 있던 연주의 눈이 순간적으로 빛났다. 지금까지 한 번도 본 적이 없는 사내들이 회사 작업복을 입고 하나 둘 회사 안으로 들어서고 있었다. 어느새 남자사원들도 마당의 여기 저기에 다 나와 있었다.

연주는 준비했던 총회 소집 경과보고서를 주머니에 찔러 넣고, 투쟁선언문을 펴들었다.

"조합원 동지 여러분! 나누어드린 투쟁선언문을 보아주십시오!"

조합원들이 일제히 그 것을 펴들었다.

연주는 목에 힘을 주어, 투쟁선언문을 낭독하기 시작했다.

"투쟁선언문!

우리 일한전기노동조합 팔백여 조합원은 불법·악랄한 회사의 탄압과, 그 뒤를 받쳐주는 정치·사회구조에 항거하는 투쟁에 돌입할 것을 선언한다.

우리는, 전국의 팔백만 노동자와 모든 민주단체에, 우리의 투쟁을 지지하고 동참하여 줄 것을 호소한다.

우리는, 우리를 기계 안에 가두는 법적 제한을 온몸으로 거부하며, 노동악법의 개정을 정부와 국회에 촉구한다.

우리는, 우리가 처한 현실이 생존권을 박탈하는 암흑의 시대임을 확인하고, 전체조합원이 총력단결하여 선도적인 투쟁을 전개함으로써 노동운동의 밑거름이 될 것을 다짐한다. 우리는…"

경비실 앞에 뿔뿔이 모여 있던 남자사원들이 삼삼오오 짝을 지어 조합원들에게 다가오고 있었다.

머리띠를 동여매는 조합원들의 눈에서 물기 서린 빛이 발하는 것을 보면서 연주는 낭독을 중단했다.

노조간부들의 통솔에 따라 조합원들은 스크럼을 짰다.

"동지 여러분! 단결팀은 식당으로! 투쟁팀은 개발실로!"

쩌렁쩌렁 울리는 경애의 신호에 따라 스크럼은 먼지를 일으키며 이동했다.

연주가 선숙과 함께 징계 조합원들을 이끌고 식당에 들어서려는 순간 남자 사원들이 스크럼 후미의 조합원들을 낚아채기 시작했다.

비명과 고함이 오가는 가운데 식당 앞은 아수라장이 되었지만, 손깍지를 낀 조합원들의 완강한 저항에 부딪쳐 남자 사원들은 숨을 헐떡거리며 물러섰고, 식당과 개발실에서는 힘찬 구호가 터져나오기 시작했다.

"부당징계 철회하라!"
"노동악법 철폐하라!"

그리고!
그리고 밤이 되었다.

마주 보고 있는 두 건물의 창문에 붙어 있는 구호와 현수막이 어둠 속에서도 선명히 보이고, 힘찬 노랫소리가 공단의 캄캄한 밤하늘을 가르고 있었다. 그리고, 어디선가 기계 돌아가는 소리가 들리고 있었다. 그 소리는 힘찬 노랫소리와 섞여 공단의 깜깜한 지붕 위를 맴돌다가, 먼동이 트기 전의 검푸른 바다와 같은 하늘로 춤을 추며 날아 올라갔다.

우리들은 노동자다
좋다 좋다
같이 죽고 같이 산다
좋다 좋다
무릎을 꿇고 사느니보다
서서 죽기를 원한단다
우리들은 노동자다
우리들은 노동자다

단편소설

늙은 노동자의 노래 249

탕녀와 폭도 281

그림자 사람들 311

기름쟁이 노랫소리 337

生死의 지붕밑 361

늙은 노동자의 노래

1

 서 씨(徐氏)는 생각하면 할수록 억울해지는 거였다. 조상에게 그 탓이 있는 것이라고 고향 하늘 쪽을 쳐다보며 원망을 해왔지만, 이제는 그 억울함이 더해 화까지 치미는 거였다.
 몇 번인가 노동조합을 찾아가 사정 얘기를 해 보았으나 오히려 비웃음만 당한 터라, 다시 고개를 숙이고 찾아간다는 것이 영 마음에 내키지 않았다. 그래도 서 씨는, 회사 내에서는 미우나 고우나 호소할 데라고는 노조밖에 없다는 생각에 점심시간 때 무거운 발걸음을 끌고 노조 사무실의 문을 밀었다.
 선풍기 앞에서 꾸벅꾸벅 졸고 있던 노조 사무국장이 그의 기척에 실눈을 뜨고 올려다 보았다.
 "저번 때 얘기했던 것이 어떻게 되었나 허구 궁금해서…"
 "아따, 이 아저씨 되게 꽉 막히셨네. 글쎄 억울하면 사원이 되든가 기능직이 되든가 하라니깐요. 잡급직에게 어트게 똑같이 임금을 올려주고 승급제도를 만들어 주느냐 이거예요! 회사에 대한 기여도가 없다는 것은 본인이 더 잘 아실 텐데 그러시네."
 "그럼 퇴직금이라도 받을 수 있게끔…"
 "이거 참 죽갔네. 매년 기간을 정해 놓고 재채용을 하는 사람들께 어트게 퇴직금을 주느냐 이거예요?"

"그래두 십 년이 넘었는데 퇴직금이 없다는 것은 좀 이해가 안 가서…"

"그러니까 잡급직이지 괜히 잡급직인지 아세요?"

"한 번 회사헌테 건의라도 해보면…"

"건의할 걸 해야지, 뻔한 걸 갖구 어트게 건의를 하란 말예요? 나 참 한심해서. 그러지 말고 아저씨가 사장한테 직접 얘기해 보지 그래요. 나 참."

사무국장은 더 이상 상대도 하기 싫다는 듯 하품을 크게 하고 나서 전화 다이알을 돌리더니만

"나 그때 실수 안 했나? 워낙 취해 놔서. 하루종일 일에 묻혀 있다가 저녁 때 두꺼비 한 잔 하면 긴장이 탁 풀어져서 그렇게 취한다니까, 글쎄. 노동운동 하는 사람이 개인 시간이 별루 나야 말이지. 나 다음 달에 또 일본 산업시찰 나가게 돼 있어서 바쁘다구. 그래, 알았어. 우리 조합비 공제 하는 날 나갈께. 그래. 외상값 갚다 보면 며칠 못 가서 동난다니까. 응? 그래. 그래. 아따 김 마담도 그럴 때가 다 있는가? 일본서는 전자계산기가 싸니까 하나 사다 주지. 오케이."

마냥 노닥거렸다.

서 씨는 더 이상 얘기가 될 것 같지가 않아 어깨를 축 늘어뜨리고 노조 사무실을 나올 수밖에 없었다. 얘기의 상대도 안 해 주는 노조를 생각하니 부아가 확 치밀어 올랐다.

그러나 부아가 치밀어 올라 본들 어쩔 것인가? 잡급직인 주제에.

서 씨는 뒤통수를 긁으며 모든 생각을 곧 단념해 버리는 거였다.

서 씨는 전체 직원의 조회 때나 사보(社報)에서 보는 것 말고, 사장을 가까이서 몇 번 본 적이 있었다.

사장실의 응접세트를 갈 때와 유리 청소를 하러 들어갔을 때, 사

장은 부드러운 미소를 지으면서 서 씨에게 담배까지 권한 적이 있었다. 그때 서 씨는, 너무도 황공무지로와서 얼굴도 제대로 못 들고 몇 번이고 사양하다가, 떨리는 손으로 그 담배를 받았지만 감히 앞에서 피우지는 못했다.

서 씨는 지금, 사장한테 직접 찾아가 보라는 빈정 섞인 사무국장의 말과, 사장의 그 부드러운 미소가 번갈아 떠오르고 있는 중이었다. 어쩌면 사장은 사정을 들어줄 지도 모른다는 기대감이 젖은 짚단 태우는 연기처럼 매콤하게 피어올랐다. 두려웁고, 한편 설레이고…

청소 관계로 사장실을 쉽게 들락일 수 있는 자신의 위치가 왠지 다행스럽게 여겨졌다. 참 별스런 다행심도 다 있구나, 하는 멋찍음에 싱겁게 웃기도 하면서, 서 씨는 자꾸만 사장과의 독대 생각에 깊이깊이 빠져 들어가는 것이었다.

옛날에 백성이 임금이나 사또에게 직접 사정을 고하여 은전을 입는 텔리비전의 사극 장면까지 떠올리면서.

"뭘 그렇게 생각허우?"

어깨를 툭 치는 소리에 서 씨는 꿈에서 깨듯 손을 내저으며 놀라 고개를 저늘었다. 같은 잡역을 하고 있는 김 씨였다.

그는 개천을 치우다가 왔는지 넓적다리까지 올라오는 장화를 신고 손에는 썩은 냄새가 나는 삽을 들고 있었다.

김 씨를 보자 서 씨는 순간적으로 떠오르는 생각에 반갑게 웃으며 누가 볼세라 들을세라 주위를 살피면서 창고 구석으로 그를 데려갔다.

속삭이는 듯한 서씨의 말을 듣고 김씨는 펄쩍 뛰었다.

"그걸 생각이라구 하는 거여? 아 사장님처럼 하늘같이 높은 양반이 우릴 만나주기나 할 것 같애서 그려? 노조에는 가본 거여?"

"그 저석놈들은 지 애비뻘 되는 사람이 찾아가도 앉으라구 자리한 번 권하지 않는 놈들여. 픽픽 비웃기나 하는 저석들이 봉급에서 조합비는 딱딱 떼가구. 아주 몹쓸 놈들여."

"누가 듣는 데 노조 욕하지 말어. 전에 최 씨가 위원장에게 법이 어쩌구저쩌구 따졌다가 그 다음날로 해고당하는 거 못 봐서 허는 말여? 최 씨 그 사람 그래두 참 똑똑했는데 말여. 최 씨두 그때 퇴직금 문제허구 수당 문제 따지다가 그렇게 됐을 걸, 아마?"

"그런 일이 있었는감? 그런 소리했다구 해고까지 당하다니…"

서 씨는 해고라는 말에 금세 풀이 죽었다. 그래도

"설마 사장님이 체면이 있지, 사정을 봐 주십사 허구 호소하는 사람을 경이야 칠랴구. 김 씨, 밑져야 본전이라는데 한 번 같이 올라가 보자구. 왠지 들어줄 것 같애서 그러는 거여."

김 씨를 졸랐다. 김 씨는

"나두 어디선가 들은 것 같기는 헌데 말여. 한 공장에서 계속 일하게 되면 우리처럼 일 년이 못 되어 그만두게 허구, 또 새로 입사하는 걸로 하게 되드라도 연차수당과 퇴직금을 받는 거라구 들은 것 같기는 헌데."

하고 은근히 기대를 거는 눈치를 보였다.

"그렇제! 김 씨! 들은 것 같제?"

서 씨는 김 씨에게 얼굴을 바짝 들이대고 무언가 반갑고 용기가 나는 듯 짧게 소리쳤다.

서 씨는 가슴이 울렁울렁 죄였다. 옆에 앉아 있는 김 씨도 잔뜩 굳은 얼굴이었다. 에어콘에서 나오는 찬바람이 더욱 기를 죽이는 것 같았다.

"그래, 긴히 할 얘기라는 게 뭐요? 어려워하지 말고 어서들 해 보시오."

양담배에 불을 붙이며, 사장은 껄껄 기름지게 웃었다. 그 웃음은 서 씨의 긴장을 조금 풀어주었다.

여비서가 시원한 음료수를 타 왔을 때는 얼굴을 들 수 있을 만큼의 용기마저 생겨났다.

"저~어 사장님, 저~어 우린 잡급직으로 일하는 사람들인데요."

더듬더듬 말문을 여는 서 씨의 이마에 땀이 송송 배었다.

"십이 년을 일했는데두 일당이 삼천사백 원밖에 안 되구… 퇴직금도 없다구 허니 정년퇴직 하게 되면 먹구 살 길이 캄캄혀서… 아들녀석 하나 있는 거 사고로 잃어버리구, 국민핵교 댕기는 손주새끼 하나 있는데, 집사람은 노상 아프다 그러구… 저두 인제는 힘이 다해 가는 것 같구… 그래서 이렇게 염치없이…"

서 씨는 뜨거운 한숨을 포옥 내쉬면서 힘없이 고개를 떨구었다.

"이쪽 사람은 무슨 일로?"

사장은 김 씨를 가리켰다.

"저희 잡급직도 호봉을 만들어 줬으면 해요. 연차수당과 퇴직금두… 살기가 워낙에 벅차서요."

김 씨는 말을 마치고 입을 씰룩거리면서 웃었다.

"애들은 몇이나 되죠?"

"둘 있는데 큰놈은 군대 나가 있구, 작은놈은 금년에 대학 나와서 큰 회사에 들어갔는데 인석이 글쎄 저보다 봉급을 두 곱절이나 더 많이 받더란 말예요. 근석 가르칠려구 시골에 있는 전답 다 팔았는데, 인석이 글쎄 결혼준비 헌다구 봉급을 잘 안 내놓지 뭐예요. 허 참."

김 씨는 뭐가 신이 나는지 큰소리로 떠벌리다가는 서 씨가 힐끗 눈을 흘기자 손바닥을 비비며 무안쩍게 웃었다.

"그래요? 내 오늘은 바빠서 이 정도로 얘기 들은 걸로 하고, 며칠 내로 내 답변을 드리도록 하죠. 회사는 종업원 한 사람 한 사람 사정을 다 들어줄 수는 없는 거지만 내 생각해 보도록 할께요. 어려워도 용기 잃지 말고 사세요. 나도 신문팔이나 식당뽀이 같은 거 안해 본 것 없는 사람예요. 그리고 참, 어떻게 나를 직접 만나려는 생각들을 한 것이죠?"

사장이 일어나려다 말고 문득 서 씨를 향해 물었다.

"노조에 가서 얘기해도 잘 안 되길래요. 들은 척두 안 해서…"

"그래, 노조에서 사장을 찾아가라 합디까?"

"예…"

서 씨는 작은 소리로 대답하며 고개를 끄덕였다.

"사정 충분히 알겠으니 이제 나가서 일들 보세요."

사장은 서 씨와 김 씨의 어깨를 어린애 달래듯 토닥여 주고는 먼저 자리를 떴다. 서 씨는 층계를 내려오면서 김 씨에게 신경질을 부렸다.

"이 사람아, 대학 나와서 큰 회사 다닌다는 애가 있다구 하면 어떡혀! 도와줄려 했다가두 안 도와줄 거 아녀!"

"아 나두 대학 나온 자식놈 있다구 자랑허구 싶어서 그런 거여. 나두 모르게 자랑허고 싶어지더라 이거여. 그런데 말여, 서 씨. 근석이 첫 봉급을 나보다 두 곱제나 더 많이 타 왔는데두, 참 이상도 허지 글쎄. 첨에는 참 좋았는데, 그놈이 봉급 얘기만 꺼내면 난 뭔가 가슴이 허전허구, 세상을 헛 산 것 같구 말여. 어느 땐 인생이 억울한 생각도 들더라 이거여. 아무리 못 배웠지만 몇십 년을 노동을 해서 살었는데, 아 내 봉급이 요 모양이니, 어느 땐 마누라쟁이 볼 낯이 없구, 근석 얼굴 쳐다보는 게 챙피스럽더라 이거여. 저번 때는 근석이 봉급을 안 내놓길래 몇 마디 했더니 막 덤벼들길래, 너 인석아 돈 많이 탄다구 애비 알길 개코루 보느냐구 호통을 쳤는데 말여, 그날 밤 으트게나 서러운지 술을 억수로 퍼먹고 혼자 뒷산에 올라가 을마나 울었는지… 그냥 내 인생이 불쌍허다는 생각에 눈물이 펑펑 나오드라 이거여. 늙지도 않아서 망령 잡힌 게 아닌가 허는 생각이 들면서두 그게 아녔어. 애써 공부시킨 자식놈이 돈 많이 타는 게 을마나 좋은 일이겠어? 헌데 그게 아니드라 이거여. 참 이상한 일도 다 있제."

김 씨는 쓴 음식을 먹은 것처럼 입맛을 쩍쩍 다셨다.

서 씨는 부러운 눈빛으로 김씨를 쳐다보았다. 봉급을 많이 타는 자식은 고사하고, 아니 거지 같은 놈에게 첩으로 들어가는 딸년이라도 하나 있었으면…

서 씨는 노름판에서 칼 맞고 죽은 자식 생각에 금방 눈시울이 붉어졌다.

"사장님이 생각해 본다구 했는데, 과연 사정을 들어줄 것 같은 거여?"

힘없는 물음으로 김씨를 보았다.

"그 높은 양반이 헛된 소리야 허갔어? 뭔가 답이 올 테지."

"설마 최 씨처럼 해고시키진 않겠제! 그렇제?"

서 씨는 불안을 떨쳐버리려는 듯 또 그렇게 짧게 소리치는 거였다.

2

서 씨로서는 도저히 납득이 안 갈 수밖에 없는 일이었다.

사보(社報)에 크게 실린 사진이 신기하게까지 보여졌다.

'허달준 사장, 생활 어려운 두 종업원에게 금일봉 전달'이라고 사진 위에 큰 제목이 붙어 있고, 그 밑에는 조금 작은 글씨로 ―잡급직 종업원의 호봉제도 신설도 검토 지시― 라고 씌어져 있었다. 서 씨는 김 씨와 함께 사장에게서 봉투를 받고 있는 큰 사진을 들여다보며 야릇한 기분에 사로잡혀 있었다.

며칠 전에 이십만 원을 받은 것은 사실이지만, 사보에 이렇게 크게 실릴 줄은 상상도 못한 일이었다. 그것도 표지를 넘기자마자 첫 장에 컬러 화보로.

하늘처럼 높은 사장에게 인간적인 대접을 받았다는 감격이 코끝을 싸아하게 달아오르게 했다.

"서 씨, 사장한테 을마 받은 거요? 거 혼자 잡숫지 말구 한 잔 사셔."

"사보에까지 다 나고 서 씨 아주 끝내주네요."

젊은 동료들의 시생을 받으며 서 씨는 그저 좋아서 싱글벙글했다. 그러나 김 씨의 생각은 아주 달랐다.

"이건 우릴 더 우습게 만든 꼴여. 아 그까짓 돈 이십만 원 주면서 호감이나 살려구 사진 찍어 내보내는 게 온당한 일여? 이십만 원으로 우리들 퇴직금 다 해결되는 거냔 말여?"

"그래두 그렇지 이십만 원이면 어딘데 그러나. 또 호봉까지 맨들어 준다잖아?"

서 씨는 김 씨가 참으로 고약스럽게 여겨졌다. 김 씨는

"이건 안 받은만 못한 거란 말여. 사장님헌텐 사십만 원쯤 하룻저녁 술 값두 안 되는 거여. 그딴 돈푼 주면서 무신 인격이나 있는 것처럼 천하에 공개를 허냐, 공개를 허긴. 우리가 은제 돈 이십만 원 받구 사진 찍어달라 했는가 이거여? 이거야 원 지 생색이나 낼려구 우리를 창경원 잰내비 맨든 거지 뭐냔 말여? 사보에 안 나왔으면 나두 아주 고맙게 생각했을 긴데, 이건 돼먹지 못한 짓이여! 어쩐지 봉투 하나 주면서 사진을 펑펑 찍어대는 짓들이 수상쩍다 했더니만. 이건 애들 장난만도 못한 몹쓸 짓거리란 말여!"

침까지 튀겨가며 흥분하여 떠들었다.

서 씨는 그런 김 씨에게서 얼굴을 돌리며, 아직 배가 덜 곯아서 하는 소리라고 혀를 끌끌 찼다.

이십만 원이면 얼마나 큰 돈인데. 그것도 하늘처럼 높으신 사장님이 직접 주신 돈인데. 거기에 또 근속년수를 감안하여 호봉까지 만들어 준다는데.

서 씨는 이십만 원이 든 봉투를 가슴에 포옥 싸안고 고마우셔라 고마우셔라를 연발한 마누라의 기뻐하던 모습을 선하게 그리며, 속으로 김 씨를 나무랐다.

그렇게 기쁘고 황송한 마음으로 힘드는지 모르게 폐(廢) 박스를 추려 모으는 서 씨에게 뜻밖에 노동조합에서 연락이 왔다. 삼깐 다녀 가라는 동료의 전갈을 받고, 그는 고개를 갸우뚱거리며 노동조합으로 향했다.

노조 사무실 앞에는 자전거가 일렬로 세워져 있었고, 안으로 들어서자 무슨 회의를 하는지 사람들이 꽉 차 있었다.

"마침 오시네. 이리 앉으세요."

한 사람이 걸상을 내주며 서 씨를 맞았다. 그는 딱딱한 노조 사무실 분위기에 위축되어, 죄를 지은 사람처럼 슬금슬금 눈치를 보면서 걸상에 걸터 앉았다.

"이건 도저히 용납이 안 되는 일예요. 노동조합에서 정식으로 요구했을 때는 들은 척도 안 하더니 당사자가 직접 찾아가니까 금일봉을 주고, 보란 듯이 사보에 내고, 또 호봉제도도 신설한다 그러고. 도대체 이렇게 되면 노조의 체면이 뭐가 되겠느냐 이겁니다. 가뜩이나 요즘 대의원선거를 앞두고 어용이니 뭐니 말들이 많은 판인데, 이건 아주 심각한 문제입니다."

"맞습니다. 이건 노사협조 정신에 위배되는 겁니다. 지금이라도 늦지 않으니 정식으로 노사협의회를 요청해서 잡급직의 문제를 다루어야 합니다. 이게 뭡니까? 노조가 밤낮 뒤통수만 맞고 그러니까 어용노조라는 말이 나오는 거 아닙니까?"

"제가 볼 때는 말예요. 저번에 임금인상 때 말예요. 조합원들이 스스로 점심을 안 먹고, 고의적으로 제품을 불량 낸 사고가 났었잖아요? 그때 사장님이 우리 조합 간부들을 집합시켜 놓고 노조가 뒤에서 선동을 했다고 막 화를 낸 적이 있었잖아요? 우린 그때 분명히 선동한 일이 없었는데두 말예요. 그때 사장님의 그 오해 때문에 이번에 우리에게 엿 먹어보라고 하는 것 같은데, 여러분은 그런 생각 안 드세요?"

"그런 얘기들은 나중에 하고, 당사자가 이 자리에 오셨으니까 어떻게 된 건지 경위나 들어봅시다."

맨 앞의 가운데 회전의자에 앉은 사람이 서 씨를 가리키며 떠드는 사람들의 말문을 막았다.

서 씨는 공장 구석구석을 돌아다니며 궂은일은 도맡아 하는 터라 공장 사람들의 얼굴은 대강 다 알고 있었지만, 그의 얼굴은 처음 보는 것 같았다. 노조에서 내보내는 신문에서만 본 것 같은 허여멀건한 얼굴을 대하며, 서 씨는 그가 노조 위원장일 것이라고 짐작했다.

"사장님을 찾아가게 된 경위를 좀 말씀해 주셨으면 하고 불렀습니다. 이 앞으로 나오셔서 상세히 좀 말씀해 주시지요."

하고 말하는 허여멀건한 얼굴의 미소를 보면서, 서 씨는 무엇이 어떻게 돌아가는 것인지 알 수 없어 가슴 뛰는 불안감만 엄습해옴을 어쩌지 못하고, 그 자리에 주춤주춤 서 있을 수밖에 없었다.

"앞에 나오시기가 뭣하시면 그냥 그 자리에서 말씀해 주셔도 좋겠습니다."

"무슨 말을…"

서 씨는 뒤통수를 긁었다.

"사장님한테 금일봉을 받게 된 경위를 알고 싶어서요. 이 문제는 노사 간에 아주 중요한 사항이니까 솔직하게 말씀해 주셔야 합니다."

"…"

서 씨는 최 씨가 해고당한 일만 머리에 떠오를 뿐, 아무런 말도 할 수가 없었다.

"제 말이 무슨 뜻인지 모르겠어요?"

"모르겠는데…요."

사람들의 따가운 시선에, 서 씨는 더욱 기가 질려 얼굴도 제대로 못 들고 작은 소리로 대답했다.

"나 참, 그럼 사장님과 무슨 얘기를 했는가만 얘기해 주세요."

"퇴직금 받게 해달라구… 그런 얘기 했죠 뭐."

"또요?"

"연차수당…"

"또요?"

"호봉허구…"

"또요?"

"그게 단데…"

"그랬더니 금일봉을 주더라 이겁니까?"

"이틀 후에 불러서 가니까…"

"다른 얘긴 없었구요? 노조 얘기 같은 거 말예요."

"예… 노조에 가서 얘기해두 안 되길래 직접 왔다 그랬죠 뭐."

"그랬더니요?"

"노조에서 찾아가라 했냐구 사장님이 묻길래…"

"그래서요?"

"그냥 예, 허구 대답만 했는데…"

"그래요? 우리가 언제 사장님을 찾아가라 그랬는데요? 나 이거 참."

"저기… 저 사람이."

서 씨는 사무국장을 가리켰다.

"나 참 이거 복창 터지네. 그냥 해 본 소린데 진짜 찾아가면 어떡해요? 좀 늦더라도 우리가 해결해 줄 거 아녜요? 나 미치겠네 이거."

사무국장은 답답하다는 듯 주먹으로 가슴을 쳤다.

"내가 몇 번 찾아와서 얘기하니까 안 된다구 해놓구선. 억울하면 사원이 되든가 기능직이 되든가 허라구 해놓구선."

서 씨는 원망스런 눈빛으로 사무국장을 흘겨보았다.

"내가 그랬다구요? 나 이거 진짜 죽갔네!"

하고 사무국장은 또 가슴을 쳤다.

"알았어요. 이제 돌아가셔도 돼요. 죄송합니다."

허여멀건한 얼굴이 손가락을 쪽 펴서 문 쪽을 가리켜, 서 씨는 꾸벅꾸벅 인사를 하고는 노조 사무실을 나왔다.

이마에서 땀이 주루룩 흘러내렸다.

투덜투덜 폐재장으로 돌아온 그에게

"어딜 갔었수?"

하고 김 씨가 못을 빼던 송판을 든 채 말을 걸으며 다가섰다.

서 씨가 노조 사무실에서 들은 떠드는 소리들과 위원장과 나눈 얘기 등을 조금은 흥분한 투로 알려주자, 김 씨는

"이런 엠병할 놈들 보게나! 생색 못 내고 뒈진 혼귀들이 붙었나, 이 놈 저놈 생색들이나 내려 허구! 누구가 허든간에 일이 돼 가면 된 게지, 뭔 지랄들인가, 지랄들이긴. 아 노조가 생색이나 내는 단체냔 말여!"

핏대까지 세우며 화를 냈다.

그러한 김 씨를 보자 서 씨도 참았던 화가 치미는지

"그러게 말여! 찾아가서 얘기헐 땐 핑핑 콧방귀만 뀌던 것들이 뭔

낯짝으루 날 불러다 요것조것 묻느냐 이거여? 누가 복창 터지는 일인데 지 가슴까지 치면서 노는 꼴이 영 못 봐주겠더라니깐. 김 씨, 그 노조라는 거 없으면 안 되는 거여?"

노조 사무실 쪽을 향해 삿대질까지 하면서 덩달아 성을 부렸다. 김 씨는

"그래도 노조는 있어야제. 근데 저런 놈들이 자리를 차구 앉았으면 안 되는 거여. 우리 같은 사람들은 가만 두고 볼 일여. 젊은 사람들이 수군거리는 소릴 들었는데, 이번에 저것들을 갈아치운다 그러지 아마? 공장에 소문이 쫘악 돌고 있는데 서 씨는 모르고 있었나? 혼자만 들은 걸루 혀."

무슨 비밀얘기를 하는 것처럼 소곤소곤 말하고는, 아무렇게나 널려 있는 나뭇더미 위로 올라가 폐목을 추리는 일을 계속했다.

서 씨는 그를 따라 일을 시작하면서

"갈아치워? 그러다가 해고들 당하면 워떡헐려구들…"

혼잣말처럼 중얼거렸다.

그는 일하다가 호주머니에 들어 있는 사보를 꺼내 보고 또 심심하면 꺼내 보면서, 사장님과 함께 크게 실린 자신의 사진을 보고 기뻐할 마누라 생각에 혼자 소리 죽여 웃기도 하는 것이었다.

사보에 실린 사진을 손바닥으로 쓸며 기뻐하는 마누라를 보자, 서 씨는 모든 피곤이 일시에 풀리는 것 같았다.

손주녀석을 일찍 재우고, 모처럼 기분도 풀 겸 소주 한 병과 쥐포를 사다놓고, 좁은 부엌에서 등을 밀어주며 함께 목욕을 했다.

"임자 몸은 아직 안 늙은 것 같여. 이리 좀 와봐."

나직하게 말하며 서 씨가 비누거품 묻은 손으로 마누라의 앞가슴을 쓰다듬자 그녀는

"이 이가 오늘 왜 이러실까."

하면서 얼굴을 붉혔다.

"부끄러워 허긴."

서 씨는 측은하고 미안한 마음이 들었지만 오늘만은 몸을 풀고픈 생각에서

"괜찮겠어?"

하고 물으며 그녀의 아랫도리로 손을 가져갔다.

"의사가 괜찮다 안 그래요? 자주만 안 하면."

"자주 할 힘이나 있는가 뭐."

서 씨는 서둘러 목욕을 끝내고 소주병을 땄다.

발가벗은 몸으로 마주앉아 쥐포를 찢어 입에 넣어주는 마누라에게서 서 씨는 한없는 정감을 느꼈다. 이북에서 내려와 일가친척 하나 없이 하늘 아래 손자녀석하고 단 세 식구로 살고 있는 외로움과, 찢어지는 가난에 병마까지 겹쳐 있는 생활이었지만, 서 씨는 끔찍하게 그녀를 아끼고 사랑했다.

심한 위장병과 척추의 통증을 앓고 있는 마누라가 먼저 죽게 되면 따라 죽겠노라는 다짐을 하면서, 서 씨는 담요를 꺼내 깔았다. 그리고 빙그레 웃으며 불을 껐다.

"진짜로 괜찮은 거여?"

"괜찮 안하믄 어떡하게요? 당신이 좋다는데."

"내 욕심만 채우는 거 같애서 그려."

"별 걸 다 걱정하시네. 나도 좋은 걸…"

서 씨의 몸에 다리를 올려놓으며 바싹 안기는 마누라의 몸을 어루만지면서, 서 씨는 진짜 모처럼 만에 하초를 세웠다.

그것을 만지며 그녀는

"당신 자주 하고 싶어지고 그러죠? 아직 이렇게 근력이 있는데 미

안해요."

가는 한숨을 내쉬었다.

"아따 김 새게스리 한숨은 왜? 저 녀석 깊이 잠들었겠지?"

"쟤는 한 번 잠들면 업어가도 모르는 애잖아요?"

"님자…"

서 씨는 몸을 일으켜 동작을 취했다.

그 때였다.

"서 씨 아저씨, 주무세요? 저 명숩니다!"

부엌문을 두드리는 젊은 목소리가 방안의 분위기를 여지없이 깨뜨리 놓았다.

"이런 젠장. 그냥 자는 척 하자구."

"어트게 자는 척을 해요. 회사 사람이 왔나본데?"

"가만있어. 그냥 가겠지 뭐."

"안 돼요."

서 씨가 소리를 죽여 그녀를 말렸지만 그녀는 옷을 걸치고 일어나 불을 켰다.

"이런 젠장할. 하필 요 때에…"

서 씨도 어쩔 수 없이 옷을 입고는

"누구쇼?"

하면서 방문을 열었다.

"저 명숩니다. 드릴 말씀이 있어서요."

"명수? 그려, 부엌문 안 잠겼으니 들어오게."

"밤늦게 이거 죄송합니다. 집을 한참 찾았어요. 이거 아주머니 드릴려구."

명수라는 젊은이는 알약이 꽉 차게 들은 병을 서 씨에게 내밀며 빙그레 웃었다.

늙은 노동자의 노래 265

"뭘 이런 걸 다. 누추허지만 들어오게."

서 씨는 담요를 대강 개어 구석으로 밀어놓으면서, 궁금한 눈빛으로 그를 맞았다.

회사에서 용접일을 하며 노조 대의원을 맡고 있는 명수는, 밤늦게 찾아와 죄송하다는 말을 몇 번이나 하고 나서야

"저 이거 한 번 읽어보시죠."

하더니 호주머니에서 두 겹으로 접은 종이를 꺼내 서 씨에게 펴보였다.

"이게 뭐여?"

"노동부 장관한테 잡급직의 처우에 대해서 질의를 내는 거예요."

"질의? 질의가 뭐여?"

"읽어보신 후에 말씀드릴께요."

"이걸 왜 내가 읽어야 허나?"

"아저씨 이름으로 낼려구요."

"내 이름으루?"

"우선 읽어보시라니까요."

서 씨는 갑자기 가슴이 떨려옴을 느끼며 속으로 더듬더듬 그것을 읽었다.

'… 저는 위의 회사에서 잡급직 일을 하고 있는데 1년이 안 되어 사직서를 내게 하고 다시 재입사 형식을 취하여 위의 회사에서 12년째 근무하고 있습니다. 그런데 계속근로년수가 1년이 안 된다는 이유로 근로기준법 제29조의 퇴직금과, 동법 제48조의 연차유급휴가가 적용되지 않고 있습니다. 이는 서류상의 사직과 채용일 뿐이고 실제로는 계속 근로하였으므로 퇴직금과 연차유급휴가가 소급적용되어야 한다고 보는데 이에 대해 유권해석을 바랍니다. ※ 1975년 6월 25일,

대법원에서는 지급해야 한다는 판결을 내린 바 있습니다.'

 간단하게 작성되어 있는 질의문을 읽고 서 씨는 기대와 불안이 엇갈린 표정이 되어
 "이런 거 냈다가 해고 당하는 거 아녀?"
 하고 명수와 마누라의 얼굴을 번갈아 살펴보았다.
 "참 아저씨는. 제가 아저씨 해고되도록 이런 일 하겠어요? 돈으로 계산해도 퇴직금과 연차수당 받는 게 이익이죠. 아저씨 정년퇴직이 이제 일 년 반쯤 남았는데, 그 봉급 다 합한 것보다 퇴직금과 연차수당이 더 많을 거예요. 그리구요. 해고에 대해서는 제가 책임질께요."
 명수의 자신에 넘치는 답변을 듣고 서 씨는
 "근데 왜 남의 일에 이렇게 관심을 갖나? 원래 자네가 그런 줄은 알고 있었지만 말여."
 하고 다시 물었다.
 "아저씨, 그게 왜 남의 일입니까? 다 우리 일이죠. 잡급직 문제뿐만 아니라 여러 가지 법 위반사항이 많아요. 제가 노조 대의원을 하면서 조사해 보니까 엉터리 천지예요. 이번 대의원대회를 통해 새롭게 노조의 형태를 갖추어서 이런 거 다 시정할 거예요. 지금 위원장 갖고는 안 돼요."
 명수는 진지한 표정으로 주먹까지 불끈 쥐는 것이었다. 그는 다시
 "아저씨, 모든 일은 잘 될 거예요. 그러니 걱정 마시고 여기에 도장을 찍어주세요. 그리고, 노동부에서 회시문이 오면 아무에게도 보이지 말고 저를 주세요. 아저씨 주소 좀 가르쳐 주시구요."
 하고 편지봉투와 볼펜을 꺼내들었다.

서 씨는 무엇에 끌리듯 도장을 꺼내어 명수가 찍으라는 곳에 꾹 눌렀다.

"아저씨, 오늘 저하고 나눈 얘기는 비밀입니다. 다 함께 잘 되기 위해 하는 일이니까, 마음 속으로 성원해 주시구요. 밤늦게 죄송했습니다."

명수를 문밖까지 바래다주고 돌아서면서, 서 씨는 묘한 기대감이 가슴을 채워 맨손체조를 하는 것처럼 두 팔을 휘저었다.

그려. 해고 당하면 뭐 어뗘? 퇴직금만 받으면 그걸루 엿장사라도 하면 되는 거여. 늙어서 공장 다니니까 별 드런 꼴만 다 당하구 말여. 그런데…

이런 생각을 되풀이 하며 서 씨는 잠을 이루지 못했다.

인간적인 대접을 해준 사장님께 무슨 큰 죄를 짓는 것 같은 마음에서 서 씨는 자꾸만 사보를 꺼내 인자하게 웃으며 봉투를 전해 주고 있는 사장님의 사진을 들여다보며 한숨까지 내쉬는 거였다.

3

오래 살다보니 참 별일도 다 있다는 생각을 하면서도 서 씨는 노조간부가 갖고 온 추천서에 지장을 찍었다.

모범조합원으로 선발하여, 노조의 대의원대회 때 표창패를 준다고 하니 나쁜 일은 아니었다. 그런데 내가 뭘 했다고 모범조합원상을 준다는 것인가. 노조를 욕만 하였는데…

서 씨는 고개를 가로 저으면서도 기뻐할 마누라 생각을 또 하는 거였다. 사장한테 금일봉 받고, 노조에서 상 받고.

늘그막하게 참 별일이다 생각하면서도 서 씨는 저절로 어깨가 으쓱해지는 거였다.

그런데 김 씨는 또 펄펄 뛰었다.

"그눔들이 서 씨를 갖고 노는 거란 말여. 아 상을 받을 만한 사람 헌테 줘야지, 서 씨가 노조 일을 뭘 했다구 상을 주냐 이 말여? 사장이 금일봉을 주니까 거기에 조화를 맞출려구 방정들을 떠는 건데, 뭐가 좋다구 싱글벙글하느냐 이거여? 나 같으면 그런 상 안 받는단 말여. 늙은이 희롱하는 것도 아니고 그게 뭔 짓들여!"

듣고 보니 그럴 듯도 하지만, 서 씨는 난생 처음 받게 되는 그 상이 싫지가 않아 김 씨의 말에 대꾸를 않고 가만히 있었다.

이북에서 내려와 평생을 노동으로 살았는데, 준다는 상을 못 받을 이유가 어디 있는가. 부두노동, 철공소, 주물공장 등 주로 중노동판을 다니다가 몸이 약해져 이 회사에 들어와 변소 청소, 폐목 추리기, 화단 가꾸기 같은 잡일을 하며 십이 년 동안 결근 한 번 안했는데, 상을 받을 만도 하지 뭘. 십이 년 동안 낸 조합비만도 을마인데.

서 씨는 김 씨가 자기를 무시하는 것 같아 불쾌한 생각마저 드는 것이었다.

상을 받게 된다는 기쁜 소식을 마누라에게 전하고 기분을 풀 생각으로 퇴근을 했는데, 행정우편이라는 것이 와 있었다. 명수의 말대로 노동부에서는 퇴직금과 연차휴가를 주어야 한다는 회시문을 보내온 것이었다.

서 씨는 그것을 읽고는 긴장되어 기분도 못 풀고 잠을 설쳤다. 이튿날, 그것을 아무도 안 보는 데서 명수에게 전해 주며, 서 씨는 가슴을 조였다.

그런데 명수는 그 회시문을 잘 읽어보지도 않고, 다른 종이에 서명을 하라고 내놓는 것이었다. '위원장 불신임 결의문'이라고 써 있는 편지지에는 많은 사람들의 이름과 함께 요란한 싸인과 지장이 쭉 찍혀 있었다.

"이게 뭐여?"

눈이 휘둥그레져서 묻는 서 씨에게

"위원장을 물러나게 하는 전체 조합원의 결의문예요. 회사 앞잡이 노릇만 하고 있는 위원장은 갈아치워야 해요."

입술이 부르터 있는 명수의 답변에 서 씨는 흠칫 놀랐다. 상을 준다는 사람을 물러나라고 서명을 하라니 이 무슨 고약한 일인가. 도의상 안 되는 일이라고 생각을 하며

"난 상을 준다는데, 어트게 여기에 서명을 헐 수 있겠나? 그건 안 되는 일여."

서 씨는 고개를 저었다.

"아저씨, 그 상이 뭐가 그리 중해요? 지금까지 아저씨 연차수당 못 받고, 상여금 차등 지급 받고, 또 퇴직금도 못 받게 그냥 방치한 게 누군데요? 그놈을 갈아치워야 모든 게 다 잘 풀린다니까요."

명수는 간곡한 어조로 서 씨를 설득했다.

"이거 했다가 해고되는 거 아녀?"

"이 많은 사람을 어떻게 다 해고하겠어요? 아저씨, 염려 푹 놓으시고, 이름 쓰고 싸인 하세요."

"나 같은 게 싸인이 워딨다구."

"그럼 이름만 쓰세요."

서 씨는 하는 수 없이 주변을 살피면서, 일부러 이름을 흘려서 썼다.

게시판에 대의원선거와 대회를 한다는 공고문이 동시에 나붙자, 현장은 무언가 부산한 움직임을 보이며 별의별 말들이 다 돌기 시작했다. 위원장을 갈아야 한다는 그 얘기들이 현장에 쫙 돌면서 명수의

이름도 크게 오르내리는 것을 들으며, 서 씨는 야릇한 감정에 사로잡혔다.

'민주노조를 우리 손으로 세우자!'라는 유인물이 누가 돌리는지도 모르게 식당과 화장실, 탈의장 등에 조심스럽게 돌았고, 대의원에 입후보하는 사람들마다 '어용노조 타도'를 공약으로 들고 나왔다. 화장실 벽에

'위원장은 체불 상여금을 포기하는 합의서를 조합원 몰래 써줬다!'

'통상임금에 유해수당과 식대를 포함하여 잔업수당을 계산해 달라.'

'군필 복직자의 상여금과 승급을 올바로 책정하라!'

'잡급직의 퇴직금 지급과 연차휴가를 보장하라!'

'조합원의 피를 파는 위원장을 몰아내자!'

라는 낙서가 등장하여, 서 씨와 김 씨는 과장의 특명을 받고 그것을 지우는 일에 애를 먹었다.

"엠병할. 밤낮 똥냄새만 맡고 이 지랄을 해야 허니. 뭔 낙서들을 이리도 낳이 하는 거여?"

김 씨는 가래침을 뱉으며, 화장실에서 나오는 사람마다 눈을 흘기고 바라보았다.

대의원선거를 하는 날, 서 씨는 명수가 찍으라는 사람의 이름 밑에 붓뚜껑을 눌렀다.

"아무래도 저 명수 청년이 큰 일을 해낼 것 같여. 저 눈을 좀 봐. 번쩍번쩍 빛나는 게 예사 사람은 아녀. 이번에 아예 우리 문제도 해결됐으면 을마나 좋으련만."

김 씨는 점심시간 때 부서마다 돌아다니며 누구누구 찍으라는 연설을 하는 명수를 가리키며 은근한 미소를 머금었다. 하지만, 서 씨

는 마음 한구석이 무거웠다.

　노동부에서 보내온 문서를 명수에게 준 것이 뭐가 잘못되어 자기에게 화가 미칠까봐, 불안한 눈으로 명수를 보고 있었다.

　대의원선거가 끝난 이튿날, 게시판에 대의원대회를 무기연기한다는 공고문이 붙어 사람들이 새까맣게 모여 그것을 읽는 것을 보고 서 씨는 가슴의 답답함마저 느꼈다. 조합원들은 대의원대회 무기연기 공고문을 찢어버리고는 떼를 지어 노조 사무실로 몰려갔다.

　청소하던 빗자루를 든 채 김 씨와 함께 무슨 일이 벌어지나 구경을 하려고 노조 사무실로 향하던 서 씨는 충격적인 장면을 목격하고는 슬금슬금 나무 뒤로 몸을 숨겼.

　이천여 명의 조합원이 노조 사무실 앞에 위원장을 강제로 세워놓고 격렬히 항의하고 있었다.

　위원장 옆에는 명수가 서 있었다.

　"자, 전체 조합원이 다 모였으니 대회를 왜 무기연기한 것인가를 확실히 밝히시오! 어서요!"

　명수의 다그침에 위원장은 아무런 대꾸를 하지 못하고 이마의 땀만 닦고 있었다.

　"상여금 팔아먹은 위원장 물러가라!"

　"대회를 예정대로 개최하라!"

　위원장을 향해 주먹을 내뻗으며 구호를 외치는 조합원들의 기세에 눌려, 위원장과 노조간부들은 얼굴이 땅색이 되어 떨고 있었다.

　"여러분! 이제 십 분만 지나면 점심시간이 끝납니다. 위원장에게 오 분간의 시간을 주고, 납득할 만한 해명이 없을 시에는 오후 작업을 거부합시다. 자! 모두 늙은 노동자의 노래를 부릅시다!"

　명수의 말 한 마디에 이천여 조합원은 일제히 노래를 부르기 시작했다.

나 태어난 이 강산에 노동자 되어
꽃 피고 눈 내리기 어언 삼십 년
무엇을 하였느냐 무엇을 바라느냐
나 죽어 이 강산에 묻히면 그만이지
아 다시 못 올 흘러간 내 청춘
작업복에 실려간 꽃다운 이내 청춘

서 씨는 명수가 무섭게만 보여졌다.

위원장이 무슨 큰 잘못을 했길래 저렇게까지 하는 것인가.

노래가 계속해서 외쳐지고, 흥분한 조합원들이 노조간부들을 에워싸자, 위원장은 잔뜩 겁먹은 얼굴로 드디어 입을 열었다.

"조합원 여러분, 대의원대회는 예정대로 개최하겠습니다. 오늘 중으로 다시 공고를 써서 붙이겠습니다."

위원장의 발표가 있자, 조합원들은 만세를 부르며 즉시 현장으로 돌아갔다.

서 씨는 이천여 조합원들의 대장 같은 명수가 무서워, 나무 뒤에 숨어 진저리까지 치는 거였다.

4

서 씨는 '모범조합원석'에 앉아, 노조의 대의원대회가 참 굉장한 것이구나, 하고 탄복해 마지않고 있었다.

위원장의 개회사, 연맹인가 어딘가의 위원장의 격려사, 사장의 축사, 그리고 여·야 두 국회의원의 축사, 노동부 지방사무소장인가의 축사가 끝나고, 모범조합원 표창 순서가 되어 서 씨는 앞으로 나가

줄을 섰다.

"표창패. 위 사람은 평소 조합원 의식이 투철하고, 확고한 권리정신을 발휘, 조합원의 단결과 노동운동 참여에 남다른 활약을 보임으로써, 노사 공동의 발전과 노동조합의 경제적·사회적 지위향상에 공헌한 바가 크므로 당 노동조합의 198x년도 제 14년차 정기 대의원대회를 맞이하여 이 패를 드립니다."

"김복동 이하동문."

"우강호 이하동문."

"서영우 이하동문."

구십 도 각도로 허리를 숙여 인사를 하고, 떨리는 손으로 패를 받고는, 서 씨는 위원장과 악수를 나누었다.

위원장의 손은 땀으로 젖어 있었다.

서 씨는 표창패를 가슴에 안아 쥐고 흡족한 기분으로 자리에 와 앉았다.

"이것으로서 제 일부 기념식을 마치겠습니다."

사회자의 안내방송에 단상에 앉았던 내빈들이 대회장을 나가고, 이윽고 2부 본회의 순서가 되었을 때였다. 대의원석에 앉아 있던 명수가 벌떡 일어나

"저희 대의원 일동은 본회의의 진행을 위원장님께 맡길 수가 없습니다. 정식으로 위원장 불신임 긴급 동의안을 발의합니다."

하고 또랑또랑한 목소리로 발언을 하자

"찬동합니다!"

대의원 전원이 입을 크게 벌려 소리를 쳤다.

땀으로 얼굴이 얼룩진 위원장은 출입문 쪽을 흘낏흘낏 보며

"어디 불신임안에 찬동하는 분 손 한 번 들어보세요."

하고 넥타이를 풀어헤쳤다.

사십여 명의 대의원 중 다섯 사람을 제외하고는 모두 손을 들었다.

"대회의 무기정회를 선포합니…"

누가 잡고 말릴 틈도 없이 위원장은 의사봉을 세 번 땅땅땅 내려치더니, 후다닥 문을 빠져나가는 것이었다. 와아, 하고 대의원들이 따라 나갔으나 회사 경비원들이 앞을 가로막는 사이에, 위원장은 승용차를 타고 회사를 빠져나갔다.

"여러분! 흥분하지 말고 자리에 앉아주세요. 위원장이 정당한 이유 없이 대회를 정회하고 도망가면, 우리끼리 임시의장을 뽑아 대회를 속개할 수 있는 겁니다. 모두늘 앉아주세요."

침착한 명수의 지시에 따라 모두들 다시 자리에 앉았다.

"김 동지! 불신임 발의서를 돌려주십시오!"

명수가 앞에 앉은 사람에게 말하자, 그는 서류봉투에서 복사된 것을 꺼내 일일이 돌렸다. 모범조합원들한테도 그 복사물이 돌려져서 씨도 그것을 받았다.

"우리들이 왜 위원장을 불신임하는가, 제가 그 설명을 하겠습니다."

명수가 당당한 모습으로 사회석의 마이크를 잡고 섰다.

"우선 우리가 노동을 해서 먹고 사는 데 있어서 가장 중요한 임금 및 근로조건의 문제부터 말씀드리겠습니다. 위원장은 우리가 회사 불황 때에 받지 못한 상여금 이백 퍼센트를 포기한다는 합의서를 단독으로 회사와 작성하였습니다. 단체협약에 명시된 그 상여금은 임금의 일종이므로 우리가 받을 권리가 있는 것이고, 회사는 작년에 무려 오십억 원의 흑자를 냈는데도 위원장은 회의의 결의도 득하지 않고 그 짓을 한 겁니다. 그 합의서는 노조의 결의기구의 승인을 득하지 않고, 위원장 단독으로 체결한 것이기 때문에 법으로 따져도 당연

무효입니다. 둘째로 우리가 시간 외 근로와 특근을 했을 때 백오십 퍼센트로 계산해 받는 수당에 위험수당과 식대를 포함해야 하는데도 위원장은 제가 회의 때 수차 건의했는데도 이의 개선을 위해 전혀 노력을 보이지 않았습니다. 이는 명백한 근로기준법 위반입니다. 셋째로, 군에 가기 위해 휴직계를 내고 군복무를 마쳐 복직한 사람들을 신규 입사자로 간주하여, 근속기간이 일 년이 안 된다 하여 상여금 지급과 승급대상에서 누락시키고 있는데도 이를 묵인하였습니다. 제가 회의 때 여러 번 얘기해도, 오히려 회사 입장만 변명하였습니다. 이 것도 헌법 제 삼십칠 조와 병역법 위반입니다. 넷째로, 우리 회사에서 가장 저임금을 받는 잡급직이 회사의 편법에 의해 퇴직금과 연차휴가를 받지 못하고 있는데도 이를 또 묵인하였습니다. 이 모든 것에 대한 법률적 자료는 이렇게 다 갖추어져 있습니다. 그 네 가지를 돈으로 환산하면 수십억이 넘습니다. 위원장의 어용성으로 인해 우리는 그만큼 착취당한 것입니다."

명수는 호주머니에서 자료뭉치를 꺼내 대의원들에게 보였다.

"그 나쁜 놈의 새끼. 당장 잡아죽여!"

"회사에서 얼마나 받아 처먹은 거야!"

대의원들이 흥분하여 마구 소리를 지르기 시작했다.

명수의 설명을 들은 서 씨는 그제서야 위원장의 잘못이 뭔가를 알고는, 명수의 다음 얘기에 귀를 기울였다.

"다음으로는 노조의 비민주적 운영에 대해서 말씀드리겠습니다. 위원장은 그 엄청난 조합비의 사용 내역을 올바로 공개하지 않고, 조합원을 위한 교육이나 행사를 단 한 번도 안했습니다. 임금인상도 적당히 해치우고, 단체협약은 오히려 매년 그 내용이 저하되어 왔습니다. 뿐만 아니라, 현장에도 안 나타나 위원장의 얼굴을 아는 조합원이 아예 없을 정도이니 이런 사람을 우리가 어찌 대표자로 인정할 수 있단 말입니까! 모든 것이 독선이고, 비리로 가득 차 있습니다. 작년에 위원장을 불신임하고 나선 대의원 육 명이 의문의 해고를 당하고, 판매본부로 발령이 난 것은 동지를 팔아먹은 명백한 어용적 작태입니다."

명수의 음성은 어느덧 떨리고 있었다.

"여러분, 여기 아까 모범조합원 표창을 받으신 서영우 아저씨가 계십니다. 내후년이면 정년퇴직을 하시게 될 늙은 노동자이십니다. 이 회사에 십이 년을 다니셨는데 일당이 삼천사백 원입니다. 잡급직이라는 이유로 퇴직금, 연차휴가를 못 받았고, 상여금도 우리보다 절반이나 덜 받고 있습니다. 여러분, 이런 분들의 처우 문제마저 위원장은 외면해 왔습니다. 법에서 보장해 주고 있는 것도 포기한 겁니다. 대의원 여러분! 서영우 아저씨께는 매우 죄송스런 얘기입니다만 우리 노동자들의 말로가 서영우 아저씨처럼 되지 말라는 법이 어디 있습니까! 평생을 노동자로 살아오셨는데, 그 차별 받고 살아오신 억울한 일생이 저 표창패 한 개로 보상이 되는 겁니까! 노동운동은 그래서 필요한 겁니다. 여러분! 평생을 노동자로 일하다가 병이 들고 몸이 허약해지면 그땐 어찌 되는 겁니까! 그 날의 우리 생존을 위해 노동운동은 강력한 불꽃처럼 살아 일어나야 하는 겁니다!"

명수의 눈에서 한 줄기 눈물이 흘러내리고 있었다. 모두들 명수와 서 씨를 번갈아 쳐다보며 숙연한 표정이 되고 있었다.

대의원들은 목멘 소리로 노래를 부르기 시작했다. 누군가가 고개를 푹 숙이고 있는 서 씨의 앞에 노래가사가 적힌 복사물을 갖다 주었다.

'늙은 노동자의 노래'

대의원들은 그 노래를 몇 번이고 반복해서 불렀다.

서 씨는 무심코 그 노래 가사를 읽어 내려갔다.

1. 나 태어난 이 강산에 노동자 되어
   꽃 피고 눈 내리기 어언 삼십 년
   무엇을 하였느냐 무엇을 바라느냐
   나 죽어 이 강산에 묻히면 그만이지
   아 다시 못 올 흘러간 내 청춘
   작업복에 실려간 꽃다운 이내 청춘

2. 아들아 내 딸들아 서러워 마라
   너희는 자랑스런 노동자의 아들이다
   좋은 옷 입고프냐 맛난 것 먹고프냐
   아서라 말아라 노동자의 아들이다
   아 다시 못 올 흘러간 내 청춘
   작업복에 실려간 꽃다운 이내 청춘

3. 내 평생 소원이 무엇이더냐
   우리 손주 손목 잡고 금강산 구경일세
   꽃 피어 만발하고 활짝 개인 그날을
   기다리고 기다리다 이내 청춘 다 갔네
   아 다시 못 올 흘러간 내 청춘
   작업복에 실려간 꽃다운 이내 청춘

서 씨는 그 가사를 읽고 또 읽었다.

반복해서 읽는 동안 자신의 살아온 삶과 현재의 처지가 그 노래 가사와 똑같다는 생각에 빠져 갔다.

평생을 노동자로 살아왔는데, 현재의 나는 어떤 처지에 놓여 있는가. 죽기 전에 통일이 되어 고향 땅 금강산에 갈 수 있는가. 아, 늙어서도 노동을 해야 하는 삼천사백 원짜리 인생… 천대 받는 늙은 노동자, 늙은 노동자…

문득, 일생에 대한 억울함이 분노처럼 끓어올라, 서 씨는 부르르 몸을 떨었다.

서 씨는 자신의 억울한 삶이 조상 탓만은 아니라고 절실히 깨우쳤다. 그 깨우침이 가슴에 송곳처럼 와 닿는 순간, 서 씨는 미친 듯이 벌떡 일어섰다. 그리고 노동으로 찢기고 못 박힌 두 손을 꽉 주먹 쥐어 힘차게 흔들며, 늙은 노동자의 노래를 목메어 외쳐대는 거였다.

"…아 다시 못 올 흘러간 내 청춘
 작업복에 실려간 꽃다운 이내 청춘…"

탕녀와 폭도

1

 파업 현장을 취재한다는 것은, 이제 나에게는 역부족이었다. 기사를 꾸미는 일이 벅차진 것은 말할 것도 없고, 누군가가 내 목덜미를 잡아채 시위대 앞으로 끌고가 사정없이 내팽개칠 것 같은 두려움이 식은땀마저 흘리게 만드는 것이었다. 힐끗힐끗 주위를 살피며, 독충(毒蟲)이 기어가는 듯한 꼬락서니의 난필을 휘적이다가는 이내 손끝에 힘이 풀려 볼펜을 놓쳐버리기가 일쑤였다.
 뿐인가. 그 머리띠를 두른 여공이 떠오를 때마다 또렷한 윤곽으로 살아나 취재수첩에 꽉 들어차 앉는 죽은 아내의 모습은, 노동자들의 성난 함성과 어우러져 나의 숨통을 바싹바싹 조이고 있는 것을.
 참으로 기이한 일이었다. 그 여공의 사건과 아내의 죽음이 무슨 연관이 있기에 동시에 떠올라 내 피를 말리는 것인가. 빌어먹을. 이게 뭔 꼴인가.
 "노동자를 짐승 취급한 정병중 이사를 퇴진시켜라!"
 "해고자를 즉각 복직시켜라!"
 "살인경찰은 썩 물러나라!"
 슬금슬금 뒷걸음쳐 현장을 벗어나, 안주 없는 소주를 내리 들이켜고 나서야 겨우 나를 추슬러 우물딱주물딱 기사를 뜯어 맞추는 것이 고작이니.

"선배님, 기자는 때때로 뻔뻔스러워질 필요가 있는 겁니다. 오보한 것도 아닌데 뭘 그러십니까? 하루에도 수백 군데씩 터져 상황 파악하는 것만도 벅찬데, 본질 문제 가지고 너무 그렇게 우그러들지 마시라니까요. 니기미, 기자가 뭐 성직자라도 되느냐 이 말예요, 내 말은."

'노사분규 특별취재반'에서 함께 뛰고 있는 박 기자의 말에 전혀 공감을 할 수 없는 것도 답답한 노릇이었다. 상대방의 말에 공감을 못하면 반론이라도 제시해야 하는데 난 그것도 없었다. 꿀먹은 벙어리처럼 앉아 있는 나를 향해 박 기자는 마치 죄수를 변론하는 변호사와 같은 언동을 술에 섞어 내뱉고 있었다. 자신에 대한 변명일 지도 모르는 턱받치는 소리들을.

"선배님, 언제 쩍부터 노동문제가 신문에 대문짝만하게 실리고 했느냐 이 말예요, 내 말은. 저는 요즘 기자로서의 긍지를 가지고 다니까요. 노동자들의 편에 서서 할만큼 하고 있는데, 그걸 인정 못해 주는 놈들이 있다면 전 단연코 거부하고, 또 항변할 자신이 있다구요. 엄격히 말하면 기자들도 그동안 탄압 받아온 피해자가 아니냐 이 말예요, 내 말은. 아가리에 재갈 물려서, 할 말 못하고 산 것만 해도 억울한데, 왜 우리한테 돌을 던지냐 이겁니다. 그 누가 떳떳하게 우리한테 돌을 던질 수 있느냐 이거예요. 있으면 한 번 나와보라 그래요. 전 얼마든지 할 말이 많으니까. 어떤 놈이건 난 맞붙어서 논리적으로 콱 뭉개버릴 자신이 있으니까. 선배님, 안 그래요?"

멀리서 철야농성을 하는 노동자들의 구호소리가 간간이 들려오고 있었고,

"선배님, 그 쬐그만 기집애가 한 말에 너무 신경쓰지 마시구…"

머리띠를 두른 여공을 다시 볼 수 없을 것 같은 아쉬움이 가슴을 저며왔으며,

"선배니임!"

유서 한 장 남기지 않고 죽은 아내에 대한 때늦은 그리움이 불처럼 살아 일어나고 있었다.

"젠장! 기분 나빠서 먼저 갈랍니다. 혼자서 무슨 양심파인 양 술맛 떨어지게시리… 그건 선배님의 모순이란 말요, 모순! 홍어좆 같은 기자 때려치우고 투쟁판에 뛰어들면 될 거 아니냐 이 말예요, 내 말은. 에이 씨벌!"

술만 들어가면 광기를 부리는 박 기자가 자리를 박차고 뛰쳐나간 문으로 총총히 별이 박힌 밤하늘이 들어왔다.

만약, 그 때의 내 생각이 조금이라도 잘못된 것이었다면, 아내의 넋은 한을 품고 저 어둠의 끝을 방황하고 있을 것이다. 아내의 모든 말들이 진실이었다면, 추호도 거짓이 없는 사실이었다면 나는, 이렇게 살아 있는 나는 무어란 말인가. 그때는 왜 이런 생각들을 가져보지 못했던 것일까…

무기력에 빠져 허우적대는 나를 비웃기라도 하듯이 노동자들의 파업농성은 들불처럼 번져나가고 있었다. 확인되지도 않은 내용들을 여기저기서 긁어모아, 누워서 떡먹듯 손쉽게 기사를 만들어내는 박 기자가 때로는 부럽다는 생각을 하면서, 나는 현실 상황과 나의 한계에 휘어잡혀 나약하게 비틀려지고 있는 중이었다.

낮에는 환상에 시달리고, 밤에는 악몽과 가위눌림에 휴지처럼 구김질을 당하면서도 사체와 같은 꼴로 나자빠져선 안 된다는, 일종의 오기에 매달려 나를 지탱해 나가는 한심스런 나날들이었다.

박 기자는 어떤 작정을 했는지, 노동자들의 요구사항과 파업행태를 필요 이상으로 과장되게 기사화하는 일에 열을 올리고 있었다. 이를테면 '근로자들이 수용하기 불가능한 요구조건을 내걸고 결사적인 투쟁에 돌입, 사용자와의 협상을 난항에 빠뜨리고 있다', '어떤 근로자들은 회사가 망해도 좋다는 말을 서슴없이 하면서, 각목부대를 편성하는 등 폭력시위를 선동하고 있다', '요구조건이 단 하나라도 관철되지 않으면 사장실을 불태우겠다는 엄포를 놓으며 화염병을 준비하는 근로자들도 있다', '폭격 후의 폐허를 방불케 하는 농성장…', '인명을 살상할 수 있는 중장비 동원…', '시민을 공포에 몰아넣는 무정부 상태…' 등등의 자극적인 기사를 내보냄으로써 노동자들의 실력행사를 폭력사태의 성격으로 인식되도록 유도하고 있는 것이었다.

머리띠를 두른 여공의 신랄한 비판에 깨우침을 받은 바 있는 나는, 노동관계법 조문을 들어가면서 '…등 대개의 요구조건이 법적 수준이므로 회사 측에서 성의만 보이면 즉시 타결 가능', 'S사, B사, K사, D사 등은 지난 1년 간 노조 활동과 관련한 부당해고자가 10여 명이나 되어 이들의 복직이 선행되어야…', '이들 근로자들이 요구하는 25%의 임금인상이 전적으로 받아들여진다 하여도 이 회사의 임금수준(남자 초임 3천1백 원, 여자 2천4백 원)을 고려해 볼 때 여전히 저임금일 수밖에 없다', '기업주 측의 협상능력 부재와 정부에 해결을 의존하는 구태의연한 태도가 사태를 더욱 악화시키고 있다…'는 내용 등으로 비교적 구체적인 수치와 사례를 담아 기사를 작성, 송고하곤 하였는데, 내가 보낸 기사는 누락되거나 변질되는 것에 반해 박 기자의 기사는 또박또박 보도되고 있었다.

나는 이번의 전국적인 파업사태를 계기로 언론도 비장한 자구책을 강구하여, 언론에 개입되는 각종 이질물을 떨쳐버리고, 국민과 더불어 민주화를 성취해 나가는 한편, 질곡을 헤매는 노동문제의 근본적인 해결에 기여하는 언론 본연의 기능이 갖추어지기를 내심 바라고 있었으나, 그것이 순박한 착각이라는 것을 깨우치기에는 긴 시간을 필요로 하지 않았다.

남 못 주는 개버릇은 TV 쪽에서 먼저 시작되고 있었으니.

2

 파업 현장에서 만난 머리띠를 두른 여공은, 기자로서의 나의 허약한 폐부를 여지없이 해부시켜 놓았음은 물론이거니와, 잊혀가던 아내의 죽음에 대한 나의 닫혀진 양심을 한꺼번에 일깨워 녹아내리게 해주었다.

 정부의 언론 통제를 변명하기에 앞서, 현실에 적당히 안주하는 요령을 스스로 몸에 익혀가고 있던 나는, 친구의 소개로 알게 된 그녀의 여성다움에 반해 거의 일방적으로 사랑을 고백하며 결혼을 서둘러댔다.

 대기업의 사장 비서실에 근무하던 아내는, 참한 용모에 조용한 몸가짐, 상냥한 말씨로 나를 끌어들이고 있었는데, 서로를 깊이 알기도 전에 막무가내로 결혼하자고 덤벼드는 나의 공세에 질려 한동안 만나주지도 않더니, 짤막한 편지로써 답을 보내왔다.

 (어둡고 아픈 지대를 대변해 주는 기자라는 직업을 신뢰하며 존중하고 있었어요. 대학 1년생인 남동생이 졸업을 하고 사회인이 되어 어머니를 모실 형편이 될 때까지 저는 계속 직장생활을 해야 하는 입장에 있어요. 그 점 헤아려 주신다면야…)

 그런 형편쯤 문제가 될 턱이 없어, 나는 평소부터 기혼여성의 사회참여를 적극 지지해 왔노라는, 사회적·경제적인 남녀 지위평등에 관한 역설을 앞세워 그녀를 감동시켰고, 그녀의 수입금 전액을 처가가 될 집에 지원해 주어도 무방하다는 말로 그녀를 안심시켜, 약혼식을 생략한 결혼에 곧바로 골인하게 되었던 것이다. 단 한 번의 말다툼도 없는 찰떡같은 결합 속에서 일 년의 세월이 꿈처럼 흘렀다.

 소유하고 있다는 정신적 충만함과, 영원히 식지 않을 것 같은, 신비스럽기만 한 육체적 쾌락에 도취되어 대낮에도 그녀를 불러내 여관에서 갖가지 성행위를 즐기는 횟수가 늘어갔다.

이즈음, 언론자유를 주장하던 정의파 기자들이 잘려나가고, 강력범죄와 퇴폐적 향락풍조가 사회를 독버섯밭처럼 덮어가고 있었는데, 나는 별다른 고뇌 없이 아내와의 깨 쏟아지는 생활에 빠져 있었고, 그녀 또한 피곤한 구석을 찾아볼 수 없는 화사한 꽃으로 직장과 가정이라는 두 가지 책무를 즐거이 수행하고 있었다.

그런데, 해외취업 근로자들의 아내와 가정주부들의 탈선이 극에 달하여, 부부지간에 죽이고 죽는 끔찍한 사건들이 잇따라 발생하여, 이를 심층취재하기 위해 탈선의 온상인 여관과 카바레, 온천장 등지를 수사관처럼 뒤지고 다니던 어느 날이었다. 일반인들의 상식을 초월한 오만가지의 구역질나는 성유희 사례 등을 취재수첩에 적다가 문득 나의 아내도 이런 식으로 타락될 수 있는 여자는 아닐까, 하는 의문이 문득 들기 시작했다.

직장 상사에게 성적 노리개가 되는 여성이 의외로 많다는 잡지 기사들이 뇌리를 스치면서, 아내가 과연 다른 사내의 손길이 한 번도 스치지 않은 깨끗한 몸으로 나에게 왔을까, 하는 강한 의구심에 사로잡히는 것이었다.

그날 밤, 성행위를 하면서 실눈으로 훔쳐 본 아내의 표정과 몸놀림에서는 나를 편안하게 감싸주었던 포근하고 정숙한 여성다움이 전혀 느껴지지 않았는데, 행위를 중단하고 돌아누운 나를 끌어안고 아내는 뜨거운 숨을 헉헉 몰아쉬는 것이었다. 나에게 그날 밤의 아내는 영락없는 탕녀의 추잡한 모습으로 비쳐졌고, 내가 아닌 다른 남자하고도 얼마든지 음란한 짓거리를 하고도 남을 욕정의 살점으로만 여겨졌었으니.

사회 저명인사와 교수들의 부인들도 색에 미쳐 패가망신하는 경우가 허다한데, 온갖 명물들이 들락거리는 사장 비서실에 앉아 있는 이 만만한 여자에게쯤이야 얼마나 많은 음흉한 손길이 스치고 지나갔겠는가…

남자로서 수치스럽기 그지없는 망상을 떨구기 위해 전보다 더 일에 몰두하며 태연을 가장했지만 내 마음 속의 아내는 하루아침에 멀어져갔다. 어둡고 아픈 지대를 대변해주는 사명감 넘치는 사회부 기자로 나를 평가하는 그녀에게 내 신사답지 못한 마음을 들킨다면, 그 또한 얼마나 견디기 힘든 인격의 손상이 될 것인가. 졸렬한 생각을 엿보이지 않으려는 자존심 하나만으로 나는 전과 다름없는 웃음과, 말씨와, 행위들을 연극배우처럼 훌륭하게 연기해 낼 수 있었다.

그러나 나의 두 눈은 언제나 예리하게 아내의 머리 모양, 옷차림, 화장술에서부터 걸음걸이, 귀가시간까지 면밀히 관찰하고 있었음을, 나는 그것이 버릇처럼 굳어진 뒤늦게야 깨달았다. 낮에도 몇 번씩 그녀의 사무실에 전화를 걸어 자리에 있고 없음을 확인하게 되었으며, 외출을 나갔다는 말을 들으면, 취재 때 비밀구멍을 통해 본 대낮의 정사 장면이 눈앞에 아른거리면서, 아내가 지금쯤 어디서 누구를 만나 무엇을 하고 있을까, 하는 상상에 머리가 쑤시도록 빠져들게 되는 것이었다.

그럴 즈음 아내는, 그러한 나의 속도 모르고 결정적인 외박을 힘들이지 않고 감행함으로써 나의 의구심을 확신으로 바꾸어 놓고 말았다.

"내일 아침까지 끝내야 하는 기밀서류의 작성 때문에 부득이 못 들어가게 되었어요. 이해해 주실 걸로 믿겠어요…"

내가 무어라 말할 틈도 없이 용건만 말하고 전화를 끊은 그녀의 태도가 괘씸하고 불쾌하게 여겨진 것은 잠깐이었고, 퍼런 힘줄이 솟아있는 사내의 물건을 아이스크림 먹듯이 빨아대는 아내의 짐승 같은 모습이 스크린보다 더 선명하게 지나가면서, 쿵쿵 뛰는 가슴의 분노가, 주체하기 힘든 배신감이 나의 몸 전체를 부르르부르르 떨게 했다.

겨우 정신을 수습하고 아내의 회사에 전화를 걸어보니 그녀는 자리에 없었고, 퍼뜩 떠오른 친구 녀석, 아내와 같은 회사에 근무하는 중매자 노릇을 한 그 녀석과의 전화로 들은 얘기는 나를 반미치광이 상태로 몰고 가기에 충분한 것이었으니.
 "한 턱 단단히 더 내 임마. 나 아녔으면 어디서 그런 여자를 꼬셨겠냐, 니 주제에. 아직도 네 마누라를 짝사랑하는 골빈 녀석들이 회사 안에 많대니깐. 솔직히 말해 나도 너한테 소개해 주기가 아까웠으니까. 우리 사장? 갑자기 우리 사장 얘기는 왜 묻냐? 보약 같은 거 진창 처먹어 대서 그런지, 아직도 정력이 남아돌아가는 물개 같은 늙은이라구. 일본에 매끌매끌한 기집들을 숨겨 놓고는 후딱하면 즐기고 온다는 소문도 있고, 재작년엔가 언제는 거 유방 큰 여배우와의 스캔들로 주간지에 한참 오르내렸었는데 넌 몰랐냐? 벼엉신, 기자가 그런 것도 몰라가지구선…"

3

 "이봐요 기자 양반. 기사를 그렇게 개판으로 내보내도 되는 게요? 대한민국 근로자들을 죄다 폭도에 방화범으로 몰아대도 되는 거냐 이 말요! 왜 대답이 없어, 이 개새끼들아!"
 "노동자들이 깡패들에게 납치당 하고, 코뼈가 부러지도록 폭행당하는 건 왜 한 줄도 안 내보내고 몇몇 사장들 욕 쪼끔 먹고 멱살 좀 잡힌 게 뭐 그렇게 엄청난 일이라고 그 따위로 대서특필해 대느냐 이거야! 이 사람들이 진짜 보자보자하니깐. 지금 민주화를 망쳐먹고 있는 건 느그들 언론이란 말야 언론! 정신들 차려!"
 "고생들 많으십네다. 에 또… 기자 분들이야말루 국가 기강을 바로잡아 주시구, 좌경용공 세력들이 이 땅에 발을 못 붙이도록 일깨워 주시는 진짜의 애국자라는 걸 내 이번에야 절실히 깨우쳤습네다. 정말 고맙습네다. 에 또… 언제 한 번 들러서 정식으로 인사드리겠습네다. 구국 차원에서 소신을 가지고 일해 주시기를 부탁드립네다."

호된 비난과 역겨운 격려가 전화통을 쉴 새 없이 울리는 가운데, TV와 신문은 서로 내기라도 하듯이 남 못 주는 개버릇을 부려대는 데에 열과 성을 다하고 있었다. 똑같은 화면을 매시간 돌리며, 행인들의 코앞에 마이크를 들이대고는 이러다 큰일나요, 저러다 경제를 아주 망쳐놓겠어요, 등등의 똑같은 소리들을 받아내는 TV나, 대통령 직선제 개헌과 예상되는 대선 후보들의 면면을 지면 가득히 채워주는 신문들의 '몰아치기 솜씨'는 가히 대단한 것이었다. 몇 군데 재벌 회사의 과격한 분규 양상을 집중적으로 보도함으로써 공포와 불안감을 조성해 놓고는, '개헌과 선거만은 있게 해야 한다'고 국민들의 여론을 몰아 맞추기 위해, 모든 언론매체들이 '연합작전'에 돌입한 조짐이 역력히 느껴졌다.

1987년은 너무도 숨가쁘게 돌아가 기자들의 진을 다 **빼놓고도** 남음이 있었다. 대공분실에서 서울대생이 고문을 받아 죽은 사실을 은폐하다가 종교단체에 의해 이 사실이 세상에 알려지자 국민들의 분노는 군부독재 타도로 타오르기 시작했다. 경찰이 사건의 진상을 발표하는 자리에서 책상을 '탁'하고 치니 조사 받던 대학생이 '억'하고 쓰러졌다는, 개가 들어도 웃을 거짓에 국민들은 거리로 쏟아져 나왔다.

그런 상황에서 시위를 하던 또다른 대학생이 경찰이 발사한 최루탄에 머리를 맞아 피 흘리는 사진이 신문에 실리면서 6월은 삽시간에 불덩이가 되었다. 연일 집회가 열려 500만 명이 넘는 사람들이 시위에 참여하고, 시장 앞을 지나는 시위대에 시장의 상인들이 힘 내라고 김밥과 족발을 내다 주는 진풍경이 벌어지기도 했다.

    결국 대통령 직선제 개헌을 하지 않겠다고 버티던 정권은 여당 대표를 통해 대통령 직선제 개헌을 수용하겠노라는, 항복에 다름 없는 선언을 하기에 이르렀고, 이를 계기로 불바다를 이루었던 대규모 시위도 점차 안정 국면에 접어 들었다.

    하지만, 이번에는 노동현장에서 파업농성이 들불처럼 타오르기 시작했다. 그간 삼십 년 가까이 군부독재의 노동탄압에 당할대로 당하고만 살던 전국의 노동자들이 일제히 들고 일어난 것이었다. 그 파업농성의 불길은 두 달을 넘게 타오르며 기자들의 진을 뺐다.

    파업 초기에는 단순한 파업 행태를 보도하던 언론은 2개월을 넘기면서부터는 어딘가의 지휘를 받는 것처럼 일제히 파업농성의 폭력성과 경제파탄의 불안성을 부각시키기 시작했으며, 정치권도 이에 가세하기 시작했다.

    좌경세력들의 선동에 의한 폭력 노사분규를 더 이상 방치할 수 없다는 치안당국의 신호탄식 담화문이 발표되고, 야권에서조차 뼈대가 흐물거리는 애매모호한 용어를 구사하며, 민주화를 원치 않는 세력에 빌미를 잡힐 명분을 주어서는 안 된다는 기술적인 엄호 발언으로 한 몫을 거들고 나서는 판국이되어 버린 것이다.

    TV와 신문을 불신하면서도 하루라도 그 것을 보지 않고는 입술이 근지러워 살 맛을 못 느끼는 체질로 길들여온 우리네 대한민국의 대다수 선량한 국민들은 언론이 이끄는 대로, 병아리 콩 집어먹은 것처럼 두 눈을 휘둥그레 뜨고, 다 된 밥에 코 빠뜨리는 것이 아니냐는 염려스러운 얘기들을 나누며, 여론의 그물에 얽어매여지는 듯이 보여졌다.

    각목도, 총칼도 갖고 있지 않은 언론매체의 도깨비방망이 같은 괴력을 지켜보면서, 나는 머리띠를 두른 여공의 정확한 예언에 탄복하지 않을 수 없었다. 그녀가 말한 대로, 30여 년 동안 묻어두었던 이 땅의 노동문제는, 정국을 강타한 위력적인 파업농성을 이끌어냈음에도 불구하고, 그 본질적인 문제의 해결에는 접근도 해보지 못한 채, 또 다시 미궁으로 가라앉는 꼴이 되어가고 있지 않은가.

"기자 아저씨. 우리 노동자들의 인간적인 호소가 어떻게 짓밟혀질 것인지 눈에 빤히 보여요. 그간 언론도 탄압을 받아왔다는 걸 내세워 변명하려 들지 마세요. 아저씨들은 우리 국민들이 피땀 흘려 싸워 길을 열어주어도 몸에 밴 패배의식 때문에 언제나 스스로 그 길을 비켜갔어요. 지금도 아저씨들이 그 짓을 자청해서 하고 있으니 그 다음엔 대대적인 탄압이 또 가해지겠죠. 해고와 구속, 또 해고와 구속… 아저씨들은 또 한결같이 탄압의 상처를 포장해버리는 일에 발 벗고 나서게 될 거예요. 새로운 마음으로 노사가 협력해야 한다, 노사는 한 배를 탄 공동운명체다, 이제부터라도 정부가 노동조합의 힘을 키워주어야만 불순세력이 침투 못하게 될 것이다… 기자 아저씨, 배고파서 밥 달라고 하는 것도 불순세력이 선동한 걸로 보이세요? 언론이야말로 탄압을 선동하는 불순세력 꼴인데, 그것을 깨닫지 못하고 있으니…"

불순한 생활에 물든 것 같은 아내와 당장에라도 결판을 내고 싶었지만, 확실한 증거를 잡아야 한다는 생각에서 나는 꾹꾹 참아 넘겼다. 외박을 하고 들어와서도 잘못했다는 기색이 하나도 없이, 회사에 화급히 처리할 일이 생겼다는 말로 적당히 얼버무리려는 그녀의 몸에서, 늙은 사장 놈의 누릿한 정액 냄새가 나는 것 같아 나는 그녀를 마주 대하기조차 역겨워졌다. 확고한 증거를 포착하기도 전에 섣불리 부정을 캐려고 덤벼들었다가는 오히려 인격적 수준에 문제가 있다는 반격을 당하게 되고, 앞으로는 꼬리를 잡히지 않기 위해 철저한 위장을 할 것이 틀림없으므로 나는 아내에게 아무것도 묻지 않았다.

그녀가 외박을 한 날, 친구 녀석과의 전화통화를 끝내고, 곧 미쳐버릴 듯한 심정을 달래기 위해 독한 양주를 밤새워 들이키며 내린 결론이, 증거를 잡기 전에는 일체의 눈치를 못 채도록 이해와 관용의 모습으로 아내를 대하리라는 것이었다. 그런 결심에 따라, 낮에 그녀의 사무실에 전화도 걸지 않았고, 성관계도 아주 끊을 수는 없어서 피곤하다는 핑계로 이따금씩 간단한 동작으로 재빨리 해치우곤 했는데, 그녀는 유능한 일꾼이 되기 위해서는 건강이 제일이라며, 아침마다 야채즙과 활성제 알약을 또박또박 갖다 바쳐, 나는 그저 고마운 척 넙죽넙죽 받아먹을 수밖에 없었다.

첫 번째 외박 후, 그녀는 비서실 업무가 밀려서 그런다는 일관된 핑계를 내세워 귀가 시간이 늦어지기 시작했고, 두 달이 넘으면서부터는 자정을 넘기는 경우로까지 발전하더니, 그것도 부족했던지 간단한 전화 통보만으로 드디어 두 번째의 외박을 감행하는 것이었는데, 나는 이미 그녀와의 장래를 포기한 때문인지 별 분노도 느껴지지 않았고, 오히려 증거를 포착할 수 있는 기회가 가까워지고 있다는 기대에 야릇한 흥분마저 일어나는 것이었다.

두 번째 외박이 있은 며칠 후, 나는 드디어 현장을 확인하기 위한 잠복에 들어갔다. 사립탐정처럼 콧수염을 달고, 가발을 쓰고, 색안경을 걸친 모습으로 그녀의 회사 앞에 숨어 있었는데, 그 혼자 약은 체하던 아내는 불과 삼일 만에 나에게 꼬리를 잡히기 시작했다. 대낮에 회사를 나와 총총걸음으로 한 십 분쯤 걸어가던 그녀는, 오색 만국기가 걸려있는 호텔 안으로 빨려들 듯 자취를 감춰버렸던 것이다. 날듯이 뒤따라 들어갔지만, 그녀의 모습은 이미 내 시야권에서 벗어나버린 뒤였다.

빠드득빠드득 갈리는 이빨을 고정시키기 위해 나는 손수건을 입에 물고 로비에 진을 치고 앉아 그녀가 나타나기를 기다리고 있었는데, 해가 질 무렵에야 그녀는 나보다 더 체격이 우람한 늙은 놈과 함께 엘리베이터에서 다정히 걸어 나오는 것이 아닌가. 심장이 멎는 것 같은 충격을 어쩌지 못해 똥마려운 강아지처럼 안절부절 못하는 사이에 그녀는 건물을 빠져나갔고, 참으로 아깝게도 나는 그 뒤를 놓쳐 버려 투덜투덜 집으로 돌아올 수밖에 없었는데, 아아, 이건 또 뭔 일인가? 행주치마를 두른 그녀가 방실방실 웃으며 나를 맞아주는 것이었으니.

"여보, 저에게 아주 좋은 일이 생길 것 같아요. 뭐냐고 묻지는 마세요. 어느 날 갑자기 빅뉴스를 안겨드릴테니…"

하면서 콧노래까지 부르며 음식을 장만하는 그녀가 징그럽다 못해 무섭게 느껴져, 나는 약속이 있다는 핑계로 집을 나와 술을 먹고 춤을 추고, 2만 원짜리 여자를 사서 음란비디오를 틀어주는 여관에 데려가 녹초가 되도록 몸싸움을 벌였는데도 정신은 말똥말똥 아내의 속살을 난도질하고 있었다. TV 화면에서 꿈틀거리는 저 양놈처럼, 그 늙은 놈도 아내의 몸 구석구석에 정액과 침을 발라 놓았겠지. 아내는 숨이 끊어지는 듯한 비명을 내지르며, 기괴한 성 동작을 다 받아주고, 기진맥진해져서 그 늙은 놈의 품에 안겨 잠들곤 했겠지. 그것에 미쳐서 나를 배신하다니, 그러면서도 방실방실 웃으며 나를 희롱하다니. 으으으…

나는 빠른 시일 내에 이혼하기로 결심을 굳혔다. 재수 없게도 그날 밤의 여자에게서 임질이라는 성병까지 얻어, 내친김에 취재를 핑계 삼아 외박을 하거나 다른 방에서 잤다.

아내는 그 후에도 세 번이나 그 호텔로 들어가는 것이 목격되었고, 나는 호텔에서 나오는 그녀의 모습을 사진까지 찍어 두어 이혼의 준비를 착실히 해두었다. 그리고 결판을 내기 위해 적당히 술을 마시

고 들어간 어느 날,

"여보, 축하해 줘요. 드디어, 드디어 됐어요."

하며 내 품에 뛰어드는 아내의 호들갑에 잠시 어리둥절해져 있는데

"여보, 제가 저번에 빅뉴스를 안겨드린다 그랬었죠? 그게 됐단 말예요. 저 승진시험에 합격돼서 우리 그룹사에서는 최초로 여과장이 되었단 말예요. 나 장하죠? 그죠?"

아내는 동동동 발까지 구르며 숨이 막히도록 나를 끌어안는 것이었다.

"우리 그룹사에 맘모스 호텔이 있는데, 거기에 경리과장으로 발령이 났다니까요. 여보, 그간 못 들어오고, 늦게 들어오고 한 건 그곳 업무를 익히느라 그런 거니까 이해해 줘요. 우리 사장님이 특별히 배려해 주신 덕도 있지만요, 제 실력으로 승진하기 위해 얼마나 노력했는지 아세요? 여보, 그간 죄송했어요. 내 월급을 친정집에 도와주느라 당신을 위해 하고 싶은 것도 못 해드려서. 그치만 이제 문제없어요. 여보, 내 월급이 얼만지 아세요? 자그마치 오십만 원이 넘는다구요. 놀랬죠? 아아, 너무 꿈만 같아요. 우리 엄마도 이제 당신 대하기가 덜 미안하실 거예요. 여보, 그간 너무너무 고마웠어요. 당신은, 당신은 너무 자상하고 멋있어요. 여보 사랑해요… 여보…"

울음까지 터뜨리는 그녀를 내려다보며 나는 실소를 머금고 있었다. 그래, 연극하기가 얼마나 힘들겠냐. 소리 내어 웃지도 않던, 얌전한 체하던 네가 수다를 다 떨면서 발까지 동동 구르고, 눈물까지 짜대기가. 사장님의 특별배려로 호텔의 경리과장이 되었다고? 이제는 아주 까놓고 붙어살겠다 이건데, 웃기지 마라. 누구 마음대로. 보약 먹은 늙은이 마음대로? 아니, 차라리 잘됐다. 어차피 나하고는 상관없는 일이니까. 붙어 살건 박고 살건 이혼해 버리면 되는 거니까. 끝

장내면 되는 거니까…

나는 나를 끌어안고 흐느끼고 있는 그녀를 힘껏 떠다밀며, 그간 참아왔던 응어리를 터뜨렸다.

"웃기지 좀 마. 난 다 알고 있어. 그 늙은 놈이 첫남자라는 걸 난 다 알고 있어. 나를 속이고도 모자라 매일 그 새끼를 만나서 짐승처럼 놀아난 거지? 얼마나 그 새끼한테 미쳤으면 호텔방까지 얻어놓고 밤낮없이 놀아난거야? 뭐? 경리과장? 그래, 둘이서 이젠 한 시도 못 떨어지겠다 이건데, 좋아, 내 깨끗하게 끝내 주지. 이 집에서 썩 나가! 썩 꺼지란 말야!"

이성을 잃고 소리치는 내 앞에서 그녀는 한 마디 대꾸도 없이 귀를 막고 떨고만 있었다.

"아니라고 그러진 못하겠지? 자, 증거가 이렇게 있는데, 설마 아니라고 우기지는 못하겠지? 니가 아무리 연극을 잘한다 해도 나는 못 속여."

나는 호주머니에서 사진과, 그간 관찰하고 미행하며 기록해 놓은 일지를 꺼내어 그녀의 얼굴에 던졌다.

"삼 일 내로 짐 싸가지고 썩 나가. 나가지 않으면 내가 나갈 테니까."

넋이 빠진 눈으로, 맑은 눈물방울이 투두둑 떨어지는 눈으로 멀거니 나를 올려다보던 그녀가 정신을 잃고 축 늘어지는 것을 그대로 둔 채, 나는 문을 박차고 뛰쳐나왔다.

하루, 이틀, 사흘을 밖에서 보내고 집에 들어왔으나 변한 것이라고는 하나도 없었다. 그녀의 옷과 화장품과 신발 등이 제자리에 그대로 있는 상태에서 편지 한 통이 나를 기다리고 있었다.

'사랑하는 당신에게'로 시작되는 그 편지를 나는 읽지 않고 갈기갈기 찢어 방안에 뿌렸다. 대서방에서 쓴 이혼서류를 꺼내놓고 그녀를 기다리면서, 나는 세상의 모든 여자들을 향한 저주와, 다시는 여자 따위는 사랑하지 않으리라는 맹세를 술과 함께 씹어 들이켰다.

삐이꺽, 문이 열리고 그녀가 들어왔을 때, 나는 바보처럼 목 놓아 울던 중이었고, 그녀가 무릎을 꺾어 내 앞에 다소곳이 앉는 그 순간에 심한 토악질과 함께 나는 쓰러졌다.

날마다 술을 먹고 들어와 갖은 욕설을 다 퍼부어도, 그녀는 거짓이 없는 한 오해가 풀릴 것이라는 말 한마디로 이혼을 받아들이지 않았으며, 아침마다 야채즙과 알약을 식탁 위에 차려놓고는 화장기 없는 얼굴로 집을 나서는 것이었다. 이혼을 요구하다 먼저 지친 나는, 내 쪽에서 짐을 싸가지고 나가려 하였으나, 아무런 내용을 모르는 주변의 사람들이 아내보다는 나를 욕하게 될 것 같아 쉽게 결행하지 못한 채 차일피일 미뤄갔다. 그러는 동안에 술집에서 술이 취해 친척이나 친구들에게 의도적으로 흘린 아내의 부정에 대한 얘기는 입과 입을 타고 삽시간에 번져나갔다.

드디어 나는 장모와 처남에게 도저히 얼굴을 들고 살 수가 없다, 이런 불행이 어디 있느냐, 아무리 설득하고 달래도 소용이 없다, 이혼을 하게 되더라도 이해를 바란다는 통보를 했으며, 회사 근처에 방을 얻어놓기도 했다.

그러나, 장모가 찾아와 아내의 머리카락을 칭칭 감아 끌고가려 해도 그녀는 한사코 이혼을 거부했다. 오히려 내가 정신질환의 일종인 의처증에 걸렸다며, 한 번만, 딱 한 번만이라도 전문의사에게 진단을 받아보라고 애원하는 것이었다. 의처증, 의처증 환자라니, 멀쩡한 내가 의처증 환자라니, 나는 아내의 따귀를 때리며 취소하라고 소리질렀고, 그녀는 제발 이혼 얘기는 꺼내지 말라고 울부짖었다.

"그래 이혼을 안하면 이 지경에서 어찌 살 수 있다고 보는 거냐. 난 네가 이제는 무섭단 말야. 음식에 독약을 타서 나를 죽일 것만 같은데, 어떻게 같이 살 수 있다는 거냐구?" "오해가 풀리기 전에는, 전 당신 곁을 떠날 수가 없어요. 내 목숨보다 더 소중한 당신과 오해 하나로 헤어진다는 건 죽는 것보다 더 슬픈 거예요. 죽음을 생각해 봤지만, 죽어서도 더러운 여자로 기억될 것이 두려워서 못 죽고 있어요. 그리고, 불쌍하신 우리 엄마와 내 동생에게도 그런 죄를 남긴다는 것이… 여보, 회사를 못 그만두는 제 입장을 왜 이해를 못해 주시나요?"

"입장? 그래, 너에겐 입장이 있었지. 나보다도 너의 식구들을 더 생각하는 그런 입장. 그걸 난 깜박 잊고 있었어. 그래, 이혼을 안해주는 그 이유를 알겠어. 몸까지 팔아서 식구들을 도와주는 너였으니까. 차마 네 입으로는 말을 할 수가 없었겠지. 그냥은 못 나가겠다, 그러니 위자료를 달라는 말이 안 떨어지겠지. 좋아, 정 그렇다면 위자료도 주겠어."

4

"언제나 그랬어요. 한편으로 구속시키고, 또 한편으로는 돈 몇 푼 던져줘 무마시키려는 수법 말예요. 언론은 그것을 늘 당연한 해결방식처럼 보도해 줬구요. 권력과 자본과 언론의 삼박자가 어쩌면 그리도 잘 맞아떨어지는지, 이제는 화도 안 나고, 웃음도 안 나오구, 너무 노골적인 야합이 징글맞기만 해요."

터지고 부르튼 작은 입술 사이에서 흘러나오는 목소리는 처음 대면했을 때보다 더 잠겨 있었다. 목청이 터지도록 노래와 구호를 외치다가 무자비한 폭력에 꺾여 병원으로 옮겨진 그녀는 불쑥 찾아간 나를 경멸하는 눈빛으로 쏘아볼 뿐 아예 상대도 안 해줄 태도였으나 내가 '참회하는 마음으로 찾아왔다'며 작은 두 손을 감싸 쥐자 그 때서야 의외라는 표정으로 의자에 앉기를 권하는 것이었다. 머리띠를 맸던 자리에 피가 밴 붕대를 감고 누워 있는 그녀는 하늘색 작업복차림 그대로였는데, 왼쪽 가슴에 '생산1과 권선이'라고 새겨진 명찰이 옷핀에 끼여 매달려 있었다.

"아저씨가 윤태한 기자죠? 그렇죠?"

경비실 안에서 시위행렬을 지켜보고 있던 나에게 구겨진 유인물을 집어던지며 매섭게 노려보았던 선이.

"엉터리 기자의 손장난이 현장에 어떤 영향을 미치는가 똑바로 보라구요. 아저씬 기자가 아니라 기업주들의 앞잡이라는 걸 부인 못할 거예요."

얼떨결에 당하는 일이라 정신이 없었지만, 나와 관련한 내용이 유인물에 있을 것이라는 짐작에서 얼른 그것을 펴보았다.

아니, 이럴 수가? 이럴 수도 있는 것인가… 둔기로 뒤통수를 얻어맞은 것처럼 아찔한 현기증이 노랗게 스치고 지나갔다. 8절지의 유인물 맨 위에는 '언론도 그대들을 탓하고 있다. 무리한 요구조건 철회하고 조업에 임하라!' 라는 제목이 씌어져 있었고, 그 아래에 5단으로 짜인 신문 기사가 그대로 복사되어 얹혀 있었다.

그것은 분명히 내가 쓴 박스기사였다. '근로자들의 과다한 요구에 기업 존립 휘청'이라는 제목과, 'K실업 등은 요구사항이 무려 30개나 돼'라는 소제목을 달고 있는, 파업이 한창 진행 중이던 때에 여섯 개 기업을 모델로 택해 쓴 기사로서 말미에 '윤태한 기자'라는 내 이름이 떡하니 나와 있는 것이었다.

'K실업 구사대책위원회'의 명의로 작성된 유인물은, 신문에서도 지적된 바와 같이, 과다한 요구조건을 한꺼번에 내걸고 협상의 여지도 없이 파업에 돌입한 행위를 개탄치 않을 수 없다, 일부 불순세력의 선동에 휘말려 기업을 망하게 하는 극한투쟁을 벌이는 것을 도저히 용납할 수 없다. 남자사원들은 위기에 처한 회사를 구하기 위해 구사대책위원회를 조직하였음을 선언한다. 앞으로 4일 이내에 파업을 중단치 않으면 어떠한 희생을 감수하고서라도 우리들의 뜻을 행동으로 옮기겠다. 그때의 모든 불상사에 대한 책임은 파업을 선동한 불순세력에 있음을 명백히 밝혀둔다는 등의 경고를 주된 내용으로 담고 있었다.

"도대체 윤태한 씨, 당신은 삼십 개의 요구사항이 뭔지나 알고 이걸 쓴 건가요? 얼마나 받아먹었길래 이 따위로 기사를 썼느냐 이거예요? 자, 삼십 개의 요구사항이 뭐가 잘못된 것인가, 다시 한 번 읽어보고 해명하세요."

나는 그녀가 내민 '우리의 주장'이라는 제목의 유인물을 떨리는 손으로 받아 들었다. 기사를 쓸 때에, 가지 수만 세어본 것이 문제는 문제였다. 다른 기자들도 모두 마찬가지지만, 현직 기자들은 노동자들의 요구사항이 무리한 것인지, 정당한 것인지를 명확히 규명해낼 수 있는 노동문제의 식견을 갖고 있지 못했다. 그것은 노동문제의 보도 금기에 순응해온 탓도 있겠으나, 전적으로 기자들의 자질문제였다.

노동문제의 기사를 쓰려면 전문가들을 찾아가 자문을 구하는 것이 고작일 뿐, 직접 공부한다거나 문제를 찾아나서는 경우가 극히 드문 것이다. 그런 적극성을 보였던 기자들은 안팎의 압력에 짓눌려 영락없이 잘려나갔으니까.

① 유령노조 해체하고 민주노조 건설하자 ② 임금 2만 원 인상하라 ③ 상여금 차등 지급제 폐지하라(사원 400%, 기능직 150%는 부당함) ④ 국가 공휴일을 유급휴일로 하라 ⑤ 하기휴가를 유급으로 실시하라 ⑥ 장학금 지급을 확대하라(현재는 4급 사원 이상에만 지급

하고 있음) ⑦ 해고자를 복직 시켜라 ⑧ 노조활동 탄압 말라 ⑨ 지게차 운전기사와 식당요원들의 특근수당 지급하라 ⑩ 월차휴가 보장하라 ⑪ 연차수당 지급하라 ⑫ 작업복을 연 2회 무상 지급하라 ⑬ 식사를 무상 지급하라(현재 금여에서 한 끼 250원 공제는 부당함) ⑭ 화장실과 목욕탕의 시설을 개선하고, 환풍기 시설을 갖추어라 ⑮ 면회실 설치하라 ⑯ 통근버스 운행하라 ⑰ 사무직과 현장직의 복장을 통일시켜라 ⑱ 간신배들만 우대해 주는 인사고과제도 폐지하라 ⑲ 폭력·폭언 간부들 공개 사과하라(정종태 전무는 욕설이 입에 밴 자임) ⑳ 사우회비 공제를 폐지하라 ㉑ 생리휴가 보장하라 ㉒ 가족수당 신설하라 ㉓ 안전수칙 준수하고 위험수당 지급하라 ㉔ 식사의 영양분을 높여라(국수 나오는 날은 김치를 주어야지 소금물에 말아주는 게 어찌 사람먹는 식사냐) ㉕ 정기승급제 실시하라 ㉖ 공중전화 설치하라 ㉗ 근무시간 외의 조회와 새마을 청소를 폐지하라 ㉘ 지각·조퇴 3회를 결근으로 하지 마라 ㉙ 시말서 강요하지 마라 ㉚ 산재환자 휴업수당 80% 지급하라 ㉛ 의무실 설치하고 의사 상주시켜라…

"기업 존립을 휘청케 하는 과다한 요구사항이 뭔지 말해 보라니깐요! 대부분이 법에서 보장하고 있는 내용이라는 것을 모르시나요?"

나는 다그쳐 묻는 그녀에게 식은땀만 흘릴 뿐 달리 할 말이 없었다. 용어의 뜻도 제대로 몰랐었으니 무슨 변명을 할 수 있으랴.

"생각 같아서는 사람들을 몰고와 마구 물어뜯어주고 싶지만 참겠어요. 당신은 상대할 가치도 없는 엉터리 기자니까 그리 알고 혼나기 전에 어서 썩 떠나세요."

나는 부랴부랴 경비실을 빠져나왔다. 그리고 며칠 후, 남자사원들로 조직된 구사대(求社隊)가 각목을 휘두르는 무자비한 폭력을 써서 농성을 해산시켰다는 사실을 확인하였다. 술 취한 구사대가 여성

근로자들의 머리채를 잡아 질질 끌고 다녔고, 피투성이가 된 여공들의 처절한 비명이 밤공기를 갈라놓았다는, 내가 송고한 기사는 한 줄도 나가지 않았다. 농성 근로자들과 구사대가 충돌하여 양측이 약간의 부상을 입은 것으로만 대수롭지 않게 보도되었을 뿐이었다.

"참회하는 마음에서 오셨다구요?"
"그 폭력의 주범이 어쩌면 나였을지도 모른다는 죄책감에서…"
나는 말을 잇지 못했다. 도시의 한 가운데서 그러한 폭력이 발생하였는데도 아무런 조치가 없다는 것이 믿어지지가 않았다.
"술 취한 새끼들이 우리들을 때려 눕혀서는 난지도 쓰레기장, 몽산포, 심지어는 동네도 알 수 없는 산꼭대기에 실어다 버렸어요. 이튿날 기를 쓰며 회사로 갔는데 또 때려서 난지도로… 그 다음날도 또… 회사가 부모님들에게 뭐라고 연락을 했는지 무턱대고 올라오셔서는 동지들의 머리채를 끌고 가버리고, 집안에 빨갱이 년이 생겼다고 대성통곡하시고…"
분노를 견디느라 어금니를 악무는 선이를 마주 보기가 부끄러워 나는 고개를 들 수가 없었다.
"취재하러 오신 건가요? 그거라면 거부하겠어요."
"그것이 아니구… 인간적으로 나를 깨우쳐주는 힘이 선이 양에게 있는 것 같아서. 정식으로 사과도 할 겸해서…"
"전 기자 아저씨껜 큰 감정이 없어요. 돈 버는 것에 환장이 들려 있는 신문사는 미워해두요."
일어나 앉기 위해 옆구리를 손으로 떠받치며 괴로워하는 선이를 부축해 주면서, 나는 가는 한숨을 내쉬었다. 쉰 소리로 콜록콜록 밭은기침을 하고 나서 이마의 땀을 닦는 그녀의 손목은 안쓰러우리만치 가늘었다. 눈빛만 초롱초롱 살아 있는, 소녀티가 가시지 않은 선이는 뜻밖에 씨익 웃으며, 우리 인사해요, 하고 손을 내밀었는데, 난 그것이 그렇게 정답고 고맙게만 느껴져 얼굴까지 붉히며 바싹 다가가 손을 잡았다.

"지키는 놈들 때문에 나갈 수도 없고, 혼자 온종일 지내려니까 그것도 힘이 드네요. 아저씬 빽이 많은가 보죠? 면회를 다 허용받으시구."

"빽? 타협을 했지. 이 지역의 높은 사람과 취재를 하지 않겠다는 조건으로, 선이가 내 친척이라고 속이면서."

"취재를 하면 기사가 나가기나 하겠어요?"

"글쎄… 나가기야 하겠지. 눈에 띄지 않도록 나가서 탈이겠지만."

우리는 동시에 푸, 하고 웃었다. 그리고는 금세 다시 어색해졌다. 거둘 수 없는 장벽이 선이와 나 사이에 가로놓여 있는 것 같은 안타까움이 나를 우울하게 했지만, 나는 애써 그 것을 달랬다. 나는 의식적으로 말머리를 문제의 K실업 쪽으로 돌렸다.

"선이의 말을 듣고 밤새 노동법 해설집을 들춰보았는데, 삼십 가지의 요구사항이 대부분 법에 보장된 내용이란 것을 알고는 퍽 놀랬지. 인원이 삼천 명이나 되는 기업에서 그토록 법을 어기고, 해고와 징계를 밥 먹듯이 해치워왔다는 것도 믿어지지 않았구. 일당이 이천육백 원이란 것도 신기하게 여겨졌었어. 그런 환경에 어떻게들 견뎌왔는지 숙연해지더군."

"우리 아버지도 그 회사에 다녔었어요. 근로기준법이 오십삼 년도에 제정됐으니까 우린 삼십사 년 동안 법에서 소외당한 거나 다름없어요. 생계를 위해 한 달에 잔업을 보통 백칠십에서 백팔십 시간씩 했으니까 하루에 몇 시간을 일했는지 쉽게 계산이 나올 거예요. 노조는 십년 전에 만들어진 걸로 서류만 되어 있고, 이를 시정하려는 동지들은 여지없이 해고당했어요. 구제신청이나 소송을 하면 또 여지없이 패소 당했구요. 그런데 언론은 우리들을 매도했어요. 어찌 그것이 한꺼번에 요구하는 것으로 보여졌는지 도저히 납득이 안 가요."

"기자들이 노동문젤 너무 모르다보니까. 언제 다루어보기나 했어야지. 용어도 제대로 모를 정도이니. 단체교섭과 노사협의회를 구분도 못하고 있었는데 뭘…"

"우리가 해낼 거예요. 노동자들의 의식이 시퍼렇게 자라고 있는데 두려울 게 뭐 있겠어요? 잡아 가두고 짤라내도 우린 계속 일어설 거예요. 탄압이 무서워 가만있으면 더 당하고, 더 누르고, 더 착취한다는 걸 우리는 한이 맺히도록 깨우쳐 왔는 걸요. 일해서 먹고 사는 길을 철저히 차단하면서 민주화, 민주화를 구구단 외우듯이 읊어대는 그 기만을 우리 힘으로 꼭 무너뜨리고 말 거예요."

주먹을 꼭 움켜쥐면서 눈알을 번뜩이는 선이에게서 나는 시선을 돌렸다. 중학 졸업의 나이 어린 노동자인 선이에 비하여, 정통 민족지라고 자부하는 대신문사의 기자인 나는 너무도 물러터진 속물이고, 내면이 없는 껍데기이고, 성취하려는 목적이 없는 하루살이의 존재로밖에 여겨지지 않았다.

계속되는 선이의 말투에서는 나를 각성시키려는 의도가 분명히 느껴졌지만, 어찌된 일인지 전혀 기분 상하게 들리지가 않았고, 묵었던 체증을 쓸어 내가는 듯한 시원함으로 내 의식의 먼지를 털어주는 듯했다. 논리가 정연하게 갖추어 진 것은 아니지만, 듣는 이의 마음을 움직이는 강한 흡인력을 지니고 있었다.

언론이 권력의 탄압과 재벌들의 물량공세에 너무 맥없이 주물려지고 있으며, 언론자유를 쟁취하기 위해 노력하기는 커녕 상업주의에 빠져 재벌들의 광고 따먹는 일에나 열을 올리고 있으니, 노동자들의 입장을 적극 대변해 줄 거라고 기대하는 자체가 모순이며, 돈은 돈끼리 뭉치고, 권력은 권력끼리 뭉치고, 돈과 권력이 같이 살찌기 위해 서로 또 꽁꽁 뭉쳐지고 있으니, 노동자는 노동자끼리 똘똘 뭉쳐 싸워나가는 것은 지극히 당연하다고 말한 다음 최근의 파업투쟁의 얘기로 돌아와, 노동자 입장에서는 실로 통탄할 예측이지만, 전국적인 규모의 싸움으로까지 끌어올렸음에도 불구하고, 결국 언론과 자본과 권력의 야합에 의해 노동운동의 정치적 입지를 획득하지 못하고 노동자들은 돈 몇 푼 더 받는 선에서 처참히 패배하게 될 것이라는 말을 입술을 깨물며 하고 나서

"그러나, 아주 꺾이진 않을 거예요. 두고 보세요. 우리는 인간으로서 당당히 또 일어서게 될 테니까요."

하면서 나를 뚫어지게 바라보았다.

나는 다시 시선을 피했다. 노동자들의 처절한 절규보다는 재벌 총수의 한 마디 한 마디를 한껏 부풀려서 지면을 으리번쩍하게 장식해주는 언론사에 나의 목줄이 잡혀 있다는 것이 창피스러웠다. 문제의 도출보다는 본질을 희석시키는 기사를 열심히 써댔던 내 모습이 한없이 부끄러웠다.

"아저씨, 제가 재미난 얘기를 해드릴까요? 이건 내 친구가 한 얘긴데…"

울적해져 있는 나를 달래려는 듯 선이가 활짝 웃으며 말을 걸어와 나도 멋쩍은 웃음으로 다가 앉았다.

"내 친구가요, 우리나라의 언론은 꼭 의처증 환자 같다는 거예요. 국민들에게 의심만 심어주지 답은 안 준대나요. 핵심을 찌르는 게 아니라 내용을 빙빙 돌리면서 호기심만 자극시켜 놓는다는 거예요. 한 가지 사건이 터지면 그 주변 얘기만 몇 날을 써먹으니까 독자들도 아주 그 사건 속에서 사는 것 같은 착각을 갖게 된다는 거죠. 우리 오빠는 또 이런 얘기를 한 적이 있어요. 우리나라엔 왜 그리 빨갱이가 많으냐고. 노동현장에는 맨 불순세력들만 있느냐고. 의처증 환자가 아

무런 부정도 없는 자기 아내를 의심하듯, 국민들로 하여금 전국의 노동자들을 폭도와 불순분자로 의심하도록 만드는 언론이 내가 생각해도 의처증 환자 같아요. 진짜 치료하기 힘든 의처증 환자는 정부이지만. 재밌죠?"

"재밌군."

하고 고개를 끄덕이다가 나는 문득 떠오른 기억에 몸이 굳어졌다.

의처증 환자, 의처증 환자… 죽은 아내도 나에게 그렇게 말했었지. 내가 의처증에 걸린 것이라고.

선이의 병실을 나오면서 나는 세차게 머리를 흔들었다. 나는 아냐. 나는 절대로 아냐. 절대로, 절대로 아냐…

5

기억은 점점 더 확실하게 떠오르고, 나는 술과 악몽과 가위눌림에 시달려갔다. 아내는 밤마다 꿈 속을 찾아와 순결을 호소하는 눈물을 뿌리고 돌아갔다.

파업 현장을 나가면 선이가 떠오르고, 선이가 생각나면 죽은 아내도 떠올랐다.

무슨 연관성이 있는 것인가. 술은 나를 무력하게만 해줄 뿐 답을 주지 않았다. 그래도 마시지 않으면 견딜 수가 없었다. 아내가 자살한 후 친구들도 다 멀어져 갔고, 찾아가도 반겨주지를 않았다. 그놈은 알고 있을 거다. 우리의 슬픈 인연을 맺어준 그 녀석은.

"나쁜 자식. 이제 와서 뻔뻔스럽게. 착한 여자를 버렸다는 욕은 먹고 싶지 않아서 친구들에게 술까지 사며 그 따위 쇼를 다 부리구. 기자 짓 하면서 배운 게 그것밖에 없냐, 이 더러운 놈아. 넌 새끼야,

죽어서도 용서받지 못할 놈야. 처가를 도와주는 네 놈의 은혜에 보답하려고, 남자도 하기 힘든 특진시험까지 통과한 여자를, 그래 그런 식으로 몰아서 죽이냐. 우리 사장이 바람피울 장소가 없어서, 제 마누라가 운영하는 호텔에서 그 짓을 했겠냐구? 다신 찾아오지 마라. 죽여버리고 싶으니까."

나는 가슴이 무너져내리고 있었다.

그래, 진짜 더러운 여자라면 선뜻 이혼에 응했을 것이다. 죽어서도 추한 여자로 기억되는 것이 두렵다며 몸부림을 치다가 정신이상이 생기고, 너무 억울하여 유서도 남기지 않고 자살한 아내. 잘못을 속죄하기 위해 죽은 것이 아니라 결백을 증명하는 마지막 방법으로 목숨을 끊은 가엾은 나의 아내… 사회를 밝혀야 할 기자라는 놈이 사회의 못된 병에 같이 걸려서, 아내를 탕녀로 몰아 죽이고, 노동자들을 폭도로 몰아 짓밟히게 하다니.

나는 용서를 받을 수 없는 뻔뻔스런 통곡을 터뜨리며, 술병을 들이받고 벽을 들이받고, 콘크리트 바닥을 들이받아 선혈이 낭자한 꼴로 아내와 살던 집 앞에 쓰러져 정신을 잃었다.

파업·농성이 진정 국면에 접어들면서 선이가 예측했던 일들이 여기저기서 터지고 있었다. 무더기 구속과 수배, 해고, 폭력 등이 바로 그 것이었다. 정부 당국의 고위 책임자가 입회한 자리에서 합의된 사항들을 기업주 측에서 이행을 거부하고 나서는가 하면, 구사대의 폭력이 공공연히 가해지고 있는데도 정치는 잠을 자고 있었다. 공개 국무회의에 경영자 단체의 간부가 출석하여 사장들이 근로자들에게 린치를 당한 사례들을 거짓으로 보고하는 촌극도 벌어졌다.

선이의 말대로, 그것은 의처증 증세의 발로임에 틀림없었다. 정부가 발표하면 국민들이 믿지 않을 것이라는 의심에서, 피해당사자인 경영자 측을 직접 불러내어 보고를 시켰는데, 그것마저 국민들이 믿어주지 않을 것이라는 의심에서, 허위 내용을 꾸며냈는데도 대한민국의 대다수 국민들은 분노하지 않았다.

경영자들의 노조 파괴 공작이 노골화되어 노동조합 해산명령을 신청하는 작태가 벌어지고, 전국 곳곳에서 강제적인 노조 해산과 노동자들의 해고가 자행되고 있는데도, 정치는 오직 대통령 선거 한가지에만 미쳐 그런 문제쯤에는 등을 돌리고 있었다.

구사대한테 폭행 당해 쫓겨난 노동자들의 울부짖음이 전화통을 쉴 새 없이 흔들어 놓아도 신문은 귀를 막고 있었다. 오히려 신문 구독료를 2천7백 원에서 2천9백 원으로 올리고, 일주일에 두 번씩 8면의 지면을 늘려 전면광고를 컬러로 싣고 있는 것을 보면서 나는 선이를 그리워하고 있었다.

진정한 민주화를 위한 법이나 제도의 필요성을 논하기보다는 대통령이 되려는 사람들을 흥미롭게 싸움시키는 일에 또다시 '몰아치기 솜씨'를 유감없이 발휘하고 있는 언론의 괴력 앞에 나는, 사회부 기자인 나는 무용지물일 수밖에 없었다.

전국적인 파업투쟁을 통해서 노동자들이 쟁취한 것은 무엇이란 말인가. 법에 보장된 노동조합의 설립과, 약간의 근로조건을 따내기 위해서 목숨을 잃고, 구속되고, 해고되고, 폭행당하고 한 것인가.

감당해 낼 수 없는 깨우침을 부여안고, 나는 뻔뻔스럽게도 죽은 아내와 선이를 그리워하며 술을 들이켜대는 것이 고작이었다. 정체 불명의 괴한들에 의해 강제로 퇴원 당해 어디론가 끌려갔다는 선이는 지금 무엇을 하고 있는 것일까. 그녀를 만나 따귀라도 호되게 얻어맞으면 숨통이 탁 트일 것 같은데, 그녀의 소식을 알 길이 없었다.

경영자단체에서 구속된 노동자들을 석방시켜 달라고 탄원서를 냈다는 기사를 읽다가 나는 자리를 박차고 일어섰다.

그곳에 가서 눈을 크게 뜨고 찾아보면 선이를 볼 수 있을 지도 모른다… 나는 부리나케 노동자대회가 열리고 있는 곳으로 향했다.

전경들이 정문 앞에 늘어서 있는 운동장 안에는 입추의 여지가 없이 사람들로 들어차 있었다.

"…동지 여러분! 우리들은 그렇게 끌려 다니며 폭행을 당했습니다. 그런데도 정부와 권력에 눈이 먼 정치꾼들은, 돈 버는 것에 환장해 있는 관제 언론은, 피해자인 우리 노동자들을 폭도로 몰아붙이고 있습니다. 각목으로 얻어맞아 이렇게 머리가 터졌는데도, 불순세력이라고 해고 시켰습니다. 저들은 우리 노동자들이 스스로 깨달아 당연한 권리를 주장하는 것마저 좌경용공 세력의 선동을 받아 난동을 부리는 것으로 매도하고 있는 것입니다. 관제 언론은 우리 노동자들이 민주화를 그르쳐놓을 지 모른다는 의심을 갖도록 국민들을 현혹시키고…"

피가 밴 붕대 위에 머리띠를 두르고 단상에 올라 열변을 토하고 있는 하늘색 작업복 차림의 여자. 아아, 그건 분명히 선이의 모습이었다. 가슴을 저미는 속죄의 눈물을 흘리며, 나는 노동자들을 따라 구호를 외치고 노래를 불렀다. 그들은 애국가를 부르면서 앞으로, 앞으로 나아갔다.

나는 권력과 자본과 언론이 앓고 있는 의처증, 그리고 아내를 탕녀로 몰아죽게 한 나의 의처증을 치료해 주는, 폭도로 몰려 거리로 쫓겨난 노동자들의 노래를 목이 터져라 따라 부르면서, 선이를 찾아 앞으로 달려 나갔다.

◆ 《실천문학사》, 노동문학 1988에 발표

그림자 사람들

1

　노동조합 사무실을 나오면서, 나는 어두움 위에 또 한 겹의 어두움이 덮이는 것을 질감하며 가는 한숨을 토했다. 회사나 노동조합이나 반대의 이유가 똑같다는 생각을 하니, 분통이 치밀어 올랐다.
　"뭐래? 얘기 잘 됐어?"
　기다리고 있던 회원들이 기대에 찬 표정으로 내게 달려왔다. 난 그들의 그런 표정이 또한 어둡게 느껴져 힘없이 고개를 저었다.
　"치사한 것들. 노조나 회사나 똑같구나, 똑같애."
　"그것들이 반대한다고 못할 건 없잖아. 티켓도 찍어 놨고, 다방도 계약해 놨는데 지금 와서 어쩌자는 거니?"
　"그냥 하는 거야. 반대 받을 이유가 분명하질 않잖아? 누가 어떻게 반대하건 이번 일은 꼭 해야 돼. 그게 뭐야? 우리들도 모르게 환자들을 강제로 해고 시키고 아무 보상 없이 휴직시킨 것이 말이나 되는 거야? 쳇, 기가 막혀서."
　회원들은 노무과와 노동조합 사무실을 번갈아 쳐다보며 어제보다 더 분개했다. 나는 그들의 당연한 분개에 나도 뭐라 한 마디 하고 싶었지만, 피곤한 흥분만 불러오게 할 것 같아
　"이따가 밖에서 만나자. 우리들 간에 많은 얘기가 있어야 될 것 같애."

하는 말만 겨우 해주고는 무거운 발걸음을 현장으로 옮겼다.

퇴근 후에 만난 회원들은 내 말을 들을 필요도 없다면서 언성부터 높였다. 우리가 해야 할 일을 우리가 마땅히 하려 하는데 그것들이 무슨 권한으로 반대하냐면서, 마치 나에게 따지는 듯한 말투로 성화를 부렸다.

나는 아무런 대꾸도 하지 않았다. 그들의 흥분이 좀 가라앉은 후에 차근차근 얘기할 생각에서였다. 그러나 그들은 숨 돌릴 틈도 없이 한참을 떠들다가는 내게 어디로 간다는 말도 없이 티켓 뭉치를 하나씩 집어 들고 빵집을 나가버렸다.

나는 내가 꼭 회사 간부나 노동조합 간부가 되어 있는 것 같은 애매한 감정에 빠져 그들을 따라 나가지 못했다. 그들을 쫓아나가도 함께 어울릴 수 없을 것 같은 애석함이 내 모든 것을 휘어감아 나를 우울 속으로 몰고 갔다.

나는 물에 젖은 솜처럼 축 늘어지는 몸뚱이를 딱딱한 나무의자에 기대며, 탁자 위에 남아 있는 한 뭉치의 티켓에 시선을 떨어뜨렸다.

-휴직동료를 위한 협동 일일 찻집-

고딕체로 찍혀 있는 까만 글씨알들을 되풀이 읽으며, 우리들이 하고자 하는 일이 왜 문제화 되어 반대에 부딪혀야 하는가를 다시 또 곰곰이 생각해 보았다. 생각하면 할수록 우리들의 약한 처지만 자꾸 인식되어질 뿐 뾰족한 해답이 내려지지 않았다.

밖으로 나오니 기다릴 줄 알았던 회원들은 한 명도 보이지 않았다. 추위와 어둠 속을 치달리는 자동차 소리와, 술집에서 흘러나오는 유행가 가락만이 내가 선 골목에 끈적끈적하게 퍼져들고 있었다.

난 우리들 간에 이렇다 할 의견도 나누지 못하고 홀로 남게 된 것이 안타까워, 자꾸만 티켓 뭉치를 꼭꼭 쥐어보았다. 금방 손바닥에 땀이 배었다. 나는 고무줄로 칭칭 동여매어져 있는 티켓 뭉치를 불빛에 비추어 보며 몸을 움츠렸다. 노란 색도화지에 까맣게 찍혀 있는 내용들. 동정을 구하는 내용 밑에 버려진 듯 적혀 있는 아홉 명의 여자 이름.

그것은 희미하게 흔들리는 불빛 속에서 더욱 뚜렷하게 내 눈에 비쳐지고 있었다. 소리를 내어 힘차게 꿈틀거리는 강한 생명체처럼, 고무줄 속에 묶여 있는 티켓 속의 이름들은 탄력 있는 아픔으로 내 눈 속을 휘젓고 들어왔다.

난 입에 침이 말라가고 눈꺼풀이 떨리는 것을 어쩌지 못하고, 그 강한 생명체의 꿈틀거림을 넋을 잃고 내려다볼 뿐이었다. 그러다가 누군가가 내 어깨를 움켜잡는 바람에 소스라쳐 놀라 머리를 들었다.

"얘, 아주 잘 팔려. 술 안 먹은 사람한테는 안 팔리고, 술 취한 사람한테는 잘 팔린다니깐. 우리는 벌써 스무 장이나 팔았는걸."

회원들이었다.

그들은 어느새 상기되어 있었다. 허연 입김을 내뿜으며, 새로운 표정들을 짓고 있었다.

"술 취한 사람 붙잡고 무조건 사정하는 거야. 그러면 기분 내서 팔아준다니깐. 자, 우리들 하는 거 보고 너도 한번 해보라고. 호호호."

그네들은 내 어깨를 툭툭 치더니, 지나가는 사람들을 두루 살피다가는 지체 없이 어느 사람에게 따라붙었다.

"아저씨, 날씨 춥죠? 우리들은 공장에 다니는 가난한 사람들인데요. 우리들 친구가 병이 나서 공장에서 쫓겨나듯 휴직을 당했걸랑요. 죽어라고 일을 해줬는데 병이 나니까 보상 하나 없이 그냥 내보냈어요. 그 친구들 치료비를 해주려고 우리들이 일일찻집을 하는데 이것 좀…"

"아저씨, 우리 같은 딸 있죠? 딸을 사랑하는 마음에서 이 티켓 한 장만."

"쫓겨난 친구들은 폐병에 걸려 있는데 집들이 모두 찢어지게 가난해요. 죽어라 벌어도 먹고 살기 힘든데 직장을 잃은 데다 치료까지 해야 하니 얼마나…"

회원들은 중년 사내를 붙잡고 거의 사정하다시피 했다.

"그래애? 좋은 건지 나쁜 건진 몰라도 수고들 하는구먼. 티켓 값 얼마라 했지? 오백 원이라고? 옛다, 여기 천 원! 나머지는 팁이다, 팁! 기분이야, 기분. 인생은 기분이라고. 꺼~어억!"

회원들에게 둘러싸였던 사내는 구겨진 돈을 아무렇게나 꺼내 주고는 호탕하게 웃으며 골목을 빠져나갔다.

"봤지? 치사하지만 할 수 없어. 너도 한 번 해보라니까. 그럼 우리는 또 간다."

그들은 신이 올라서 술집이 많은 골목을 향해 달음박질쳐 갔다.

나는 그들의 뒷모습을 멍청히 바라보며, 무언가 일이 잘못 돌아가고 있는 것 같은 불안감에 사로잡혔다.

술 취한 사내의 호탕한 웃음과, 노무과장의 도도한 눈빛이 견딜 수 없는 역겨움으로 티켓 뭉치를 들고 서 있는 내 오른팔을 칭칭 옭아매었다. 그리고 우리의 대표자로 뽑아놓은 노조 위원장의 오만하고 무책임한 태도가 심한 냉기와 어둠을 몰고 와, 내 모든 믿음과 판단을 꽁꽁 얼려놓았다. 그가 몰고 온 어둠과 냉기는 내게 있어서, 아니 전체 조합원에 있어서 변명할 수 없는 배신감이라는 판단이 섰다.

나는 떨리고 허전한 몸을 발길 가는대로 떠맡겼다.

거리는 너무도 춥고 또 삭막했다.

아무것도 없어야 할 자리에 집과 사람들이 들어차 있는 것처럼, 거리는 조화 없이 흔들리며 균형 없이 유지되어 있는 듯 보였다.

믿을 수 있는 부분이 하나도 없어 보였다. 질주하는 자동차가 건물을 들이받을 것만 같았고, 내가 서 있는 땅이 소리 없이 꺼져버릴 것만 같았다. 가로수가 뿌리째 뽑혀 신호등이며, 군밤 파는 할머니며, 네온사인 등을 후려치고는 하늘로 솟구쳐 오를 것만 같았다.

나는 문득 눈을 꾹 감아버렸다. 모든 것이 다 형식적으로 조작된 가련하고 어리석은 것으로만 여겨졌다. 마치 '근로자를 가족처럼'이라는 회사 게시판에 붙은 표어처럼, 위원장의 노동교육 내용처럼, 모든 것이 온통 형식적이고 배신적으로만 느껴졌다.

나는 버스 정류장에 웅크리고 서서 차를 기다리는 사람들을 헤치고, 잠시 나를 숨겨줄 곳을 찾아 헤맸다. 아니, 내가 숨는 것이 아니고, 눈앞에 보이는 것을 잠시나마 안 보기 위함에서였다.

현란한 불빛과, 석고처럼 굳어있는 사람들의 표정, 싸늘한 바람, 그리고 그 속을 기웃거리는 내 자신이 한꺼번에 싫어졌다. 나는 어렵지 않게 좁고 어두운 골목을 찾아 그리고 빨려 들어갔다. 그곳에 들어서자 모든 것이 중단되었다. 눈에 보이는 것과 귀에 들리는 것, 그리고 몸으로 느끼는 모든 것이 일시에 중단되었다.

아아~ 가느다란 한숨이 절로 새어나왔다. 이 골목이 끝이 없었으면, 그리하여 눈을 감은 채로 밤새 걸어가 보았으면 하는 이상한 마음이 생겨났다. 그러나 골목은 얼마 못 가 벽을 드러냈다. 막힌 골목 끝에서 무언가가 꿈틀거리고 있음이 어렴풋이 보였다. 내 몸은 소름이 돋으며 이내 얼어붙었다.

"억! 어억! 쌍느무 세상!"

사람이었다. 구토를 하며 쌍소리를 계속 지껄여댔다. 놀란 내 눈에, 주먹으로 벽을 때리며 술과 음식을 토하느라 몸을 비트는 사람의 형체가 점점 뚜렷하게 보였다.

지독한 냄새가 코를 찔러왔다.

나는 무서움 없이 그에게 다가갔다. 정말로 신기한 일이었다. 이

막힌 골목에서 술에 취한 사내를 무서워 않고 다가서고 있는 내가 너무도 신기하기만 했다. 나를 어떻게 할 지도 모를, 제정신이 아닌 술 취한 사내에게 주저 없이 다가서고 있는 내가 아무래도 신기할 따름이었다.

그의 등에 손을 얹었다. 고통스러운 신음이 손끝에 직접 와 닿았다. 몸의 비틀어짐과 함께 쫙쫙 쏟아지는 악취를 맡으며, 나는 회원들과 휴직 동료들을 생각했다. 술 취한 사내들의 휘청거리는 발걸음을 쫓아다니는 회원들을 생각하자, 자취방에 맥없이 앉아 있다가 별안간 검붉은 피를 토했던 어느 휴직 동료의 모습이 떠올라 내 마음 깊은 곳에 가시가 되어 박혀왔다.

나는 토하는 사람의 등을 마구 두드렸다. 이 사람이 토하는 것에서는 비린내가 나지 않았다.

나는 티켓 한 장을 토하는 사람에게 버리듯 내던지고, 도망치듯 골목을 빠져나왔다.

2

뜻밖의 손님이 나를 기다리고 있었다.
"미안해요. 주인의 허락도 없이 이렇게 앉아 있어서."
"우리 집을 어떻게 알고…"
"조합원 명부를 보고 주소를 알았어요."
노동조합의 여성부장이었다. 그녀가 사온 듯한 귤 꾸러미가 방구석에 놓여 있었다.

그녀는 예절이 바르면서도 남자처럼 씩씩하기로 소문이 나 있는 여자였다. 사내 체육대회 때는 배구·육상 등에 출전하여 상을 독차

지하고, 윗사람들과도 언성을 높이며 잘잘못을 따지는 그런 여자였다. 동료들의 인기를 한 몸에 받으면서도 그녀와 친하게 어울리면 윗사람들에게 싫은 눈총을 받기 때문에, 그녀는 늘 혼자인 것처럼 보였다.

나는 그러한 그녀가 나를 찾아온 용건이 무척 궁금했다.

"이상하게 생각하지 마세요. 전부터 한번 만나고 싶었고, 중요한 얘기를 할 게 있어서 왔어요."

그녀는 자기가 사온 귤을 꺼내 슬슬 껍질을 벗기며 빙그레 웃었다. 나도 따라 웃으며 그녀 앞에 무릎을 세우고 앉았다.

"난 성질상 얘기를 질질 끌진 못해요. 일일찻집, 그거 꼭 해달라는 부탁을 드리러 왔어요. 어떠한 어려움이 닥치더라도 꼭 해야 해요."

귤 하나를 통째로 씹으며, 그녀는 짐짓 진지한 표정이 되어갔다.

"조합원과 관련된 모든 일을 회사와 기관을 끼고 처리해 나가는 위원장에게 진정한 조합원의 소망과 역량을 보여줘야 해요."

"우린 그런 뜻으로 일일찻집을 하려는 게 아녜요."

"알아요. 그 점이 또한 중요할 수도 있는 것이니까요. 제가 발 벗고 도와주고 싶어도 조직적인 오해를 받을 것 같아 뒤에서 지켜볼 수밖에 없는 입장예요. 알고 계실 지 모르지만, 난 위원장과 회사의 농간에 보통 시달려 온 게 아니에요. 좀 용기 있는 동지들은 회사와 기관에서 모두 풀을 꺾어 놓고, 나도 언제, 어떤 압력에 굴복하게 될 지 스스로도 자신할 수가 없어요. 노조간부들끼리의 활동은 한계가 있어요. 전체 조합원의 뜻이 살아나야 노동운동은 강하게 살아나는 것이라고 생각돼요. 이번의 일일찻집이 그 계기가 되길 기대하는 사람들이 많아요. 서로 돕고자 하는 마음이 우리 모두의 뜨거운 가슴으로 이어질 때, 그보다 큰 힘은 아마 없을 거예요."

나는 놀라지 않을 수 없었다. 그리고 이제야 노무과장과 위원장이 눈에 쌍불을 켜고 일일찻집을 반대하는 이유를 알 것 같았다.

그녀는 눈에 빛을 발하며 계속 말을 이었다.

"재작년에 여섯 명, 작년에 열 명이 건강진단 결과 폐결핵 환자로 밝혀져 감쪽같이 권고사직 당했거나 휴직 처리 당했어요. 한 푼의 보상도 받지 못한 채. 취업규칙에, 개인 사병으로 삼개월 휴직했다가 복직이 안 되면 자동으로 해고되는 것으로 되어 있는데, 그건 명백한 불법예요. 재작년 그 이전에도 많은 사람들이 그런 식으로 쫓겨났어요. 보다 못한 부위원장이 위원장의 무능성과 어용성을 비판하고 나섰는데, 조직을 규합하기도 전에 본사 경리부로 발령이 났어요. 노동조합 임원을 멋대로 발령 내는 것도 단체협약 위반으로서 명백한 불법이죠. 위원장은 한마디로 어떤 문제가 생겼을 때, 조합원과 함께 그 문제를 관철하려는 자세가 아니고, 소리 안 나게 무마하려는 비겁자이며, 회사와 기관의 손가락에 놀아나는 허수아비예요. 그런 식으로 칠 년을 해 왔으니, 이제는 심판받을 때도 되었다고 봐요. 그 사람은 위원장으로서의 자격도 없지만 남자로서의 자격도 없는 졸장부예요."

그녀의 말을 듣고 있는 동안에 나의 가슴은 마구 뛰었고, 배신감에 의한 분노가 어금니를 악물려지게 했다.

그러나 한편으론 불안해지는 심정을 떨구어낼 수가 없었다. 위원장에 대한 불신의 소리를 늘 듣고 있었지만, 이렇게 구체적인 얘기를 직접 듣고 보니 어안이 벙벙하여 어떤 얘기로 여성부장의 말에 답해야 할 지 생각이 정돈되지가 않았다.

그녀의 말은 계속되었다.

"나는 근거 없이 선동하려는 게 아니에요. 부당한 사실을 알리고, 올바른 힘을 합하자는 거예요. 이것을 보면 확신을 좀 갖게 될 거에요."

그녀는 호주머니에서 조그만 책자를 꺼내어 앞뒤로 넘기다가 빨간색으로 밑줄 친 부분을 손가락으로 짚어보였다.

"이것 보세요. 근로기준법 칠십팔조예요."

그녀가 짚어 보인 곳에는 이렇게 적혀 있었다.

제78조(요양보상) ① 근로자가 업무상 부상 또는 질병에 걸린 경우에는 사용자는 그 비용으로 필요한 요양을 행하거나 또는 필요한 요양비를 부담하여야 한다.

② 제1항에 규정한 업무상 질병과 요양의 범위는 대통령령으로써 정한다.

"보셨죠? 대통령령이라는 것은 시행령을 말하는 것인데, 여기 시행령 오십사조를 보세요. 업무상 질병의 범위가 나와 있잖아요. 모두 삼십팔항까지 질병의 범위가 나와 있는데, 우리 사업장과 관련된 것은 칠항과 삼십팔항예요. 한번 읽어 보세요."

나는 그녀가 시키는 대로 무엇에 이끌린 듯 그것을 읽었다.

"칠. 분진을 비산하는 장소에 있어서의 업무로 인한 진폐증 및 이에 따르는 폐결핵"

"삼십팔항도 읽어 보세요."

"기타 업무로 기인한 것이 명확한 질병."

그녀는 책을 덮었다.

"우리 회사를 잘 보세요. 짐승의 털과 가죽, 그리고 헝겊 같은 것으로 옷을 만드는데, 실밥과 먼지로 인해 머리가 뽀얗게 되고, 코를 풀거나 가래침을 뱉으면 강낭콩만한 먼지덩어리가 섞여 나오잖아요. 작은 틈 사이로 햇볕이 들어올 때, 가만히 들여다보면 소름이 끼칠 지경예요. 작업현장이 온통 먼지와 털가루로 우글우글 들끓는데도 어째서 폐결핵이 업무상 질병으로 인정되지 않는 것인지 이해할 수가 없어요."

그녀는 떨리는 한숨을 가늘게 내쉬었다.

"그런데 법에 이렇게 되어 있는데도 왜 인정을 못 받고 있는 거죠?"

"반드시 진폐증으로 인한 합병증으로서의 폐결핵만 인정된다나 봐요. 그리고 폐결핵은 전염병이라 회사 밖에서도 옮을 수 있다는 것인데, 그런 주장은 설득력이 없어요. 한번 따져보세요. 하루가 스물네 시간인데, 우리는 열두 시간 이상을 회사에서 보내고, 여덟 시간 정도 잠을 자면 나머지 네 시간이 남는데, 그 시간에 다른 곳에서 생활하다가 전염된다는 식의 해석은 터무니없는 것이죠. 우리 노동조합은 아까 읽은 삼십팔항의 '기타 업무로 기인한 것이 명확한 질병' 그 조항만 가지고도 얼마든지 직업병 인정을 위해 주장하고 싸울 수 있는 거예요. 산재보상은 안 되더라도 회사와 교섭하여 협약을 맺으면 회사가 보상할 수 있는 것이거든요. 그런데 우리 위원장은 아까 그러한 법 조항이 있는 것조차도 모르고 있으니 오죽하겠어요. 폐결핵 문제뿐만 아니라 근로기준법에 위반되는 처우가 수두룩한데도 노조에서 그걸 그냥 방관하는 거에요. 그런 문제들을 노조에 항의하면 회사에서 무슨 꼬투리라도 잡아서 해고 시키거나 힘든 부서로 발령 내고, 그렇지 않으면 불법적인 취업규칙을 내세워 징계나 시키고, 노조와 회사가 너무 박자가 잘 맞아요. 위원장 그놈은 조합비로 회사 간부나 기관사람들하고 술이나 먹으러 다니고, 그것을 잘못되었다고 지적하면, 그 사람들과 술을 먹고 싶어 먹는 게 아니라 일을 잘 풀기 위하여 먹는 거라는 핑계나 대고. 도대체 일 같은 일은 하나도 안하는 놈이 잘 풀어나갈 일이 뭐가 있다고 그따위 말을 지껄이는지 부아가 치밀어서 견딜 수 없어요."

그녀는 주전자의 물을 따라 벌컥벌컥 들이켜고 나서 나의 말을 기다리는 듯 내 눈을 빤히 들여다보았다.

"나도 우리 회원 한 명이 결핵환자로 나타나서 그를 도와주려고 하다 보니 아홉 명이나 된다는 사실을 알았는데, 여성부장님의 말을 듣고 보니 정말 너무한 것 같네요. 그러나 저는 조합 일에 대해서는 너무 몰라요. 매우 부끄러워지네요."

"아녜요. 최 양은 성심회 회장으로서 불우한 동료를 많이 도와왔 잖아요? 조직만 있고 동료를 아끼는 마음이 없다면 그 조직은 존재가 치가 없는 거예요. 의도적인 목적을 갖고 조합원들에게 사실을 알리 다가는 또 뭔 일을 당하게 되니까, 일일찻집의 티켓을 통하여 자연적 으로 알리는 것이 좋을 것 같아요. 부탁해요."

그녀는 내 손을 꼭 잡아 쥐었다.

나는 고개를 숙였다.

그간 여러 가지로 판단이 흐렸던 것이 분명한 윤곽으로 자리 잡히 며, 설렘과 불안의 감정이 동시에 나를 휘어잡아 왔다.

한참의 침묵이 흘렀다.

"알겠어요. 저는 알리는 것으로만 제 일을 다하는 것으로 알겠어 요."

"고마워요. 그 이상에 대해서는 저도 생각한 바가 없어요."

그녀는 조용히 일어나 방을 나갔다.

나는 잘 가라는 인사도 못하고, 그냥 꼿꼿이 앉아 있었다.

동료를 돕고자 하는 작은 일마저도 그토록 엄청난 음모에 의하여 압력을 받아야 하는 현실 자체에 대한 두려움과 회의가 물밀 듯이 몰 려왔다. 어려운 이웃을 돕는 것조차 눈치를 보고, 승인을 받아야 하 며, 반대의 벽에 부딪쳐야 하는 것인가…

밤을 하얗게 새우며, 나는 내 마음 속에 웅크리고 있는 불안한 감 정을 쫓기 위해 안간힘을 썼다. 무엇인가 해야 한다는 결의와, 내 신 상에 가하여질 그 어떤 압력에 대한 두려움과의 싸움은 밤이 새도록 끝나지 않았다. 뻘겋게 먼동이 트는 새벽에서야 내 내면의 싸움은 찐득한 몸부림으로 강하게 솟구쳐 올랐다.

(아~아, 나는 뜨거운 피가 끓는 인간인 것을… 이 뜨거움을 어찌하랴, 어찌하랴…)

손으로 훔치기도 전에 뜨거운 눈물방울이 양쪽 볼을 타고 흘러내렸다.

3

다른 날보다 일찍 집을 나선 나는 출근길에서부터 티켓을 팔기 시작하여, 작업이 시작되기 전까지 현장을 돌아다니며 티켓을 돌렸다.

회원들도 일찍 나와 티켓을 팔고 있었는데, 그들의 표정은 웬일인지 어젯밤 술집 골목에서와는 달리 무척 침울해 보였다.

우리들은 돈 있는 사람한테서는 돈을 받고, 없는 사람들한테는 외상으로 팔았으며, 안 산다고 하는 사람에겐 그냥 주었다. 깊은 영문을 모르는 조합원들은 의아해 하면서도 티켓의 내용을 읽어보고는 고개를 끄덕이며 사주는 것이 내심 고맙기만 했다.

티켓은 생각 외로 잘 팔렸다. 우리들은 조금씩 조금씩 용기를 얻어 갔다. 나는 칠백여 명 조합원의 협조가 있는 한 회사와 노동조합의 반대는 크게 문제될 수 없음을 비로소 깨우칠 수 있었다.

우리들은 휴식시간과 점심식사 시간을 이용하여 4백 장이 넘는 티켓을 팔았다.

티켓이 현장에 나돌자 현장의 분위기는 삽시간에 달라졌다. 마스크를 안 하고 일을 하던 조합원들은 마스크를 쓰고, 추위에도 아랑곳

없이 바닥에 물을 자주 뿌렸다.

"그 애가 위장병으로 휴직한 줄 알았는데, 그게 아니었구나."

"그 애는 시집가기 때문에 사표를 낸다 그러더니, 폐병 걸린 것이 창피해서 거짓말을 한 거구나."

"요놈의 기지배, 나한테까지 숨기다니."

"노동조합은 대체 뭐하고 있었던 거야? 이거 뭐 이래?"

이러한 말들이 곳곳에서 나누어지며, 분노와 실망의 소리가 터지기 시작했다.

나는 그러한 소리를 들으며, 야릇한 흥분에 젖어 묵묵히 일을 했다. 먼지 나는 짐승의 털가죽을 뒤집고 젖히고 하면서, 떨리는 발끝으로 미싱 발판을 밟았다. 곧 호출이 떨어질 것을 예감하며, 또한 일방적인 얘기로 기를 꺾으려 할 노무과장의 위압적인 눈초리를 상상하며, 그리고 내가 취해야 할 의연한 자세를 머리에 그리며, 솟구치는 감정들을 미싱바늘에 쏟으려 무진 애를 썼다.

여성부장의 말대로 사실을 알렸다는 그 이상의 것은 생각하고 싶지 않았다. 티켓을 팔았다는 것, 숨겨진 내용을 조합원들에게 알려 깊은 협조를 받고 있다는 것, 그 것만으로도 충분한 보람을 느낄 수 있을 것 같았다.

나는 회사에서 집요하게 나를 공박할 경우에, 더럽고 치사한 회사를 그만둘 결심을 굳히며, 수군대는 소리를 따라 머리를 들었다.

회원들이 하나하나 불려나가고 있었다. 노무과장이 직접 와서 회원들을 지명하며, 필요 이상의 흥분을 터뜨리고 있었다.

나는 일손을 멈추고 노무과장의 기세당당한 표정과, 주눅이 들어가는 회원들의 표정을 번갈아 살피며, 나를 부를 때까지 그대로 앉아 있었다. 하지만 어찌된 일인지 나는 호명되지 않았다. 노무과장은 나를 쳐다보지도 않고, 회원들을 데리고 횡하니 현장을 나가버렸다.

나는 무언가 내게 닥치는 불길한 예감에 나도 모르게 자리에서 벌떡 일어났다. 그러자 내 행동을 기다렸다는 듯이 반장이 달려와

"뭐야? 너는 부르지 않았잖아! 작업 분위기 깨치지 말고 어서 일이나 해! 돼먹지 못한 것 같으니라고!"

하고 얼굴에 핏대를 세우며 소리를 질렀다.

나는 모든 사람의 시선이 내게 쏠리는 것을 인식하며, 태연히, 아주 태연하게 자리에 앉았다. 그리고 그 태연성을 유지하기 위해 크게 심호흡을 하며, 회원들이 오기를 기다렸다.

회원들은 작업종료 시간이 가까워서야 돌아왔다. 그들은 하나같이 약이 오른 표정으로 내 곁을 지나가며

"야, 네가 한 말보다 더하더라. 의료보험 혜택이 있는데 뭔 걱정이냐, 직업병의 범위를 알고나 있느냐, 사회 혼란이 어떻게 시작되는 건지 아느냐…"

"노동조합에서 가만히 있는데, 너희들이 뭘 안다고 설치냐고? 찝찝하다, 찝찝해."

"얘, 치사하고 더러우니까 티켓 남은 것은 밖에서 팔자. 얼마나 사회 혼란이 야기되는가 구경 좀 해야 쓰겠다."

하고 저마다 한 마디씩 중얼거렸다.

나는 아무런 대꾸도 하지 않았다. 그들은 다만 약이 올라 있을 뿐이라는 것을 나는 눈치 챌 수 있었다. 퇴근 후에 우리는 빵집에 모였다.

"기왕에 시작한 거 티켓이나 다 팔고 보자. 함께 몰려다니면서 팔면 제법 팔릴 거야."

나의 맥없는 설득에 못 이긴 첫, 회원들은 나를 따라 거리고 나갔다.

우리들은 아무 곳이나 돌아다니며 티켓을 팔았다. 안 산다는 사

람한테는 내용이나 읽어보라면서 그냥 주었다. 우리들은 밤늦도록 교회·목욕탕·복덕방·태권도장·다방·술집·당구장 등, 내키는대로 돌아다니며 티켓을 팔았다. 그리고는 서로 이렇다 저렇다 말도 없이 푹푹 한숨만을 내쉬며 무겁게 헤어졌다.

 출근하자마자 회원들은 또 불려가기 시작했다. 이번에는 전체가 호출되지 않고 한 명 한 명 불려가기 시작했다. 그들은 한 시간 이상씩 있다가 돌아왔으며, 풀이 죽어서 일도 제대로 못하고, 휴식시간에 티켓도 팔지 않는 모습으로 변해버렸다. 예상했던 변화였지만 막상 그들을 보자 온몸에 힘이 쭉 빠졌다.

 얼마 후 나는, 마치 자기가 호출된 양 얼굴이 달아오른 반장의 전갈을 받고 회의실로 갔다.

 노무과 옆에 있는 회의실에는 노무과장과 노조 위원장, 그리고 가죽잠바를 입은 낯선 사람이 나를 기다리고 있었다.

 가죽잠바는 내가 들어서자마자

 "저 앱니까? 예쁘고 순진하게 생겼는데 왜 그러지?"

 하면서 매서운 눈초리로 나를 훑어보며 엷은 미소를 지었다. 나는 직감적으로 그가 형사라는 것을 알아차리고

 "반갑습니다."

 하고 그에게 공손히 인사를 하며 자리에 앉았다.

 "오~호! 새마을인사까지 알고 있는 사람이 뭔 엉뚱한 일을 하려 그러나?"

 형사는 담배를 꺼내 물면서 이상한 소리를 내어 웃었다. 그가 웃자 위원장과 노무과장도 덩달아 어설프게 따라 웃었다.

 난 그들의 웃음소리를 들으며, 아홉 명의 휴직 동료를 생각했다. 어린 가슴에 결핵균을 갖고, 모두의 무관심 속에 쓸쓸히 회사를 떠나 있는 억울한 그들. 그들의 희생은 바로 저런 웃음들 때문에 그 억울

함이 더하다는 생각을 하면서, 나는 숨을 길게 들이마셨다.

형사는 나지막하면서도 딱딱한 말투로 일방적인 얘기를 늘어놓기 시작했다.

섬유회사의 폐결핵은 직업병이 아니라는 걸 너는 모르느냐~ 의료보험 혜택이 있는데 너희들이 왜 난리를 치느냐~ 회사 입장을 생각해 봐라, 일일찻집을 하게 되면 아무 것도 모르는 일반인들이, 너희 회사는 폐병환자만 나오고, 또 회사가 인정머리 없게 휴직시켰다고 할 게 아니냐~ 그렇게 되면 불미스러운 지역 여론이 조성되고, 돼먹지 못한 교회 같은 곳에서 끼어들게 되면 사회적인 사고가 발생될지도 모른다~ 그 사고는 바로 너희들이 만드는 것이다. 그렇게 되면 너희들은 그 책임을 어떻게 질것이냐~ 경고하는데, 일일찻집을 포기하라~ 너희들이 끝내 고집을 부려도 내가 집회허가를 안 내주면 못하게 되는 것이다~ 집회허가를 얻지 않고 일일찻집을 했다가는 너희들은 어떻게 되는 줄 아느냐. 회사 다니는 것도 끝나고, 심하면 형벌까지 받게 된다~ 여자가 경찰서에 드나들면 시집가는 데도 지장이 많을 게다~ 어떻게 할 거냐. 모든 걸 다 끝내겠냐, 아니면 그동안 뿌린 티켓을 회수할 것이냐~ 다방 계약금은 우리가 찾아주고, 손해되는 것도 충분히 채워줄 테니 일일찻집을 포기해라. 회사에서 휴직된 사람들을 도와주고 싶어도 선례를 남기면 매년 도와줘야 하는 어려움이 있어 곤란한 것이다, 시끄럽지 않게 생각 잘해라…

형사의 말은 계속되었다.

나는 그의 말을 들으면서 속으로 대답하고 있었다.

전 이유를 모르겠어요. 사람을 돕고자 하는 일이 왜 이런 반대를 받고 있는가를. 우리는 직업병 보상을 해달라는 것도 아니잖아요? 우리들끼리 돕고 사는 것조차 허용되지 않는 건가요? 당신들은 그들이 가엾지도 않으세요? 그들과 우리들이 무슨 죄가 있다고, 무슨 잘못이 있다고 이러는 것인지 정말 납득이 안 가요…

눈물이 나올 것 같았지만 겨우 겨우 참아냈다.

"어떻게 할 거야! 사회 혼란을 야기시킬 거야, 티켓을 회수할 거야?"

형사는 딱딱 부러지는 말투로 결론적인 질문을 던지고 있었다.

난 그의 이러한 강압적인 얘기가 회원들의 기를 꺾어놓은 것이라 생각하며 어금니를 악물었다. 형사는 기대에 찬 은근한 눈빛, 그러면서도 강요가 들어 있는 매서운 눈빛으로 나를 뚫어지게 쳐다보고 있었다.

나는 대답했다.

"일일찻집은 아저씨가 못하게 하면 못하는 거 아녜요? 저보다는 다방 주인에게 얘기하면 되는 거구요. 다방 계약금이나 나머지 일들은 우리들의 문제니까 우리들이 해결하겠어요. 조합원들에게… 우리 동료들에게 얘기하면 다 이해하고 도와줄 거예요. 자기 일처럼 여기고 도와줄 거라고 믿어요."

나는 끝내 울음을 참지 못하고 손으로 입을 틀어막으며 울음을 터뜨리고 말았다.

"안 돼! 애들에게 더 이상 환자들 얘기를 해선 안 돼! 그들은 아무것도 모르는 무식쟁이들이라 무조건 흥분한단 말얏!"

형사는 버럭 소리를 질러댔다.

나는 아무것도 모르는 무식쟁이들이라 무조건 흥분한다는 그의 말에 울음을 딱 그쳤다.

"그래요. 우리들은 몰라요. 모르기 때문에 알려고 하는 거예요. 우리가 알아야 할 것을 숨기기 때문에 문제가 생기는 거예요. 폐결핵이 왜 직업병이 안 되고, 환자들이 왜 희생되지 않으면 안 되는가를 분명히 알아야만 문제가 안 생기는 거예요. 무조건 법을 들추어내고,

무조건 안 된다고 하니까 더 궁금하고 더 알려고 하는 거예요. 우리들이 아무것도 모른다고 숨기려 하지 마세요. 숨기는 것은 부정이 아닌 것도 부정으로 보이는 거예요. 우리들은 모르기 때문에 알려고 하는 힘이 있어요. 또 모두가 가난하기 때문에 서로 도울 줄 아는 사랑도 있어요. 어쩌면 그 힘은 이 세상에서 가장 강하고 값질 수도 있는 거예요. 돈과 권력보다도 더…"

나는 눈을 똑바로 뜨고 그를 마주보았다.

"뭐야! 우리들이 너희들에게 뭘 숨겼다고 아우성이냐? 우리가 숨긴 것이 뭐냐고! 네가 뭘 안다고 그따위 소리를 해! 엉!"

그는 당장에라도 칠 듯한 기세로 고함을 지르고는 담배를 입에 물었다. 위원장이 얼른 라이터 불을 켜서 담배에 붙여 주었다.

나는 고개를 숙였고 눈을 감았다. 그들의 얼굴을 대하기가 역겨웠다. 더 이상 얘기를 나눌 까닭이 없었다. 나는 노무과장과 위원장이 그에게 사정하는 소리를 들으며, 주먹으로 눈물을 닦았다. 일일찻집을 안하다고 하니 조용히 마무리 짓자는 위원장의 사정하는 소리에 더욱더 울음이 북받쳐 올랐다. 모든 것이 부끄럽고, 모든 것이 쓸쓸해지면서 가슴 속에서 주먹만한 덩어리가 심한 구역질을 치밀어 올리고 있었다.

나는 티켓을 회수하겠느냐는 그의 물음에 건성으로 고개를 끄덕였다. 읽어보지도 않은 내용물에 지장을 찍으며, 위원장을 올려다보았다. 소외감과 분함이 내 몸을 떨리게 했다.

나는 엄지손가락에 있는 힘을 다 주어 지장을 찍고는 비틀비틀 일어섰다. 그리고 운동장까지 따라 나온 위원장의 손을 잡고 또다시 울음을 터뜨렸다.

"위원장님, 당신은 우리가 뽑은 우리의 대표자예요. 우리의 어려움과 억울함을 해결해 달라고 뽑은 우리의 지도자예요. 우리는 함께 알고, 함께 슬퍼하고, 함께 살아가야 하는 같은 입장의 사람들예요. 당신은 할 수 있는 것도 노력을 포기하고, 조합원들에게 사실을 숨기려 하고 있어요. 숨기지 마세요. 숨기는 것은 어용이 아닌 것도 어용(御用)으로 보이는 거예요. 당신은 교육 때마다 노동조합은 인권을 지키기 위해 있는 것이라고 늘 말해 왔어요. 강제적으로 억눌리고 천대받는 것만이 인권탄압이 아녜요. 사실을 알아야 할 권리가 있는 사람들에게 사실을 숨기는 것은 더 무서운 탄압이 될 수도 있는 거예요. 당신은 지금 어느 입장에 서 있는지 납득이 안 가요. 열심히 해주세요. 지금부터라도…"

나는 말을 더 이을 수가 없었다.

굳은 표정으로 고개를 끄덕이는 그에게서 얼굴을 돌렸다.

휘청휘청 돌아서는 내 발 끝에 눈물이 떨어졌다.

현장에 돌아오자 기다렸다는 듯이 회원들이 티켓을 들고 왔다.

"남은 건데 더 이상 못 팔겠어. 두려운 것보다 치사해서."

그들은 이미 꺾여 있었다.

난 아무 말 없이 구겨진 티켓을 받아들고 현장을 쭉 둘러보았다. 잔업을 하기 위해 빵조각을 씹으며 스팀대에 모여 수선대고 있는 조합원, 이쪽을 쳐다보며 애매한 웃음을 짓고 있는 환자와 다를 바 없는 사람들, 우리들의 건강은 누가 지켜주며, 우리들 중에서 누가 또 병이 들어 쓸쓸히 회사를 떠나게 될 것인가…

우리들이 세운 노동조합에서까지 무시 받고 있는 연약하고 억울한 사람들, 항상 옹색하고, 항상 피곤에 절어 있는 사람들, 항상 천대받는 사람들…

떨리는 손에 들려 있던 티켓뭉치가 소리 없이 바닥에 떨어졌다. 우리가 무슨 죄가 있기에 서로를 돕는 일마저 괄시를 받아야 하는 것인가…

나는 자리에서 벌떡 일어섰다. 우리들은 아무것도 모르는 무식쟁이들이라서 무조건 흥분한다는 형사의 말이 강한 충동을 가하며 나를 재촉했다.

"여러분! 모두들 모여주세요!"

나는 미친 듯이 현장의 한가운데로 달려 나갔다. 그리고 조합원들이 모이기도 전에 티켓을 치켜들고 소리쳤다.

"여러분! 우리와 함께 일하던 동료들이 폐결핵에 걸려 휴직 중에 있습니다. 세 명은 자신의 입장이 부끄러워 사표를 냈고, 네 명은 고향에도 못가고 자취방에서 절망하고 있습니다. 그리고 두 명은 식구들에게 감염되는 것을 염려하여 집을 나와 추운 거리를 방황하고 있습니다. 회사는 도의적인 책임을 외면하고 회사 명예만을 생각하여 그들을 비밀리에 휴직시키고, 일일찻집마저 못하게 압력을 가하고 있습니다. 노동조합은 아무런 대책도 강구해 보지 않은 채, 회사가 하는대로 그냥 따라주고만 있습니다."

눈물이 펑펑 쏟아지며, 목구멍과 두 다리에서 힘이 솟았다.

나는 제품 검사대로 뛰어 올라갔다.

"건강진단은 환자를 골라내어 내쫓는 것에 불과한 것입니다. 우리들 중에서 누가 또 병에 걸려 쫓겨날 지 모르는 일입니다. 우리는 알아야 합니다. 제품보다 더 보잘 것 없게 여겨지는 우리의 권익과 건강의 소중함을 우리는 우리들끼리 깨우쳐 주어야 합니다. 돈 많고 힘 있는 사람들은 우리에게 아무 것도 가르쳐주지 않아요. 주는대로 받고 일이나 하라는 겁니다. 오로지 일하는 것, 생산 많이 내는 것만 가르쳐 주지, 우리의 인격과 건강 같은 것은 안중에도 두지 않습니다. 그러면서도 우리가 뭣 좀 알고 깨우치려 하면 억누르고 현혹하면서, 우리들은 아무 것도 모르는 무식쟁이라서 무조건 흥분만 한다고 야단칩니다. 여러분! 우리는 짐승이 아녜요. 어디까지나 똑같은 인간입니다. 피 끓는 인간이란 말예요!"

목이 메어왔다. 목구멍을 꽉 채운 응어리가 입을 막았지만, 숨죽여 듣고 있는 조합원들의 얼굴에서는 나를 휘어 감는 힘과 사랑이 넘치고 있었다.

"도와주세요. 우리는 우리끼리 도와야 합니다. 그래야만 우리는 무시 받지 않고, 천대 받지 않습니다."

조합원들도 하나 둘 울기 시작했다. 그들의 흐느끼는 소리는 내 정신을 맑고, 똑바르게 해주었다.

"여러분! 저는 이제 회사와 기관에서 무슨 수를 써서라도 해고를 할 것입니다. 제가 없더라도 환자들을 찾아가 같이 아파 하고, 같이 울어주세요. 그래야만 그들이 쓰러지지 않습니다. 우리가 돕지 않으면, 우리마저도 그들을 외면하면 그들은 병마보다도 더 무서운 외로움에 지쳐 쓰러질 거예요. 그들이 쓰러지는 것은 앞으로의 우리가 쓰러지는 것입니다."

회원들이 달려와 나를 끌어안고 울음을 터뜨렸다. 그와 동시에 조합원들도 일제히 하나가 되었다.

나는 다급한 고함소리를 들으며, 지금까지 느껴보지 못한 해방감과 행복감을 맛보았다. 조합원들의 눈물과 체온 속에서 이대로 죽는다 해도 한이 없을 것 같았다.

소리는 더 크게 울려 퍼졌다. 형사는 보이지 않았다. 노무과장과 관리직 사원들이 우리를 떼어놓으려 소리치고 있었지만, 우리는 떨어지면 다시 붙고, 떼어놓으면 또 다시 붙으며 울부짖었다. 삼 층과 이 층에 있는 조합원들도 달려와 우리는 더 큰 하나가 되었다.

이윽고 관리직 사원들은 우리들의 머리채를 잡아당기고, 주먹으로 때려 우리를 떼어놓으려 했다.

"여러분! 저만 가면 됩니다. 여러분은 일을 하세요. 일을 해야만 우리의 정당성이 인정됩니다. 저는 죄가 없기 때문에 떳떳하게 가겠습니다. 전 끝까지 떳떳할 거예요."

나는 울음을 멈추었다.

노동조합 여성부장이 눈물로 범벅된 얼굴로 내게 다가왔다.

"정말 큰 일을 하셨어요. 노동조합을 새롭게 만들어서 이 문제를 반드시 해결할 것을 약속할게요."

나는 검사대 위에서 내려오면서 여성부장의 손을 힘껏 잡아쥐었다.

관리자들이 나를 거칠게 떼어내며 현장 밖으로 잡아끌었다.

내가 현장을 벗어나자 남자사원들과 관리자들이 따라나오려 하는 조합원들을 막기 위해 안간힘을 썼다.

밖으로 나가니 형사가 나를 기다리고 있었다.

"갑시다."

형사가 의외로 부드럽게 말하며 내 옆에 바싹 따라붙었다.

나는 또다시 내게 달려오는 조합원들과, 그들을 막으려 나를 둘러싼 남자사원들을 보며, 어깨를 딱 펴고 기세당당하게 정문 앞으로 걸어 나갔다.

정문 밖에는 차가 기다리고 있었다. 나는 형사가 나를 차에 태우기 전에 내 스스로 차에 올라탔다. 차는 곧바로 떠났고, 차가 정문을 빠져나오자 경비들이 철문을 닫고는 그 앞에 일렬로 버티고 섰다. 차는 일단 밖에서 멈추었다. 그리고 형사가 차에서 내려, 침울한 표정으로 밖에 나와 서 있는 위원장과 무슨 말을 주고받고 돌아왔다.

나는 철문 안에서 울부짖는 조합원들과, 그들을 향해 소리 지르는 경비원들을 보며, 그리고 별안간 몸의 중심을 못 잡고 비틀대는 위원장, 우리가 뽑은 우리의 부끄러운 대표자가 두 손으로 머리를 감싸고 쓰러지는 것을 보며, 그때까지 손에 꽉 쥐어져 있는 티켓을 가슴에 안았다.

"이리 내놧! 이게 무슨 보물단지라고 움켜잡고 있는 게얏!" 형사가 티켓을 뺏으며 소리 질렀다.

차는 그 소리를 신호처럼 급하게 치달렸다.

"이건 순전히 계획적이고 조직적이야. 너희들 대가리로는 이렇게 철저하게 일을 만들어낼 수가 없어. 누구냐? 너를 조종하는 배후인물이 누구냐구? 너를 교육시킨 사람이 누구냔 말야! 어느 교회야? 목사 이름이 뭐야!"

형사는 내 어깨를 억세게 흔들었다.

나는 눈에서 불꽃이 튀는 형사를 보며 속으로 대답했다.

"내가 아주 어릴 적부터 우리 엄마는 가난을 이기려면 착한 마음을 먹으라 그랬어요. 불우한 사람을 도와주고 사랑하라고요. 우리나라 사람들은 예부터 서로 도울 줄 몰라서 이렇게 못살게 되었다고 선생님한테서도 배웠어요. 제 잘못은 노동조합과 회사의 힘을 빌리려 했던 것밖에 없어요. 회사와 노동조합이 도와주면 티켓이 많이 팔릴 것 같아서… 좋은 일 한다고 도와줄 줄 알고 부탁한 것인데… 이렇게, 이렇게 될 줄은…"

"누구냐! 너를 교육시킨 사람이 누구냔 말야! 말하지 않으면 너 햇빛 다 볼 줄 알앗!"

형사는 내 어깨를 난폭하게 잡아 비틀었다. 어깨가 으스러지는 것처럼 아팠다. 나는 눈을 번쩍 떴다.

"아저씨, 저는 거짓말을 할 줄 몰라요. 가난한 데다가 거짓말까지 하면 너무 슬픈 거예요. 제가 거짓말을 안하게 해주세요. 제가 힘에 겨워 거짓말을 하게 되면 그건 아저씨 책임예요. 그렇게 되면 아저씨나 저나 똑같이 불행한 사람이 되는 거예요."

"뭐야? 너 지금 나를 놀리는 거냐! 아휴 이걸 그냥! 가서 얘기하자. 이걸 그냥!"

형사는 주먹으로 자기 가슴을 치며, 내 곁에서 떨어져 앉았다. 그의 거친 숨소리가 차 안에 퍼졌다.

나는 차창으로 시선을 돌렸다. 깨끗하게 닦여진 유리창 밖으로 어둠이 젖어들고 있었다. 나는 차창에 얼굴을 기대고, 어둠 속의 거리를 물끄러미 내다보았다. 수 없이 드나들던 거리, 해뜨기가 바쁘게 들어와서는 해가 져야만 돌아가는 거리, 이제는 돌아올 수 없을 것 같은 정든 거리.

그런 출근길을 내다보며, 나는 동료들을 위해 할 일을 다한 것 같은 마음을 먹으며 그들을 머리에 그렸다. 형사와는 소리쳐 다툴 이유가 하나도 없다는 생각이 들었다.

"아저씨, 친구들하고 이런 얘길 나눈 적이 있었어요. 어둠은 우리들을 위해 있는 것 같다고요. 우리들의 시간은 밤에만 주어지거든요. 전 그때 친구들에게 이렇게 얘기했었어요. 밤은 우리들의 시간 같지만, 꼭 알지 못할 무언가의 그림자 같아서 서글프다고요. 헌데 지금 생각하니 밤뿐이 아니고 이 세상모든 것이 알지 못할 그 무언가의 그림자에 묻혀서 움직이는 것 같아요. 빛이 없는 그림자 말예요. 아저씨와 저도 그 그림자 속에 깊이 가려진 것 같아서 서글프기만 해요."

나는 형사의 얼굴을 쳐다보며 쓸쓸하게 웃었다.

"쳇, 기가 막혀서. 이젠 아주 나를 가지고 놀려 그러는구나. 철저하게 훈련된 능구렁이 같은 년. 그래, 마음대로 생각해라. 그림자건 똥나발이건 나와는 상관없으니까. 여우같은 것."

그는 잔인한 실눈웃음을 지으며 내게서 얼굴을 돌렸다.

나도 웃어야 할 것 같아 쓸쓸하게 웃었다. 우리는 함께 웃으며, 서로 반대되는 창밖을 내다보았다.

차는 어느덧 공단을 벗어나고 있었다.

◆《현대노사》, 1984. 12

기름쟁이 노랫소리

1

송 마담이 노동조합 위원장이 뭘 하는 사람인가를 알게 된 것은 그 공장에서 파업·농성이 일어난 후의 일이었다.

그 공장의 이천 여 노동자들이 일손을 놓고 연 나흘을 어깨동무를 하고 소리를 지르며 공장 안을 뛰어다니다가, 마침내는 삼백여 명의 노동자가 개발센터인가 개발연구소인가의 건물을 점거하고, 스피커를 밖에 내걸고 고래고래 악을 써 온 동네가 시끄러워지자, 송 마담은 경칠 놈들이 나라 망하는 짓들을 한다고 욕을 퍼댔었다.

예비군 훈련 때문에 농성장에 들어가지 못한 다른 노동자들과 여편네들이 송 마담의 가게 앞 네거리에 꾸역꾸역 모여들고, 새까만 차를 앞세운 갑옷 입은 사람들이 그들 앞에 진을 쳤을 때, 송 마담은 집값이 떨어진다는 생각에 발을 동동 구르기도 했다.

네거리에 모인 수백여 명의 노동자들은 아이를 안고 있는 모습들도 많았는데, 여편네들은 악쓰는 소리가 들리는 공장을 바라보면서, 먹을 것을 들여보내 주어야 한다며 주먹밥이 든 고무봉지를 들고, 오리걸음으로 송 마담의 가게 앞을 서성거리고 있었다.

"밖에 계신 동지 여러분! 주민 여러분! 우리의 싸움에 동참해 주십시오! 우리의 임금인상 투쟁은 인간답게 살고자 하는 최소한의 몸부림입니다!"

성능 좋은 스피커는 하루 종일 짜랑짜랑한 쇳소리로 온 동네를 들쑤셔 놓고도 모자라는지 밤새워 괴상한 노래를 꽝꽝 쏟아놓아, 송 마담은 한잠도 못 자고 화투패로 내일의 재수만 점쳤다.

…**가자 가자 이 어둠을 뚫고**
우리 것 우리가 찾으러
야야 야야야 야야야야야
야야 야야야 야야야야야

아침에 가게문을 열 때까지 그 노랫소리에 시달린 그녀는 옆집 복덕방 영감에게
"아니 몬 노래가 저런 게 다 있다요? 대체 밤새 어딜 가자고 저렇게 지랄방정을 떨어대는 지 한잠도 못 잤지 뭐예요. 참 근력들도 좋은 사람들이지."하며 질렸다는 듯이 파마머리를 뒤흔들었다.
아침이 되자 어제의 그 사람들이 다시 네거리에 모여들고, 갑옷 입은 사람들과 밀고 밀리는 몸싸움이 벌어지자 무슨 구경거리나 난 것처럼 주민들까지 꾸역꾸역 모여드는 바람에 송 마담 가게 앞은 다시금 장사진을 이루었다.
"아니, 저러다가 애들 다치겠네?"
"저 사람들은 최루탄을 막 쏜다던데, 애기들을 안고 있어서 못 쏘나보지?"
"신문이 왼통 저 회사 기사로 쫘악 깔렸드구만 그래."
"저러다가 저 공장 문 닫으면 이 동네 가게들도 싹 망하는 거여."
"아녀. 노동자들도 할 땐 해야 하는 거여. 내가 듣기론 임금이 아주 형편없다는데, 가끔 한 번씩 저렇게 해야 혀."
"저 안에 있는 사람들은 참 근력도 좋구만."

"아니, 무슨 큰 난리가 터졌다구 경찰이 저리도 많이 온 겐가?"

주민들은 이런 얘기들을 나누며 몸싸움을 구경하고 있었다. 몸싸움을 벌이며 밀고 밀리던 노동자들은 어제보다 더 화가 난 얼굴들을 하고는 하나 둘 돌멩이를 집어 들었다.

"야, 우리가 전경들하고 싸울 게 아니라 이 노조 간부 새끼들부터 찾아 죽여야 한다구!"

"위원장 이 새끼 이거 어디로 도망간 거야?"

"상집 간부들은 한 새끼도 안 보이잖아. 잡아 죽여!"

"지가 파업선언 해놓고 얼루 내뺄 거야, 이거!"

성난 노동자들이 위원장과 노조 간부들을 찾으며 눈을 부라려 뜨는 것을 보고, 송 마담은 고개를 꺄우뚱갸우뚱거리다가 여관에서 일할 때 단골손님으로 드나들던 자가용 신사를 떠올린 것이었다.

그런데 저 하찮은 기름쟁이들이 회사에서 굉장히 높은 자리에 앉아 있는 위원장님을 왜 때려죽인다며 찾는 것인가? 부도라도 내고 내뺐단 말인가? 돈 후하게 잘 쓰고 인정 많은 그 분이 그럴 리가 없을 텐데…

송 마담은 궁금증이 발동하여 슬금슬금 노동자들에게로 다가갔다.

그 때였다. 어디서 나타났는지 남녀가 뒤섞인 한 무리가 종이쪽지를 뿌리며 노동자들의 틈새를 비집고 돌아다니면서,

"여러분들도 투쟁하세요!

"저걸 뚫고 저 안으로 들어가야 돼요."

"이러고 있지들 말고 스크럼 짜고 밀고 들어가세요."

하면서 노래까지 불러대는 것이었다.

송 마담은 그들이 뿌린 종이쪽지를 주워 읽어보다가 기겁을 하고 몸을 움츠렸다.

누구 물러나라, 무엇을 타도하자, 이런 내용들이 찍혀 있는 글은 송 마담으로서는 처음 보는 것이었고, 왠지 무서움증이 일었다.

주춤주춤 가게로 들어가려 하는데

"타닥! 타닥!"

하는 소리와 함께 네거리에 연기가 자욱히 퍼졌다.

사람들이 코를 막고 이리저리 뛰기 시작했고 송 마담도

"으에취! 으에취!"

재채기를 하며 가게로 뛰어들었다.

정말이지 고춧가루를 코 속에 들어부은 것처럼 지독히도 매운 연기였다. 난생 처음 맡아보는 그 연기는 송 마담의 눈과 코에서 쉴 새 없이 물이 쏟아지게 했다.

"염병할 놈들! 저런 쳐 죽일 놈들!"

되는대로 욕을 퍼붓는 참인데 뭔가가 하나 휙 날아들어와 송 마담의 가게 안에서 퍼억, 하고 터지는 것이었다.

"캑! 쾌액!"

온 몸의 물이란 물은 다 뽑아내 사람을 죽게 할 것 같은 독한 연기를 허우적허우적 헤치고, 그녀는 다시 밖으로 뛰어나왔다. 밖은 난장판이 벌어져 있었다.

골목골목으로 달아나는 노동자들을 쫓아가 연기를 내쏘고, 여편네들이 들고 있는 주먹밥을 빼앗아 짓밟아버리며, 갑옷 입은 사람들이 아무나 낚아채어 새까만 차가 서 있는 쪽의 어두운 골목으로 질질 끌고가고 있었다.

"조합원들은 다치지 말고 그 패거리들만 몽땅 다 잡아. 저기 쟤도 어서!"

몇 사람이 손짓하는 곳으로 갑옷 입은 사람들이 몰려가 사정없이 낚아채 후리는 것을 보고 주민들은 눈물을 흘리며 몸을 떨고 있었다.

여기저기서 소름끼치는 비명소리가 들려왔다. 네거리는 삽시간에 깨끗해졌다.

공장의 벽에 걸린 스피커에서 울려나오는

"동지 여러분! 밀리지 마십시오! 뭉쳐서 싸우십시오! 힘을 내십시오!"

하는 다급한 절규가 매캐한 연기 내음이 풍기는 텅빈 네거리에 애절한 메아리처럼 깔리고 있을 뿐이었다.

"늬덜은 에미 애비도 없냐. 어따 대고 그렇게 쏴대냐, 이 말코같은 놈들아."

송 마담은 흐르는 콧물 눈물을 닦으랴, 쓰린 가슴을 비비랴 하면서 갑옷 입은 사람들을 향해 또 한바탕 욕을 퍼붓고 들어와 굵은 소금을 여기저기에 탁탁 뿌렸다.

밤에는 네거리에 이백여 명의 대학생들이 횃불을 치켜들고 나타나 고함을 지르는 통에 또 한차례 난리가 벌어지고 매운 연기가 또 터졌다.

송 마담은 젖은 수건으로 얼굴을 감싸고 나와 끔찍한 광경을 보며 두 다리를 덜덜 떨었다.

"저거 저거… 저렇게 때려도 되는 거여?"

"저 정말 너무하네."

"근데 저 젊은이들은 여긴 뭣하러 와 가지구선 저 꼴을 당하나 그래?"

주민들은 혀를 끌끌 차며 눈앞에서 벌어지고 있는 일에 경악을 금치 못하고 있었다. 송 마담도 못 볼 것을 본 것 같은 찡그린 얼굴을 하고 가게 문을 일찍 닫고 잠자리에 들었다.

그녀는 온 동네에 꽝꽝 울리는 그 노랫소리에 밤새 잠을 설치면서, 혹시 위원장님이 어떻게 되지나 않았을까, 하는 염려에 흠칫흠칫 놀라기도 하는 것이었다.

제발 무사해야 할텐데. 참 좋으신 분인데. 그런데 저 사람들은 저거 어딜 가자고 밤새 저렇게 가자 가자, 하고 똑같은 노래만 불러대고 있는 걸까?

송 마담은 참 이상한 일도 다 있다 싶었다.

어제까지만 해도 구름떼처럼 모였던 노동자들이 여기저기 몇 명씩 어우러져 있을 뿐, 어제와 같은 움직임은 전연 기색이 없어 보이는 것이었다.

그녀는 이상히 여겨지면서도 이제야 제대로 장사를 해먹겠구나, 하는 마음에 금세 얼굴이 밝아져 탁자 위를 훔쳤다.

"아줌마, 쏘주하고 순대 좀 주쇼."

가게 앞에 모여서 수군거리던 몇 사람이 잔뜩 불어터진 얼굴로 들어오는 것을 보고 송 마담은 쪼르르 다가가 엽차를 따랐다.

"씨팔, 파업 선언한 날 여기서 축배 들 때가 좋았는데. 아니 저 안에 있는 친구들은 밥이나 먹고 하는 건지 모르겠네? 아휴, 이거 정말 울화통 터져서 못 견디겠다니까. 어서 술부터 줘요."

몇 번 본 적이 있는 듯한 손님들 앞에 술병과 잔을 늘어놓으며 송 마담은 궁금한 마음에

"위원장님은 무사한 거여?"

하고 물었다. 그러자

"거 씨발 술맛 떨어지게 그 새끼 얘긴 왜 꺼내는 거요? 그것들 여관방에 임시 노조 사무실 차렸다는데, 가서 그냥 콱!"

하고는 회사 마크가 붙은 작업복 차림을 한 손님이 버럭 화를 냈다.

송 마담은 눈을 흘기고 돌아서면서 위원장님이 무사하구나, 하는 생각에 안도의 숨을 내쉬었다. 그런데 왜들 저렇게 위원장님을 욕하

는 것인가…

노동자들은 아침부터 소주를 연거푸 들이켰다.

"그 놈들은 뭔데 여기 나타나서 판을 깨냐 이거야. 주민들도 완전히 합세가 될 뻔 했는데, 지네들이 뭔데 와서 끔찍스런 유인물 뿌려 판을 깨냐 이거야?"

"걔네들 오기 전에는 최루탄도 안 쐈잖아? 우리끼리 그냥 끝내줄 수 있었는 건데. 카~ 이거 미치겠네 정말."

"야, 그 사람들 너무 원망하지 말자구. 그나마 그런 친구들이 있으니까 이 사회가 유지되는 거지, 그렇지 않으면 이 사회는 암흑이 돼버릴 거란 말야. 아무튼 우리를 돕기 위해 온 거 아냐? 어찌 생각하면 우리가 그들을 따르지 못하는 게 문제가 있는 지도 모르지. 할 땐 콱 해야 하는 건데."

"그렇다고 해도 임금인상 투쟁하는데 와서 왜 정권 물러나라는 유인물을 뿌려 이 지경을 만들어놓는 건지, 난 도대체 이해가 안 간다니까. 우리끼리 조금만 더 밀었으면 어용노조라도 물러나게 할 수 있었잖아? 위원장놈만 좋은 일 시켜준 꼴이 돼 버렸다구. 야, 김새는데 술이나 들자."

"커~ 이젠 틀렸어. 저 안에 있는 친구들만 작살나게 된 거라구."

"근데 임금인상은 다 될 수 있는 건가? 신문 보니까 원 그것도 싹수가 누런가 보드라. 신문도 씨발 순엉터리 투성이고 말야."

"임금이 문제냐? 난 임금인상 하나도 안돼도 좋으니까 제발 그 어용노조 간부들만 물러났으면 좋겠다. 어휴, 그 꼴 당하고도 자리 지키고 앉아 있는 걸 보면, 거 고래심줄은 저리 가라라니까. 아휴, 나 같으면 멋지게 사퇴성명 내고 물러나겠는데 말야."

"임마, 조합비가 을만데 그 돈방석을 두고 물러나겠냐? 중이 고기 맛을 봤는데 임마."

"일 년 예산이 일억이 다 된다면서?"

"그 돈으로 노조활동 멋지게 하면 을마나 좋으냐. 작년에도 체불 상여금 소송을 한다구 해서 을마나 기대가 컸냐구?"

"조합원들한테 돌아오는 게 뭐 있어야지. 군필 복직자 문제도 그렇게 난리가 터졌는데 회사와 공식적인 교섭 한 번 갖지 않아서 결국 이런 사태까지 오게 된 거 아니냐. 조합원들의 그 단결된 힘을 업고, 노조에서 강력하게 밀어봐라. 누가 어용이라 그러겠냐? 에이, 그딴 얘기 집어치우자. 아니 근데 사람들은 좀 모이는 거야, 안 모이는 거야?"

거나하게 취해가던 노동자 한 사람이 문을 열고 나갔다. 그러더니 조금 후에 들어와서는

"와, 못 말린다니까. 야, 밖에 좀 한 번 내다봐라. 저것들도 사람이냐?"

하면서 몹시 분개하는 것이었다.

송 마담도 무슨 일인가 하고 고개를 쑥 빼어 밖을 보았다.

아침나절보다 좀 많은 인원이 모여 있는 네거리에, 송 마담에게도 눈에 익은 사람들이 나와 종이를 한아름씩 들고 다니며 이 사람 저 사람에게 나눠주고 있었다. 그리고 한쪽에서는 사복차림의 신체 건장한 사람들이, 종이를 돌리는 사람들의 턱짓이나 눈짓에 따라 나이 어린 아가씨들과 젊은이들의 덜미를 낚아채 차에 싣고 있었다.

"아니 저 왜 그러는 거여?"

송 마담은 눈이 휘둥그래져서 술취한 사람들에게 물었다.

술 먹던 노동자 한 사람이 종이 한 장을 받아가지고 오자, 그들은 송 마담의 물음에 대꾸도 하지 않고 그것을 읽었다.

"아니 이것들이 정말… 뭐 불순세력의 선동에 의해 이런 사태가 발생했다구?"

"아니 노조 간부들이라는 게 어디 도망가 있다가 이딴 거나 맨들

어다 뿌리구 말야. 햐. 이거 참, 말이 안 나오네."

"이거 상황이 정반대가 돼버렸잖아. 어제까지만 해도 도망갔던 놈들이 형사들과 함께 떡 나타나서는 히히덕거리며 사람이나 찍어주구 말야. 그 삐라같은 유인물이 아주 일 망쳐놨다니까."

그들은 읽고 있던 종이를 박박 찢어버렸다. 화가 잔뜩 나 있는 그들에게 송마담이 조심스럽게 다가가

"저 종이 돌리는 사람들이 회사 부장님들이죠? 사람들 참 좋던데."

하고 작은 소리로 말을 걸었다.

"뭐요? 부장님들이요? 사람들이 참 좋아요? 아니 이 아줌마가 누굴 놀리나 근데…"

"아줌만 저놈들 어떻게 알아요?"

눈을 부라리고 쳐다보는 통에 송 마담은 기가 죽어 한걸음 물러서며

"아니, 나 여관에서 일할 때 부장님들이라면서 단골로 왔길래… 위원장님 허구…"

하고 말을 얼버부렸다.

그러자 그들 중 한 사람이

"아줌마, 내가 술 한 잔 살게 이리 오세요."

하며 구석자리로 그녀를 데리고 갔다.

나머지 사람들은 노는 꼴들이나 똑바로 본다면서 다 나가고, 송 마담은 장발의 노동자 한 사람과 술잔을 주고받게 되었다.

술이 몇 잔 들어가자 송 마담은

"내 이래봬도 옛날에 다방 갖고 사업할 땐 송 마담하면 모르는 사람이 없었지. 다 때려먹고 여관 조바 생활해서 이 가게터 하나 장만했는데, 이 노릇도 외상 많이 깔려 못해 먹겠어. 총각, 자주 오라구.

서로 돕구 사는게 세상사니까. 또 알아? 내가 이쁜 각시 소개해 줄지. 자, 잔 받으쇼이."

혼자 떠들어 대다가는

"근데, 저 공장 사람들이 위원장님을 왜 죽이려 드는 거여? 으잉? 어제부터 고것이 궁금해 미치겠다니까."

얼굴을 바싹 들이밀며 물었다.

장발 노동자는 처음 들어왔을 때와 달리 아주 친절하게 노조에 대해 얘기를 해주었다.

턱을 끄덕끄덕하며 얘기를 듣던 송 마담은 마치 누군가에게 배신을 당한 것 같은 기분에 빠져들고 있었다.

아, 그런 거였구나. 노조라는 건 기름쟁이끼리 맹글은 거고, 위원장도 벨 볼일 없는 기름쟁이 출신이구나. 위원장을 관두면 기계 있는 데 가서 기름장갑 끼고 일해야 하는 거구나.

기름쟁이들이 피땀 흘려 번 돈 중에서 백분지 일을 노조에 내면 위원장허구 그 깡마른 사무국장허구 그 돈을 갖고 노존가 뭔가의 살림을 꾸려나가는 거구나. 헌데, 그 엄청난 돈이, 뼛골을 깎아 벌어 모은 돈이 기름쟁이들을 위해 제대루 안 쓰여진다 이거로구나. 또 노조라는 게 회사가 잘못하면 꽉 들고 일어나야 하는 건데 회사와 오누이 사이처럼 너무 정이 깊었던 게로구나. 맨날 자가용 타고 밖으로만 나돌고, 기름쟁이들을 위한 일을 안 하다가 이번에 된통으로 혼나는 거구나.

그 자가용도 기름쟁이들이 낸 돈으로 산 거고, 여관에 와서 척척 광내며 쓰던 그 빠닥빠닥한 지폐도 기름쟁이들이 낸 돈이었다니. 그러면서도 금액을 쓰지 않은 영수증을 가지고 가니, 그 백지영수증으로 무엇을 한 것일까…

기름쟁이들을 위한 일을 안하고 맨날 회사에 끌려다녀서 기름쟁이들이 다 등을 돌린 거구만. 노조를 새롭게 하려고 기름쟁이들이 위원장을 갈아치우려 하자 자기 편은 별로 없고, 그 좋은 자리는 내놓기 싫으니까 파업을 선언해 놓고는 뒤로 빠진 게구만. 파업에 앞장선 사람들이 다 잡혀가고 그러면 지가 다시 위원장을 해먹으려고 딴에는 대가리를 굴린 거구만.

이그, 무책임한 양반 같으니라구. 그냥 물러났으면 저 난리통도 안 생겼을텐데 지 자리 지켜먹을려구 저 난리통을 만들다니…

그래, 내 아들놈은 어쩌면 잘 뒈졌는지도 모르지. 이꼴 저꼴 안 보고.

두 눈 멀쩡한 놈이 프레스 찍는 공장에서 쇳넝이에 부딪쳐 죽은 병신 같은 자식. 아니, 저도 살아서 노조 위원장이나 해먹었으면 내가 또 팔자에 없이 호강요강했을 지도 모르지.

에이, 가여운 기름쟁이들.

그래, 그렇게 화가 터져 밤새워 가자 가자 하고 악을 쓸 만도 하겠구나.

이제 봤더니 근력이 좋아서 그런 게 아니었구먼.

에이, 처량한 기름쟁이들. 돌멩이 들고 눈 부라릴 만도 할 테지…

"아줌마, 잔 받으라니까요."

송 마담은 퍼뜩 생각에서 깼다.

"잔 드시고 위원장하고 저 부장님들 알게 된 얘기나 좀 해주세요."

아침부터 술에 취해 빙그레 웃는 장발 노동자가 측은하게 보여, 송 마담은 눈을 꿈쩍 감았다 떴다.

"아줌만 참. 잔 비우시라니까 윙크는 왜 하세요?"

"윙크? 그려. 윙크한 김에 내 노래 한 곡 부를껴."

송 마담은 쭈욱, 커, 하고 잔을 비우고 나서 젓가락을 집어들었다.

"사아고옹에에 배앳노오래 가아무울 거어리이면 사마아악도오 파도오 기히피…"

성능 좋은 스피커에서도 지칠 줄 모르는 노래가 계속 터져나오고 있었다.

…가자 가자 이 어둠을 뚫고
우리 것 우리가 찾으러
야야 야야야 야야야야야
야야 야야야 야야야야야…

2

송 마담이 그토록 좋은 사람으로 여겼던 위원장은 여관의 최대 고객이었다.

아래지방 공장에 있는 지부장이라는 사람들이 공공칠 가방을 들고 출장을 왔다 하면, 그 때부터 송 마담은 노가 나는 것이었다. 그 사람들은 왔다 하면 며칠씩 묵어갔는데, 무슨 일로 출장을 왔는 지는 몰라도 종일 고스톱 치는 것이 주된 일이었고, 밤에는 노조의 부장님들이라는 사람들이 우루루 몰려와 맥주에 콜라에 막 시켜대며 못 먹어도 고, 피바가지 찾아가며 놀아주어 송 마담으로서는 그야말로 짭짤한 부수입을 올리게 되는 것이었다.

외상도 적지가 않았는데, 그 외상값은 반드시 사무국장이라는 사람이 갚으러 와서는

"이렇게 많아요? 이 아줌마 참, 조금씩 갖다 주라 그랬잖아요! 아

니, 이런 것도 외상으로 하고 갔단 말예요? 이거 미치갔네. 다음부터 이렇게 막 주면 돈 다 받을 줄 아세요!"

하고 화를 내는 통에 송 마담은 사무국장을 제일 무서워했다.

그러나 위원장은 사람이 그만이었다.

화를 내거나 까다로운 데도 없이 언제나 웃으며 대해 주었고, 송 마담이 부탁한 조카의 취직도 군소리 한마디 없이 척하니 시켜주었다.

일 년에 한 번씩 열린다는 대의원대횐가 때는 아래지방 공장의 대의원이라는 사람들이 떼로 올라와 여관방이 꽉꽉 찼고, 그런 날이면 송 마담은 녹초가 되도록 바빠지지만, 주머니가 차는 맛에 기분은 하늘이었다.

지부장들은 숙박료나 술값 등을 외상으로 해놓고 가면서도, 금액을 쓰지 않은 영수증만은 반드시 챙겨 가지고 갔다.

위원장과 함께 여관에 오는 사람들은 최하가 부장이었다. 부위원장, 실장, 총무부장, 조사통계부장, 법규부장, 조직부장, 교육선전부장… 그 이름도 희한한 부장님들이 위원장을 깍듯이 모시는 것을 보고, 위원장은 참 높으신 분이구나, 그런데도 나처럼 하찮은 '조바'까지 사람대접을 해주니 얼마나 훌륭하신 분이가, 하고 송 마담은 늘 감탄해 마지 않았다.

작년 겨울에 여관을 나와 순대국집을 차리고 전화를 하니까 그 날로 나와 개업을 축하한다며 벽시계까지 주고 간 위원장이 아니었던가. 용기 잃지 말고 살라는 따뜻한 격려의 말과 함께.

그렇게 우러러 보던 분이 불쌍한 기름쟁이들의 돈을 갖고 광을 낸 것이었다니… 그래도, 그래도 사람만은 참 좋았지. 생전 화내는 걸 못 봤으니까. 열심히 살면 볕들 날도 있다고, 볼 때마다 격려해 주던 사람이었는데.

수천 명의 대표자라면 그 정도는 또 하고 다녀야지.

에이, 나하고 무슨 상관이 있는 양반이라구 내가 속을 썩고 있나 그래. 그런데 진짜 무사하긴 무사한 겐가…

"개인적으로 사람이 좋으면 뭘해요? 공적인 일에 책임을 져야지. 누군 남의 돈 갖고 그렇게 못하나요!"

장발 노동자는 얘기를 듣다 말고 공연히 짜증을 내며 나가버렸다.

네거리는 별 소동이 없는 듯했다. 그런데도 갑옷 입은 사람들은 공장 쪽으로 향하는 길목에 그대로 진을 친 채 버티고 있었다.

교통이 완전히 차단된 네거리에 사장의 명의로 된 인쇄물이 나돌았다. 회사 간부들과 현장 감독자들이 술집과 당구장, 다방 등을 뒤지고 다니면서 노동자들이 보이면 어정거리지 말고 빨리 집에 가라고 등짝을 밀었다.

이제 큰소리를 내고 있는 것이라고는 저만치 공장에서 터져나오는 노랫소리밖에 없었다. 가끔 경찰차가 싸이렌을 울리며 텅 빈 차도를 치달릴 뿐.

낮술에 취한 송 마담은 갑자기 슬픔이 들이닥치는 것을 어쩌지 못해 탁자에 엎드려 코를 풀며 울었다.

죽은 아들의 얼굴이 눈물 속에 나타났다가는 사라지고 또 나타나다가 사라지며 송 마담을 슬픔에서 헤어나지 못하게 했다. 문득 아들의 혼이 저 공장 안에서 목이 터져라 노래를 외쳐대는 기름쟁이들의 머릿속에 들어앉아 있을지도 모른다는 생각에 송 마담은 비틀거리며 밖으로 나왔다.

아, 무슨 힘으로 몇 날 며칠 밤을 저렇게 쉬지 않고 노래를 부르는 것인가. 우리 아들 녀석도 앞날의 싹수가 노란 기름쟁이 생활이 싫다고, 노상 술을 퍼먹고 꽥꽥 악을 쓰며 노래를 부르다가 기름옷을 걸친 그대로 자빠져 자곤 했는데, 술도 안 깬 것을 꼬집어 깨워 밥도 멕이지 못하고 일을 내보냈더니, 쇳덩이에 머리통을 받쳐 기름 냄새 나는 공장 안에서 기름옷 입은 채로 즉사해 버렸으니 어찌 기름쟁이에 대한 원한이 없을소냐…

송 마담은 온동네를 미치게 해놓을 것처럼, 신들린 듯한 소리로 울부짖는 스피커의 노랫소리에 필경 아들놈의 억울한 혼이 담겨 있을 것이라는 환상에 빠져, 눈물을 흘리고 코를 풀고, 또 눈물을 흘리며 넋을 잃고 앉아 있었다.

일은 힘들고 돈은 적어
잔업과 철야에 지친 형제들
가자 가자 이 어둠을 뚫고
우리 것 우리가 찾으러
야야 야야야 야야야야야
야야 야야야 야야야야야
야야 야야 야야야야야
야야야야 야야야…

3

전에는 유심히 보지 않아서 잘 몰랐었는데, 그 공장의 노동자들은 확실히 술을 더 먹는 것으로 보였다.

송 마담은 요즘 갑자기 몸이 약해졌지만, 술을 물처럼 들이키고 노조를 욕하면서, 구속자들의 얘기를 정신없이 쏟아놓는 노동자들이 왠지 친자식처럼 여겨져 정성껏 안주를 만들어 대곤 했다.

그들은 구속자 가족들의 생계를 돕는다며 얄팍한 주머니를 털어 모으고 있었다.

"야, 그럴 수가 있는 거냐? 재벌의 총수라는 사람이 신문지상을 통하여 법적 조치가 안 되게 하겠다고 약속해 놓고 구속이 되도록 그냥 내버려 두었으니."

"난 말도 마라 임마. 난 씨발 농성장에 들어갔다고 해서 쥣일 일도 안 시키고 말야. 부장이 이백만 원 줄 테니 사표를 내라고 꾀는 통에 죽겠다니까."

"해고 당하는 사람들도 많은데 대체 노조는 뭐하는 거야 이거."

"노조? 난 이제 노조에 관심 끊었다. 어디 얼마나 해먹는가 가만히 보고만 있을란다."

"여덟 명이나 구속됐다는 건 진짜 너무한 거야. 그리고 요즘 부서 이동이 왜 그리 많은 거냐 이거. 회사가 아주 단단히 보복할 모양이더라."

"큰일나지. 그러다가 또 터진다니까. 또 터졌다하면 그땐 폭동 일어나는 거야. 배웠다는 놈들 머리들이 왜 그리 짱군지, 당최 이해가 안 간다니까."

"구속자들은 면회도 안 된다면서?"

"참 걔네들 이번에 큰 일 한 거다. 노동운동은 그렇게 화끈하게 해야 해."

"모금은 이백만 원이 넘었다면서?"

"내일 구속자 가족들에게 나누어준다고 하더라. 계속 모아서 줘야 돼."

"회사가 모금도 못하게 압력을 가하니, 진짜 악랄한 놈들야."

"임마 그렇게 악랄하니까 그런 재벌이 된 거지, 땅 파서 재벌된 건 줄 아냐?"

"그나저나 계속 조일 모양이던데, 이러다가 또 뭔 일이 날 것 같고. 정신이 피곤하니까 일도 안 되고."

"야 야. 시끄럽다. 구속자들의 건강을 위해 건배나 하자."

"그래. 위하여!"

"구속된 동지들을 위하여!"

농성이 끝난 지 한 달이 지나도록 구속자를 향한 그들의 마음은 변함이 없어 얘기가 그치지 않았다. 또한 아침에 일어나보면 동네 집집마다 앞마당이나 우편함에 가끔 구속자의 가족을 돕자는 호소문이 뿌려져, 공장 주변의 동네 전체가 온통 구속자 이야기 뿐이었다.

송 마담은 벌써 세 번째로 가게 문에 꽂혀 있던 손바닥만한 호소문을 읽으며 귓전을 맴도는 노랫소리에 다시금 넋을 빼앗기고 있었다.

"구속자 가족을 돕고자 하는 분은 아래의 온라인 구좌로 송금해 주시면 감사하겠습니다."

환상에 빠진 후부터 매일 아들놈의 꿈을 꾸어온 송 마담의 얼굴에는 병색이 완연했다. 심한 두통과 빈혈이 하루에도 몇 번씩 그녀를 휘청거리게 했다. 나이 오십도 안 되어 아들놈을 따라가는구나, 하는 죽음에 대한 불길한 생각이 뇌리에 붙어다녔다.

송 마담은 진통제를 목구멍으로 넘기며 호소문을 다시 한 번 읽어 보았다. 사랑하는 아들을 감옥에 보낸 부모들은 지금 심정이 오죽할까. 결혼한 지 얼마 안 되는 사람도 있다는데 그 아내의 슬픔은 얼마나 땅이 꺼지도록 클 게고. 봉급 몇 푼 올려보겠다고 그렇게 미친 듯이 몇 날 며칠 밤을 노래 불러쌓더니만. 그 웬수덩이 같은 돈이라는 게 다 뭔지…

송 마담은 온라인 구좌번호를 무심코 소리내어 읽다가 문득 위원장의 얼굴이 떠올라 미간을 찡그렸다.

에이, 몹쓸 사람. 감옥에 들어가 있는 그 식구들을 한 번도 찾아가보지 않았다니, 그래 가지고 무슨 큰 자리에 앉아 있겠다구. 기름쟁이들의 땀 묻은 돈으로 행세하고 다니면 미안한 줄이나 알아야지. 그 돈이 얼마나 기가 막힌 돈인데. 술 먹어 쓰린 속도 못 풀고 일 나가 벌은 돈을 떼어 갖고 그렇게 광빨을 잡고 다녔으면, 이제는 감옥간 사람들 생각도 좀 해야지. 에그, 냉정한 사람 같으니. 사람은 참 좋던데 통이 좁은 모양이구먼…

송 마담은 위원장이 개업 때 사다 준 벽시계를 보며 혀를 끌끌 찼다.

위원장 생각이 크게 떠오르자 문득 여관생활이 뇌리를 스쳤다. 순댓국집을 장만하기 위해 수단 방법 안 가리고 돈을 모았던, 그 지긋지긋한 고생의 날들이 바늘끝처럼 아프게 살아 일어났다.

손님에게 여자를 불러다주고 돈 먹고, 맥주 값에서 남겨 먹고, 낮손님 숙박료를 또 적당히 챙기고, 음란비디오 틀어주고 돈 받고, 화투꾼들 옆에 붙어 앉아 고리 떼고…

쓸개와 양심을 다 빼버리고 번 돈으로 겨우 순댓국집을 장만했다는 생각을 하니 심한 부끄러움이 생겨났다.

여관생활을 하면서 무엇보다도 양심이 따가왔던 것은, 몸 파는 여자들의 화대에서 일정한 금액을 받아먹는 일이었다는, 진짜로 얼굴이 달아오르는 기억을 더듬다가, 송 마담은 귓전을 맴도는 노랫소리와 벽시계의 초침소리가 주는 순간적인 칼끝 같은 깨우침에 섬뜩 몸을 움츠렸다.

기름쟁이들의 땀에 절은 돈.

위원장이 쓰고 다니는 돈.

저 벽시계는 누구의 돈으로 사져서 여기까지 오게 된 건가.

여관의 최대 고객이었던 위원장의 돈이 내 손에 들어와 통장을 불려주고, 이 순댓국집을 살 때에 한 몫을 해주고⋯ 그러고도 기름쟁이들의 쌈짓돈마저 털려고 공장 앞에 이 술집을 떡 차렸으니⋯

갑자기 심한 현기증이 송 마담의 머릿속을 헤집으며 몸을 뻣뻣하게 굳혀 놓았다. 기름쟁이가 싫다고 술 취해 고래고래 소리 지르다가 죽어간 아들놈의 부릅뜬 눈이 금방 벽시계 속에서 튀어나올 것처럼 보였다.

몇 날 며칠을 환상에 빠지게 했던 스피커의 노랫소리가 귓전에서 징소리처럼 되살아나 울었다.

아들 기름쟁이는 죽고, 노래 부르던 기름쟁이들은 감옥에 가고, 그 기름쟁이들의 땀 묻은 돈이 이 순댓국집에 붙어서 나를, 나를 저주하고 있는 것이구나⋯ 아들 혼이 나를 부르고 있었구나⋯

송 마담의 손이 사시나무처럼 떨렸다.

그녀는 창백한 얼굴로 방안으로 뛰어들어갔다.

장롱 깊숙이 감추어 두었던 저금통장을 꺼내 충혈된 눈으로 들여다보았다.

적지않은 숫자가 그곳에 적혀 있었다.

이게 어떻게 번 돈인데, 이 돈을 어떻게 모은 것인데⋯

안돼, 안돼. 나하고는 상관없는 일야.

돌려줄 수 없어. 다시 다방을 차려야 해.

내가 죽어도 이 돈은 가지고 가야 할 돈이야. 내가 다시 송 마담이 되기까진 누구도, 누구도 이 돈을 건드리지 못해.

나도 한 번 광빨 내고 살다가 죽어야 해.

세상이 너무 억울해서.

세상이 너무 억울해서.

송 마담은 통장을 붙잡고 신음하다가 그 자리에 푹 쓰러졌다.

4

"온라인 구좌에 아주 큰 돈이 들어왔다면서?"

"그렇다네. 누가 보내줬는지 참 고맙지 뭐냐. 진리엔 따르는 사람이 있는 법이니까."

"야, 근데 말야. 위원장 거 해도 너무 했더라. 애들 재판 때 검찰 측 증인으로 나갔다면서?"

"내가 다 쪽이 팔리더라니까. 그게 또 신문에 대문짝만하게 나왔으니 이게 무슨 망신이냐 그래."

"구속된 동지들 편에 서서 증언을 해도 시원찮을 판인데, 검찰 측 증인으로 나가 구속된 애들에게 불리한 증언을 했다니, 난 도저히 믿어지지가 않는다구."

"조합원들이 쇠파이프를 들고 와서 파업 선언 안 하면 때려 죽인다 해서 생명의 위협을 느껴 파업 선언했다고 진술했다면서?"

"우리가 언제 쇠파이프를 들고 다녔다 그래? 법정에서 그리 새빨간 거짓말을 해도 되는 건가?"

"야야, 술맛 떨어진다. 술이나 들자."

"아니 그런데 이 아줌마가 요즘 뭔 안주를 이렇게 많이 주지? 이래가지고 장사 되겠느냐구?"

"아줌마! 안주 이렇게 많이 주고도 이익이 남는 겁니까? 이거 미안해서 원. 맨 고기 천지니."

"아줌마 요즘 혈색이 아주 좋아졌어요. 영감이라도 하나 꼬신 모양이죠?"

"이런 째끼. 어른한테 말버릇이 그게 뭐냐?"

"하~ 이거 벌써 취하는데. 야, 우리 기분도 그렇지 않은데 노래나 하나 하자."

"노래? 조오치. 우선 위하여 한 번 하구."
"그래. 안주 많이 주는 아줌마와 구속된 우리 동지들을 위하여!"
"위하여!"

송 마담은 벽시계가 걸렸던 자리에서 아들 기름쟁이의 웃는 얼굴이 피어나는 것을 보았다.

일은 힘들고 돈은 적어
잔업과 철야에 지친 형제들
가자 가자 이 어둠을 뚫고
우리 것 우리가 찾으러
야야 야야야 야야야야야
야야 야야야 야야야야야…

송 마담은 그 노랫소리가 아들의 혼을 달래주고 있다고 생각하며 순대를 국에 말았다.

生死의 지붕 밑

1

 집에서는 여전히 생선 비린내가 났다. 그 냄새는 한약 달이는 냄새보나 너 진했다. 나는 어느 때, 그 냄새들로 인하여 숨이 막힐 때가 있다.
 아내는 내 보약을 짜 오면서, 생선 비린내 때문에 골치가 아프다는 말을 자주 했다. 그 냄새 때문에 보약의 효과가 없는 것이라고 투정을 부렸다.
 나는 마음 속으로 아내의 그런 말이 맞는다고 인정한다. 언제부터인가 모르게 나는 아랫방 쪽에서 풍겨오는 생선 비린내를 맡으며 보약을 먹는다는 것에 대해 일말의 죄책감을 갖고 있었으므로.
 나는 아내가 생선 비린내를 이해 못하고 아랫방 사람들을 내보낼 것이라는 염려를 떨굴 수가 없다.
 모든 일에 일방적이고 표현이 거침 없는 아내는 툭하면 어머니와 다투었다.
 "어머니는 왜 저런 구질구질한 사람들에게 전세를 놔 가지구선 이런 고역을 당하게 하느냔 말예요? 심심하시면 슬슬 놀러나 다니실 일이지, 집안이 심심하다고 저런 사람들을 끌어들여요? 우리 체면에 전세 놓게 생겼어요? 집 망가지고, 비린내 풍기고. 에이, 구질구질해서 정말 못 살겠다니까."

"말 함부로 하는 거 아니다. 너 저 사람들이 가엾지도 않니? 오죽이나 살기가 답답하면 우리 눈치 보며 생선 장사를 하겠니? 맘 그렇게 쓰면 못 쓰는 거니라. 죄 받는다, 죄 받어."

어머니는 언제나 아랫방 사람들 편이었다.

아내의 불만은 극에 달하여, 아랫방 여자가 마당에서 일을 하고 있을 때에도 큰소리로 떠들어대곤 했다. 그것은 시어머니에 대한 저항의 표시이기도 했다.

그런 아내와 나의 성생활은 사실상 끝난 거나 다름없었다. 아내가 둘째 애를 가졌다고 했을 때, 내 마음은 아내의 몸을 떠났다. 나는 그 때, 그 애가 자연유산된 것이라고 믿지 않았다.

아내는 속으로 불타고 있는 나의 분노를 모르고, 말도 안 되는 소리를 지껄였다.

"이번에 자연유산된 건 순전히 어머니 때문예요. 어머니가 우리 그거 하는 소리를 엿들었다는 걸 당신은 모르세요? 소리 안 들키려고 잔뜩 신경 쓰고 하다가 애가 들어섰는데 애가 정상이겠냐구?"

불안한 기분에서의 임신은 자연 유산될 수밖에 없다는 주장이었다.

나는 속으로 뻔뻔한 년이라고 욕했다. 잘못되는 모든 일의 원인을 어머니에게 돌리는 아내를 걷어차고 싶었지만, 기름진 장인어른의 얼굴이 떠올라 참을 수밖에 없었다. 나의 경제적 원천인 장인어른의 비위를 건드린다는 것은 나의 입장에서는 어림도 없는 노릇이었다.

나는 의무적으로 아내와 살을 맞대고 자면서도, 그녀가 다른 남자의 정액으로 임신을 하였고, 자연유산을 빙자하여 스스로 애를 떼었다는 생각에 몸서리를 치면서 굴욕적인 밤을 보내야 했다.

아내는 내가 벌써 정력이 감퇴되었다고 혀를 찼다.

비싼 한약을 달여 나에게 먹였다. 나는 안 먹는 것보다는 먹어 두는 것이 몸에 좋을 것 같아 착실하게 그것을 받아먹었다.

어머니는 내가 보약을 먹는 것이 눈꼴사납다고 했다. 양기를 더 뺏겨 말라 비틀어 죽기 전에 각방을 쓰던가, 병원에 물어봐서 방법이 있으면 아내의 그곳을 수술해, 색을 밝히지 않는 여자로 만들어야 한다고 했다.

사실 아내는 보통 여자와는 다르게 유별나게 밝히는 편이었다. 그 밝힘 증세와 돌연한 임신, 그리고 자연유산은 아내의 부정을 더욱 확신케 해 주었다.

내가 한약을 먹기 시작한 지 반 년이 지날 즈음에 아랫방에서는 생선 비린내가 나기 시작했다. 그 냄새는 생존을 위한 치열한 몸부림의 냄새였다.

아랫방 여자는 세 살 먹은 꼬마를 업고 생선행상을 다녔다. 나는 아랫방 남자와 몇 번 술자리를 같이 한 적이 있었는데, 아내는 그와 어울리는 것을 수치스러운 일로 여겨 노골적으로 짜증을 부렸다.

"그 사내가 당신과 상대나 될 만한 사람예요? 위신 떨어지니까 제발 어울리지 좀 말란 말예요."

"그러면 안 되니라. 사람 차별하는 것처럼 못된 것 없제. 죄 받을 짓이여."

"어머니는 내가 무슨 말만 하면 죄 받는다 그러시는데, 사실이 그렇잖아요? 이 이가 그 구질구질한 사람하고 상대나 되겠느냐구요? 안 그래요?"

"시껍다. 사람은 좀 구지레해야 사람 사는 맛이 있는 게란다. 열심히 사는 게 얼마나 기특한 일이냐?"

"아니, 어머님. 우리는 그럼 열심히 살지 않고 게으르게 살고 있다는 말씀이세요?"

"사람 같게 살아야지, 사람 같게."

"아니, 어머님. 무슨 말씀을…"

"시껍다니까!"

나는 어머니와 아내가 다툴 때에는 언제나 벙어리였다.

"이제 몇 년만 더 고생하면 은행 융자 받아 가지고선 우리도 집 한 칸 장만할 수 있을 겝니다. 내가 생각해도 지난날을 너무 지독하게 산 것 같아요. 뭐니뭐니 해도 나와 집사람이 건강 체질이라는 게 제일 큰 재산입죠."

아랫방 남자는 첫눈에 보아도 건강함을 알 수 있었다. 체격이 우람한 그는 내 집 장만하는 희망으로 산다고 했다.

그는 주물공장에 다닌다고 했다. 쉬는 날에도 수레를 끌고, 과일이나 야채 같은 것들을 팔러 다녔다. 그가 공장에 다닐 때에는 아랫방 여자가 생선행상을 하지 않았다.

그녀는 매우 부지런했다. 우리 집 정원 청소까지 도맡아 해 주었다. 그녀의 몸은 헬스클럽을 다니는 아내의 몸보다 훨씬 균형이 잡혀 있었고, 탄력이 있어 보였다. 그녀는 내 집을 장만한다는 희망과 기쁨에 넘쳐 있었다. 밝은 표정으로 늘 쓸고, 닦고, 빨았다.

"여자는 저래야지. 저렇게 살림을 잘해야 하는 거여. 에미년처럼 얼굴에 화장이나 찍어 바르고, 노상 밖으로 나도는 여자는 언젠간 집안 망쳐 놓는다는 걸 명심하거라. 지 기집 하나 잡아놓질 못하는 칠칠치 못한 놈 같으니 쯧쯧쯧…"

어머니는 아랫방 여자를 매우 좋아했다. 틈만 나면 철이를 데리고 아랫방에 가서 살았다. 철이도 아랫방 꼬마하고 잘 놀았지만, 아내가 놀지 못하게 하여 슬금슬금 눈치를 보면서 아랫방을 출입했다.

나도 가끔 아내가 아랫방 여자를 닮았으면 하고 바랄 때가 있다. 그렇게 부지런하고 밝은 표정이었던 그녀는 생선행상을 하면서 완전히 잿빛 얼굴로 죽어가고 있었다.

아내는 밤마다 보약 값이 아깝다고 불만을 털어놓았다. 아내가 입으로 내 그것을 자극하려 애써도 난 거의 감각이 없었다. 겨우 의무적인 관계를 치르고 돌아누웠다.

난 증거가 잡힐 때까지는 아내의 임신과 자연유산에 대한 진상을 결코 캐묻지 않기로 했다. 어쩌다 컨디션이 좋다가도 임신 문제만 생각하면 아내가 벌레처럼 여겨져 기분을 잡쳤다. 그런 내 분노와 경계심을 모르고, 아내는 뱀탕과 지렁이탕까지 동원하여 멀쩡한 내 정력을 살리기 위해 수선을 떨었다.

아랫방 여자가 행상을 하는 시간에, 아내는 헬스클럽에 나가 있거나, 이자돈놀이 하는 친구들과 어울렸다.

낮에 집에 있으면 어머니는 눈물까지 흘리시며 며느리를 성토하는 게 나에 대한 당신의 주된 일이었다.

"인석아, 이러다가 가문 버리고 집안 망한다. 우리 집안에 에미년처럼 화냥기 있는 계집은 단 한 명도 없었다. 왜 꽉 틀어쥐지 못하고 미친개 목줄 풀어주듯 멋대로 풀어주느냐 말이다. 자고로 기집과 대문은 단속을 잘해야 하는 법여, 이 답답한 놈아."

어머니는 가정부를 내보내고 손수 일을 했다. 그것은 못된 며느리에 대한 강력한 오기임을 나는 잘 안다. 아내와 어머니의 대립은 일 년에 몇 번씩 가정부를 들락날락하게 했다.

그러한 팽팽한 대립에 완전히 불을 지핀 것은 느닷없는 동생의 제대였다. 녀석은 다리를 저는 불구자가 되어 일 년을 앞당겨 제대를 했다.

아내는 지하실에 서재를 차리고 고시공부를 시작한 동생을 비웃었다. 동생은 아내를 잘못 사는 상류층의 전형으로 규정하면서, 나의 무력함과 생활태도에 대해서도 틈틈이 문제를 제기했다. 하고많은 사업 중에 하필이면 술과 여자를 파는 룸살롱을 하느냐고 기가 막혀 했다.

나는 차마 녀석에게 아내의 부정함과 장인어른의 경제적 지원 등에 관한 얘기를 할 수가 없었다.

집안은 동생의 등장으로 인하여 갑자기 긴장감으로 덮여갔다. 유독 철이만이 신이 나서 삼촌을 따라다녔다. 동생도 철이만은 극진히 귀여워 하며, 영웅들의 일대기와 우리나라의 역사 등에 관한 얘기들을 알아듣기 쉽게 들려주었다.

동생이 제대하기 전에는 철이는 할머니 손을 벗어나지 못하고 늘 집안에서만 놀았었다. 철이는 할머니가 해주는 고기반찬을 잘 안 먹었다. 매일 좋은 음식과 영양제를 먹이는데도 철이는 허약했다. 철이는 아랫방 여자가 만들어주는 밀가루떡과 생선부침개를 아주 잘 먹었다.

아내는 상해서 못 팔게 된 생선으로 부침개를 만들어주는 것 같다고 불안해 하며, 철이가 아랫방만 다녀오면 불결하다면서 더러운 것을 닦아내듯 철이를 때리면서 목욕을 시켰다.

"철아, 넌 왜 집에서만 노니? 밖에 나가서 친구들도 사귀고, 뜀박질하다가 넘어지기도 하고, 햇볕에 얼굴도 검게 태우고 해야 씩씩하게 자라는 거야. 삼촌하고 산에나 다녀 오자."

"그래그래. 삼촌이 최고야."

"안 돼! 쪼그만 게 산엔 왜 따라갈려 그러는 거야. 이리와!"

철이는 삼촌과 엄마의 눈치를 살피며, 금방 우울해진 얼굴로 할머니에게 가곤 했다.

"문제가 많군, 문제가 많아. 이 집은 온통 문제투성이구만."

"뭐예요? 삼춘 지금 누굴 약 올리는 거예요? 무슨 말을 그렇게 해요?"

나는 냉랭한 집안 분위기를 견디지 못하고, 일찌감치 집을 나와 살롱으로 향했다. 룸살롱은 장인어른이 물려준 것으로서 그런대로 장사가 잘 되었다.

나는 한 달에 세 번 이상을 살롱의 은경이와 호텔에서 잤다. 그녀는 나의 정력과 기교에 언제나 감탄하며, 나와의 몸정 때문에 살롱을 떠나지 못한다고 했다. 은경이는 다른 손님들한테서는 이성을 느낄 수 없고, 오직 나만이 자신을 여자로 만들어준다며 나를 따랐다.

아내가 철이를 낳은 이듬해에 그녀와의 관계가 시작되었다. 은경이와 나의 관계는 용케도 비밀이 지켜졌다.

아내는 가끔 사채놀이꾼들을 몰고 와 살롱에서 술을 마셨다. 아내는 돈놀이꾼들에게, 이 세상에서 가장 이해심 많은 현대남성이라고 나를 소개했다.

나는 그녀들의 온갖 수다와 원색적인 분위기를 그냥 보고만 있었다. 아내의 요란스런 모습을 보면 볼수록 나는 은경에게 깊이 빠져갔다. 나는 그녀에게서 성병을 얻었다. 그래도 나는 은경이가 좋았다. 요도염을 치료하는 데 두 달씩이나 걸렸다. 요도염이 치료되었는데도 묽은 농이 자주 흘러나왔다.

의사는 고개를 갸우뚱거리며 비닐장갑을 끼고는, 나에게 바지를 내리게 했다. 나는 바지를 무릎까지 내리고, 허리를 구부려 그의 앞에 엉덩이를 까 내밀어야 했다.

그는 바셀린을 잔뜩 바른 둘째손가락을 내 항문에 넣고, 그 속을 꾹꾹 눌렀다. 묽은 농이 요도구를 통해 질질 흘러나왔다. 의사는 묽은 농을 유리조각에 묻혀 현미경으로 들여다보며 혀를 찼다.

"쯧쯧, 성병치료를 오래 끌었군요. 전립선염인데 꽤 심합니다. 잘못하면 사모님께서 임신을 못하게 될 지도 모르니 착실히 치료를 해야 할 겝니다. 전립선염은 약물치료와 곁들여 아까처럼 마사지치료를 해야 합니다. 일주일에 세 번 정도, 삼 개월쯤 하면 효과가 있을 겝니다. 인내력이 필요하죠. 전립선염은 성병이 아니어서 감염은 안 되니, 성생활은 계속하셔도 무방합니다."

나는 의사의 지시대로 일주일에 꼭 세 번씩 병원을 찾았다.

의사는 나에게 모범생이라고 했다. 그는 얇은 비닐장갑의 둘째손가락에 바셀린을 듬뿍 발라 내 항문을 여지없이 후볐다. 그 때마다 내 몸은 사시나무 떨듯 흔들렸다. 나는 그가 소개한 독일제 약도 복용했다.

의사가 말한 삼 개월이 지나고 또 이 개월이 지났는데도 전립선염은 낫지 않았다. 내 항문은 그의 손가락질 때문에 늘 부어 있었다.

나는 전립선염 치료를 포기했다.

2

어느 날, 아랫방 남자는 허리를 펴지 못하고 어정어정 대문을 들어서다가 나와 마주쳤다. 공장에서 쇳덩어리를 들고 나르다가 허리가 삐끗했는데, 곧 나을 것이라며 빙그레 웃었다.

그 이튿날, 그는 출근을 못했다. 아랫방 여자가 그를 부축하여 침을 맞고 오는 것을 보았다. 그는 연 사흘을 침을 맞으러 다녔지만 아무런 차도를 보이지 않았다. 나흘째 되는 날은 지팡이를 짚고 공장을 다녀와서는 먼 하늘을 보며 한숨을 연신 토해냈다.

"망할 놈들. 산재보험 치료를 요구하니까, 일하다가 다쳤다는 증거가 없대요. 전에도 동료들이 다치면 산재 신청을 안해 주고 적당히 처리하곤 했어요. 미친놈들, 비싼 산재보험료를 또박또박 내면서도 그걸 이용하지 못한다구요. 산재보상을 신청하면 관청에 찍힌다나요. 안전사고가 많아 관청에 찍히면 사업에 지장이 많대나 봐요. 산재보험이 다친 사람들을 위해 제대로 쓰이지 않고 있으니 우리 같은 노가다들이 뭘 믿고 일하겠어요?"

그는 결코 화난 것 같지 않은 말투로 말했다.

나는 산재보상이 뭐고, 산재보험료가 뭐니 하는 말들을 그에게서 생전 처음 들었다.

아랫방 여자는 석유곤로를 밖에 내놓고 물수건을 끓였다. 그녀는 쉬지 않고 물수건을 갈며, 남편의 허리를 찜질해 주었다.

나는 2층의 흔들의자에 앉아 아랫방을 내려다보며 숙연해지는 마음을 가누기에 애썼다. 그녀는 새벽까지 그렇게 찜질을 해주며 연고 마사지를 해 주었나. 나는 그 시간까지 2층에 앉아 그들을 눈여겨보았다. 문득 그들의 생활에 대한 부러움이 생겨났다.

아랫방 여자에 비하면 아내는 여자도 아니었다.

내가 몇 날을 집에 안 들어와도 관심을 두지 않았고, 툭하면 돈놀이꾼들과 어울려 온천장을 돌아다니기 일쑤였다. 그 원색적인 패거리들과 함께 몇 밤을 온천장에서 지내고 오는 아내를 나는 온전하게 생각해 줄 수가 없는 것이었다. 유부녀들을 노리는 치한들과 무슨 짓거리들을 하고 왔는지 모르는 일이 아닌가.

아내와 나의 피차간의 무관심은 나에게 견디기 어려운 고독감을 안겨 주었다. 그 고독을 나는 은경에게서 풀었다. 은경이는 내가 만취가 되면 약도 사다 주고, 아침에 해장국도 시켜다 주었다. 그 작은 정성에서도 나는 한없는 정감을 느끼곤 했다.

아랫방 남자는 결국 입원했다.

동생이 절뚝거리며 병원까지 따라갔다 와서는 아내 앞에 버티고 섰다.

"형수, 한 집에 살면서 아랫방에 한 번 가보면 얼굴이 깎이는 거요? 그렇게 몰인정하게 살다간 언젠가 저주받아요."

"삼춘이 왜 참견이슈? 내가 어찌 살건 왜 참견이냔 말요? 삼촌 앞 가림도 못하면서 왜 나를 우습게 보느냐구요? 사법고시? 꿈도 야무지셔라!"

아내는 내가 듣기에도 민망할 정도로 톡 쏘아붙였다. 순간, 동생의 얼굴이 잔뜩 일그러지며, 괴기스러운 웃음이 그의 입에서 터져 나왔다. 동생은 한바탕 웃고는, 아무 말 없이 지하실로 내려갔다. 뒤따라 내려간 내 손을 잡고 동생은 간곡한 어조로 나를 설득했다.

"형님, 형님도 자신의 생활을 가져 봐요. 싸롱인가 뭔가 처갓집에 돌려주고 형의 생활을 새로 시작해 봐요. 그 싸롱을 갖고 있는 한 형수는 형과 엄마를 우습게 여길 거란 말예요. 철이에게도 아주 안 좋은 일이구요. 형의 이런 생활이 자라나는 철이의 인성에 상당히 악영향을 미칠 거란 말예요."

나는 아무 말없이 그저 듣기만 했다.

그 날, 나는 은경을 데리고 호텔에 가서, 몸을 가누지 못할 정도로 만취가 되어 어린애처럼 그녀의 품에 안겨 밤새워 흐느껴 울었다. 실로 십 수 년 만에 흘려보는 귀한 통곡의 눈물이었다.

3

집에서는 생선 비린내가 나기 시작했다. 남편을 입원시킨 그녀는 곧바로 생선 행상에 나선 것이다.

내가 병원을 찾았을 때, 절망에 빠져 있을 줄 알았던 아랫방 남자는 놀랍게도 패기에 넘치는 모습으로 책을 읽고 있었다.

"참 기가 막혀서. 지난 이주일 동안 물리치료를 했는데, 차도가 없으니까 의사가 꾀병을 한대요. 그러면서 퇴원을 강요하는 거예요.

계속 아프다고 하니까 척추에 약물을 투여하여 특수촬영을 하더니 그때서야 아주 심한 디스크라면서 수술을 해야 된다는 거예요."

그는 읽고 있던 책을 덮으며 웃으며 말했다. 그 책의 표지에는 '노동문제 판례 및 사례·예규집'이라고 씌어 있었다. 비슷한 제목의 책들이 머리맡에 여러 권 놓여 있었다.

"동생분이 이 책들을 갖다 줘서 읽고 있는데 많은 것을 깨우치고 있어요. 한마디로 나는 지난날을 병신처럼 살아 왔어요. 부끄러워서 얼굴을 못 들 정도로 밥벌레로 살아온 것입니다."

담배를 피워 무는 그의 눈에 이상한 광채가 빛나는 것을 나는 보았다.

"선생님, 나는 허리가 치료될 때까지 병원에서 계속 노동법을 공부할 겁니다. 그리고 사장을 상대로 법정투쟁을 할 겁니다. 이렇게 엄연히 법에 보장되어 있는 근로조건을 우리 공장에서는 하나도 안 지키고 있어요. 산재는 물론이고 연월차 휴가제도, 근로시간, 심지어는 야간수당, 퇴직금도 제대로 계산하지 않는 악덕 기업주! 삼 년 전으로 거슬러 올라가 부당하게 받지 못한 수당 등을 모조리 함께 엮어 청구소송을 제기할 겁니다. 그리고 제반수당과 퇴직금을 제대로 받지 못하고 나간 동료들을 찾아가 함께 소송을 제기하도록 설득할 겁니다. 변호사 없이 우리 힘으로 할 겁니다."

나는 그의 비장한 표정을 대하며, 이상한 전율에 몸을 움츠렸다.

"아~ 우리 공장에도 노동조합이 만들어졌어야 하는 건데. 일만 하고 잠만 자는 이 짐승 같은 놈의 노가다들이, 이리 몰면 이리 가고, 저리 몰면 저리 가는 소돼지 같은 놈들이, 눈치만 보고 사느라고 노동법 한 줄 안 읽으니 당할 수밖에 없는 거겠죠. 선생님, 나 이제 내 집 장만하는 거 포기했습니다. 예금 조금 있는 거 병원비 하면 다 없어질 테고, 이제부터 인간으로서의 나의 권리가 무언가를 깨우치며 살아갈 것입니다. 그리고 노동운동에 미칠 겁니다. 안 그러면 난 일만 하고 잠만 자는 짐승이 돼버리는 거예요."

나는 그의 말을 잘 알아들을 수가 없었다. 노동조합, 노동운동, 노동법, 근로조건 등 모두가 생소한 말들이었다. 나는 완전히 그에게 압도되어 그의 결심에 찬 얘기들을 듣다가, 힘없는 걸음으로 병실을 나왔다.

문득 부자인 나의 생활은 시들시들 죽어가고 있고, 가난한 그는 힘차게 뻗어나가는 희망적인 삶을 살고 있다는 생각이 들었다.

병원 입구에서 만난 동생은 그런 생각에 빠진 나를 더욱 난도질하듯 가슴을 찌르는 말을 서슴없이 꺼냈다.

"형님. 한 지붕 밑에서 한 쪽은 정력제나 먹으며 쾌락을 즐기고, 한 쪽은 생존을 위해 몸부림 치고. 철이를 고아 아닌 고아로 만들면서 꼭 그리 살아야 하는 겁니까? 형님에겐 돈만 있지 인간으로서의 가치는 아무것도 남아 있지 않잖아요? 그것도 마누라의 치마폭에서 얻어내는 비열한 돈, 형님의 존재를 망가뜨리는 병균과 같은 돈 말입니다."

동생은 나의 대답을 기다리지 않고 그대로 병원으로 들어가 버렸다.

나는 지금껏 살면서, 오늘과 같은 충격적인 말을 직접 듣기는 처음이었다. 그 지경이 된 상태에서 용기와 신념으로 뭉쳐 있는 아랫방 남자와, 불구의 몸으로 생활의 걱정은 않고 인간의 사리를 논하는 동생이 먼 나라에서 온 낯선 사람으로만 느껴졌다.

그런데 동생이 내 심장을 비수로 찌르듯 힘주어 말한 것 중에서, 내게는 돈만 있지 인간으로서의 가치는 아무것도 남아 있지 않다는 그 말은 나를 종잡을 수 없을 정도의 절박한 소외감에 빠뜨리고 있었다.

각기 놀아나고 있는 아내와 나, 언제나 안쓰러워 보이는 철이 녀석, 아내를 사람 취급 안 하는 어머니와 동생, 그 관계를 돈으로 올바로 세운다는 건 불가능한 일이라는 것이 순간적으로 깨우쳐졌다.

(아~ 그렇다면 정녕 나에게는 아무 것도 없다는 것인가…)

곧 미쳐버릴 것 같은 외로움이 엄습해 왔다. 별안간, 혼자 놀고 있을 철이 녀석의 우울한 표정이 떠올랐다. 생각을 정리할 겨를도 없이 집으로 향했다.

철이는 자고 있었다. 그 옆에서 아내가 팬티바람으로 거울 앞에 서서 미용체조를 하고 있었다.

"여보. 나 유방확대 수술을 해야 할까 봐. 다른 데는 제법 균형이 잡혀 가는데, 이놈의 유방은 도대체가 솟아오를 줄 모르니. 애 유산 되고 나서 더 처졌다니까. 에고, 속 터져."

아내는 처진 젖가슴을 추켜올리며 속상하다는 표정을 지었다.

나는 순간적으로 구역질이 치밀어 올랐다.

"도대체 누구를 위해서, 누구에게 잘 보이려고 몸걱정을 하는 거야? 제발이지 이제 그만 좀 할 수 없냐!"

나는 소리를 빽 지르고는 집을 나왔다.

지체 없이 은경을 찾아 살림방을 하나 얻으라고 돈을 주었다.

"금명 간에 아내와 이혼할 테니 같이 살 마음의 준비를 하라구."

나의 목소리는 떨리고 있었다.

은경은 며칠 후에 내게 돈을 돌려주었다.

"방도 구해보지 않았지만, 난 아저씨를 이해 못해요. 싫은 것을 참지 못하고 쉽게 이혼을 결심한다는 것이 우스워요. 내가 아저씨를 따른다 해도 끝내는 아줌마처럼 버림받게 될 거예요."

나는 은경을 만난 후, 처음으로 그녀의 침통한 표정을 보았다.

이튿날부터 은경은 살롱에 나오지 않았다.

아랫방 남자는 수술경과가 별로 좋지 않아 한동안 입원해 있어야 한다고 했다. 아랫방 여자가 산재치료를 적용받기 위해 진정서를 들고 주무관청을 찾아다녔다.

주무관청에서는 아랫방 남자에게서 들은 말과 같이, 조사를 해 본 결과 근무 중 다쳤다는 근거가 없으므로 업무상 재해로 인정할 수 없다고 회시를 보내 왔다. 집배원으로부터 회시문을 받아 든 그녀는 한동안 꼼짝 않고 서서 눈물을 흘렸다.

난 2층 응접실에서 그녀의 우는 모습을 내려다 보았다. 나는 아내가 우는 것을 한 번도 보지 못했다. 아랫방 여자의 우는 모습은 내게 이상한 감명을 안겨 주었다. 문득 그녀와 얘기를 하고 싶은 충동이 일었다.

"세상이 이토록 야박한 줄은 정말 몰랐어요. 같이 일하던 사람이 처음에는 쇳덩어리를 들어 나르다가 다친 것이라고 증언을 했는데, 이제 와선 모른다고 딱 잡아떼요. 앞으로의 병원비가 걱정스러워요."

"아저씨를 원망해본 적은 없으십니까?"

"원망요? 왜 원망을 해요? 가뜩이나 힘들고 어렵게 사시다가 이젠 다치셨는데 함께 아파해 주지는 못할망정 어떻게 원망을 할 수 있겠어요? 부부가 힘을 합쳐도 견뎌내기 힘든 세상인데, 원망이란 있을 수 없는 일예요. 잘못된 것은 같이 책임을 지고 위로해야죠. 그게 부부가 아니겠어요?"

나는 가장 궁금한 것을 물어봤다가 얼굴을 붉혔다.

"아저씨 힘으로 모든 걸 잘 해결할 것입니다. 보통의 결심이 아니었어요."

"원래 그 이의 성격이 부정한 것을 보면 참지를 못하셨어요. 남에게 폐 끼치는 것도 싫어했구요. 그런 양반이 회사의 부당한 것들을 모두 알게 되었고, 철이 삼촌한테 법과 권리에 대하여 깨우치게 되었으니 그대로 물러서진 않을 거예요."

"아저씨께서 앞으로 해 나갈 일들에 대해 걱정되지 않으십니까?"

"제가 생각해도 우리가 이 사회에서 너무 불공평한 대우를 받고 있는 것 같아요. 못 사는 사람들은 무슨 일을 한 번 당하면 헤어날 길이 없어요. 가끔 방송에서 아내의 치료비나 자식들의 학비를 마련키 위해 강도짓을 한 사람들이 나오는데, 전 그 것 이해할 것 같아요. 그런 나쁜 짓보다는 그이가 결심한 노동운동 쪽이 훨씬 고맙고 훌륭하게 여겨져요. 저도 처녀 때에 직장에서 노동조합이 어떤 것인지 조금은 알고 있었기 때문에 불안하거나 그러진 않아요."

"칠이 임마가 좀 섭섭하게 대하더라도 이해하세요. 원래 성격이…"

"괜찮아요. 오히려 저희가 죄송한 걸요."

그녀와 얘기를 하면서, 나는 그들 부부에 대한 질투심을 강력히 느꼈다. 사랑과 믿음으로 뭉쳐져 있는 그들에 비하여 우리 부부는 과연 어떠한가…

"아저씨, 저 죄송한 부탁을 드릴까 하는데요. 치료비 때문에 그런데 전세를 월세로 좀 돌려주셨으면 해서요. 재형저축은 깨기가 너무 아까워서요."

"그러죠. 병원에 가 계십시오."

나는 아랫방 여자에게 고개를 끄덕였다.

그녀의 손을 꼭 잡고 많은 격려와 위로의 말을 해주고 싶었다. 아니, 무언가 감사의 말을 해야 할 것 같은 심정이었다.

은행에서 돈을 찾아 병원으로 가니, 아랫방 남자는 여전히 비장한 각오를 품은 표정으로 책 속에 빠져 있었다.

"고맙습니다. 전세를 월세로 돌려주셔서. 내가 모든 것을 깨우치지 못했다면 아마 미쳐버렸을 겁니다. 내 집 장만하는 희망이 깨지고, 건강 잃어버리고, 직장에서 버림당하고, 집사람 고생시키고, 알 거지가 된 몸으로 무슨 희망에 살겠습니까? 그러나, 그건 두 번째 문제예요. 첫 번째 문제는 인간이 인간으로서 인간답게 사는 겁니다. 인간화를 방해하는 온갖 장애물들과 기꺼이 싸워서 이기는 거예요. 모든 것이 부족해서 지는 것은 지는 게 아니죠. 일시적인 패배이지. 내일, 그리고 또 그 내일에 정의는 반드시 이기게 되어 있는 겁니다."

그는 아랫방 여자의 손을 꼭 쥐며 어금니를 악물었다.

나는 그의 강직한 눈빛과, 그의 아내의 수척해진 얼굴을 보며 내가 왜 이들 앞에서는 아무런 말도 할 수 없는 싱거운 놈이 되고 있는가를 생각했다. 또한, 왜 내가 이들에게 깊은 관심과 성의를 갖게 되었는가를 생각해 보았다. 나에게는 없는 것, 내가 가지고 있지 않은 찐득한 맛과 기운이 이들에게서 넘치고 있는 까닭인가?

강하고 따뜻한 것을 함께 지니고 있는, 가난하고 보잘 것 없는 이들 부부. 이들이 아랫방에 이사 온 후부터, 물질적으로 풍요로운 나의 생활에 이상이 생기고, 떳떳하게 어깨를 펴지 못하는 부끄러움 같은 것에 눌려 나는 숨죽여 살아오지 않았는가.

아내의 호사스런 외출 때나 보약을 먹을 때, 나는 아랫방을 의식하며 몸을 움츠리지 않았던가.

아~ 나는 아랫방에서 가난에 신음하는 이들의 눈치를 보며, 대궐같은 방에서 보약을 먹으면서, 하루하루 움츠러들어 왔구나. 새우잠을 자면서, 점점 작아지는 나의 존재를 안타까워할 겨를도 없이… 나는 지금 살아가고 있는 것인가, 죽어가고 있는 것인가…

눈앞이 흐려지면서 심한 두통이 일어났다.

"김 형. 우리 집에 잘 오셨습니다. 정말 잘 오셨어요. 나는 당신을 보고 사람이 어떻게 살아가야 하는가를 이제야 조금 눈떴습니다. 김 형! 오래도록 함께 삽시다. 나를 일으켜 주시오."

나는 아랫방 부부의 손을 함께 모아 힘껏 쥐었다. 지금까지의 삶에서 한 번도 느껴보지 못한 뜨거운 가슴의 전율이, 그들의 따뜻한 체온과 함께 내 온몸을 데워주고 있음을 나는 분명히 느꼈다.

4

 나의 심중의 변화에도 불구하고, 은경에 대한 그리움은 떨굴 수가 없었다. 확실한 마음의 정리도 할 겸, 그녀를 꼭 봐야 할 것 같았다. 나는 밤마다 그녀를 그리워 하다가 그녀와의 뜨거운 꿈을 꾸며 여러 차례 몽정까지 했다.
 그녀가 없는 살롱은 늘 스산했다.
 나는 은경의 집을 안다는 애를 앞세워 그녀의 집을 찾아갔다. 은경은 집에 없었다. 주인아줌마의 말에 의하면. 그녀는 살롱을 그만둔 후에 늘 집에 있었고, 며칠 전에 여행을 떠났다고 했다.
 은경의 방에 들어가 화장대 밑에 끼어있는 노트를 꺼내 보았다. 나에게 쓰다 남은 편지가 들어 있었다. 사랑한다는 말이 많이 적혀 있었다. 그리고 용서를 빈다고 했다. 아무런 상의도 없이 애를 지우게 된 것을.
 난생 처음 가져본 아기를 낳고 싶다고 했다. 애를 지울 때, 여자의 순정을 알고 꽤나 울었노라고. 그 순정은 곧 아저씨에 대한 열망이라고 씌어 있었다. 술집 생활을 완전히 청산한 새로운 여인의 모습으로 한 번쯤 찾아뵙겠다고 했다.
 잉크가 군데군데 번져 있는 깨알만한 글씨들을 되풀이해 읽으며,

나의 온몸은 뻣뻣하게 굳어갔다.

곧바로 병원으로 갔다. 의사는 오랜만에 찾아간 나를 용케도 기억했다. 비닐장갑을 끼고 내 항문을 후볐다. 내 그것에서는 아무것도 흘러나오지 않았다. 의사가 내 소변을 받아 검사를 해 보았다.

"전립선염은 치료를 받다가 그만두어도 사람의 체질에 따라 자연 완치가 되는 수가 있는데, 선생께서 바로 그 경우입니다. 아주 깨끗합니다."

"임신을 할 수 없다고 하지 않았습니까?"

"아니죠. 할 수 없다고 하진 않았죠. 그럴 위험성이 있다는 말을 한 것으로 기억하는데요. 의사는 확실하지 않은 건 말하지 않습니다."

갑자기 두통이 일어났다. 보약을 달이는 아내와 은경의 얼굴이 동시에 떠올랐다. 가슴이 뻐근해지면서, 다리에 힘이 확 풀렸다.

거리에 부는 바람마저도 나를 부끄럽게 했다. 과일을 한 보따리 사들고 급히 집으로 행했다. 아내를 대해야 할 내 마음이 걱정스러웠다. 깨끗하게 사과하리라는 결심이 쉽게 서며, 유산된 아기에 대한 속죄가 눈시울을 적셨다. 그간 정신병에 시달린 내 꼬락서니가 우습기도 했다.

멀리 집 대문이 보였다. 활짝 열린 대문 앞에 트럭 한 대가 서 있었다. 아랫방 여자가 짐을 실어올리고 있었다.

"집안이 너무 구질구질해지는 것 같아 내가 나가라 그랬어요."

아내가 도도하고 가시 돋친 말투로 지껄였다. 겨우겨우 피어나던 믿음과 반성의 불씨가 허망하게 꺼져버리는 순간이었다.

"나쁜 년! 이젠 좀 살아보려 했는데. 같이 좀 살아보려 했는데. 나쁜 년!"

들고 있던 과일봉지를 정신없이 아내의 얼굴에 던졌다. 아내가 비명을 지르며 고꾸라졌다. 코와 입에서 금방 피가 터졌다.

나는 시동을 거는 트럭 앞에 두 손을 벌리고 섰다. 아내가 쌍소리를 하며 내게 달려드는 것이 보였다.

나는 내 넓적다리를 물어뜯는 아내의 목을 움켜쥐었다.

그리고 두 손에 힘을 주어 천천히 천천히 그 것을 졸랐다.

◆《현대노사》, 1984. 11.

늙은 노동자의 노래 개정판

글쓴이 이택주
펴낸이 박송호
펴낸곳 (주)레이버플러스

기획 하승립
디자인 서유진

등록 2002년 7월 25일
주소 (우 03966) 서울시 마포구 월드컵북로 131, SKSW빌딩 4층
전화 02-2068-4187
홈페이지 www.laborplus.co.kr

1판 1쇄 인쇄 2022년 6월 8일
1판 1쇄 발행 2022년 6월 16일

ISBN 979-11-978798-0-7 03300

* 책값은 뒤표지에 있습니다.